ELSA DIX

Der tote Rittmeister

Elsa Dix
Der tote Rittmeister

Ein Seebad-Krimi

GOLDMANN

Sollte diese Publikation Links auf Webseiten Dritter enthalten, so übernehmen wir für deren Inhalte keine Haftung, da wir uns diese nicht zu eigen machen, sondern lediglich auf deren Stand zum Zeitpunkt der Erstveröffentlichung verweisen.

Dieses Buch ist auch als E-Book erhältlich.

Penguin Random House Verlagsgruppe FSC® N001967

1. Auflage
Originalausgabe April 2021
Copyright © 2021 by Elsa Dix
Copyright © dieser Ausgabe 2021
by Wilhelm Goldmann Verlag, München,
in der Penguin Random House Verlagsgruppe GmbH,
Neumarkter Straße 28, 81673 München
Umschlaggestaltung: UNO Werbeagentur, München
Umschlagmotive: History and Art Collection / Alamy Stock Photo;
akg-images / arkivi; akg-images / Liszt Collection
Autorenfoto: © Meike Reiners
Redaktion: Heiko Arntz
KS · Herstellung: kw
Satz: GGP Media GmbH, Pößneck
Druck und Bindung: GGP Media GmbH, Pößneck
Printed in Germany
ISBN: 978-3-442-49035-6
www.goldmann-verlag.de

Besuchen Sie den Goldmann Verlag im Netz

Norderney, Juni 1913

1

In der Nacht

Rieke wurde mit einem Ruck wach, starrte in die Dunkelheit. Die anderen Mädchen im Saal schliefen. Gegenüber hustete eines, ein anderes drehte sich um. Alles war wie immer. Und doch wusste Rieke, dass sie nicht wieder einschlafen würde. Nicht heute Nacht.

Sie setzte sich aufrecht, zog ihre Füße an sich und schlang die Arme um die Beine. Vergeblich versuchte sie, das Zittern zu unterdrücken. Sie griff nach ihrer Schürze, die an der Seite hing, und zog sie über. Trotzdem wurde es nicht besser.

Die Schwestern hatten am Abend dicke Vorhänge vor die Fenster gezogen. Dennoch war es nicht ganz dunkel, denn draußen schien selbst um diese Uhrzeit eine Gaslaterne. Rieke war froh darüber. Sie mochte die Dunkelheit nicht.

Zu viele Dinge geschahen in der Dunkelheit. Schlimme Dinge, an die sie nicht denken wollte. Dinge, die ihre Hände zum Beben brachten.

Sie wandte den Blick. Neben ihr lag Elli. Sie war ihre beste Freundin, obwohl Elli schon elf war und damit zwei Jahre älter als Rieke. Ob sie Elli wecken sollte? Jetzt könnte sie es ihr erzählen. Das, was vorhin geschehen war und was dafür sorgte, dass sie selbst unter der warmen Bettdecke fror.

Ellis Gesicht war blass, und ihr Atem ging schwer, machte ein rasselndes Geräusch wie die Maschine in der Fabrik. Die Oberschwester hatte gestern einer Hilfsschwester gesagt, jede Aufregung könnte Ellis Tod sein. Nein, sie durfte sie nicht wecken.

Rieke wollte sich wieder hinlegen. Wollte schlafen, um zu vergessen. Aber sie konnte ihre Arme nicht von ihren Beinen nehmen. Sie saß da und lauschte auf die Geräusche. Eine Eule rief draußen im Kiefernwäldchen. Ein Mädchen schnarchte. Ellis rasselnder Atem. Keine Schritte. Kein Ungeheuer. Hier war sie sicher. Sie musste nur ganz gleichmäßig atmen, so wie die anderen Kinder, dann würde sie wieder ruhig werden. Vorhin war sie auch eingeschlafen. Hatte alles vergessen, was passiert war. Aber jetzt war die Erinnerung da, überschwemmte sie.

Rieke versuchte, sich auf ihren Atem zu konzentrieren, so wie Schwester Zita es Elli gezeigt hatte. Ein und aus, langsam. Sie passte ihren Rhythmus dem von Elli an. Nichts denken. Nur an das Meer, das Rauschen der Wellen. Doch dann hörte sie ein Geräusch. Sie hielt die Luft an, lauschte. Alles war still. Trotzdem lief Rieke ein eiskaltes Prickeln über den Rücken, trieb sie aus dem Bett. Auf nackten Füßen ging sie zum Fenster. Sie schlüpfte hinter den Vorhang und sah den beruhigenden Schein der Gaslaterne. Da war der Rasen, auf dem sie nachmittags spielten und der an dem kleinen Weg endete. Dahinter begann der Kiefernwald, dann kamen die Dünen und das Meer.

Plötzlich quietschte die Eingangstür zum Saal leise. Auf Riekes Arm richteten sich die Härchen auf. Vielleicht war es nur Schwester Zita, die manchmal noch hereinschaute. Vorsichtig schob Rieke den Vorhang zur Seite, blickte in den Schlafsaal. Es war nicht Schwester Zita. Es war das Ungeheuer.

Rieke spürte die Kälte in ihrem Nacken, ihrem Rücken, ihren Beinen, ihren Zehen. Das Ungeheuer hatte sie gefunden. Sie sah durch den schmalen Spalt im Vorhang, wie es vor jedem Bett prüfend stehen blieb. Es leuchtete mit einer Lampe darauf und ging weiter. Es suchte sie.

Jetzt war es bei Elsa. Noch sieben Betten und es wäre hier. Rieke fühlte den eiskalten Steinboden unter ihren Füßen, den Lufthauch vom Fenster. *Wenn du entdeckt wirst: Lauf!* Sie hörte die harsche Stimme des Vaters in ihrem Kopf. Mit einem Mal wusste Rieke, was sie tun musste. Vorsichtig zupfte sie den Vorhang gerade, sodass der schmale Spalt geschlossen war. Sie wandte sich um, griff den Fensterknauf, von dem die weiße Farbe abblätterte, so oft war er gestrichen worden. Langsam drehte sie ihn zur Seite, er knackte leise. Sie lauschte. Es war kaum zu hören gewesen. Nicht einmal ein Ungeheuer konnte das bemerken. Oder etwa doch?

Langsame Schritte, die wieder an einem Bett anhielten. Es suchte noch immer. Hatte nichts gehört. Sie drückte gegen den Knauf. Doch der Rahmen klemmte. Sie rüttelte leicht, es knarrte. Das war zu hören gewesen. Jetzt klangen die Schritte energischer. Das Ungeheuer hatte sie entdeckt. Sie presste mit der flachen Hand gegen die Scheibe, doch das Fenster öffnete sich nicht. Das Ungeheuer war fast da. Sie schlug gegen den Rahmen, endlich sprang es auf. Rieke zögerte keine Sekunde. Sie kletterte auf die Fensterbank, sprang hinunter auf den Rasen. Ein Stich schoss durch ihr rechtes Bein. Der Arzt hatte gesagt, sie dürfte es nicht überanstrengen. Aber was wusste der schon von Ungeheuern?

Sie rannte los. Spürte den feuchten Rasen an ihren nackten Füßen. Da vorn war der Weg, der zu dem Wäldchen führte. Da könnte sie sich verstecken. Aber das Ungeheuer war ebenfalls aus dem Fenster gesprungen. Es war viel größer als sie. Und schneller.

Da war schon das erste Gebüsch. Jetzt spürte Rieke keinen Rasen mehr unter den Füßen, sondern Sand, spitze Nadeln und Äste, die in ihre Sohlen stachen. Das Ungeheuer war direkt hinter ihr. Sie stolperte, fiel auf ihr Knie. Eine Hand umschloss ihr rechtes Fußgelenk.

Ruckartig wurde Rieke zurückgezogen. Sie versuchte, sich festzuhalten, griff nach den Ästen des Busches, krallte sich mit den Fingern an die dornigen Zweige. Gleichzeitig versuchte sie, sich freizustrampeln. Doch ihre Tritte gingen ins Leere. Die Äste glitten aus ihrer Hand, als das Ungeheuer sie weiter zurückzog. Sie trat noch einmal zu. Diesmal traf sie. Das Ungeheuer stöhnte auf, sie hatte es am Kopf erwischt. Der eisige Griff um ihren Knöchel lockerte sich. Sie robbte fort, war plötzlich frei, sprang auf, rannte in den Wald hinein. Zwischen den Büschen hindurch. Hier war sie oft gewesen, sie wusste, wohin sie laufen musste. Sie eilte den kleinen Sandhügel hinauf. Der

Boden unter ihr rutschte weg. Sie hörte, dass das Ungeheuer ihr folgte. Gleich würde es da sein. Sie lief, so schnell sie konnte, vielleicht würde die Dunkelheit sie verschlucken. Denn wenn das Ungeheuer sie fand, würde es sie töten. Es hatte schon einmal getötet. Und es würde wieder töten.

2
Glitzerndes Meer

Der Raddampfer *Najade* bahnte sich kraftvoll seinen Weg durch das bewegte Meer. Türkisfarbene Wellen türmten sich auf und trugen weiße Schaumkronen vor sich her. Viktoria stand an der Reling und schaute hinaus. In der Ferne konnte sie bereits die Insel sehen – ein dünner Strich am Horizont, der rasch breiter wurde. Schon bald konnte sie den Strand ausmachen und die ersten weißen Häuser, die im Licht der Morgensonne erstrahlten. Sie sah am südlichen Ende der Insel die Marienhöhe, die Villen und den neuen Malerturm – und weiter hinten den weit ins Meer hinausragenden Seesteg.

Auf einer Bank hinter Viktoria saß ein älteres Ehepaar. Die Frau hatte Viktoria schon eine ganze Weile mit missbilligendem Blick beobachtet. Als Viktoria sich von der Reling abwandte, um sich ebenfalls zu setzen, konnte sie ihre Neugier nicht mehr zügeln.

»Ist Ihr Herr Vater schon vorgefahren, Fräulein?«, fragte sie. »Oder Ihr Herr Gemahl?« Sie zog ihr kariertes Reiseplaid gerade, das über ihren Beinen lag.

Viktoria seufzte. Derartige Bemerkungen bekam sie oft zu hören. Wo gab es denn so etwas? Eine junge Dame, die allein auf Reisen ging! Ohne Familienangehörige oder zumindest mit einer Gouvernante – selbst wenn die junge Dame schon Ende zwanzig war. »Nein, ich reise allein«, antwortete Viktoria ruhig. »Ich arbeite, also kann ich auch allein reisen.«

Die Augen der Frau wurden schmal. »Sie gehen einer Tätigkeit nach?« Es klang, als wäre es anrüchig.

»Ich bin Lehrerin«, erklärte Viktoria. Noch immer erfüllte es sie mit Stolz, die Worte auszusprechen. Seit gut einem halben Jahr arbeitete sie in einer Reformschule in Hamburg. Es war nicht leicht gewesen, ihren Vater davon zu überzeugen, dass sie einen Beruf ergreifen wollte. Als Tochter eines Oberstaatsanwalts wurde von Viktoria erwartet, dass sie heiratete und Kinder bekam. Arbeiten ging eine Frau nur, wenn die Not sie dazu trieb, und das war bei Viktoria sicher nicht der Fall. Doch sie hatte die Armut im Hamburger Gängeviertel gesehen. Zwölfjährige Mädchen, die in die Fabrik gingen, die nur eine rudimentäre Schulbildung erhalten hatten, womit es ihnen nahezu unmöglich war, jemals aus dem Elend auszubrechen. Viktoria wollte ihr Leben nicht damit vergeuden, die Rolle der braven Ehefrau einzunehmen, die mit der Hochzeit all ihre Rechte aufgab. Sie wollte selbstständig sein und etwas im Leben bewirken.

Mit ihrer Entscheidung hatte sie viele vor den Kopf gestoßen. Einige Freundinnen hatten sich von ihr abgewendet, als sie ihre Studien am Lehrerinnenseminar aufnahm. Sie fürchteten um ihren guten Ruf, wenn sie sich weiter mit Viktoria trafen. Es hatte Viktoria wehgetan, und trotzdem hatte sie sich nicht von ihrem Weg abbringen lassen.

Als sie im Herbst vergangenen Jahres das erste Mal auf dem Schulhof gestanden hatte und die Mädchen sie umringten, war es einer der glücklichsten Augenblicke ihres Lebens gewesen. In dem Moment war sie sicher gewesen, das Richtige getan zu haben.

Die ältere Dame betrachtete Viktoria missmutig. »Ich halte ja nichts davon, dass Frauen arbeiten. Das ist wider ihre Natur.«

Viktoria dachte an all die Frauen, die in den vergangenen Jahrhunderten hart gearbeitet hatten. Auf dem Feld, im Haus und in der Fabrik. Wider ihre Natur war es sicherlich nicht. Aber sie hatte keine Lust, die Diskussion zu vertiefen. Die Kühe, die als Fracht im vorderen Bereich des Schiffes untergebracht waren, machten sich laut muhend bemerkbar. Sie hatten die Insel fast erreicht. Die ältere Dame stand auf, faltete ihr Reiseplaid zusammen und ging gemeinsam mit ihrem Ehemann zur anderen Seite, wo sie nachher aussteigen würden. Sie würdigte Viktoria im Vorbeigehen keines Blickes. Der war es recht.

Sie sah wieder zur Insel. Schon konnte man einzelne Personen am Strand erkennen. Damen mit großen Hüten, die über die Promenade spazierten. Vor einer der Villen hatten sich einige Herren in weißen Anzügen in eine Runde gestellt und unterhielten sich angeregt. Kinder spielten im Sand und bauten Burgen. Fahnen wehten im Wind. Viktorias Blick glitt über die Sommergäste. Blieb manchmal hängen und ging dann weiter. Auf einmal wurde ihr klar, dass sie Ausschau hielt. Nach ihm.

Sie wandte sich ruckartig ab. Trotzdem fluteten die

Erinnerungen ihren Kopf. Sie stand mit Christian am Seesteg. Er hatte die Hand gehoben, um eine ihrer Locken aus dem Gesicht zu streichen. Seine blauen Augen so nah vor den ihren. Christian Hinrichs, Journalist der Damenillustrierten *Die Frau von Welt*. Sohn eines Vorarbeiters aus dem Zentralschlachthof bei Hamburg. Jemand, der die Grenzen, die einem Arbeiterkind gesetzt waren, nicht hinzunehmen gewillt war. Der sich mit einem Stipendium hochgearbeitet hatte. Der über Witz verfügte und sie zum Lachen brachte. Ein Jahr war es her, seitdem sie ihn in der Sommerfrische auf Norderney kennengelernt hatte. Gemeinsam waren sie im letzten Jahr dem Mord an dem Zimmermädchen Henny Petersen nachgegangen und hatten dabei ungeheure Dinge aufgedeckt. Und obwohl Viktoria sich geschworen hatte, sich niemals auf einen Mann einzulassen, war es passiert: Sie hatte sich in Christian verliebt.

Nach ihrer Rückkehr von Norderney hatte sie ihn in Hamburg wiedergetroffen. Heimlich, denn natürlich durfte niemand davon wissen. Als Lehrerin hatte Viktoria auf einen untadeligen Ruf zu achten. Es war ja auch gar nicht viel zwischen ihnen geschehen. Kleine Ausflüge hatten sie unternommen, ganz harmlos. Sie hatte ihn in die Galerie Commeter mitgenommen, zu einer Ausstellung mit abstrakten Bildern, die sie begeisterte. Er revanchierte sich mit einer Fahrt im Ruderboot auf der Alster. Und zum Erntedankfest hatte Christian Viktoria ins Tanzlokal *Lübscher Baum* ausgeführt. Es war ein letzter sommerlicher Tag im beginnenden Herbst gewesen. Die Welt, in die er sie führte, war so viel freier als ihre. Keine steifen Unterhaltungen bei Tisch, kein vorgeschriebenes Abendprogramm. Einfach nur tanzen, einfach nur leben! Christian war nicht gerade ein begnadeter Tänzer, aber sie waren dennoch zu den Klängen der wilden Polka über das Parkett geflogen.

Als Viktoria am nächsten Morgen zur Schule kam, wurde sie noch vor dem Beginn des Unterrichts zu Rektor Hirschen gerufen. Der teilte ihr unumwunden mit, dass sie beobachtet worden war und dass er ein solches Verhalten nicht duldete. Entweder sie heiratete, was hieß, dass sie ihre Arbeit aufgab, oder sie achtete ab jetzt auf einen tadellosen Ruf. Viktoria wagte zu widersprechen, denn es war ungerecht. Von männlichen Lehrern würde niemals dergleichen erwartet werden. Doch der Rektor hatte nur energisch den Kopf geschüttelt und beschieden, ein Mann verfüge über die sittliche Reife und Umsicht, die einer Frau fehle.

Viktoria hatte innerlich gekocht. Als ob es darum ginge. Die Regelung diente allein dazu, die Beschäftigung der männlichen Lehrer zu sichern. Aber Viktoria konnte das System nicht ändern. Sie musste sich fügen, wenn sie Lehrerin bleiben wollte. Noch am gleichen Abend hatte sie Christian aufgesucht und ihm mitgeteilt, dass sie ihn nicht wiedersehen konnte. Er war fassungslos gewesen, hatte vorgeschlagen, dass sie sich heimlich treffen könnten. Aber wohin sollte das führen? Es war ein Traum gewesen. Ein schöner, aber ein gefährlicher Traum. Sie hatte ihm unmissverständlich gesagt, dass sie ihren Beruf nicht aufgeben würde. Auch nicht für ihn. Er hatte sie nicht verstanden, hatte ihr vorgeworfen, sie würde ihre Schülerinnen ihm vorziehen. Ein Wort hatte das andere ergeben, bis er wutentbrannt gegangen war. Seitdem hatte sie nichts mehr von ihm gehört. Und nun fuhr sie erneut zu dieser Insel, auf der alles begonnen hatte. Die so wunderschön im glitzernden Meer lag. Und die so viele Erinnerungen barg. Er würde nicht dort sein. Sie hatte erst letzte Woche eine Reportage von ihm in der *Frau von Welt* aus Binz gelesen. Sie wollte ihn auch nicht wiedersehen. Er war so engstirnig gewesen, hatte nicht einsehen wollen, warum ihr die Arbeit wichtig war. Es war vorbei, und das war gut so.

Sie legten an, und die Fahrgäste versammelten sich am Ausgang des Raddampfers. Ein Matrose sprang vom Schiff auf die Kaimauer, in den Händen ein schweres Tau, das er um einen Poller legte und festzog. Es ruckelte leicht, dann lag der Dampfer längs am Kai. Kurz darauf wurde der hölzerne Steg für die Gäste hinübergeschoben, und sie konnten das Schiff verlassen. Die ältere Dame mit dem Reiseplaid ging, zusammen mit ihrem Ehemann, als Erste hinüber. Ihnen folgten Damen mit weiten Hüten und Herren in hellen Anzügen, Jungen in Matrosenanzügen und Mädchen in weißen Kleidern. Überall erklang aufgeregtes Rufen. Direkt am Landungsplatz stand der Pferdeomnibus, wo sich sofort eine Schlange bildete von Menschen, die vermutlich in den günstigeren Pensionen untergekommen waren. Einige machten sich sogar zu Fuß auf den Weg in den Ort.

Für einen kurzen Moment spürte Viktoria ein schlechtes Gewissen. Als Lehrerin sollte sie eigentlich mit dem Omnibus fahren. Aber das Hotel Bellevue, in dem sie unterkam, hatte eigens einen Landauer geschickt. Der Kutscher hielt ihr die Tür auf, als sie zu dem Wagen trat. »Ihre Gepäckmarke, gnädiges Fräulein?«

Sie reichte ihm die Marke, die sie bekommen hatte, als sie die Koffer aufgegeben hatte. Sie hatte so sparsam gepackt wie möglich. Trotzdem hatte sie zwei große Lederkoffer, eine Tasche und vier Hutschachteln dabei. Wenn es nur um die luftigen Sommerkleider gegangen wäre, aber die Abendgarderobe nahm enorm viel Platz ein.

In dem Landauer saß bereits das ältere Ehepaar von vorhin. Die Augenbrauen der Dame gingen in die Höhe, als Viktoria einstieg. »Das ist der Wagen vom Hotel Bellevue, Kind. Das ist wohl nicht Ihre Preisklasse.«

Viktoria setzte sich. »Das hat schon seine Richtigkeit.«

Die ältere Dame sah sie mit großen Augen an, und Viktoria musste sich ein Lächeln verkneifen. Tatsächlich war das Hotel Bellevue sicher nichts, was sie sich von ihrem Gehalt als Lehrerin hätte leisten können. Das würde höchstens für ein kleines Zimmer in einer Pension reichen, wenn überhaupt. Als Lehrerin verdiente sie nur sehr wenig. Aber ihr Vater hatte darauf bestanden, dass er das Hotel aussuchte und auch bezahlte. Er hatte damals eingewilligt, dass sie arbeitete, aber nur, wenn er weiter für ihren Lebensunterhalt aufkam, damit es ihr an nichts fehlte. Sie hatte es ihm nicht abschlagen können. Ihre Mutter war gestorben, als sie zwei Jahre alt war, und er wollte nur eines: seine Tochter glücklich sehen. Für ihn bedeutete das, Viktoria finanziell abgesichert zu wissen. Viktoria hätte es nichts ausgemacht, die Sommerfrische in einer kleinen Pension zu verbringen, aber ihr Vater hatte eines der ersten Häuser am Platz gebucht. Sie vermutete, dass er insgeheim noch immer hoffte, sie würde einen jungen Mann aus gutem Hause kennenlernen und standesgemäß heiraten. Die Sommerfrische galt schließlich als der größte Heiratsmarkt des Deutschen Reiches. Er würde die Hoffnung wohl nie aufgeben. Sie musste bei dem Gedanken lächeln.

Der Kutscher schnalzte mit der Zunge, und sie fuhren los. Es war nicht weit. Ein kleines Stück an Wiesen und Poldern vorbei, dann tauchte links der Bahnhof auf, in dem das Gepäck gesammelt wurde, und daneben das Hotel Bellevue – ein strahlend weißes, lang gestrecktes zweistöckiges Gebäude im klassizistischen Stil, mit einem reich verzierten hölzernen Verandavorbau an der Rückfront. So eine Architektur gab es nur in der Sommerfrische. Fahnen wehten von den Masten der Häuser und erinnerten Viktoria daran, dass das kaiserliche Thronjubiläum in wenigen Tagen stattfinden würde. Fünfundzwanzig Jahre war Kaiser Wilhelm der Zweite nun schon auf dem Thron, und überall im Land würden Feierlichkeiten zu seinen Ehren stattfinden.

Der Kutscher hielt vor der Einfahrt, und ein Hausdiener eilte herbei, um den Gästen hinauszuhelfen. Als Viktoria den Empfangssaal betrat, blickte sie sich neugierig um. Im letzten Jahr hatte sie im Palais-Hotel gewohnt, einem sehr pompösen Gründerzeitbau mit entsprechender Einrichtung. Dieses Hotel wirkte moderner. Auf dem Boden lag ein weinroter Orientteppich. Helle Korbstühle und Palmen sorgten für eine luftige Atmosphäre, eine verspiegelte Säule in der Mitte des Raumes war von einem pastellfarbenen Sitzpolster umgeben.

Viktoria ging zum Rezeptionsschalter. Nachdem das Ehepaar bedient worden war, wies ihr der Hoteldiener den Weg in ihr Zimmer im ersten Stock. Kurz darauf wurde ihr Gepäck gebracht. Ein Zimmermädchen kam und begann, die Kleider in den verzierten Eichenschrank zu hängen. »Wünschen Sie Hilfe beim Umkleiden, gnädige Frau?«, fragte sie.

Viktoria nahm dankend an. Seitdem sie kein Korsett mehr trug, kleidete sie sich zwar normalerweise allein an. Aber sie war müde, und es ging bedeutend schneller, die vielen Schnüre und Ösen an ihrem Kleid zu schließen, die auch ohne Korsett vorhanden waren, wenn das Mädchen ihr half. Nun, wo sie endlich auf der Insel war, hatte Unruhe sie ergriffen. Sie wollte so wenig Zeit wie möglich auf dem Hotelzimmer verbringen und schnell hinaus. Das Mädchen half ihr in ein leichtes Sommerkleid. Viktoria steckte ihr einen Groschen zu, dann setzte sie ihren Hut auf, nahm ihre bestickte Gobelintasche und eilte aus dem Hotel. Sie ging an den Villen vorbei, links war der neue Malerturm, und dann sah sie es vor sich – das Meer und den Strand. Die Sonne spiegelte sich leuchtend im Wasser, sanft schlugen die Wellen auf den Sand. In der

Ferne strahlten die weißen Segel der Lustboote. Möwen sammelten sich auf den Buhnen, beäugten die Sommergäste, die am Strand flanierten. Das Rauschen der Wellen übertönte die Gespräche der Menschen. Viktoria atmete tief ein. Endlich war sie da.

3

Zitronenbonbon

Das Wasser trieb Muscheln vor sich her. Sie klirrten leise, als würde jemand Scherben zusammenkehren. Eine Auster landete vor Viktorias Schuhen. Außen war sie alles andere als schön – scharfkantig, unförmig und schmutzig braun –, doch innen leuchtete das Perlmutt. Das wäre genau das Richtige für Elli, ihre Schülerin, die zurzeit auf Norderney im Seehospiz lag. Viktoria steckte die Muschel in ihre Gobelin-Tasche und ging weiter – an der Villa Knyphausen mit ihren kleinen Türmchen vorbei, der Marienhöhe, dem Seesteg. Dann begann das Damenbad, und sie musste auf die Kaiserstraße wechseln. An der Giftbude, wo es Getränke und verschiedene Lebensmittel gab, erstand sie eine Tüte Bonbons. Einen Moment zögerte sie, dann nahm sie eins heraus und legte es sich auf die Zunge. Es war leicht sauer und schmeckte herrlich.

Bis zum Seehospiz war es nicht weit. Viktoria hatte Elli vor zwei Monaten zuletzt gesehen. Damals war das Mädchen von der Schwindsucht gezeichnet gewesen. Elli konnte dem Unterricht kaum folgen, weil immer wieder Hustenkrämpfe sie schüttelten. Schließlich hatte Viktoria die Eltern des Mädchens aufgesucht. Sie erzählten ihr, dass die Fürsorgestelle für ihre Tochter eine Heilstättenbehandlung empfohlen habe. Nun hofften sie, dass eine Kur an der Nordsee helfen könnte. Aber Tuberkulose war eine schwere Krankheit, für die es noch immer kein verlässliches Heilmittel gab. Manchmal brachte eine Kur im Reizklima sie zum Stillstand. Es war ein Strohhalm, an den sie sich klammerten. Viktoria hatte den Eltern dabei geholfen, die Verschickung zu organisieren. Die Kirchengemeinde und die Krankenkasse übernahmen die Kosten. Seitdem hatte Elli jede Woche geschrieben, aber sie hatte sich nicht dazu geäußert, ob es ihr besser ging.

Vor dem Familienbad bog Viktoria ab Richtung Kiefernwäldchen. Dort ließ der Wind spürbar nach. Sie nahm ihren Hut ab und steckte ihre Locken wieder fest, die sich gelöst hatten. Links erhoben sich mehrere miteinander verbundene Gebäude aus dunkelrotem Backstein. Das Kinderkrankenhaus »Seehospiz Kaiserin Friedrich«, benannt nach der Kronprinzessin des Deutschen Reiches und Mutter von Wilhelm dem Zweiten.

Die Einrichtung war viel größer, als Viktoria erwartet hatte. Auf dem weitläufigen Gelände war gut ein Dutzend größere und kleinere Gebäude verteilt. Der Weg führte Viktoria zum Haupthaus in der Mitte. Auf dem Rasen zwischen den Gebäuden spielten Kinder. Manche waren erschreckend dünn. Sie litten offensichtlich an Auszehrung. Viktoria vermutete, dass sie aus armen Familien stammten und hier aufgepäppelt wurden. Ein Kind hatte ein großes Ekzem im Gesicht, vermutlich Skrofulose, unter der insbesondere Arbeiterkinder litten. Zwei Mädchen mit geflochtenen Zöpfen schlugen ein langes Seil, ein anderes sprang hinein. Dazu sangen sie: »*Eins, zwei, drei, vier – trink nicht mehr als ein Glas Bier – sonst kommt nämlich die Patroll – und haut dir den Buckel voll.*«

Dasselbe Lied sagen Viktorias Schülerinnen auf dem Schulhof. Aber dies hier war kein Schulhof, sondern ein Krankenhaus, und das war zu spüren. Die Schwestern hatten Betten nach draußen geschoben, darin lagen die Kinder, die zu schwach zum Aufstehen waren. Ein Mädchen in einem der Betten beobachtete die Seilspringerinnen. In ihren Augen lag Sehnsucht. Aber vielleicht würde auch sie bald wieder dabei sein können.

Ein Tisch war im Freien aufgestellt worden. Eine junge Ordensschwester saß dort mit einigen Kindern, die eifrig schrieben. Die Schwester bemerkte Viktoria und stand auf. Sie war vielleicht Anfang zwanzig, die dunkelblonden Haare steckten straff zurückgekämmt unter einer weißen Haube, die mit einer großen Schleife unter dem Kinn festgebunden war. Sie sah aus wie aus dem Ei gepellt – bis auf die Tintenflecke an ihren Fingern. Offenbar bemerkte sie Viktorias Blick. »Entschuldigen Sie, die Kinder haben Briefe nach Hause geschrieben.« Sie holte ein Taschentuch hervor und rieb an ihren Fingern, doch die Tinte blieb.

»So geht es mir im Unterricht auch immer«, sagte Viktoria.

»Sie sind Lehrerin?«, fragte die Schwester und sah Viktoria neugierig an.

Viktoria nickte. »In Hamburg.«

»An einer höheren Töchterschule?«

»Nein, an einer Reformschule. Wir unterrichten Schülerinnen aus Arbeiterfamilien und dem Bürgertum zusammen.«

»Das klingt interessant. Aber ist es nicht schwierig? Was sagen die Eltern der Töchter aus gehobenen Familien dazu? So ein Regierungsrat möchte doch sicherlich nicht, dass sein Kind neben dem einer Näherin sitzt.«

Womit die Schwester den Finger in die Wunde gelegt hatte. »Es gibt einige fortschrittliche Eltern, aber Sie haben recht, oft ist es schwierig. Das eigentliche Problem aber sind die unterschiedlichen Voraussetzungen zu Hause. Die Kinder aus den armen Familien erhalten ihre Bücher von uns und können nachmittags ihre Aufgaben in der Schule machen«, erklärte Viktoria. Es freute sie, dass die Schwester Interesse an ihrer Arbeit zeigte. Normalerweise begegneten die Leute der Reformpädagogik mit Vorbehalten.

Die junge Schwester schien nicht zu diesen Leuten zu gehören. »Ein guter Ansatz«, sagte sie. »Sehr interessant finde ich auch die Landeserziehungsheime, die der Lehrer Lietz gegründet hat. Die Kinder können sich doch erst abseits der Städte wirklich entfalten. Was ist Ihre Meinung dazu?«, fragte sie mit glänzenden Augen.

Viktoria wollte schon zu einer Antwort ansetzen, als hinter ihr eine Stimme ertönte. »Schwester Zita, Sie sollten sich lieber um die Kinder kümmern, statt unsere Gäste zu behelligen.«

Eine ältere Frau mit einem Kneifer auf der Nase war zu ihnen getreten, unzweifelhaft die Oberschwester. Viktoria fiel die Brosche an ihrer Brust auf, ein schwarzes Kreuz mit daraufliegendem Anker und Tau. Das Abzeichen der Schwesternschaft, die das Hospiz betrieb.

Zita sah beschämt zu Boden und trat einen Schritt zurück.

Die Oberschwester sah Viktoria durch ihren Kneifer an. »Wie kann ich Ihnen helfen, gnädiges Fräulein?«

»Mein Name ist Viktoria Berg. Ich möchte Elisabeth Cordes besuchen. Ich bin ihre Lehrerin. Ich hatte Ihnen geschrieben, dass ich komme.«

»Richtig, ich erinnere mich. Die kleine Elli. Leider ein schwieriger Fall.« Sie sah Viktoria durchdringend an, als wollte sie noch etwas hinzufügen. Doch dann wandte sie sich an die junge Schwester, die noch immer bei ihnen stand. »Schwester Zita wird Sie zu ihr führen.« Etwas leiser fuhr sie fort: »Und reinigen Sie sich bei dieser Gelegenheit die Hände.«

Schwester Zita lief rot an. »Entschuldigung, Frau Oberin.«

Die schüttelte den Kopf. »Sie wissen, dass Sie im Dienst jederzeit vorbildhaft sein müssen. Und was für ein Vorbild geben Sie ab mit schmutzigen Fingern? Außerdem haben Sie vorhin wieder mit den Kindern Fangen gespielt. Wie oft habe ich Ihnen schon gesagt, dass das schädlich ist?«

»Der Herr Medizinalrat hat gesagt, die Kinder sollen sich bewegen«, merkte die Schwester an, allerdings so leise, dass es kaum zu verstehen war.

»Unsere Schützlinge sollen Leibesübungen machen,

nicht wild herumtollen.« Die Oberschwester wandte sich an Viktoria. »Jeden Morgen turnen die Kinder in der Halle am Reck und an den Seilen. Das kräftigt die Muskeln.«

Sie erwartete offensichtlich Zustimmung, die Viktoria gerne bereit war zu geben. Wenn auch nicht ganz so, wie es sich die Oberschwester vielleicht wünschte. »An unserer Schule setzen wir ebenfalls auf Bewegung. Aber wir nutzen den natürlichen Bewegungsdrang der Kinder. Fangen ist eine schöne Beschäftigung.«

Schwester Zita hatte den Kopf gesenkt, doch Viktoria glaubte, sie lächeln zu sehen.

Die Oberschwester versteifte sich unmerklich. »Die Kinder sind krank, sie benötigen wohldosierte Leibesübungen, kein wildes Herumhüpfen und Laufen.« Sie faltete ihre Hände. »Ich lasse Sie nun allein. Schwester Zita, Sie führen Fräulein Berg zu der kleinen Elisabeth. Und denken Sie an Ihre Hände.« Die Oberschwester nickte ihnen zu und ging hinüber zu der Gruppe Mädchen, die Seil sprangen. Im nächsten Moment war deren Spiel beendet. Traurig setzten sie sich stattdessen auf eine Bank.

Schwester Zita winkte den Kindern aufmunternd zu. »Nachher geht es an den Strand«, rief sie ihnen zu. Sofort hellte sich die Miene der Mädchen auf.

»Oberschwester Josepha glaubt, dass zu viel Bewegung die Kinder schwächt. Sie will nur das Beste für sie, und das ist in ihren Augen vor allem, still in der Sonne zu sitzen, kalte Bäder am Morgen und Übungen am Reck. Zum Glück besteht der Herr Medizinalrat auf Strandspaziergängen. Unser Bademeister, Herr Lampe, geht jeden Tag mit den Kindern ans Meer.« Die junge Schwester deutete auf eines der kleineren Gebäude. »Wollen wir?«

Viktoria folgte der Schwester über einen schmalen Fußweg zu dem Gebäude. Sie betraten es und gelangten in einen hellen Flur. Durch eine Fensterfront zur Rechten sah man auf das Klinikgelände. Linker Hand gingen mehrere Türen ab. Ihre Schritte hallten auf dem Terrazzoboden wider. Durch eine offene Tür sah Viktoria eine Reihe von Waschzubern, die in einem hell gekachelten Raum standen. Hier erhielten die Kinder offenbar ihre Badekuren.

»Ich freue mich, dass jemand Elli besucht«, sagte die Schwester und drehte sich halb zu Viktoria um. »Ein wenig Aufmunterung wird ihr guttun.«

»Hat die Seeluft ihr geholfen?«

Vitoria hatte das Gefühl, dass die junge Schwester ihrem Blick auswich. »Der Doktor musste eine Pneumolyse vornehmen. Dabei wird ein Lungenflügel zum Kollabieren gebracht, was die Lunge zur Heilung anregt. Aber bislang bleibt der erwünschte Erfolg aus.« Sie blieb stehen und öffnete die Tür zu einem Schlafsaal, in dem Metallbetten eng aneinandergestellt waren.

Ellis Bett war das vorletzte in dem Saal, direkt vor einem geöffneten Fenster, dessen Vorhänge sich im Wind sanft bewegten. Viktoria trat näher und blieb schließlich stehen. Das Mädchen war noch schmächtiger, als Viktoria sie in Erinnerung hatte. Elli hatte die Augen geschlossen. Ihr Gesicht war fast so bleich wie das weiße Laken, auf dem sie lag.

Schwester Zita berührte Elli sanft an der Schulter. »Elli, du hast Besuch.«

Elli öffnete die Augen und lächelte. »Fräulein Berg. Sie sind wirklich gekommen.« Ihre Stimme war kaum zu hören. Sie richtete sich auf, und Viktoria setzte sich zu ihr auf das Bett.

»Natürlich, das habe ich dir doch versprochen.« Sie nahm Ellis Hand und streichelte sie. »Wie fühlst du dich?«

Elli zuckte mit den Schultern.

Viktoria beschloss, das Thema nicht weiter zu berühren. »Hast du das Meer schon gesehen? Das ist doch mal was anderes als das Brackwasser vom Hamburger Hafen.« Sie zwinkerte ihr zu.

»Auf der Überfahrt bin ich eingeschlafen, und danach war ich zu schwach, um bei den Strandausflügen dabei zu sein. Aber bald darf ich mit.« Ihr Blick fiel auf Schwester Zita. »Nicht wahr?«

»Natürlich«, sagte die Schwester und schüttelte ihr Kissen auf.

Elli lehnte sich zurück. »Das wird bestimmt schön.«

»Das wird es, ganz sicher«, sagte Schwester Zita.

Viktoria griff in ihre Tasche und holte die Muschel hervor, die sie vorhin am Strand gefunden hatte. »Schau mal, ich habe dir etwas mitgebracht.«

Elli nahm die Auster, strich sanft über das schillernde Perlmutt auf der Innenseite. »Wie schön das glänzt.«

»Riech mal daran.«

Elli führte die Muschel an die Nase, schnupperte. »Puh, die stinkt.«

»Sie riecht wie das Meer«, erklärte Viktoria.

Elli umschloss die Muschel mit ihren Händen wie einen kostbaren Schatz. »Vielen Dank, Fräulein Berg.«

Schwester Zita räusperte sich. »Ich lasse Sie nun allein. Nachher bringe ich dir Suppe, Elli. Die du so gerne magst, die mit den Klößen.«

»Sind hier alle so freundlich?«, fragte Viktoria, nachdem die Schwester gegangen war.

»Die meisten. Aber Schwester Zita ist besonders nett. Manchmal setzt sie sich her, und wir spielen Karten. Die Oberschwester möchte das aber nicht. Sie sagt, Schwester Zita muss sich um alle Kinder kümmern, nicht nur um mich.« Sie sah Viktoria an. »Wenn ich wieder gesund bin, kann ich ganz allein ans Meer gehen. So wie Rieke.« Sie strich über die Muschel. »Rieke hat erzählt, dass das Meer ganz groß ist. Und dass man von der Georgshöhe die Ozeandampfer auf ihrem Weg nach Amerika sehen kann.«

»Ist Rieke deine Freundin?«

Elli nickte und deutete auf das Bett neben sich. »Das ist ihrs. Sie ist kurz nach mir angekommen. Sie hatte eine Verletzung am Bein und davon ein schlimmes Fieber bekommen. Sie wäre fast gestorben. Jetzt ist sie aber fast wieder gesund. Rieke erzählt immerzu Geschichten. Die Oberschwester sagt, mit Rieke geht die Fantasie durch, aber mir gefällt das, dann ist es nicht so langweilig. Am liebsten mag ich es, wenn Rieke Pferdegeschichten erzählt. Sie hat sogar ein eigenes Pferd.« Sie hustete, nahm sich ein Taschentuch und hielt es sich vor den Mund.

»Ach ja?«, fragte Viktoria und konnte ihre Überraschung kaum verbergen. Welches Kind hatte schon ein eigenes Pferd? Höchstens adelige Mädchen, aber das würde wohl kaum im Schlafsaal mit all den anderen Kindern nächtigen.

Doch Elli fuhr unbekümmert fort. »Wir galoppieren manchmal mit ihrem Pferd durch das Zimmer.« Sie deutete auf das Metallgestell ihres Bettes. »Hier springen wir rüber und dann über Wiebkes Bett und dann über das von Hanna und Clara.«

»Kann es sein, dass du flunkerst?«, lachte Viktoria.

Elli wurde ein wenig rot. »Es ist kein echtes Pferd, sondern aus Holz.« Sie hielt die Hand etwa zwanzig Zentimeter auseinander. »So groß. Es ist schwarz und hat einen roten Sattel aus Leder. Rieke sagt, Reiten ist gar nicht schwer. Der Kaiser hat für sie schon mal ein Pony ausgeliehen, auf dem sie reiten durfte.«

»Der Kaiser?« Die beiden Mädchen schienen sich ja einiges zusammengesponnen zu haben. Aber Viktoria gefiel es. Was sollten sie auch sonst machen, während sie hier im Bett lagen und darauf hofften, gesund zu werden?

»Es ist natürlich nicht der echte, Rieke nennt ihn nur so. Sie sagt, er wohnt in einem Palast im Dorf mit silbernen Leuchtern und elektrischem Licht, wo die Damen feine, seidene Kleider tragen. Sie sagt, eines Tages nimmt er sie mit, und dann bekommt sie auch so ein Kleid.« Sie hustete erneut und wischte sich über das verschwitzte Gesicht.

»Na, dann hoffen wir mal, dass er Wort hält.« Viktoria griff in ihre Tasche und zog eine prall gefüllte Tüte heraus. »Schau mal, was ich für dich habe.«

Elli richtete sich auf. »Bonbons!«

Viktoria öffnete die Tüte und hielt sie Elli hin. Die nahm ein Bonbon heraus und legte es sich auf die Zunge. Sie verzog das Gesicht.

»Iiih, sauer!«, sagte sie. Aber es schien ihr zu gefallen, denn sie lutschte genüsslich darauf herum.

»Du kannst Rieke ja auch eins abgeben, wenn du magst«, schlug Viktoria vor. Doch mit einem Mal wirkte Elli traurig.

»Was ist – möchtest du nicht teilen?«, fragte Viktoria.

Elli hielt den Rand der Papiertüte mit den beiden Händen umklammert und knetete ihn nervös. »Rieke ist weg«, sagte sie leise.

»Ist sie nach Hause zurück?«

Sie zuckte mit den Schultern. »Ich weiß nicht. Heute Morgen war sie nicht mehr in ihrem Bett. Und auch danach habe ich sie nicht gesehen. Sie war auch nicht beim Frühstück.« Elli presste die Lippen zusammen, warf einen Blick auf Viktoria und sah dann wieder vor sich auf die Bettdecke. Ihre Augenbrauen hatten sich zusammengeschoben.

»Wie ging es Rieke denn in den letzten Tagen?«, fragte Viktoria vorsichtig. Vielleicht war das Wundfieber zurückgekehrt, und niemand hatte Elli aufregen wollen.

»Gut, sie ist fast wieder gesund. Ständig ist sie unterwegs, und abends erzählt sie mir, was sie tagsüber gemacht hat. Dafür bringe ich ihr Nähen bei. Der Träger ihrer Schürze ist nämlich abgegangen, und sie wusste nicht, wie man ihn wieder annäht.«

Die Papiertüte riss ein. Ellis Hände zitterten. Doch sie bemerkte es gar nicht.

»Gestern Abend ist Rieke spät zurückgekommen«, fuhr sie fort. »Sie war komisch, sie hat sich hingelegt und ist eingeschlafen. Normalerweise plappert sie ohne Unterlass. Aber gestern Abend war sie ganz still. Und als ich heute Morgen aufgewacht bin, war sie nicht mehr da. Ich hab die anderen gebeten, nach ihr zu suchen. Aber niemand hat sie gesehen.« Angst flackerte in ihren Augen, als sie aufsah.

»Was sagt denn die Oberschwester dazu?«, fragte Viktoria.

»Sie hat gesagt, das geht mich nichts an. Ich soll aufhören zu fragen.« Elli hustete, und in ihr bleiches Gesicht trat eine fiebrige Röte. Ihre Stimme war kaum zu hören, als sie sagte: »Fräulein Berg, können Sie Rieke für mich finden?«

Viktoria drückte Ellis Hand. »Ich will sehen, was ich tun kann.« Sie würde nachher die Schwester fragen, was es mit dem Verschwinden des Mädchens auf sich hatte. »Vielleicht ist Rieke nur zu einer Untersuchung und kommt bald wieder. Mach dir keine Sorgen.«

Ihr Blick fiel auf ein Kartenspiel, das auf dem Nachttisch lag. »Wie wäre es mit einer Runde Sechsundsechzig?«

Elli nickte, aber sie wirkte noch immer niedergeschlagen. Ihre Stimmung hellte sich auf, als sie einige Male gewonnen hatte, doch dafür wurde ihr Husten stärker. Sie presste sich immer wieder das Taschentuch vor den Mund. Viktoria sah das schaumige Blut an den Lippen des Mädchens. Als ein besonders starker Anfall vorbei war, lehnte sich Elli zurück, holte rasselnd Atem. Sie schloss erschöpft die Augen.

»Ja, schlaf ein wenig«, sagte Viktoria. »Ich besuche dich bald wieder.« Sie strich eine verschwitzte Strähne von Ellis fiebriger Stirn. Sie wartete, bis ihr Atem ruhiger wurde. Gerade, als sie gehen wollte, setzte sich Elli unvermittelt auf. Sie sah Viktoria durchdringend an.

»Fräulein Berg – Sie müssen Rieke finden.«

»Das werde ich«, versprach Viktoria.

4

Fahnen im Wind

Das Pferd schnaubte, scharrte ungeduldig mit dem Huf im warmen Sand, warf den Kopf hin und her. Doch der junge Stallbursche hielt es fest, tätschelte seinen Hals. »Ruhig, Friesengott, ruhig.«

Christian musste lächeln, während er durch den Sucher seiner Plattenkamera schaute. Der Junge war ungefähr elf Jahre alt und für sein Alter nicht besonders groß. Die schwarze Stoffhose hatte am Knie einen Flicken, das Hemd hing ihm aus der Hose. Doch er hielt das große Tier am Zügel, als sei es ein Rotkehlchen in seiner Hand.

Christian stellte das Objektiv scharf. Er sah den Jungen – im Hintergrund das Meer und den Strand – und drückte auf den Auslöser. Es war mit Sicherheit kein Bild für die *Frau von Welt*, die Damenillustrierte, für die er als Journalist arbeitete. Doch das war ihm egal. Es würde eine Fotografie werden, die ihm selbst gefiel, und sicher könnte er dem Stallburschen mit einem Abzug eine Freude machen.

Das Pferd trat unruhig hin und her, und Christian wich einen Schritt zurück. Ihm waren Pferde nicht geheuer. Er hatte einmal als Kind auf dem Kutschpferd des Zentralschlachthofes gesessen. Sein Vater hatte es nicht gewollt.

Die Leute sollten nicht denken, der Vorarbeiter Hinrichs würde seinen Sohn bevorzugt behandeln. Doch der Kutscher hatte Christian ohne viele Worte einfach auf den Rücken des Tieres gesetzt. Der war sich vorgekommen wie Kara Ben Nemsi und hatte wild mit den Zügeln geschlagen. Im nächsten Moment machte das Tier einen Satz nach vorn, und Christian lag auf dem Kopfsteinpflaster. Das gellende Lachen seines Vaters klang ihm noch heute in den Ohren, und ein gehöriger Respekt vor Pferden war geblieben.

In diesem Moment kam ein Offizier durch den Sand auf sie zugestapft. Er drückte dem Jungen einen Groschen in die Hand. Der zog die Mütze und bedankte sich artig, hielt das Tier weiterhin fest, während der Offizier aufstieg und sich in Pose setzte, damit Christian ihn fotografieren konnte. Porträts von armen Stallburschen waren nichts für die *Frau von Welt*. Die Leserinnen von Damenillustrierten wollten Aufnahmen von schmucken Soldaten sehen, hoch zu Ross und in Uniform. Deshalb hatte Christian einen Offizier gebeten, ihn fotografieren zu dürfen.

Christian rückte das große Gestell der Plattenkamera zurecht, richtete die Kamera aus und schaute durch den Sucher. Der Ausschnitt passte. »Jetzt bitte ruhig halten, der Herr.«

»Geh weg da, Junge, du machst mir das Tier ja ganz wild. Wie soll denn da die Fotografie etwas werden?«, raunzte der Offizier den Stallburschen an und scheuchte ihn mit einer Bewegung beiseite.

Der ließ das Tier los, das daraufhin ausscherte. Christian trat eilig zurück. Der Offizier hatte sichtlich Mühe, das Tier unter Kontrolle zu bekommen.

»Vielleicht ist es doch besser, ich halte Friesengott fest«, sagte der Junge.

Doch der Offizier zügelte das Tier scharf, und schließlich blieb es stehen.

Der Junge trat beiseite und beobachtete den Reiter. Der saß auf dem Tier, das ungeduldig mit dem Huf scharrte. Doch der Offizier hielt die Zügel kurz, sodass dem Tier kaum Freiheit blieb. Er blickte mit heroischem Blick geradeaus – oder mit dem, was er für einen heroischen Blick hielt. Christian drückte auf den Auslöser. Erledigt. Der dazugehörige Artikel lag bereits in Christians Zimmer in der Pension. Anderthalb Wochen hatte Redaktionsleiter Teubner eingeplant, damit Christian den launigen Bericht über den Adel in der Sommerfrische schrieb. Normalerweise hätte Christian diese Zeit auch benötigt. Gerade erst war er in Binz auf Rügen gewesen, um auch von einem Ostseebad zu berichten. Aber ein Sommerort war wie der andere. Hier auf Norderney hatte Christian die letzten Tage von früh bis spät geackert, damit er diesmal schneller fertig wurde. Nachher würde er noch ein paar Sätze vom heutigen Offiziersrennen am Strand einfügen – fertig wäre der Artikel. Knapp eine Woche vor Abgabetermin. Zum ersten Mal in seinem Leben hatte Christian Urlaub. Quasi.

»Sie schicken mir die Fotografie?«, fragte der Offizier.

Christian nickte und notierte sich die Adresse des Offiziers, um sie später an die Schreibdamen im Hamburger

Büro weiterzugeben. Die würden sich darum kümmern und dem Offizier einen Abzug schicken.

Christian wandte sich um und sah zu der provisorischen Rennbahn, die am Strand errichtet worden war. Viele Sommergäste hatten sich schon entlang der Absperrung versammelt, die vorderen Reihen waren komplett belegt. Am Start standen inzwischen weitere Reiter. Auch der Offizier lenkte sein Tier dorthin. Der Stallbursche sah ihm hinterher.

»Und? Wie sind seine Chancen beim Rennen?«, fragte Christian.

»Friesengott ist heute sehr unruhig, so kenne ich ihn gar nicht. Vielleicht machen die vielen Leute ihm Angst. Er sollte jedenfalls nicht mit harter Hand geritten werden.« Der Stallbursche runzelte besorgt die Stirn.

Christian klappte das Stativ zusammen. Viel Zeit blieb nicht, bis das Rennen begann. Es schien, als wollte ganz Norderney das Offiziersrennen am Nordstrand verfolgen. Männer in grauem Gehrock und Bowler, manche salopp mit Strohhut. Und natürlich viele Offiziere in Uniform. Die Damen hatten ihre ausladenden Hüte gut festgesteckt, denn es wehte ein starker Wind vom Meer. Die Fahnen flatterten an den provisorischen Masten. Herren- und Familienbad lagen hinter ihnen, doch im nahe gelegenen Café Cornelius konnten die Sommergäste alle Annehmlichkeiten der Sommerfrische genießen. Es gab Kuchen und Kaffee, auch alkoholische Getränke wurden ausgeschenkt. Das Offiziersrennen führte am Strand entlang, dann ein Stück in die Dünen hinein und wieder zurück.

Christian schaute sich um. Oben auf der Düne hatten sich ebenfalls Schaulustige eingefunden. Von dort würde er einen guten Blick haben. Aber es war kein ganz leichtes Unterfangen, mit der Kamera samt Stativ dort hochzumarschieren. Christian stieß einen leisen Fluch aus. Diese Plattenkamera war viel zu schwer. Sehnsüchtig dachte er an seine Kodak Brownie, die in seinem Pensionszimmer lag. Die Boxkamera war klein und leicht, und man konnte sie gut mitnehmen. Aber mit ihr würde er keine druckfähigen Fotografien machen können. Dafür musste er die Plattenkamera verwenden.

Er wandte sich an den Stallburschen. »Ich könnte deine Hilfe brauchen. Ich muss die Kamera da auf die Düne schaffen.«

Der Junge nickte. »Stets zu Diensten, der Herr.«

Christian lachte. »Den *Herrn* kannst du dir sparen. Ich bin Krischan.« Er reichte dem Jungen seine Tasche. »Außerdem brauche ich noch deinen Namen und deine Adresse, damit ich dir die Aufnahme schicken kann.«

Der Junge sah Christian entgeistert an. »Sie haben *mich* fotografiert?«

»Natürlich. Warum denn nicht?« Christian hob die Kamera samt Stativ hoch und legte sie sich auf die Schulter. »Also – wie heißt du?«

»Ubbe Rass ist mein Name. Wir wohnen in der Marienstraße.«

»Dann komm, Ubbe. Wir wollen oben sein, bevor die Reiter starten.«

Christians Füße sackten im Sand ein, als er die Düne

hinaufging. Das Holz des Stativs drückte auf seine Schulter. Schweiß bildete sich auf seiner Stirn. Fünfundzwanzig Grad waren es heute, und obwohl er nur einen leichten Straßenanzug trug und der Wind wehte, war ihm heiß. Die Elbsegler-Mütze auf seinem Kopf machte es nicht gerade erträglicher.

Ubbe stapfte neben ihm her, die Tasche in den Händen haltend, als wäre sie ein Schatz. Endlich waren sie oben. Vorsichtig setzte Christian die Kamera ab und stellte das Stativ auf. Es war auch höchste Zeit, denn inzwischen waren alle Reiter an der Startlinie eingetroffen. Die Militärkapelle spielte einen Marsch, was einige der Tiere nervös hin und her tänzeln ließ. Christian warf einen prüfenden Blick durch den Sucher. Der Weg auf die Düne hatte sich gelohnt. Hier oben hatte er die Sonne im Rücken und eine perfekte Aussicht auf die Rennbahn und die große Schar der Gäste. Die Menschen standen hinter einer kleinen hölzernen Brüstung, um die grüne Girlanden und Blumen gewickelt waren. Hinter ihnen flatterten Fahnen im Wind. Das würde ein Bild ganz nach dem Geschmack von Redakteur Teubner werden.

Die Reiter nahmen jetzt am Start Aufstellung. Die Kapelle beendete ihren Marsch. Die Gespräche der Menschen verstummten, als sich auf der Ehrentribüne ein Mann mit weißen Haaren und Zylinder erhob und eine kurze Rede hielt. Der Wind trug seine Worte fort. Dann erklang der Startschuss, und die Pferde preschten los. Christian drückte auf den Auslöser.

Die Hufe der Tiere wirbelten den weichen Sand auf.

Jetzt war der erste Reiter auf Christians Höhe. Er machte noch eine Aufnahme, und schon waren die Tiere weiter, galoppierten auf die Dünen zu, wo die Rennstrecke eine kleine Runde beschrieb. Das erste Pferd lag bereits um eine Länge dem nachfolgenden Tier voraus. Der dunkle Hengst schien nur so über den Sand zu fliegen.

»Das ist Klabautermann. Er steht auch in unserem Stall, und ich versorge ihn, solange er auf Norderney ist«, erklärte Ubbe stolz.

Die Reiter verschwanden hinter der Düne. In wenigen Sekunden würden sie wieder auftauchen und die Bahn zurückreiten, direkt auf Christian und Ubbe zu.

»Komm, hilf mir, das Stativ umzustellen«, sagte Christian.

Sie rückten die Stäbe zur Seite, und Christian richtete die Kamera neu aus. »Willst du mal schauen?«, fragte er den Jungen.

Der nickte begeistert und schaute durch den Sucher. »Das ist ja alles verkehrt herum!«, rief er empört.

Christian musste lachen. »Das muss so sein.«

Ubbe schüttelte den Kopf, ging dann beiseite. Christian rückte die Kamera noch einmal zurecht. Er machte sich bereit und wartete. Doch nichts passierte. Er schaute an seiner Kamera vorbei. »Was ist los?«, fragte er den Jungen.

Ubbe zuckte mit den Schulten. »Sie müssen nur um die Düne rum, das ist nicht weit, ich bin die Strecke heute Morgen abgelaufen.«

»Vielleicht ist jemand gestürzt«, mutmaßte Christian und bemerkte, wie sich die Miene des Jungen verdunkelte.

Doch dann tauchte ein Reiter im Galopp hinter der Düne auf.

Ubbe jubelte. »Es ist Klabautermann! Ich wusste doch, dass der nicht stürzt. Er ist der Beste.«

Christian musste über die Begeisterung des Jungen lächeln. Dann konzentrierte er sich wieder auf seine Kamera. Die Menge jubelte. Christian drückte auf den Auslöser und war sich sicher, dass das Bild in der *Frau von Welt* abgedruckt werden würde. Es war perfekt – Pferd und Reiter im Galopp von vorn, an der Seite die festlich gekleideten Sommergäste, die dem Sieger zujubelten, im Hintergrund wehten die Fahnen.

»Wo sind denn die anderen?«, hörte Christian Ubbe sagen. Jetzt fiel auch ihm auf, dass irgendetwas nicht stimmte. Kein anderer Reiter war hinter der Düne hervorgekommen. Klabautermann befand sich unterdessen im Endspurt und legte noch einmal an Geschwindigkeit zu.

Die Menge jubelte immer lauter. Der Hengst stob über die Ziellinie. Doch statt den Applaus der begeisterten Menge entgegenzunehmen, trabte der Reiter unverzüglich zur Ehrentribüne und sprach mit dem weißhaarigen Mann, der zuvor das Rennen eröffnet hatte.

Der winkte einen Gendarmen zu sich, der in der Nähe gestanden hatte. Im nächsten Moment lief der Uniformierte davon in Richtung Düne. Christian hörte aufgeregtes Gemurmel, das sich wellenartig über die Schaulustigen ausbreitete, bis es schließlich hinauf zu ihnen drang. »Es wurde eine Leiche gefunden.«

5
Jawohl, Herr von Treptow

Eine dichte Menschentraube hatte sich am hinteren Teil der Düne gebildet, als Christian endlich mit dem schweren Stativ und der Kamera eintraf. Ubbe war ihm diesmal keine Hilfe gewesen. Christian hatte ihn vorlaufen lassen, da der Junge es vor Ungeduld nicht länger ausgehalten hatte. Christian musste das Stativ, die Kamera und die Tasche selbst schleppen.

Mit dem unhandlichen Stativ war für Christian zunächst kein Durchkommen. Erst als er sich mit dem Ruf »Presse!« laut bemerkbar machte, wurde ihm Platz gemacht, und er gelangte weiter nach vorn. Hinter sich hörte er eine Dame schimpfen, weil er sie angerempelt hatte. Aber immerhin war er jetzt vorn und konnte sehen, warum die Reiter das Rennen so abrupt beendet hatten. Halb im Sand verborgen, lag ein toter Mann. Er lag auf dem Bauch, sodass man sein Gesicht nicht sehen konnte. Aber der Uniform nach zu urteilen – dunkelblauer Waffenrock mit gelben Epauletten, schwarze Hose und Reitstiefel –, war es ein Offizier der Ulanen. Die Tschapka lag ein Stück daneben, vom Sand bedeckt.

Der weißhaarige Mann mit dem dunklen Zylinder von der Ehrentribüne stand neben dem Toten und erteilte

Anweisungen. Selbst auf die Entfernung konnte Christian sehen, dass der Frack des Mannes maßgeschneidert und das Tuch edelste Ware war. Keine Frage, er war eine Autorität. Er rief den Gendarmen zu sich, und der schlug beim Salutieren so hart die Hacken zusammen, dass allein der Anblick wehtat. Anschließend begann der Wachtmeister, die Menschen zurückzudrängen. Christian nutzte die Gelegenheit, um das Stativ aufzubauen. Vielleicht war das hier seine Chance. Er war es leid, über Debütantinnenbälle und die neueste Pariser Mode zu schreiben. Auch die vielen Reisen, die er für die *Frau von Welt* unternahm, konnten ihn nicht aussöhnen mit der gegenwärtigen Situation. Er hatte die Stelle bei der *Frau von Welt* überhaupt nur angenommen, weil er vor einem Jahr sehr plötzlich Hamburg verlassen musste und die Zeitschrift ihn umgehend zu den illustren Reiseorten des Landes schickte. Doch noch immer trauerte Christian seiner Zeit als Kriminalreporter beim *Hamburger Fremdenblatt* nach. Vielleicht könnte er sich mit den Fotos bei einer anderen Zeitung bewerben. Einen Neuanfang wagen.

Christian richtete die Kamera aus und stellte die Blende ein. Der tote Mann war deutlich im Sucher zu erkennen. Doch bevor er auf den Auslöser drücken konnte, trat jemand vor die Kamera. »Gehen Sie bitte einen Schritt zur Seite«, bat Christian.

»Räumen Sie das sofort weg, Mann!«

Ein Gendarm mit einem hellblonden Backenbart stand vor ihm. Christian sah ihn entnervt an. Er kannte den Mann. Er war schon im letzten Jahr mit ihm aneinandergeraten, als der Polizist den Tod eines Zimmermädchens vorschnell als Selbstmord abgetan und sich gleichzeitig jede Einmischung verboten hatte. Dabei war von Anfang an offensichtlich gewesen, dass mit ihrem Tod etwas nicht stimmte.

»Ich arbeite für die Zeitung«, sagte Christian und widmete sich wieder seiner Kamera. Ihm war natürlich klar, dass er den Platz räumen musste. Gegen die Staatsgewalt kam er nicht an. Pressefreiheit wurde nicht besonders großgeschrieben im Reich. Aber er hoffte trotzdem, dass er noch zu seiner Fotografie kam.

»Sie gehen jetzt, andernfalls werden Sie abgeführt!« Der Gendarm trat direkt neben Christian, als wollte er sofort zur Tat schreiten – und gab damit den Blick auf die Leiche frei. Christian drückte auf den Auslöser und musste sich bemühen, nicht zu lächeln. Die Aufnahme hatte er jedenfalls. »Ich räume ja schon alles weg«, sagte er beschwichtigend.

Aber leider war der Gendarm nicht ganz so einfältig, wie Christian gehofft hatte. »Haben Sie da gerade fotografiert? Sie geben mir sofort die Platten heraus!«

Das hatte ihm gerade noch gefehlt. Dann wären auch die Aufnahmen vom Rennen weg. »Das geht nicht. Es ist viel zu windig, der Sand zerstört die Mechanik der Kamera«, sagte er schnell. Besser er machte, dass er davonkam. Er winkte dem Stallburschen, der ein wenig abseits stand und das Gespräch mit großen Augen verfolgte. »Ubbe, komm mal her und hilf mir.«

Der Junge kam angelaufen, machte dabei aber einen großen Bogen um den Gendarmen. Der hatte die Arme in die Seiten gestemmt. »Sie händigen mir auf der Stelle die Platten aus!«

Christian ließ sich nicht beirren. »Die Kamera gehört nicht mir, sondern der Zeitung, für die ich arbeite. Wenn Sie die Platten haben wollen, müssen Sie sich an den Verleger wenden.«

»He, Sie da. Lassen Sie Ihre Kamera stehen!«

Christian sah auf. Der weißhaarige Mann mit Zylinder, der vorhin dem Gendarmen Anweisungen gegeben hatte, kam zu ihnen.

Sofort nahm der Gendarm Haltung vor ihm an. »Herr von Treptow, dieser Reporter hat eine Aufnahme von dem Toten gemacht und will sie nicht herausgeben. Ich kenne den Mann, er ist ein Unruhestifter. Er arbeitet für ein Damenblatt und hat bereits im letzten Jahr im Fall des toten Zimmermädchens die polizeilichen Ermittlungen behindert.«

Der weißhaarige Mann richtete seine eisgrauen Augen auf Christian. »So, Sie waren das. Ich habe von Ihnen gehört.«

Christian sah, wie der Gendarm voller Genugtuung grinste. Dammich! Wenn Christian eins nicht wollte, dann die Aufmerksamkeit der Staatsmacht auf sich zu ziehen. Die Geschichte in Altona letztes Jahr war noch längst nicht aus der Welt. Damals war ein Polizist durch Christians Schuld zu Tode gekommen. Christian hatte seinen Freund Willy, der es mit dem Gesetz nicht so genau nahm, bei einem Einbruch begleitet. Er hatte eine Reportage aus der Sicht des Einbrechers schreiben wollen und war sich besonders klug vorgekommen, weil noch niemand vor ihm diesen Einfall gehabt hatte und der Artikel einzigartig werden würde. Aber dann waren sie entdeckt worden, und bei der Flucht stürzte der Polizist vom Dach des Hauses, auf das er Christian gefolgt war. Christian fühlte sich schrecklich danach und irrte tagelang von Unruhe getrieben durch die Stadt. Schließlich nahm er das Stellenangebot der *Frau von Welt* an und nutzte die Gelegenheit, als Reisejournalist aus Hamburg zu verschwinden und aus den Seebädern des Reichs zu berichten. Bislang wusste außer Christians Freund Willy niemand von der Geschichte in Altona. Doch wann immer Christian auf einen Polizisten traf, hatte er ein ungutes Gefühl. Was, wenn doch noch alles herauskam?

»Ich sollte den Gendarmen nicht von der Arbeit abhalten«, sagte er schnell. »Ich gehe dann mal besser.«

Doch der Mann – Herr von Treptow, wie der Gendarm ihn genannt hatte – schüttelte den Kopf. »Das werden Sie nicht. Sie nehmen Ihre Gerätschaft und fotografieren den Toten von allen Seiten, und anschließend überlassen Sie uns die Aufnahmen.« Von Treptow fixierte Christian. »Damit wir uns richtig verstehen. Wenn auch nur *ein* Bild des Toten in einer Zeitung erscheint, sind Sie die längste Zeit Reporter gewesen.« Er sagte das so ruhig, dass Christian keine Sekunde daran zweifelte, dass dieser Mann über den nötigen Einfluss verfügte, um seine Drohung wahr zu machen.

Von Treptow wandte sich an den Gendarmen. »Müller, Sie gehen ihm zur Hand. Ich will Fotos, die die Lage des

Toten zeigen. Außerdem eine Aufnahme von allen Spuren, die Sie finden.«

Das selbstgefällige Grinsen im Gesicht des Gendarmen war längst verschwunden. »Aber Herr von Treptow, der Mann ist Zivilist!«

»Der Mann hat eine Kamera – *das* ist das Entscheidende. Lassen Sie ihn nicht aus den Augen. Wenn er fertig ist, begleiten Sie ihn zum Fotoatelier in der Strandstraße. Herr Ciolina soll die Platten belichten und uns die Abzüge geben. Verstanden?«

Der Gendarm salutierte. »Jawohl, Herr von Treptow!«

Der Mann sah Christian an. »Haben Sie das auch verstanden, Hinrichs?«

»Jawohl, Herr von Treptow«, murmelte Christian.

6
Ein sanfter Tod

Viktoria wartete, bis Elli eingeschlafen war, und verließ dann leise den Schlafsaal. Als sie auf dem Flur stand und die Tür schloss, musste sie erst einmal innehalten. Durch die Fenster schien die Sonne herein, die Streben warfen Schatten an die Wand. Viktoria hatte nicht erwartet, dass Elli so elend aussehen würde. Von Heilung war nichts zu spüren.

Als sie hinter sich Lachen hörte, wandte sie sich um. Zwei kleine Jungen rannten über den Flur an ihr vorbei. Sie spielten Fangen. Weiter vorn öffnete sich eine Tür, und Oberschwester Josepha trat aus dem Raum. Die Kinder blieben abrupt stehen.

»Was habe ich euch gesagt?«, fragte die Oberschwester mit fester Stimme.

Die Jungen senkten den Kopf. »Dass Laufen schädlich ist«, sagte der eine von ihnen.

Die Oberschwester nickte. »Ganz recht. Der Tod läuft immer mit. Und nun geht nach draußen und setzt euch brav auf eine Bank.« Sie schaute den beiden hinterher, wie sie über den Flur davongingen.

Doch kaum fiel die Tür ins Schloss, hörte Viktoria ein Aufjauchzen.

Die Oberschwester schüttelte den Kopf, drehte sich um und erblickte Viktoria. »Sie waren bei der kleinen Elisabeth Cordes? Ein bedauerlicher Fall.«

»Wird sie wieder gesund werden?«, fragte Viktoria, obwohl ihr Gefühl etwas anderes sagte. Schon beim ersten Blick auf Elli war ihr klar gewesen, dass es wohl kaum noch Hoffnung gab.

Der Gesichtsausdruck der Schwester bestätigte ihre Befürchtung. »Wir haben alles Menschenmögliche getan. Nun liegt es in Gottes Hand. Beten wir dafür, dass er ihr einen sanften Tod schenkt.«

Viktoria fühlte hilflose Wut in sich aufsteigen. Einen sanften Tod? Das war alles, was man Elli noch wünschen konnte? »Sie würde so gern einmal das Meer sehen. Können Sie das arrangieren?«

Die Oberschwester runzelte die Stirn. »Warum sollte ein Kind das Meer sehen wollen? Ich verstehe, dass es für Sie schwer ist, das Unvermeidliche zu akzeptieren. Aber wenn man so lange wie ich in diesem Krankenhaus arbeitet, sieht man ein, dass Gottes Wege unergründlich sind. Wir müssen uns in seinen Willen schicken.«

Viktoria fragte sich, wie viele Kinder die Schwester schon hatte kommen und gehen sehen und wie viele davon dem Tod geweiht gewesen waren. »Wir würden ihr einen letzten Wunsch erfüllen«, beharrte sie.

»Es ist unnötig, das Kind mit dem Transport zum Meer zu quälen.«

Viktoria war anderer Meinung, ging aber nicht darauf ein. Vielleicht konnte sie etwas anderes für das Kind tun.

»Verzeihung, Schwester Oberin, können Sie mir sagen, wo ich Ellis Freundin Rieke finde?«

Die Oberschwester versteifte sich merklich. »Ich weiß nicht, von wem Sie sprechen.«

»Ellis Freundin. Sie hat das Bett neben ihr.«

Die Schwester rückte den Kneifer auf ihrer Nase zurecht. »Das Bett ist derzeit nicht belegt.«

»Aber Elli sagt, dass dort ein Mädchen gelegen hat und dass es verschwunden ist.«

Die Oberschwester wandte sich ab, schaute aus dem Fenster. »Kinder in Ellis Alter haben oft eine blühende Fantasie.«

»Soll das heißen, Rieke ist Ellis imaginäre Freundin?« Viktoria konnte es nicht mit Sicherheit sagen, aber es fühlte sich falsch an.

»Elli ist leider häufig allein. Wir bringen sie in ihrem Bett, so oft es geht, nach draußen, aber in den vergangenen Tagen war sie selbst dafür zu schwach.«

»Ihre Geschichte hörte sich für mich sehr real an«, wandte Viktoria ein.

»Nicht immer lassen sich Wahrheit und Fantasie unterscheiden.« Die Oberschwester blickte auf die Uhr, die mit einer kurzen Kette an ihrem Kleid befestigt war. »Beten Sie für einen sanften Tod, Fräulein Berg. Mehr können Sie nicht tun.«

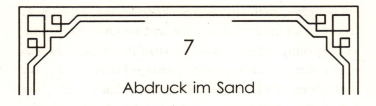

7

Abdruck im Sand

»Sie sind im Weg!«, sagte der Gendarm zu Christian. Sie standen beide bei der Leiche. Christian mit dem Auftrag, sie zu fotografieren, und der Gendarm sollte einen Skizzenplan mit Maßen erstellen. Mit gewichtiger Miene holte der Gendarm einen Zollstock aus der Innentasche seines Uniformrocks, entfaltete ihn direkt vor Christians Nase und maß dann umständlich den Weg von der Leiche zum nächsten Grasbüschel ab. Als er sich in gebückter Haltung schließlich rückwärts bewegte, stieß er mit Christian zusammen, der gerade sein Stativ vor dem Toten aufgebaut hatte und versuchte, die Leiche von oben zu erfassen.

»Dammich!«, rief Christian aus. »Können Sie nicht aufpassen? Jetzt ist die Aufnahme verwackelt.«

»Dann fotografieren Sie eben woanders«, schimpfte der Gendarm und schickte ein geschnaubtes »Zivilisten!« hinterher.

Christian verdrehte die Augen. Der Gendarm war mit Sicherheit früher Spieß gewesen, der seine Untergebenen gequält hatte. Christian ahnte, wie seine Karriere ausgesehen hatte. Einfacher Soldat im Heer, dann zum Unteroffizier befördert, irgendwann ausgemustert und zur Landpolizei gewechselt. Die einzige Qualifikation, die er dafür brauchte, waren ein gutes Leumundszeugnis und grundlegende Fähigkeiten im Schreiben und Rechnen. Dabei gab es seit einigen Jahren mehrmonatige Lehrkurse für die Ausbildung von Polizisten. Aber davon hatte Müller mit Sicherheit noch nie etwas gehört. Wütend starrte er Christian an, dessen Laune dadurch nicht besser wurde. Die Wut, die er spürte, seit Herr von Treptow ihn mit den Fotoaufnahmen beauftragt hatte, bahnte sich ihren Weg. »Ich soll woanders fotografieren? Wie wäre es, wenn Sie woanders herumlaufen würden. Sie haben vielleicht gerade wichtige Spuren vernichtet!«, sagte er und deutete auf den Boden vor ihnen.

Doch auch bei dem Gendarmen hatte sich einiges angestaut. Er stemmte die Arme in die Seiten. »Ach ja? Was denn für Spuren? Hufspuren?« Müller lachte höhnisch.

»Ja, Hufspuren. Sehen Sie nicht, dass der Tote einen Hufabdruck auf dem Rücken hat? Wir hätten ihn vergleichen können.«

»Um zu sehen, welches Pferd ihn getreten hat? Lächerlich! Und nehmen Sie gefälligst Haltung an, wenn Sie mit mir sprechen, Kerl!«

»Haltung nehme ich an, wenn ich einer Respektsperson gegenüberstehe!« Christian fluchte innerlich. Hätte er nicht noch unbedingt eine Aufnahme von der Leiche machen wollen, würde er jetzt in einem schönen Café sitzen und Kuchen essen. Oder noch besser – in der Hafengaststätte und ein Bier trinken. Und müsste sich nicht von diesem Stümper von Gendarmen anraunzen lassen.

»Gibt es ein Problem?«

Christian schrak aus seinen Gedanken auf. Herr von Treptow war unbemerkt zu ihnen getreten. Christian und der Gendarm warfen sich einen lauernden Blick zu. Schließlich schüttelten beide den Kopf. Christian sagte nichts davon, dass der Gendarm soeben quer durch die Spuren gelaufen war. Und der Gendarm sagte nichts dazu, dass Christian lautstark über den Badekommissar geflucht hatte, kaum dass er sie alleingelassen hatte. Ein Nichtangriffspakt – mehr konnte man nicht erwarten.

Der Gendarm klappte den Zollstock zusammen, salutierte. »Der Lageplan ist fertig, Herr von Treptow.«

»Irgendwelche Auffälligkeiten?«

»Nichts dergleichen, Herr von Treptow!«

Von Treptow – Christian war der Name gleich bekannt vorgekommen. Als sie allein waren, hatte der Gendarm ihm genüsslich erzählt, dass Eduard von Treptow der Königliche Badekommissar von Norderney war. Christian erinnerte sich, über ihn in der *Badezeitung* gelesen zu haben. Treptow hatte sein Amt erst vor Kurzem übernommen. Er entstammte altem preußischem Adel und hatte lange Jahre eine führende Position im Reichsjustizministerium inne. Er galt als zäh und unerbittlich und wurde hinter vorgehaltener Hand »der Terrier« genannt. Nachdem er in den Ruhestand getreten war, hatte er das Amt des Badekommissars übernommen. Als solcher kümmerte er sich höchstpersönlich um die vornehmsten Gäste der Insel und hatte im Übrigen für den reibungslosen Ablauf des Kurbetriebs zu sorgen. Das umfasste auch die Sicherheit und Ordnung, sodass ihm während der Badesaison die Polizeigewalt übergeben war.

Der Badekommissar wandte sich an Christian. »Und Sie – ist Ihnen auch nichts aufgefallen?«

Christian zögerte. Wenn er eines im letzten Jahr gelernt hatte, dann, dass es besser war, sich vor der Obrigkeit zurückzuhalten. Aber irgendetwas veranlasste ihn, jede Vorsicht zu vergessen. »Doch«, sagte er. Sofort fühlte er den hasserfüllten Blick des Gendarmen auf sich. Aber es war ihm egal, sollte der denken, was er wollte.

»Dann lassen Sie hören.«

»Der Tote war notdürftig mit Sand bedeckt. Der Boden ist hier locker. Es hätte nicht viel Mühe gekostet, ihn tief genug zu vergraben, dass er nicht so leicht gefunden wird. Noch sicherer wäre es für den Täter gewesen, den Toten weiter in die Dünen zu tragen oder ihn ins Wasser zu werfen. Ich frage mich, warum er es nicht getan hat.«

»Stellen Sie sich das mal nicht so leicht vor, Sie Landratte«, warf der Gendarm ein. »Was Sie in die Brandung werfen, landet Ihnen ganz schnell wieder vor den Füßen. Außerdem – wer wird eine Leiche schon ganz bis dahin tragen?«

»Wenn er ihn bis hierher geschleppt hat, dann hätte er ihn auch weiterschleppen können«, sagte Christian.

Der Badekommissar horchte auf. »Wie kommen Sie darauf, dass der Tote hergetragen wurde?«

Christian holte tief Luft. Zusammen mit dem Gendarmen hatte er den Toten vorhin kurz auf den Rücken gedreht. Sie hatten in das Gesicht eines etwa sechzigjährigen

Mannes geblickt, strenge Gesichtszüge, grauer Kaiser-Wilhelm-Bart – der jetzt allerdings von Sand überzogen war.

Christian wies auf den Toten. »Ich bin mir natürlich nicht sicher, aber ich gehe davon aus, dass der Mann erstochen worden ist. Seine Uniform ist im Brustbereich blutgetränkt.« Er sah den Badekommissar an, der ihm mit versteinerter Miene zuhörte. »Am Boden unter ihm ist aber kaum Blut. Ich habe auch den näheren Umkreis abgesucht, aber nirgendwo eine größere Lache entdecken können. Deswegen denke ich, dass er nicht hier getötet wurde, sondern dass er hergebracht wurde. Der Tatort muss also ein anderer sein.«

Herr von Treptow sah einen Moment nachdenklich vor sich hin, dann nickte er. »Und wie wurde die Leiche Ihrer Meinung nach hertransportiert?«

»Auch da kann ich nur spekulieren. Durch die Pferde wurde viel Sand aufgewirbelt. Aber ich glaube, dort hinten Reifenspuren entdeckt zu haben. Vielleicht von einem Leiterwagen oder einem Landauer.«

»Spekulationen, die uns kein bisschen weiterbringen«, brummte der Gendarm.

Christian zuckte mit den Schultern. »Vielleicht. Mich wundert es trotzdem. Wenn der Täter mit einer Kutsche unterwegs war, hätte er doch in den Norden der Insel fahren und die Leiche dort vergraben können. Dort, wo kaum Betrieb herrscht. Die Wahrscheinlichkeit, dass die Leiche entdeckt wird, ist an dieser Stelle viel höher. Zumal die Strecke für das Rennen schon abgesteckt war. Also warum bringt er die Leiche hierher? Mir scheint fast, als wollte der Täter, dass die Leiche gefunden wird.«

»Wer will denn, dass seine Tat entdeckt wird?« Der Gendarm lachte schallend. »Sie kommen vielleicht auf Ideen.«

»Wir sollten alle Möglichkeiten in Betracht ziehen«, sagte der Badekommissar. »Was ist mit der Tatwaffe? Haben Sie sie gefunden?«

»Leider nein. Ich habe mir die Uniformjacke angesehen. Es gibt einen Schnitt, der nicht sehr breit ist. Ich denke, es war ein Messer. Wir sollten die Dünen mit Stöcken absuchen, vielleicht ist die Waffe mit Sand bedeckt worden, als die Pferde darübergaloppiert sind.«

Der Gendarm warf ihm einen bösen Blick zu, sagte jedoch nichts.

»Der Säbel des Toten steckt in der Scheide?«

Christian ahnte, worauf der Badekommissar hinauswollte. »Der Mann ist nicht mehr dazu gekommen, ihn zur Verteidigung zu ziehen. Ich nehme an, der Herr war ein erfahrener Soldat?«, fragte er daher.

Der Badekommissar sah ihn einen Moment lang an, als überlegte er, wie viel er ihm sagen könne, dann nickte er. »Es wird ohnehin bald jeder wissen, um wen es sich handelt. Der Mann ist Rittmeister Heinrich von Papitz. Er ist seit drei Wochen Gast auf der Insel. Ich habe ihn und seine Familie bei verschiedenen gesellschaftlichen Anlässen kennengelernt. Von Papitz war Ulane und erprobter Kavallerist. Er hätte einen ehrlichen Angriff sicherlich zu parieren gewusst. Er muss überrumpelt worden sein.« Der Badekommissar schwieg nachdenklich.

Christian deutete auf die Hand des Toten, von der er bereits eine Aufnahme gemacht hatte. »Das hier ist noch interessant. Die Fingernägel sind schmutzig.«

Jetzt konnte sich der Gendarm nicht mehr zurückhalten. »Das ist ja wohl nichts Ungewöhnliches.«

Christian schüttelte den Kopf. »Der Mann war Rittmeister, wenn ich den Herrn Badekommissar richtig verstanden habe. So jemand macht sich normalerweise die Hände nicht dreckig.«

»Und was soll uns das sagen?« Der Gendarm verschränkte die Arme vor der Brust.

»Das weiß ich leider auch nicht«, gab Christian zu. »Aber vielleicht kann die Kriminalpolizei etwas herausfinden. Wann wird sie hier sein?« Die letzten Worte hatte er an den Badekommissar gerichtet.

Der machte eine düstere Miene. »Frühestens Dienstag.«

Dienstag? Das war in fünf Tagen. Christian sah ihn überrascht an. »Aber es fahren doch täglich mehrere Dampfer.«

»Alle Einheiten sind abkommandiert, um die verschiedenen Feierlichkeiten zum Krönungsjubiläum am Montag zu überwachen. Es gibt Hinweise auf mögliche Attentate durch Anarchisten. Die Sicherung des reibungslosen Ablaufs der Feierlichkeiten hat oberste Priorität. Deswegen werden wir bis nach dem Jubiläum auf uns allein gestellt sein.«

Er warf Christian einen Blick zu, der ihm nichts Gutes verhieß. Und was meinte der Badekommissar mit *wir*? »Hinrichs, Sie sind Reporter?«, fragte von Treptow.

Christian nickte.

»Für ein Damenblatt«, warf der Gendarm höhnisch ein.

»Für die *Frau von Welt*«, betonte Christian, aber als er es aussprach, kam er sich fast albern vor.

»Sie haben gedient?«, fragte der Badekommissar.

Wieder nickte Christian. Er war wie die meisten Männer wehrpflichtig und hatte nach seinem Abitur einen verkürzten Dienst von einem Jahr abgeleistet, auch wenn er dadurch länger in der Reserve bleiben musste. Damals hatte er es für eine gute Entscheidung gehalten, sogar mit dem Gedanken gespielt, zum Reserveoffizier aufzusteigen. Allerdings hatte sich seine Einstellung zum Militär schon nach wenigen Tagen grundlegend geändert. Er hatte den Drill verabscheut, den Zwang, sich unterzuordnen. Nur mit Mühe hatte er die Zeit überstanden. »Landsturm-Infanteriebataillon«, antwortete er.

Das ungute Gefühl verstärkte sich, als Herr von Treptow bei Christians Antwort zufrieden lächelte. »Hinrichs, hiermit ernenne ich Sie kraft meines Amtes als Badekommissar zum Hilfsbeamten. Sie werden die örtliche Gendarmerie bei den Ermittlungen unterstützen.«

Christian stand einen Moment da, als hätte ihn gerade eine eiskalte Welle erwischt. »Ich bin doch kein Ermittler.«

»Aber ein heller Kopf. Und wie es aussieht, muss ich damit vorliebnehmen.« Er trat näher an Christian heran. »Hinrichs, ich warne Sie. Sollte nur ein winziges Detail von unseren Ermittlungen an die Öffentlichkeit dringen, mache ich Sie persönlich dafür verantwortlich. Von jetzt an sind Sie nicht mehr Reporter, sondern Hilfsbeamter der Polizei und mir direkt unterstellt. Haben Sie mich verstanden?«

Christian nickte. Er hatte nur zu gut verstanden. Der Badekommissar hatte soeben Verstärkung rekrutiert und zugleich geschickt die Presse an die Kandare genommen.

8
Stürmisch

Viktoria verließ in Gedanken versunken das Seehospiz. Sie sah Elli vor sich, wie sie in ihrem Bett gelegen hatte. So klein und blass. Viktoria wollte nicht direkt in den Ort zurück und wählte den Weg nach rechts zum Strand. Doch diesmal barg der Blick auf das Wasser für sie keinen Trost. Elli würde sterben, und Viktoria konnte nichts dagegen tun.

Eine Weile schaute sie den beständig rollenden Wellen zu, der Gischt, die sich an ihrer Spitze bildete. Ewig würden diese Wellen da sein, auch wenn alles andere längst vergangen war.

Elli hatte ihre Freundin Rieke sehr genau beschrieben, als Viktoria mit ihr Karten gespielt hatte: schmächtig für ihre neun Jahre, dunkle Haare, das rechte Bein zog sie ein wenig nach … Was musste Elli sich einsam fühlen, dachte Viktoria, dass sie sich einen Spielgefährten ausdenken musste. Viktoria konnte ihr nicht helfen, gesund zu werden. Aber vielleicht konnte sie ihr die Einsamkeit vertreiben. Morgen würde sie wieder ins Krankenhaus gehen.

Sie ging weiter, wunderte sich ein wenig, als ihr immer mehr Spaziergänger entgegenkamen. Sie hatte gehofft, hier etwas Ruhe zu finden. Doch dann fielen ihr die Absperrungen auf. Offenbar hatte am Strand ein Pferderennen stattgefunden. Bei einer nahe gelegenen Düne hatte sich ein großer Menschenpulk gebildet. Viktoria blieb stehen und blickte Richtung Düne. In diesem Moment teilte sich die Menge und gab den Blick frei auf einen Gendarmen, der etwas vom Boden aufhob. Ein ungutes Gefühl beschlich Viktoria. Obwohl sie keine Lust auf Menschen hatte, trat sie näher. Der Gendarm wandte sich jetzt in ihre Richtung, und sie konnte genauer sehen, was er in den Händen hielt. Es war ein Holzpferd, etwa zwanzig Zentimeter groß. Schwarz mit einem roten Sattel. Genau wie Elli es beschrieben hatte. Viktoria fühlte die Sorge in sich aufsteigen. War Rieke doch keine Fantasiefreundin? War ihr tatsächlich etwas zugestoßen?

Sie musste der Sache auf den Grund gehen.

Durch die Menge zu gelangen war schwieriger, als sie gedacht hatte. Viktoria musste sich einige Male unhöflich vorbeidrängeln, um nach vorne zu gelangen. Sie schob sich an einer Frau mit einem breiten Hut, auf dem Dahlien festgesteckt waren, vorbei und erntete einen bösen Blick aus dunklen Augen. Viktoria murmelte eine Entschuldigung, die die Dame allerdings nicht wahrzunehmen schien. Denn sie hatte ihren Blick schon wieder gewandt, um keine Sekunde von dem Schauspiel zu verpassen.

Irgendwann war Viktoria vorne, wo ein kleines Seil, das an Stöcken befestigt war, die Menge von der Düne trennte. Der Gendarm stand direkt vor ihr. Er hielt noch immer das Holzpferd in den Händen.

Und dann sah Viktoria den Toten, der in den Dünen lag. Ein Mann in der blauen Paradeuniform der Ulanen – die jetzt allerdings von einer dunklen, feuchten Sandschicht überzogen war. Ein mächtiger grauer Kaiser-Wilhelm-Bart zierte das Gesicht des Toten. Am Hals die silberne Medaille des letzten Kaisermanövers. Viktoria dachte an die Geschichte, die Elli ihr erzählt hatte, und sie erschauderte. Mit dem Bart und der Uniform konnte der Mann in den Augen eines Kindes sehr wohl dem Kaiser ähnlich sehen.

Viktoria bückte sich unter dem Seil hindurch, das die Menge vom Tatort absperrte. Der Gendarm steckte gerade das Pferd in eine große Ledertasche.

»Darf ich das einmal sehen?«, fragte Viktoria und deutete darauf.

Der Polizist wandte sich zu ihr um. Viktoria erkannte ihn wieder. Er trug in diesem Jahr einen gelockten blonden Backenbart, aber das war auch die einzige Veränderung. Die barsche Art war noch immer dieselbe. »Zurück hinter die Absperrung! Das ist nichts für Zivilisten und schon gar nichts für junge Damen.«

Viktoria blieb unbeirrt stehen. »Das Spielzeug. Ich würde es gerne einmal sehen. Möglicherweise weiß ich, wem es gehört.«

»Hinter die Absperrung!«

»Ich bleibe, bis Sie mir das Pferd gezeigt haben.« Sie verschränkte die Arme.

»Was ist hier los?«, fragte jemand von weiter hinten.

Der Klang der Stimme ließ Viktoria herumfahren. Ihr

Herz begann zu pochen. Sie sah in strahlend blaue Augen. »Christian!«

Für einen Moment wirkte er ebenso überrascht wie sie, sogar erfreut. Aber dann wurde sein Blick kalt. Er strich die hellblonden Haare nach hinten, setzte die Elbsegler-Mütze wieder gerade und vergrub die Hände in die Hosentaschen. »Fräulein Berg.«

Wie oft hatte sie in den letzten Monaten an ihren Streit gedacht. Viktoria wusste, dass sie beide Dinge gesagt hatten, die sie nicht so gemeint hatten. Aber jetzt spürte sie schlagartig die Wut zurückkehren. *Fräulein Berg*. Als würde er sie nicht kennen. Als wäre nichts geschehen. Als hätte er sie bei ihrem letzten Treffen im *Lübschen Baum* nicht hinter eine Weide gezogen und sie stürmisch geküsst. Und nun *Fräulein Berg*.

»Die junge Dame weigert sich, hinter die Absperrung zu treten«, warf der Wachtmeister ein.

»Ich möchte nur einen Blick auf das Spielzeug werfen, das der Gendarm gefunden hat.«

»Welches Spielzeug?« Christian runzelte die Stirn. Seine Haut war sonnengebräunt. Sie hatte gerade erst eine Reportage von ihm aus Binz gelesen. Sie war so sicher gewesen, ihm hier nicht zu begegnen. Und nun war er doch auf Norderney.

Der Polizist holte das Holzpferd aus der Tasche heraus. »Ein altes Holzpferd, das hier in den Dünen lag. Ich wollte es meiner Nichte mitbringen. Die ist ganz verrückt nach Pferden.«

»Wo haben Sie das gefunden?«, fragte Christian.

»Na hier. Wird ein Kind verloren haben.«

»Wir sammeln alles, was wir am Tatort finden, dort drüben. Es könnte mit dem Fall zusammenhängen.« Christian deutete auf eine Decke, die auf dem Boden ausgebreitet war. Die Verärgerung war ihm anzumerken.

»Das liegt bestimmt seit Wochen hier«, wandte der Wachtmeister ein, doch als er Christians unerbittliche Miene sah, gab er nach. »Wenn Sie unbedingt wollen. Hier haben Sie Ihr verdammtes Pferd.« Er drückte Christian das Spielzeug in die Hand.

»Es gehört einem Mädchen im Seehospiz«, sagte Viktoria. »Eine Schülerin von mir liegt dort. Ich war bei ihr zu Besuch. Sie hat mir von diesem Mädchen erzählt.« Viktoria zögerte. Dann setzte sie hinzu: »Sie sagte, das Mädchen sei letzte Nacht verschwunden.«

Christian sah sie zum ersten Mal wirklich an. »Wie heißt das Mädchen?«

»Den genauen Namen weiß ich nicht. Elli nannte sie nur Rieke.« Sie stockte. »Ich bin mir nicht sicher, ob das Kind ... wirklich existiert. Ich habe die Oberschwester nach ihr gefragt, und sie sagte, das Bett sei seit Wochen nicht belegt, Elli habe sich das Mädchen nur eingebildet.«

Der Wachtmeister schnaubte verächtlich. »Und deswegen kommen Sie her und stören uns bei der Arbeit? Weibsbilder!«

Viktoria spürte Wut in sich aufsteigen. Sie konnte sich noch gut an den Gendarmen vom letzten Jahr erinnern. Sie wusste sehr gut, wie er von Frauen dachte. Er hatte ihr sehr ernsthaft beteuert, dass Denken dem weiblichen

Gehirn schade. »Meine Schülerin hat das Holzpferd genau beschrieben«, fuhr sie jetzt fort. »Sie hat gesagt, dass Rieke mit einem Mann mitgegangen ist. Einem Mann, den sie für den Kaiser hielt!«, antwortete sie scharf.

Der Gendarm lachte höhnisch auf. »Der Kaiser war also auf der Insel und hat seine Zeit mit einem Mädchen aus dem Hospiz verbracht. Bedauerlich, dass wir davon nichts erfahren haben. Wir hätten ihm doch sonst das Geleit gegeben.«

»Sie sollten genauer zuhören, Herr Gendarm. Ich habe nicht gesagt, dass es der Kaiser war, sondern dass das Kind ihn für den Kaiser hielt.« Sie wandte sich an Christian. Es war Zeitverschwendung, sich mit diesem Polizisten zu unterhalten. »Was ist überhaupt mit dem Mann passiert?«

Doch der Gendarm ließ sich so leicht nicht abwimmeln. »Das ist nichts, was eine Dame interessieren sollte. Und wenn Sie jetzt bitte endlich …«

»Haben Sie schon die Aussagen der Reiter aufgenommen, Gendarm Müller?«, unterbrach ihn Christian. »Der Badekommissar hat sich bereits danach erkundigt. Ich komme hier allein zurecht.«

Viktoria sah, wie der Polizist einen kurzen Blick zu einem weißhaarigen Mann mit Zylinder warf, der etwas entfernt stand und sich mit einem Reiter unterhielt. Offensichtlich der Badekommissar. Dann wandte er sich wieder an Christian. »Sie haben mir gar nichts zu befehlen!«, zischte er. Trotzdem drehte er sich um und ging davon.

»Also, was ist mit diesem Mädchen?«, fragte Christian und zog einen Notizblock aus der Tasche seines Jacketts.

Viktoria lagen tausend Fragen auf der Zunge. Warum war Christian hier, und warum konnte er dem Gendarm Anweisung geben? Aber das musste warten. Zuerst berichtete sie ihm die wenigen Dinge, die sie wusste. Christian hörte zu, nickte, machte sich Notizen. »Wir werden dem nachgehen. Vielen Dank, Fräulein Berg.«

Viktoria sah Christian in die Augen. »Mehr hast du nicht zu sagen? Ich will wissen, was hier los ist.«

»Wie gesagt – wir werden Ihrem Hinweis nachgehen.« Er klappte den Block zu.

»Wer ist *wir*?«

»Die Polizei und ich. Badekommissar Treptow hat mich als Hilfsbeamten verpflichtet.«

»Christian, dann rede mit mir. Ist das Blut da an der Uniform des Mannes?«

Christian zog verärgert die Augenbrauen zusammen. Sie lag also richtig. Der Mann dort drüben war keines natürlichen Todes gestorben. Plötzlich stockte ihr Atem. »Was ist, wenn das Kind etwas beobachtet hat? Wenn sie deswegen verschwunden ist? Christian, du musst etwas tun!«

Er tippte mit dem Bleistift gegen seinen Block. »Sie sagten doch, dass das Mädchen gestern Abend nach seinem Ausflug mit dem *Kaiser* noch gesehen wurde?«

»Das stimmt. Elli sagt, sie ist nachmittags abgeholt worden und kam erst spätabends zurück. Die anderen Kinder lagen schon in ihren Betten. Am nächsten Morgen war sie verschwunden.«

Christian sah sie skeptisch an. »Wenn das Mädchen etwas gesehen hätte, warum hat sie sich dann nicht den

Schwestern anvertraut? Sie sollte sich doch im Hospiz in Sicherheit fühlen. Für mich klingt es so, als sei sie fortgelaufen, und die Sache hat nichts mit dem hier zu tun.«

»Warum sagt die Oberschwester dann, dass das Mädchen nicht existiert?«

»Vielleicht möchte sie die Angelegenheit lieber selbst regeln und nicht unnötig Aufsehen erregen. Ausreißerkinder werden früher oder später gefunden.«

»Mein Gefühl sagt mir aber, dass da etwas nicht stimmt.« Christian sagte nichts dazu, aber sein Blick reichte ihr. »Du willst mir nicht helfen? Gut, dann werde ich eben selbst versuchen herauszufinden, was passiert ist und was das Verschwinden der Kleinen mit diesem Toten zu tun hat.«

Sie wollte sich umdrehen und gehen, doch Christian hielt sie am Arm zurück. »Du hältst dich aus dieser Geschichte heraus, Viktoria.«

»Ach, plötzlich sind wir wieder beim Du.« Sie riss ihren Arm los.

»Ich sage es dir nicht noch einmal: Halte dich da raus. Das ist Sache der Polizei.« Er atmete durch, trat einen Schritt zurück. »Wenn Sie nun zurück hinter die Absperrung treten wollen!«

Christian wies mit dem ausgestreckten Arm auf die Menschenmenge. Die verfolgte das Geschehen neugierig. Eine Dame mit einem hellgrünen Seidensonnenschirm sagte etwas zu dem jungen Mann im dunklen Cutaway mit Rose im Knopfloch neben ihr, der besorgt die Stirn runzelte.

Viktoria spürte wieder die Wut in sich aufsteigen.
Christian sah sie an. »Sonst noch etwas, Fräulein?«
Oh, jetzt war sie sogar nur noch ein Fräulein. Nicht einmal mehr Fräulein Berg. »Nein, sonst ist nichts, Herr Hinrichs!« Sie raffte ihr Kleid und drehte sich um.
Fräulein! Das musste sie sich nicht bieten lassen. Nicht von ihm. Sie stapfte durch den Sand, kroch unter dem Seil hindurch, ging durch die Menschenmenge, die sich im Gegensatz zu vorhin nun von allein teilte. Aufgeregtes Gemurmel drang zu ihr. Aber Viktoria hörte nicht darauf. Sie war nicht auf Christian Hinrichs angewiesen. Wenn er ihr nicht helfen würde – dann würde sie eben allein herausfinden, was es mit Ellis Freundin auf sich hatte.

9

Leichen fleddern

Christian sah Viktoria nach. Die dunklen Locken wippten unter dem Hut, während sie energisch ausschritt. Sie wandte sich nicht mehr um. Gut so. Sollte sie doch gehen. Er hatte sie eh nicht wiedersehen wollen. Von ihm aus könnte Viktoria Berg bleiben, wo sie hingehörte.

»Stimmt etwas nicht, Hinrichs?« Der Badekommissar war unbemerkt dazugetreten. »Hatten Sie Ärger mit der jungen Dame?«

»Nein, nein«, erwiderte Christian rasch. »Sie hat nur eine Beobachtung gemeldet. Im Seehospiz ist offenbar ein Kind verschwunden, und Gendarm Müller hat in der Nähe des Toten ein Spielzeug gefunden, das diesem Mädchen angeblich gehören soll.«

»Müller sagt, das Mädchen existiere gar nicht. Und dass Sie die Dame näher kennen.«

Natürlich hatte der Gendarm alles brühwarm erzählt. Müller stand einige Meter weiter entfernt, sah herüber und grinste abfällig. Christian spürte, wie er rot anlief.

Christian beschloss, das Thema zu wechseln. »Ist das Beerdigungsunternehmen schon unterwegs?«

Ein feines Lächeln umspielte von Treptows Lippen. Offenbar hatte er Christians Ausweichmanöver durchschaut.

»Die Leute müssten jeden Moment eintreffen. Der örtliche Physikus, Medizinalrat Mertens, wird die Obduktion übernehmen.«

»Vielleicht kann er herausfinden, mit welcher Art Waffe der Mann erstochen wurde.«

»Er ist ein fähiger Mann, aber ich denke, das überfordert seine Kenntnisse. Er ist kein Gerichtsarzt.«

Natürlich nicht. Sehr bedauerlich. In Hamburg hatte Christian einige Zeit dem Kreisphysikus über die Schulter schauen dürfen. Damals, als er sich im Leichenschauhaus etwas dazuverdienen musste, um sich das Volontariat leisten zu können. Sein Vater hatte die Nase gerümpft. Leichen fleddern. Dabei war das auch nichts anderes als die blutige Arbeit im Schlachthaus, die der Vater machte.

»Gibt es weitere Erkenntnisse?«, fragte der Badekommissar.

»Ich habe versucht, Stiefelabdrücke zu sichern. Aber in dem lockeren Sand ist das unmöglich.« Er sah zu der Stelle, wo Viktoria verschwunden war. »Ich würde gerne zum Seehospiz gehen und nach dem Mädchen fragen. Nur um auszuschließen, dass an der Sache was dran ist.«

»Das wird warten müssen, Hinrichs. Wir haben Dringenderes zu tun. Die Familie muss informiert werden. Solche Nachrichten verbreiten sich wie ein Lauffeuer, und ich will nicht, dass die Familie es als Gerücht erfährt. Sie begleiten mich.«

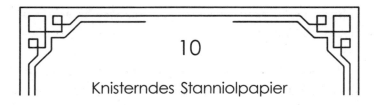

10
Knisterndes Stanniolpapier

Christian sollte sich ja nicht einbilden, dass sie nichts unternehmen würde. Von ihm würde sie sich nichts sagen lassen. *Fräulein* – was bildete er sich ein!

Vor ihr tauchten die roten Backsteinmauern des Seehospizes auf. Auf der großen Rasenfläche spielte ein etwa fünfjähriger Junge mit einem Lederball. Er schoss ihn gegen eine Mauer, fing ihn dann geschickt auf, um ihn erneut mit der ganzen Wucht seiner Kinderbeine gegen die Wand zu schießen.

Als er Viktoria bemerkte, klemmte er sich den Ball unter den Arm. Langsam kam er näher. »Moin.« Er sah sie aufmerksam an. »Sie sind das Fräulein, das der Elli eine Tüte Zitronenbonbons geschenkt hat.«

Viktoria lachte. »Woher weißt du das denn?«

»Ich hab Elli besucht, und da hab ich es gesehen. Aber Schwester Zita hat mir verboten, Elli zu wecken. Dabei wollte ich sie nur fragen, ob ich ein Bonbon haben darf.«

»Wie heißt du?«

»Freddie.«

»Also schön, Freddie, dann will ich mal schauen, ob ich auch was für dich habe.« Sie öffnete ihre Handtasche. Als sie heute Morgen losgefahren war, hatte sie an einem

Bahnhof Schokolade gekauft. Da war sie. Es war nur eine kleine Tafel, aber der Junge riss dennoch die Augen auf.

»Schokolade!« Sein Ball landete achtlos auf dem Rasen, als er die Tafel von Viktoria entgegennahm. Er betrachtete sie von allen Seiten, bevor er vorsichtig das knisternde Stanniolpapier löste. Er brach ein Stück ab und steckte es sich in den Mund. Eine ganze Weile kaute er schweigend. Schließlich schluckte er herunter. Selig lächelnd sah er Viktoria an.

»Du bist ein Genießer«, sagte sie.

Freddie strich über das Schokoladenpapier, offenbar unschlüssig, ob er noch ein Stück nehmen sollte. Schließlich brach er sich eine weitere Ecke ab.

Während Freddie das nächste Stück verzehrte, fragte Viktoria. »Sag einmal, kennst du Rieke?«

Freddie kaute zu Ende, bevor er antwortete. »Die neben Elli schläft?«

Viktoria spürte, wie sich ihr Puls beschleunigte. »Ich glaube schon. Braunes Haar hat sie.«

»Klar kenne ich die. Rieke kann ziemlich schnell laufen, obwohl sie was am Bein hat. Aber vorgestern habe ich sie beim Fangen trotzdem erwischt.« Er lächelte stolz.

Es stimmte also! Es gab dieses Mädchen. Warum hatte die Oberschwester ihr dann etwas anderes erzählt? »War es das linke Bein, an dem sie verletzt war?«

»Nein, das rechte. Sie hat mir die Narbe gezeigt. Ganz groß. Hier.« Er deutete auf das Schienbein.

»Weißt du, wo ich Rieke finden kann?«

Er zog die Schultern hoch. »Die ist doch immer weg. Sie sagt, sie trifft sich mit dem Kaiser. Die spinnt manchmal, die Rieke. Aber ich mag sie trotzdem. Sie hat Carl verkloppt, als der mir meinen Ball wegnehmen wollte. Der ist dreizehn und viel größer. Seitdem lässt er mich in Ruhe.«

»Wann hast du Rieke denn zuletzt gesehen?«

Er legte nachdenklich den Kopf schief. »Gestern Abend. Da haben wir Brennball auf dem Hof gespielt. Die Oberschwester hat geschimpft, weil es schon spät war. Wir mussten sofort ins Bett. Im Schlafsaal hab ich aus dem Fenster gesehen, da kam sie gerade wieder. Ich wette, die Oberschwester hat sie ordentlich ausgeschimpft.«

»Und seitdem hast du sie nicht mehr gesehen?«

Er runzelte die Stirn. »Warum wollen Sie das denn wissen?«

»Elli sucht sie, und ich würde sie gerne für sie finden. Wie heißt Rieke eigentlich weiter?«

Er zog wieder die Schultern hoch. »Weiß nicht.« Er sah zur Seite, als würde er ihrem Blick ausweichen.

Viktoria lächelte ihn aufmunternd an. »Na, du weißt doch bestimmt, wie sie mit Nachnamen heißt.«

Er sah sie von der Seite an. »Wollen Sie Rieke zu ihrer Familie zurückbringen?«

Seine Frage ließ Viktoria aufhorchen. »Will sie denn nicht dorthin zurück?«

Freddie nahm seinen Ball und stand auf. »Ich muss jetzt reingehen. Gleich schlägt es Tamtam. Danke für die Schokolade, Fräulein.« Er machte einen Diener, dann rannte er davon. Viktoria wurde das Gefühl nicht los, dass er ihre letzte Frage nicht hatte beantworten wollen.

Elli schlief, als Viktoria den Schlafsaal betrat. Viktoria setzte sich vorsichtig zu ihr aufs Bett. Ellis Atem ging schwer, und sie wirkte noch schwächer als am Vormittag. Sanft streichelte Viktoria über ihre Haare.

Sie schaute sich das Bett neben dem von Elli an. Es war frisch bezogen, nirgendwo lag ein persönlicher Gegenstand. Es sah nicht so aus, als hätte hier vor Kurzem noch ein Kind gelegen. Trotzdem fühlte Viktoria unter die Decke, suchte nach einem Nachthemd. Nichts. Sie kniete sich hin, schaute unter das Bett. Kein Koffer und keine Tasche. Aber ganz hinten, direkt an der Wand, lag ein zusammengeknülltes Papier. Sie kam nicht dran. Viktoria legte sich auf den Boden und hoffte, dass nicht gerade jetzt eine Schwester hereinkommen würde. Was würde sie für ein Bild abgeben – eine Dame auf dem Fußboden? Sie streckte ihren Arm weiter aus, berührte mit den Fingerspitzen das Papier und bekam es schließlich zu fassen.

Es war ein Namensschild. An Ellis Bett war genauso eins befestigt. Viktoria strich es glatt. *Friederike Hansen.*

»Rieke hat den Zettel abgemacht«, hörte sie Ellis leise Stimme.

Viktoria stand auf, setzte sich wieder auf Ellis Bett. »Es tut mir leid, wenn ich dich geweckt habe.«

»Nicht schlimm. Ich bin nicht mehr müde.«

Ihre schwache Stimme sagte etwas anderes. Trotzdem richtete sich Elli auf.

»Rieke hat gesagt, sie heißt bald nicht mehr Hansen, und sie geht nie wieder zurück.«

»Was ist denn mit Riekes Familie?«

»Rieke wollte nicht darüber reden. Aber ich habe gehört, wie Schwester Zita mit der Oberschwester darüber gesprochen hat. Der Vater hat Rieke mit dem Schürhaken geschlagen, davon hatte sie die Verletzung am Bein. Die hat sich entzündet, und er ist nicht mit ihr zum Arzt. Rieke wäre fast gestorben. Zu so einem Mann könnten sie Rieke nicht zurückschicken.«

»Und was hat die Oberschwester dazu gesagt?«

»Sie hat gesagt, alles liegt in Gottes Hand und dass Schwester Zita sie damit in Ruhe lassen soll.«

Viktoria war sprachlos. Das arme Kind! Wie hatte die Oberschwester einfach zusehen und darauf hoffen können, dass sich alles von allein regeln würde? »Und Rieke hat nie etwas erzählt?«

Elli schüttelte den Kopf. »Manchmal hat sie die Regeln aufgesagt, die ihr Vater ihr beigebracht hat. Es waren komische Regeln. Ich glaube, Rieke hatte Angst vor ihm. Sie hat oft von ihm geträumt und ist dann wach geworden. Aber mit der Zeit ist es besser geworden.«

»Wie war das genau gestern Abend, als Rieke zurückgekommen ist?«

»Sie ist sehr spät aufgetaucht. Es hatte schon Tamtam zur Bettruhe geschlagen. Die Oberschwester war wütend. Sie hat gesagt, dass Rieke bestimmt wieder beim Rückweg getrödelt hat. Ich glaube, sie hatte recht. Rieke hat mir erzählt, dass der Kaiser aufpasst, dass sie immer rechtzeitig zurückgeht. Aber manchmal ist sie noch allein herumgelaufen. Sie ist so neugierig und will sich immer alles ansehen. Sie mag die prächtigen Hotels und die feinen Leute. Als sie gestern Abend wiedergekommen ist, hat die Oberschwester sie erwischt. Sie hat Rieke mit in die Schreibstube genommen und ihr drei Schläge mit dem Stock auf die Finger gegeben. Außerdem musste sie ohne Abendessen ins Bett, und die Oberschwester hat gesagt, am nächsten Tag soll sie noch eine Strafe bekommen. Rieke hat sich ins Bett gelegt und geweint, dabei weint sie sonst nie.« Elli zupfte an einem Faden, der aus der Bettdecke schaute. »Vielleicht ist sie deswegen weggelaufen. Sie hatte Angst vor der Oberschwester. Dabei wäre es bestimmt nicht so schlimm geworden, Oberschwester Josepha tut immer nur so böse.«

Viktoria überlegte. Es war natürlich möglich, dass Rieke fortgelaufen war. »Hatte sie gestern Abend ihr Holzpferd noch?«

Elli dachte nach. »Ich weiß nicht, ich habe es nicht gesehen.« Sie schloss die Augen. Das Reden schien sie zu ermüden. »Fräulein Berg, Sie finden Rieke doch, oder?«

»Natürlich«, sagte Viktoria und nahm ihre Hand, bis sie eingeschlafen war. Dann stand sie auf und ging schnurstracks Richtung Oberschwester.

11

Geheimnisse

Vor der weiß gestrichenen Tür im Flur, aus der am Vormittag die Oberschwester herausgekommen war, blieb Viktoria stehen und klopfte. Sie hörte ein forsches »Herein« und öffnete.

Schwester Josepha saß hinter einem schlichten Schreibtisch und blickte auf, als sie hereinkam. »Fräulein Berg, was kann ich für Sie tun?«

Sie sah Viktoria mitfühlend an. Zweifelsohne glaubte sie, die Besucherin bräuchte Trost nach ihrem Treffen mit Elli. Doch Trost war das Letzte, was Viktoria von ihr wollte. Vielmehr wollte sie Antworten. Sie trat näher und legte das Papier, das sie gefunden hatte, auf den Tisch. »Ich habe das hier gefunden.«

Die Schwester nahm das Papier zur Hand und runzelte die Stirn. »Wo haben Sie das her?«

»Es lag unter dem Bett am Ende des Saals. Es gibt eine Rieke Hansen. Warum haben Sie das geleugnet?«

Die Oberschwester strich das Papier nachdenklich glatt. »Es stimmt, es gab eine Rieke Hansen. Aber die ist vor einigen Wochen nach Hause gefahren.«

»Elli sagt, sie ist gestern verschwunden.«

»Ich habe es Ihnen ja schon gesagt. Die Fantasie geht

manchmal mit den Kindern durch. Besonders wenn sie viel allein sind. Sie sollten dem keine Bedeutung beimessen.« Die Schwester warf das Papier in den Mülleimer. Zweifelsohne glaubte sie, damit die Diskussion zu beenden.

Viktoria setzte sich auf den Stuhl, der neben dem Schreibtisch stand, was die Oberschwester mit einem konsternierten Blick quittierte. »Elli hat erzählt, dass Rieke mehrmals mit einem Mann, den sie den *Kaiser* nennt, mitgegangen sei. Was kann es damit auf sich haben?«

Die Oberschwester sah sie durch ihren runden Kneifer an. »Ich weiß nicht, wovon Sie reden. Die Kinder in unserem Hospiz sind krank und schutzbedürftig. Selbstverständlich haben sie keinen Kontakt zu außenstehenden Personen.«

»Wissen Sie, dass vorhin eine Leiche in den Dünen gefunden wurde? Ein Mann in Ulanen-Uniform. Er hat einen Bart wie der Kaiser. Und in der Nähe des Toten lag ein kleines Holzpferd mit einem roten Ledersattel.«

Für einen Moment entglitten der Oberschwester die Züge. Sie sah Viktoria entsetzt an.

»Wollen Sie nicht sagen, was es mit Rieke Hansen und diesem Mann auf sich hat?«, fragte Viktoria.

Doch die Oberschwester war wie erstarrt. Schließlich schien sie sich wieder zu fassen. »Ich kann Ihnen zu dieser Geschichte nicht mehr sagen. Ich wünsche Ihnen einen guten Tag, Fräulein Berg.«

Einen Moment zögerte Viktoria. Dann stand sie auf und ging ohne einen Gruß hinaus. Wenn Schwester Josepha nicht reden wollte, dann war das so. Vielleicht gab es eine andere Schwester, die auskunftsfreudiger war.

Sie fand Schwester Zita auf dem Hof. Sie schob gerade ein Bett hinaus, in dem ein kleiner Junge lag.

»Schwester, ich würde gerne mit Ihnen sprechen«, sagte Viktoria. »Es geht um Rieke Hansen.«

Schwester Zitas Blick huschte zum Fenster, hinter dem die Oberschwester ihr Büro hatte. »Darüber sollten Sie mit der Oberin sprechen. Ich bin nicht befugt, über Rieke zu sprechen.« Sie deckte den Jungen sorgfältig zu. »Ich bringe dich dann gleich wieder rein.«

»Die Oberschwester tut, als gäbe es Rieke Hansen nicht. Aber ich weiß, dass sie hier Patientin war, und nun ist sie verschwunden. Und ich habe den schlimmen Verdacht, dass sie das Krankenhaus regelmäßig in Begleitung von einem Mann verlassen hat. Wissen Sie von diesem Mann?«

Die Schwester sah nervös zu dem Jungen, der das Gespräch interessiert verfolgt hatte. Sie zog Viktoria ein Stück mit sich fort. »Ja, da war ein Mann, der Rieke besucht hat. Eine über jeden Verdacht erhabene Standesperson. Die Oberschwester hätte ihn doch sonst niemals mit dem Kind allein gelassen. Ich bitte Sie, hören Sie auf, in der Sache herumzustochern. Sie bringen uns alle nur in Schwierigkeiten.«

Viktoria legte ihre Hand auf Schwester Zitas Arm. »Am Strand wurde die Leiche eines Mannes in Ulanen-Uniform gefunden. Offenbar ist er gewaltsam zu Tode gekommen.

In seiner Nähe lag das Spielzeug von Rieke Hansen. Was, wenn das Kind in der Nähe war, als der Mann zu Tode kam? Vielleicht ist ihm auch etwas passiert.«

Schwester Zita schlug die Hand vor den Mund. »O Gott!«

»Vielleicht konnte sie fliehen und versteckt sich. Wo könnte das Mädchen sein?«, fragte Viktoria. »Gab es irgendeinen Ort, wo es sich gern aufhielt?«

»Ich weiß nicht«, sagte Schwester Zita mit kläglicher Stimme. »Sie ist letzte Nacht verschwunden, das Fenster war heute Morgen offen. Sie muss rausgeklettert sein. Oberschwester Josepha glaubt, dass das Kind weggelaufen ist. Sie sagt, es wird schon wiederkommen, wenn es Hunger hat.«

Viktoria konnte sehen, wie Schwester Zita mit sich rang. Schließlich sagte sie: »Rieke war manchmal bei der Bake. Und in den Dünen, sie hat dort gespielt. Die Oberschwester weiß nicht, wie oft Rieke davongelaufen ist, denn sie kam immer pünktlich zurück. Das Kind hatte in seinem Leben bisher kaum Freiheiten, deswegen habe ich darüber hinweggesehen. Ich hätte es der Oberschwester schon längst sagen müssen. Aber das Mädchen tat mir leid. Als sie hierherkam, war sie kaum ansprechbar, sie hatte hohes Fieber, die Wunde hatte sich entzündet. Ihr Vater hat sie mit dem Schürhaken verprügelt. Der Arzt hat mehrere alte Brüche bei ihr diagnostiziert. Ich bin mir sicher, dass der Mann sie mit Vorsatz verkrüppeln wollte. Er hat sie zum Stehlen und auch zum Betteln geschickt. Ein verkrüppeltes Kind bringt natürlich mehr Geld nach Hause.«

Viktoria blickte die Schwester entsetzt an. Sie hatte von solchen Geschichten gehört, sie aber nicht glauben wollen. Wer verkrüppelte vorsätzlich sein eigenes Kind?

»Eine Zeit lang haben wir sogar befürchtet, sie würde sterben«, fuhr die Schwester fort. »Aber Rieke ist eine Kämpfernatur. Sie hat es überstanden.« Sie sah Viktoria ernst an. »Glauben Sie, Rieke hat beobachtet, was … was am Strand passiert ist?«

Viktoria zuckte mit den Schultern. »Ich weiß es nicht. Es könnte sein. Wenn, dann ist sie in Gefahr. Vielleicht hat der Täter sie schon gefunden. Vielleicht ist sie aber auch auf der Flucht. Wenn, dann müssen wir sie vor ihm finden.«

12

Fingerspitzengefühl

Badekommissar von Treptow holte weit aus mit seinem Spazierstock mit dem geschnitzten Elfenbeinknauf und stieß ihn bei jedem Schritt auf die roten Backsteine der Straße. Hin und wieder nickte er Menschen zu, die ihnen entgegenkamen. Inzwischen war es später Nachmittag, und die Gäste gingen langsam in ihre Hotels zurück.

Sobald niemand in Hörweite war, wandte sich der Badekommissar an Christian. »Die Familie hat sich heute Morgen an mich gewandt, um den Rittmeister als vermisst zu melden. Man wollte jedes Aufsehen vermeiden, aber natürlich musste man davon ausgehen, dass ihm etwas zugestoßen ist. Ich habe daraufhin die Gendarmerie informiert, die nach ihm gesucht hat. Der Tod des Rittmeisters wird die Familie schwer treffen.«

Der Badekommissar nickte einem Mann zu und wartete, bis er an ihnen vorbei war.

»Der Vorfall wird für große Unruhe auf der Insel sorgen. Viele Gäste haben gesehen, was passiert ist. Und in vier Tagen finden die Feierlichkeiten zum Krönungsjubiläum statt. Wir müssen alles daransetzen, den Fall so schnell wie möglich aufzuklären. Gleichzeitig müssen wir äußerst diskret vorgehen.«

»Wir werden schon ein wenig herumstochern müssen«, wandte Christian ein.

»Natürlich werden wir das. Aber mit Fingerspitzengefühl. Das hier ist nicht irgendeine Familie, sondern die von Papitz. Heinrich von Papitz ist Rittmeister am Militärinstitut in Hannover und verkehrt darüber hinaus in Regierungskreisen.« Der Badekommissar räusperte sich. »Sein Sohn ist übrigens Oberstleutnant Rudolph von Papitz.«

Christian sah den Badekommissar überrascht an. »Der Flieger? Er ist auf Norderney?«

Herr von Treptow nickte. Christian staunte nicht schlecht. Rudolph von Papitz hatte im Mai beim Prinz-Heinrich-Flug den Sieg der Zuverlässigkeitsprüfung errungen. Christian hatte wie viele andere im Land die Berichterstattung gebannt verfolgt. Morgens war er sogar früher aufgestanden, um die neuesten Nachrichten am Kiosk zu lesen. Die Strecke des Rennens ging über drei Etappen, von Wiesbaden bis Straßburg, für die die Teilnehmer acht Tage brauchten. Wegen des schlechten Wetters verlor ein Teil der Flieger die Kontrolle über die Maschinen, an mehreren Flugzeugen fielen die Motoren aus. Trotzdem erreichten von den neunzehn gestarteten Fliegern neun das Ziel. Im Jahr davor waren es nur vier gewesen. Von Papitz war mit siebzehn Stunden und siebenunddreißig Minuten unter den ersten drei gewesen. Eine stolze Leistung, auch wenn er den Kaiserpreis nicht für sich gewinnen konnte. Den hatte Leutnant Ernst Canter in der Rumpler-Taube erzielt, der als Einziger ohne Bruchschaden blieb. Christian hätte alles dafür gegeben, über das Rennen berichten zu dürfen. Aber jemand anders war darauf angesetzt worden. Als Christian später das Interview las, ahnte er, warum. Im Mittelpunkt stand nicht die Flugleistung, sondern die Frage, ob die Männer noch ledig waren. Vermutlich hatte der Redakteur nicht ganz zu Unrecht befürchtet, dass Christian das Interview etwas anders geführt hätte.

»Bei einer Familie mit diesem Einfluss gilt es selbstverständlich, die Etikette zu wahren«, sagte der Badekommissar. »Deswegen werden Sie sich zurückhalten. Ich werde die Fragen stellen. Sie bleiben im Hintergrund.«

Auf dem restlichen Weg gab er Christian einen kurzen Überblick über die einzelnen Familienmitglieder, was sich anhörte, als würde er aus dem Gothaischen Hofkalender vorlesen: lange Namen, viele Titel, jede Menge genealogische Verbindungen, aber nicht viel, das Christian etwas über die Personen sagte.

Das Hotel Bellevue lag direkt am Kurgarten. Ein lang gezogenes, zweistöckiges Gebäude, hinter dessen riesigen Fenstern im Erdgeschoss vermutlich ein Ballsaal verborgen lag. Sie gingen hinein. Drinnen war das Hotel modern eingerichtet, helle Korbstühle und Palmen unterstrichen das weltmännische Flair.

Von Treptow wandte sich am Empfang an den livrierten Concierge und trug ihm auf, dass man sie bei der Familie von Papitz anmelden möge. Während sie warteten, sah Christian sich weiter um. Vom Eingang aus links konnte er durch eine große Glasfront sehen, die den Blick freigab auf den riesigen Ballsaal mit gewaltigen Kronleuchtern, die natürlich elektrifiziert waren. Christian dachte an die Pension in der Gartenstraße, in der er die kleine Kammer bewohnte. Bei der Witwe Janssen gab es nur Petroleumlampen. Christians Blick blieb an einem Ölgemälde an der Wand hängen, das eine Dünenlandschaft mit einer Dame im weißen Kleid zeigte, und mit einem Mal bekam er schlechte Laune. Und er wusste, warum. Alles in diesem Hotel erinnerte ihn an Viktoria. Sie passte hierher, zu diesen Menschen. Sie bewegte sich in so einer Umgebung ganz mühelos. Christian erwartete fast, sie jeden Moment um die Ecke kommen zu sehen. Den großen Hut in der Hand, die dunklen Locken hochgesteckt und die Wangen mit einer leichten Röte überzogen. Dammich! Viktoria sollte endlich aus seinen Gedanken verschwinden.

»Hinrichs, träumen Sie?« Der Badekommissar stand bereits bei der ausladenden Treppe nach oben. »Die Familie erwartet uns.«

Christian beeilte sich, dem Badekommissar zu folgen, der gewohnt schnellen Schrittes die Treppen hinaufstieg. Der über die Stufen gelegte rote Webteppich schluckte das Geräusch seines aufschlagenden Spazierstocks.

Der Badekommissar ging durch den Flur voran und steuerte auf eine Tür zu, die im gleichen Augenblick von einem hübschen drallen Mädchen in schwarzem Kleid und weißer Schürze geöffnet wurde. Sie knickste, als der Badekommissar und Christian in den kleinen Vorraum eintraten. »Sie werden erwartet«, sagte sie und öffnete eine weitere Tür, die in einen weitläufigen Salon führte.

Eine Dame in schmucklosem dunklem Rock und weißer Bluse, die an einem Tisch beim Fenster gesessen hatte, erhob sich, als sie eintraten. Sie war schlank, fast schon hager. Ein hoher Spitzenkragen umschloss eng ihren Hals. Eine runde Brosche steckte an ihrem Kragen. Um die Schulter hatte sie eine Stola gelegt. Eine tiefe Sorgenfalte hatte sich zwischen ihren Augenbrauen gebildet.

Ein etwa fünfundzwanzigjähriger Mann in grauer Uniform, der bei ihr gestanden hatte, trat ebenfalls näher. Eine goldene Medaille prangte an seiner Brust. Das war unverkennbar Oberstleutnant Rudolph von Papitz. Auf dem Foto, das Christian nach dem Prinz-Heinrich-Flug von ihm gesehen hatte, trug er den Offiziersmantel lässig geöffnet. Im Hintergrund sah man den Mars-Eindecker der Deutschen Flugzeug-Werke. Jetzt hier im Raum wirkte er viel militärischer, die graue Uniform saß perfekt an seinem athletischen Körper.

Der Blick des Oberleutnants ging kurz zu Christian, blieb für einen winzigen Moment an dessen Anzug hängen. Mit seinem leichten Straßenanzug und der Elbsegler-Mütze, die er jetzt in der Hand hielt, wirkte er wenig offiziell. Immerhin war er davon ausgegangen, einen lauschigen Sommertag genießen zu können und nicht einer adeligen Familie eine Todesnachricht überbringen zu müssen.

Sollte sich Rudolph von Papitz über Christians Anwesenheit wundern, so überging er dies. Er wandte sich an den Badekommissar: »Wenn ich bitten darf.«

Er wies mit dem ausgestreckten Arm ans hintere Ende des Salons, wo Christian eine etwa dreißigjährige Frau erblickte, die sich in diesem Moment von einem Klavierhocker erhob und unschlüssig stehen blieb. Ein Klavier, unfassbar! Christian sah sich um. Der Salon war riesig – größer als die gesamte Wohnung, in der er aufgewachsen war. Eine weitere Tür führte vermutlich zu den Schlafzimmern und dem Bad, in dem es nicht nur fließend warmes Wasser gab, sondern auch ein eigenes Wasserklosett, wie Christian aus der *Badezeitung* wusste.

Neben dem Klavier stand ein geschlossener Nussbaumsekretär, der mit einer Fotografie und einem üppigen Blumenbouquet dekoriert war, daneben eine mit grünem Samt bespannte Chaiselongue, auf die sich Auguste von Papitz niederließ. Der Badekommissar nahm in einem Sessel Platz. Eine weitere Sitzmöglichkeit war nicht vorhanden, also blieb Christian neben dem Sessel des Badekommissars stehen.

Frau von Papitz entstammte, wie Christian vorhin vom Badekommissar erfahren hatte, dem hinterpommerschen Uradelsgeschlecht derer von Kleist. Der Großvater war preußischer Hofjägermeister und Major gewesen. Der Vater hatte sich als Landrat einen Namen gemacht, war in den Freiherrnstand erhoben worden. Die Heirat mit Heinrich von Papitz war standesgemäß, so wie es von einer Frau ihrer Generation erwartet wurde.

Bei der Dame am Klavier musste es sich um ihre Tochter, Emma von Papitz, handeln. Sie hatte ein fliehendes Kinn, was ihr ein etwas verhuschtes Aussehen gab. Herrn von Treptow zufolge war sie das Sorgenkind der Familie. Mehrfach waren Eheanbahnungen gescheitert, obwohl

Emma eine hervorragende Partie abgab. Sie hatte einfach Pech gehabt. Ein Verlobter war kurz vor der Hochzeit an einer Infektion gestorben. Einem anderen Verehrer bot sich plötzlich die Aussicht auf eine Erfolg versprechendere Verbindung, sodass er sich von ihr abwandte. Einen weiteren Kandidaten hatte der Vater abgelehnt, weil er nicht standesgemäß war. Und so war Emma älter geworden und die Verehrer rarer. In ihrem Alter bestand nun kaum noch Hoffnung, sie erfolgreich an den Mann zu bringen. Auf einen stummen Blick ihrer Mutter hin setzte sich Emma neben Auguste von Papitz.

»Sie haben Nachricht von meinem Vater, nehme ich an.« Der Oberstleutnant hatte sich neben die Chaiselongue gestellt. Er zog seine Uniform straff und legte eine Hand auf die Rückenlehne der Chaiselongue. Die Sorge war seiner Stimme anzuhören.

Eduard von Treptow räusperte sich leise. »Ich habe Ihnen leider eine traurige Mitteilung zu machen. Wir haben Herrn Rittmeister von Papitz heute Morgen tot aufgefunden.«

Der Oberstleutnant presste die Lippen zusammen.

Emmas Augen füllten sich augenblicklich mit Tränen, sie griff nach der Hand ihrer Mutter.

»Mein tief empfundenes Beileid«, fügte der Badekommissar an.

»Wo wurde er gefunden?« Die steile Falte zwischen den Augenbrauen von Auguste von Papitz hatte sich verstärkt.

Christian stutzte. Eine seltsame Frage, wenn man hörte, dass der eigene Mann gerade tot aufgefunden worden war.

»Warum wollen Sie das wissen?«, fragte er, ohne nachzudenken.

Auguste runzelte die Stirn. »Verzeihen Sie, aber wir wurden noch nicht bekannt gemacht.«

Der Badekommissar bedachte Christian mit einem warnenden Blick, wandte sich dann an die Ehefrau des Toten. »Das ist Herr Hinrichs, ein Hilfsbeamter.«

»Hilfsbeamter, so.«

»Ich beantworte Ihre Frage gern, Herr Hinrichs«, sagte der Oberstleutnant. »Mein Vater hätte kein Aufsehen gewollt. Wir hoffen daher sehr, dass er nicht auf einer Bank im Ort gefunden wurde.«

Herr von Treptow übernahm die Antwort. Er schüttelte bekümmert den Kopf. »Nicht im Ort, nein. Ihr Herr Vater wurde am Strand entdeckt, beim Pferderennen. Er lag in den Dünen. Aufsehen ließ sich leider nicht vermeiden.«

Rudolph von Papitz sah ihn entsetzt an. »Was ist passiert?«

»Wir wissen es nicht. Noch nicht. Aber wir müssen annehmen, dass Ihr Herr Vater keines natürlichen Todes gestorben ist.«

So vage hätte es Christian nicht ausgedrückt, denn dass der Rittmeister ermordet worden war, stand für ihn außer Frage.

Rudolph von Papitz wechselte einen Blick mit seiner Mutter, die zu ihm aufsah. Dann fragte er an den Badekommissar gewandt: »Gibt es einen Tatverdächtigen?«

»Derzeit noch nicht. Wir werden Sie informieren, sobald sich etwas ergibt. Ich muss Sie leider bitten, vorerst die Insel nicht zu verlassen. Ich bin auf Ihre Mitarbeit angewiesen, um den möglichen Täter zu stellen.«

Das also hatte der Badekommissar mit Fingerspitzengefühl im Gespräch gemeint. Denn natürlich wäre es möglich, dass jemand aus der Familie der Täter war, und deswegen sollten sie nicht die Insel verlassen.

Ob der Oberstleutnant dies durchschaute oder nicht, war seiner Miene nicht anzumerken. »Wir werden uns mit Ihrer Erlaubnis von hier aus um die weiteren Angelegenheiten kümmern. Die Beerdigung wird arrangiert werden müssen, außerdem müssen wir einige Personen benachrichtigen.«

Christian war überrascht, wie sachlich der Oberstleutnant mit der schockierenden Tatsache umging, dass sein Vater vermutlich umgebracht wurde.

Der Badekommissar nickte. »Selbstverständlich, veranlassen Sie alles, was notwendig ist. Ist Ihnen in den letzten Tagen etwas aufgefallen, war etwas ungewöhnlich?«

Die Ehefrau faltete die Hände, schüttelte den Kopf. »Es war alles wie immer. Wir waren auf kleineren Gesellschaften, sind abends dinieren gegangen. Mein Mann nutzt die Zeit in der Sommerfrische gerne, um über Pferde zu fachsimpeln.«

»Wann genau haben Sie Ihren Mann das letzte Mal gesehen?«

»Er ist gestern Nachmittag zu einem Spaziergang aufgebrochen und nicht zurückgekehrt. Mein Sohn hatte Sie heute Morgen ja informiert.«

»Warum nicht schon gestern Abend?«, fragte Christian.

Er wusste, er sollte sich zurückhalten, aber er konnte nicht. Fingerspitzengefühl hin oder her.

Auguste von Papitz taxierte ihn aus blassblauen Augen. »Mein Mann ist oft lang unterwegs gewesen, auch bis sehr spätabends. Gesellschaftliche Verpflichtungen, Jagden. Wenn er zurückkommt, legt er sich für gewöhnlich auf die Chaiselongue, um mich nicht zu stören. Als ich heute Morgen gesehen habe, dass er nicht da ist, habe ich mir Sorgen gemacht und meinen Sohn gebeten, ihn zu suchen.«

»Ich habe zuerst im Stall nach ihm gesucht«, bestätigte Rudolph. »Dort hatte man ihn zuletzt gestern Nachmittag gesehen. Ich war sehr beunruhigt. Deswegen habe ich den Badekommissar informiert. In den Dünen hätte ich allerdings niemals mit ihm gerechnet.« Er sah aus dem Fenster, schien weit weg in Gedanken.

Im Stall. Christian fiel das Spielzeug ein, das der Gendarm gefunden hatte. »Hatte Herr von Papitz Kontakt zum Seehospiz für Kinder?«

Auguste von Papitz fuhr zu ihm herum: »Für Sie immer noch *Herr Rittmeister von Papitz*«, belehrte sie Christian. Ihre Augen schienen ihn zu durchbohren. »Mein Mann war Eskadronsführer des dreizehnten Königs-Ulanen-Regiments, Vorsitzender des ersten Galoppzuchtvereins des Deutschen Reiches. Er hat maßgeblich den Galopprennsport im Land befördert.«

Der Badekommissar warf Christian erneut einen warnenden Blick zu, der diesmal allerdings wütender ausfiel. »Entschuldigen Sie, gnädige Frau. Mein Hilfsbeamter wollte Sie nicht beleidigen. Wir wissen um die Verdienste Ihres Mannes. Ein großer Verlust nicht nur für Sie, sondern für das gesamte deutsche Heer. Ich bin mir sicher, der Kaiser wird bestürzt sein, wenn er vom Tod des Herrn Rittmeisters erfährt.«

Die Worte des Badekommissars schienen die Frau nur zum Teil zu beruhigen. »Ich habe meinen Mann verloren. Und nun muss ich mich von einem Hilfsbeamten befragen lassen, der es noch nicht einmal für nötig hält, den notwendigen Respekt zu zeigen.« Sie hielt sich ein Taschentuch vor die Nase, das sie aus dem Ärmel ihres Kleides genestelt hatte.

Rudolph drückte ihre Schulter. »Der Mann hat es nicht böse gemeint, Mutter. Er ist seine Aufgabe, Fragen zu stellen.«

Christian sah Frau von Papitz nachdenklich an. Ging es ihr wirklich um Fragen des Anstands, oder hatte sie gerade sehr geschickt von seiner Frage abgelenkt?

Der Oberstleutnant sah Christian an, schien zu überlegen. »Es ist nur verständlich, dass Ihnen im Gegensatz zu Herrn von Treptow mein Vater nicht bekannt ist. Als junger Mann hat er das Querfeldein-Rennen begründet, das heute zum Standard zählt. Er hat sich früh für den Galoppsport begeistert und am Militärinstitut in Hannover die ersten Rennen ins Leben gerufen. Nach einem leichten Herzanfall vor drei Jahren hatte er das Reiten aufgeben müssen. Er hat aber weiterhin die Förderung des Galoppsports betrieben. Mein Vater hat sich mit Leib und Seele dem Sport verschrieben. Deswegen habe ich heute Morgen zuerst im Stall gesucht. Die Vorbereitungen zum Rennen hätte er niemals verpasst. Als er nicht dort war, wusste ich, dass etwas geschehen sein musste.«

Auguste von Papitz wandte sich an den Badekommissar. »Wann können wir die Beerdigung festlegen?«

»Das kann ich Ihnen leider noch nicht genau sagen. Aber es wird einige Tage dauern, bis der Arzt seine Untersuchung abgeschlossen hat. Sie werden ihn überführen lassen, nehme ich an?«

Sie nickte nachdenklich. »Natürlich, wir werden eine Feier in Hannover ausrichten. Ich denke, das Militärinstitut wird eine Parade abhalten. Aber wir müssen ohnehin abwarten, bis die Feierlichkeiten zum Kaiserjubiläum vorüber sind. Es wäre anmaßend, zur gleichen Zeit, zu der unser Kaiser geehrt wird, meinen Mann zu beerdigen. Wir sollten von Rauchs Bescheid geben und natürlich von Rosenbergs. Moltke muss eingeladen werden und Hindenburg selbstverständlich. Rudolph, wärst du so gut, eine Liste anzufertigen?«

Der Oberstleutnant sah fragend zum Badekommissar, der zustimmend nickte. Anscheinend wollte von Treptow Auguste von Papitz Gelegenheit geben, mit dem ersten Schock umzugehen. Denn es war offensichtlich, dass sie etwas brauchte, an dem sie sich festhalten konnte, und die Planung für die Beerdigung schien ihr diese Sicherheit zu bieten.

Rudolph ging zu dem Sekretär, öffnete ihn und setzte sich. Anschließend diktierte ihm seine Mutter die Namen der wichtigsten Trauergäste. Emma warf ein, zwei Namen ein, die ihre Mutter aber kaum zur Kenntnis nahm. Die Liste wurde immer länger. Fragen zur Beerdigungsfeierlichkeit wurden erörtert, und Christian bemerkte überrascht, dass sich die steile Falte an der Stirn von Auguste von Papitz fast vollständig geglättet hatte.

Der Badekommissar stellte währenddessen beiläufig Fragen. »Für gewöhnlich bleibt uns der letzte Anblick eines Menschen besonders lebhaft in Erinnerung. Wann haben Sie Ihren Mann zuletzt gesehen, gnädige Frau?«

»Am Nachmittag, als er zum Stall gegangen ist, wie so oft. Er trug seine blaue Paradeuniform. An die neuen grauen wollte er sich einfach nicht gewöhnen. Er hat sich geweigert, sie anzulegen, zumindest in der Sommerfrische. Er hat gesagt, Grau sei keine Farbe fürs Militär, sondern für die Fabrik.« Auguste sah aus dem Fenster. Ihr Blick verlor sich in der Ferne. Sie presste kurz die Lippen zusammen. Dann wandte sie sich wieder an ihren Sohn. »Rudolph, wir müssen auch an Generalmajor von Beitz denken. Notierst du?« Vielleicht wollte sie sich nicht tiefer mit den Fragen beschäftigen, es war offenbar ihre Art, mit dem Schicksalsschlag umzugehen.

Emma ihrerseits hatte einen Stickrahmen hervorgeholt und beteiligte sich nicht weiter an den Vorbereitungen zur Beerdigung.

»Mein Vater verließ das Hotel gestern um etwa zwei Uhr nachmittags«, erklärte Rudolph, der sich erhoben hatte und wieder zu ihnen getreten war. Im Gegensatz zu seiner Mutter schien ihm sehr klar zu sein, wohin die Fragen des Badekommissars zielten. »Im Stall sagte man mir, dass er gestern um kurz vor acht Uhr abends noch gesehen wurde. Wohin er dann ging, kann ich nicht sagen.«

Auguste seufzte. »Ich denke, wir sollten Babst mit der Beerdigung beauftragen. Er hat im Juni die Trauerfeier von Major von Kahlden ausgerichtet. Eine sehr würdige Veranstaltung. Die Rede muss natürlich Pastor Köhler halten, alles andere ist ausgeschlossen.«

Während sie sich den weiteren praktischen Überlegungen hingab, hatte Christian sich dem Sekretär genähert. Er betrachtete die Fotografie auf dem edlen Möbelstück. Sie zeigte den Rittmeister mit seiner Familie. Die Aufnahme war offenbar in einem hiesigen Fotostudio entstanden. Im Hintergrund war das auf Leinwand gemalte Meer zu sehen. Der Rittmeister saß in seiner Paradeuniform in der Mitte auf einem Stuhl, die übrigen Familienmitglieder hatten sich um ihn herum gruppiert. Der Sohn trug Uniform wie der Vater, die Mutter eine schmucklose weiße Bluse. Christian bemerkte die steile Sorgenfalte und die verkniffenen Lippen. Einzig die Tochter lächelte auf dem Bild. Sie sah ganz anders aus als jetzt, wo sie stumm über dem runden Rahmen saß und ein Blumenmuster stickte.

»Bei dem Rennen am Dienstag nach der Kaiserfeier sollte Heinrich zu Ehren ein Salut geschossen werden, was meinen Sie, Herr von Treptow?«

Christian hörte hinter sich, wie der Badekommissar etwas Beipflichtendes murmelte. Er bewunderte ihn für seine Langmut. Er selbst wäre mit seiner Befragung längst zur Sache gekommen. Christian betrachtete auf dem Sekretär das gläserne Tintenfass mit dem schwarzen Marmordeckel, die Walze zum Abtrocknen der Tinte und den Füllfederhalter aus Elfenbein, den Rudolph nicht wieder verschlossen hatte. Etwas lehnte an dem Fass. Christian sah sich vorsichtig zur Familie um, die gerade besprach, welche Farbe die Blumen haben sollten, damit sie zu den Fahnen passten. Dann zog er an dem Stück Papier. Es war eine Fahrkarte nach Borkum, ausgestellt am 11. Juni 1913. Vorgestern.

Die empörte Stimme der Ehefrau ließ ihn zusammenschrecken. »Was unterstehen Sie sich!«

Sie war aufgestanden. Herr von Treptow erhob sich ebenfalls. Er funkelte Christian wütend an.

Christian spürte, wie ihm die Röte ins Gesicht schoss. »Entschuldigung, mir ist nur gerade etwas aufgefallen. Ihr Mann war vorgestern auf Borkum?«

Auguste wandte sich an den Badekommissar. »Herr von Treptow, das geht zu weit. Ich habe meinen Mann verloren. Und nun kommt dieser Hilfsbeamte und wühlt in seinen persönlichen Sachen herum.«

»Es tut mir sehr leid, gnädige Frau, ich kümmere mich sofort darum«, sagte der Badekommissar mit sanfter Stimme. Als er sich an Christian wandte, klang diese jedoch weniger sanft. »Hinrichs! Mitkommen!«

Der Badekommissar ging hinaus in den Hotelflur. Bei jedem Schritt stieß der Spazierstock hart auf den Boden. Bei einem kleinen Erker blieb er schließlich abrupt stehen. »Was fällt Ihnen ein!« Er fuhr zu Christian herum. Seine grauen Augen sprühten vor Zorn. »Ich habe gesagt, dass wir mit Fingerspitzengefühl vorgehen müssen. Sie sollten zuhören und mir das Reden überlassen!« Er schüttelte den Kopf, und es war die Enttäuschung in seinem Blick, die Christian einen Stich versetzte. »Ich hätte mehr von Ihnen erwartet, Hinrichs. Sie müssen lernen, sich zurückzuhalten. Diese Familie hat Verbindungen in die höchsten Kreise. Ein Wort von Auguste von Papitz, und unsere Ermittlungen sind bis zum Eintreffen der Kriminalpolizei auf Eis gelegt. Wenn wir etwas herausfinden wollen, dann nur mit äußerster Vorsicht!«

Eigentlich hatte Christian sich rechtfertigen wollen. Darauf hinweisen wollen, dass diese Fahrkarte vielleicht wichtig sein könnte und dass der Badekommissar mit seinem Fingerspitzengefühl nicht weitergekommen war … Aber nun schwieg er betroffen.

»Sie halten sich von nun an von dieser Familie fern. Frau von Papitz wird in Ihrer Nähe gewiss nichts mehr erzählen.« Herr von Treptow drehte seinen Spazierstock in seinen Händen. »Sie werden sich auf andere Weise nützlich machen. Gehen Sie hinunter in den Bedienstetenbereich. Vielleicht haben die Dienstboten etwas bemerkt. Ich erwarte Sie anschließend im Empfangssaal. Und jetzt verschwinden Sie! Ich gehe zurück zu Auguste von Papitz und versuche zu retten, was zu retten ist.«

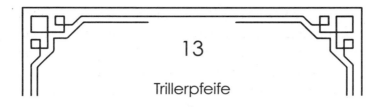

13

Trillerpfeife

Eine Türglocke erklang, als Viktoria in das Geschäft trat. Die Bäckersfrau legte ein Brot in die Auslage, wischte sich die Hände an ihrer weißen Schürze ab. Eine füllige Frau von etwa vierzig Jahren. Ihr rosiges Gesicht lächelte freundlich. »Was darf es sein?«

»Entschuldigen Sie bitte. Ich suche ein dunkelhaariges Mädchen, etwa neun Jahre alt. Es ist gestern aus dem Seehospiz davongelaufen.«

»Heimweh, was? Die armen Dinger. Ist auch nichts, sie so allein zu lassen. Da fehlen die Eltern. Gerade wenn sie krank sind, gehören Kinder zur Familie. Nichts gegen die Schwestern, die tun ihr Bestes. Aber ich halte nichts davon, Stadtkinder zur Erholung zu verschicken.«

Viktoria lag eine Erwiderung auf der Zunge. Viele der Kinder, die ans Meer geschickt wurden, litten unter typischen Stadtkrankheiten. Anderseits wusste sie, dass die Kinder während ihres Aufenthaltes ihre Familien vermissten. Aber darum ging es jetzt nicht. »Haben Sie das Mädchen vielleicht gesehen? Sie hat vermutlich nur ein Nachthemd an und eine Schürze vom Seehospiz.«

Die Bäckerin schüttelte den Kopf. »Hier war sie nicht. Ein Kind im Nachthemd wäre mir aufgefallen. Aber machen Sie sich keine Sorgen, was soll ihr auf der Insel schon passieren? Wenn sie Hunger hat, kommt sie schon wieder zurück. Das tun sie alle.«

Viktoria war in fast jedem Geschäft in Norderney gewesen. In den Andenkenläden am Bazar, im Kaufhaus Peters, im Kolonialwarenladen, in Cafés und Restaurants. Und diesen Satz hatte sie heute häufiger gehört. Wenn das Kind Hunger hat, kommt es schon wieder zurück.

In diesem Moment erklang die Türglocke, und eine Kundin kam herein.

Viktoria wandte sich zum Gehen. »Wenn Sie das Mädchen sehen, geben Sie mir Bescheid? Mein Name ist Viktoria Berg, ich bin im Hotel Bellevue zu erreichen.«

Die Bäckerin nickte abwesend, lächelte dann die Kundin an. Viktoria bedankte sich und verließ den Laden. Mutlosigkeit erfasste sie, und mit einem Mal fühlte sie sich sehr einsam.

Viktoria steuerte das Restaurant vor Schuchardts Hotel an. Sie brauchte etwas zur Stimmungsaufhellung, und sie wusste auch schon genau, was sie haben wollte. Sie setzte sich auf die offene Terrasse, der Kellner bemerkte sie, und sie bestellte. Während sie wartete, verfolgte sie das Treiben vor sich auf der Straße.

Letztes Jahr war Christian an ihrer Seite gewesen, als sie versuchte, den Mord an Henny Petersen aufzuklären. In diesem Jahr konnte sie nicht auf ihn zählen. Wie so oft, wenn sie an ihn dachte, überkam sie Wut. Der große Streit im Herbst. Sie hatte solche Angst gehabt, dass der Rektor sie entlassen würde. Alles, wofür sie gekämpft hatte, wäre verloren gewesen. Vielleicht hatte Christian insgeheim sogar gehofft, dass es so kommen würde – dass sie ihre Stelle verlieren würde, denn dann könnten sie ihre Beziehung ja offiziell bekannt machen. So also wollte er sie gewinnen? Indem sie alles aufgeben müsste, was ihr wichtig war? Damals war sie außer sich gewesen. Und trotzdem – als sie vorhin wieder in seine strahlend blauen Augen gesehen hatte, war der Streit für einen kurzen Moment vergessen gewesen. Aber Christian hatte nur zu schnell dafür gesorgt, dass sie sich wieder erinnerte. Wie er mit ihr gesprochen hatte! Sollte Christian Hinrichs doch bleiben, wo der Pfeffer wächst.

Der Kellner brachte die bestellte Mokkatorte und Tee. Viktoria bezahlte gleich, so konnte sie später gehen, ohne zu warten. Die Torte sah superb aus. Eine cremige Sahneschicht mit dunklen Schokoladestückchen vermischt. Sie probierte eine Gabel. Das herbe Mokkaaroma mischte sich mit süßem Zucker und Sahne. Herrlich!

Während sie Stück für Stück die Torte genoss, blickte sie gedankenverloren in Richtung des Bazargebäudes, in dem Händler vom Festland Waren anboten. Letztes Jahr war sie mit Christian dort gewesen. Es war ein schöner, unbeschwerter Tag gewesen. Gedankenverloren folgten ihre Augen dem Trubel auf der Straße. Ein kleines Mädchen im blauen Kleid schlenderte an den Auslagen entlang und bestaunte die in den Körben ausgelegten Waren. Ein Herr im Frack eilte über die Straße, eine Zeitung unter den Arm geklemmt. Ein Ehepaar ging eingehakt. Im Blumenpavillon kaufte der Mann seiner Frau einen Strauß Nelken.

Wie Christian sie angesehen hatte vorhin. So ganz anders als letztes Jahr, als sie unter der Weide gestanden hatten und er sie geküsst hatte. Seine Hände waren über ihren Körper geglitten ...

Der Pfiff einer Trillerpfeife riss Viktoria aus ihren Träumen. Alle Menschen schienen für einen Augenblick innezuhalten und wandten sich dem Badepolizisten in grüner Uniform zu, der auf eines der Geschäfte am Bazar deutete. »Halten Sie sie fest!«

Viktoria folgte der Richtung, in die er zeigte. Das kleine Mädchen hielt eine Tüte mit Plätzchen in der Hand. Für einen kurzen Moment war sie ebenso erstarrt wie alle anderen. Doch noch während die Sommergäste versuchten zu verstehen, was passiert war, kam Bewegung in sie. Sie griff nochmals in den Warenkorb, nahm weitere Tüten an sich und rannte los. Braune Zöpfe flogen hinter ihr her.

Viktoria stand ruckartig auf, ihr Stuhl fiel um. War das Rieke? Der Badepolizist pfiff erneut, Rufe wurden laut, die Sommergäste versuchten, das Kind aufzuhalten. Doch das schlug einen Haken, lief weiter. Als es in eine Seitenstraße einbiegen wollte, versperrte ihm ein Herr den Weg. Das Kind drehte sich um, quetschte sich zwischen zwei Damen und ihren ausladenden Röcken hindurch. Die schrien empört auf. Das Mädchen rannte nun direkt in Viktorias Richtung. Viktoria stellte sich ihr mit ausgebreiteten Armen entgegen. Das Kind wich blitzschnell aus, doch Viktoria erwischte seinen Ärmel, hielt es fest.

Das Mädchen schrie, doch Viktoria ließ nicht los. »Beruhige dich! Ich komme von Elli. Ich will dir helfen.«

Das Mädchen sah sie einen Moment fragend an. Dann spürte Viktoria einen heftigen Tritt gegen das Schienbein. Erschrocken lockerte sie ihren Griff. Das Kind nutzte die Gelegenheit, und weg war es.

Viktoria fluchte, raffte ihre Röcke und versuchte, dem Mädchen zu folgen. Eine Frau sah dem Kind nach. Viktoria wäre fast mir ihr zusammengestoßen. Sie wich aus, lief an ihr vorbei. Doch dann verhakte sich ihr Rock an einem Tisch. Sie spürte einen Ruck, etwas riss, und im gleichen Moment lag sie auf der Nase.

Als sie aufschaute, war das Mädchen verschwunden.

Ein dunkelhaariger Mann Anfang dreißig mit Strohhut beugte sich zu ihr hinunter. »Haben Sie sich verletzt? Kann ich Ihnen helfen?« Er hielt ihr die Hand hin und half ihr hoch.

Der grün uniformierte Badepolizist war inzwischen herangekommen. Schwer atmend schob er seine Mütze mit den goldenen Lettern höher auf die Stirn. Er holte einen kleinen Notizblock aus seiner Ledertasche. »Kennen Sie das Mädchen, gnädiges Fräulein?«

Viktoria klopfte sich den Staub vom Kleid. Der Stoff war eingerissen. Sie blickte in die Richtung, in die das Kind verschwunden war. War das wirklich Rieke gewesen? Die Haare konnten stimmen. Aber konnte Rieke mit ihrem schlimmen Bein wirklich so schnell laufen? »Eine Verwechslung«, sagte sie an den Polizisten gewandt.

Der schüttelte den Kopf. »Dass es nun schon Straßenkinder bei uns auf der Insel gibt – unfassbar! In der Stadt, ja. Aber doch nicht hier. Ich werde die Gendarmen informieren, die werden die Straßen in der nächsten Zeit etwas genauer im Auge behalten müssen. Dieses Gesindel muss weggesperrt werden.«

»Haben Sie sich verletzt?«, fragte der Mann, der ihr aufgeholfen hatte. Die dunklen Haare unter dem Strohhut waren zurückgekämmt, seine hellbraunen Augen hatten einen offenen Blick.

Viktoria nickte. »Nein. Aber danke der Nachfrage.«

»Und Sie kannten die Diebin wirklich nicht?«, fragte der Badepolizist. »Mir war, als hätten Sie mit ihr gesprochen.«

Sie überlegte, dem Badepolizisten zu sagen, dass sie nach einem verschwundenen Kind suchte. Aber es widerstrebte ihr, ihn einzuweihen. Das Kind wegsperren – das war es bestimmt nicht, was sie für Rieke wollte. Sie entschied sich für die halbe Wahrheit. »Ich dachte, es sei ein Kind aus dem Seehospiz, das davongelaufen ist. Aber ich habe mich getäuscht.«

Der Badepolizist sah sie durchdringend an. »Na schön, wenn Sie das Kind noch einmal sehen, benachrichtigen Sie uns. Es scheint ein Straßenkind vom Festland zu sein. Ich möchte nur wissen, wie es auf die Insel gekommen ist. Von hier ist es jedenfalls nicht. Bei uns gibt es kein Gesindel.« Er tippte sich an die Mütze und schritt davon.

Viktoria und der Mann mit dem Strohhut sahen dem Badepolizisten hinterher.

»Ich glaube nicht, dass sich das Kind hier so schnell wieder blicken lässt. Und das ist vielleicht auch besser so«, sagte der Mann. Er wandte sich an Viktoria. »Zumindest hat dieser Vorfall dazu geführt, dass ich Ihre Bekanntschaft machen durfte.« Er deutete eine Verbeugung an. »Felix Jovin mein Name. Und Sie sind …«

Er wartete darauf, dass sie sich vorstellte. Aber Viktoria hatte nicht vor, die Bekanntschaft zu vertiefen. Sie hatte es eilig, sie wollte weiter nach dem Kind sehen.

»Haben Sie herzlichen Dank für Ihre Hilfe, Herr Jovin, aber ich muss jetzt wirklich weiter.« Sie nickte ihm zum Abschied zu und ging davon.

Bis zum Theater war es nicht weit. In diese Straße war das Kind vorhin gelaufen. Aber natürlich war keine Spur mehr von ihm zu sehen. Viktoria hätte am liebsten laut geflucht. Sie hatte zu spät reagiert. Ihr hätte das Kind mit den braunen Haaren viel früher auffallen müssen. Und warum war es ihr nicht aufgefallen? Weil sie sich in Träumen verloren hatte. Es war Zeit, Christian Hinrichs endgültig aus ihren Gedanken zu verdrängen.

14

Rosenkavalier

Einige Stunden später war die Mokkatorte nur noch eine Erinnerung und Viktoria müde und hungrig. Nachdem sie schnell im Hotel das Kleid gewechselt hatte, war sie stundenlang durch den Ort gelaufen, immer in der Hoffnung, das Mädchen wiederzusehen. Ihr Knie schmerzte von dem Sturz aufs Pflaster. Sie hatte Durst. Und sie war wütend. Auf sich, auf Christian, auf das Kleid, das viel zu lang war und sie beim Gehen behinderte. Hoffentlich kam irgendwann einmal eine Zeit, in der Frauen kürzere Röcke oder sogar Hosen tragen durften.

Sie bog von der belebten Strandstraße ab. Rechts lag der Kurpark mit dem Conversationshaus. Die königliche Badekapelle spielte eine Melodie aus dem *Rosenkavalier*. Wie immer berührte die Musik sie. Als Kind hatte sie es geliebt, ihrem Vater am Klavier zuzuhören. Später hatte sie selbst Klavier erlernt, wie es sich für eine junge Dame aus gutem Hause gehörte. Allerdings hatte sie es nie zu besonderer Perfektion gebracht.

Viktoria entdeckte einen freien Tisch auf der Terrasse des Conversationshauses und ließ sich vom Kellner eine Karaffe Wasser und einen Kaffee bringen. Als sie getrunken hatte, ging es ihr besser. Sie lauschte den Melodien, die

die Badekapelle spielte, genoss die warme Sonne des Spätnachmittags und vergaß für eine Weile ihre Sorge um Ellis geheimnisvolle Freundin.

Doch als das Konzert zu Ende war, traten die Ereignisse des Tages wieder in ihr Bewusstsein. Sie hatte Elli versprochen, Rieke zu finden. Doch wo sollte sie mit ihrer Suche anfangen? Die Insel war nicht groß, aber Rieke konnte überall sein. Schwester Zita hatte ihr einige Orte genannt. Aber nirgends war eine Spur von dem Mädchen zu finden.

Für heute war es jedenfalls genug. Der Kaffee hatte sie zwar belebt, aber sie konnte sich nicht vorstellen, noch weiter durch die Straßen des Ortes zu laufen. Sie winkte den Kellner heran und bezahlte.

Als sie aufstand, trat eine elegant gekleidete Frau mittleren Alters zu ihr, die am Nebentisch mit einem Herrn gesessen hatte. »Wie hat Ihnen das Konzert gefallen?« Sie trug einen mit Dahlien besetzten Hut, und als Viktoria ihren seidenbespannten grünen Sonnenschirm sah, erinnerte sie sich, sie heute Morgen am Strand gesehen zu haben.

»Es war wunderbar«, sagte Viktoria etwas erstaunt. Es war ungewöhnlich, einfach so von einer Dame angesprochen zu werden.

Die lächelte, als hätte sie genau die Antwort bekommen, die sie erwartet hatte. »Für eine Insel ist das eine ganz hervorragende Kapelle. Sie könnte ohne Frage in jedem namhaften Konzerthaus auftreten. Ich muss es wissen, Musik ist schließlich mein Metier. Ich bin die Kammersängerin Fanny Oppen.«

Sie ließ die Worte verklingen und schwieg, als sei damit alles gesagt. Und tatsächlich hatte Viktoria den Namen bereits gehört. Letztes Jahr hatte Viktorias Vater einem Konzert beigewohnt und war begeistert zurückgekehrt. Aber warum sprach Frau Oppen sie an? Normalerweise wurde man einander vorgestellt, Damen von Stand redeten nicht einfach mit Unbekannten. Fanny Oppens Augen blitzten belustigt. Offensichtlich scherte sie sich nicht sonderlich um Konventionen, was Viktoria gefiel. Sie stellte sich vor.

Frau Oppen nickte befriedigt, spannte ihren Schirm auf und legte ihn sich auf die Schulter. »Das letzte Mal, dass ich die Kapelle gehört habe, ist über zehn Jahre her. Normalerweise verbringe ich den Sommer in Binz. Was hat sich Norderney verändert! Überall diese Neubauten und die vielen Menschen. Ich habe das Gefühl, als sei hier mehr Verkehr als in Berlin. Was natürlich Unsinn ist, denn nichts ist wie in Berlin. Nicht wahr, Frederik?« Sie unterbrach ihren Redeschwall und sah zu ihrem Begleiter, einem Mann Mitte dreißig, der etwas abseits stand und beim Kellner bezahlte. Er hatte ein schmal geschnittenes Gesicht und welliges Haar. Er gab dem Kellner ein großzügiges Trinkgeld und kam zu ihnen, wo er sich vor Viktoria verbeugte und einen Handkuss andeutete. »Frederik Conradi, ich vertrete Frau Kammersängerin Oppen.«

»Sie sind Rechtsanwalt?«, fragte Viktoria. Ihre Augen blieben an einer Rose hängen, die der Mann im Knopfloch trug. Ihr Vater würde so etwas im Gerichtssaal sicher nicht dulden. Aber es passte zur Leichtigkeit der Sommerfrische.

Die Kammersängerin lachte hell auf. »Aber nein. Frederik ist mein Impresario. Er kümmert sich um die lästigen Geschäftsangelegenheiten, hält den Kontakt zu den Opernhäusern und gestaltet die Verträge. Sein Verhandlungsgeschick ist einfach unbezahlbar.« Sie zwinkerte ihm neckisch zu.

Frederik Conradi lächelte und verbeugte sich leicht. »Ich tue mein Bestes.«

Die Kammersängerin wandte sich wieder an Viktoria. »Wir sind im Bellevue abgestiegen. Ich wollte in der Nähe des Conversationshauses wohnen. So ist man immer mitten im Geschehen. Aber das nächste Mal würde ich doch lieber eines der Häuser an der Kaiserstraße nehmen. Vielleicht den Europäischen Hof. Der macht einen ausgesprochen guten Eindruck. Von dort muss man abends einen himmlischen Blick auf den Sonnenuntergang haben.«

»Den hat man. Ich war im letzten Jahr im Palais-Hotel.«

Frau Oppen wandte sich an ihren Impresario. »Frederik, das nächste Mal also die Kaiserstraße.« Sie schloss ihren Sonnenschirm und hakte sich bei Viktoria unter. »Dürfen wir Sie ein Stück begleiten? Eine Dame sollte nicht allein unterwegs sein. Schon gar nicht in Zeiten wie diesen. Ist das nicht eine furchtbare Geschichte, die Sache am Strand? Man sagt, der Tote sei Rittmeister von Papitz. Wissen Sie, wie es zu diesem schrecklichen Vorfall gekommen ist?«

Von wegen lockere Konventionen. Fanny Oppen war schlichtweg neugierig. Trotzdem konnte Viktoria nicht anders, als den offenen Blick sympathisch zu finden. »Der Tote vom Strand ist Rittmeister von Papitz? Das wusste ich nicht.«

»Aber Sie haben sich doch mit diesem gut aussehenden Kommissar unterhalten, dem mit den strahlend blauen Augen. Ein schmucker Mann, Sie kennen sich näher?«

»Nur flüchtig.«

»Mir schien es, als seien Sie vertraut miteinander. Haben Sie sich nicht etwas angesehen, was er in der Hand hatte? Ich konnte leider nicht erkennen, was es war.«

»Es war nur ein Spielzeug. Ich dachte, es gehört einem Mädchen aus dem Seehospiz.« Bevor die Kammersängerin weiterfragte, beschloss Viktoria, den Spieß umzudrehen. Fanny Oppen war neugierig, und Viktoria war es ebenso. Warum also nicht die Gelegenheit nutzen, um mehr zu erfahren? »Sie kannten den Rittmeister?«

»Wie man sich so kennt«, antwortete Frau Oppen – ebenso ausweichend wie Viktoria zuvor.

Doch ihr Impresario war auskunftsfreudiger. »Der Sohn des Rittmeisters ist Oberstleutnant Rudolph von Papitz, Fliegerkommando Döberitz.« Er sah Viktoria vielsagend an.

»Frederik, Fräulein Berg teilt sicher nicht Ihre Begeisterung für die Fliegerei. Woher soll sie wissen, dass der Mann an diesem absurden Rennen teilgenommen hat. Derartige Dinge interessieren eine Frau nicht.«

»Der Prinz-Heinrich-Flug im Mai – doch, den habe ich verfolgt«, warf Viktoria leicht verärgert ein.

Warum sollte eine Frau sich nicht dafür interessieren?

Tatsächlich hatte sie jeden Morgen mit ihrem Vater vor Eintreffen der Zeitung gewettet, welches von den Flugzeugen die nächste Etappe geschafft hatte.

»Die Herren Flieger sind schneidig, zweifelsohne. Trotzdem hätte der Rittmeister seinen Sohn lieber bei der Kavallerie gesehen als beim Fliegerkommando. Der junge Herr von Papitz war immerhin in der Ehrengarde des Kaisers. Er war unserem Kaiser direkt unterstellt, ein ebenso ehren- wie machtvoller Posten. Und nun nach Döberitz abkommandiert. Ich verstehe nicht, warum es überhaupt eine Flugzeugstaffel geben soll. Diese Geräte sind unsicher, sie werden niemals eine wichtige Funktion in unserem Heer einnehmen.«

»Da bin ich anderer Meinung, liebe Frau Oppen«, warf Conradi ein. »Sie sind die Zukunft. Die Kavallerie hat ausgedient.«

Die Kammersängerin sah ihn verärgert an. »Nicht Sie auch noch, Frederik. Mir scheint, alle Welt spielt verrückt, und es geht nur noch darum, dass alles schneller wird. Wir müssen uns auf unsere Traditionen besinnen. Ein Heer ohne Kavallerie! Allein schon diese neuen Uniformen. Das ist keine Farbe, das ist eine Zumutung. Ein Novembertag bei Regen ist nicht minder deprimierend.«

Viktoria musste schmunzeln. Selbst ihr Vater hatte sich darüber beschwert, dass die neuen Uniformen nicht mehr so schmuck waren wie die alten. Auch wenn er es nicht so drastisch wie die Kammersängerin ausgedrückt hatte. »Es muss den Rittmeister beunruhigt haben, dass die Kavallerie sich so verändert hat in den letzten Jahren.«

Die Kammersängerin nickte. »Ohne Frage. Wie man hört, wurde ihm die Ernennung zum Generalfeldmarschall ehrenhalber in Aussicht gestellt. Natürlich ist es eine besondere Auszeichnung. Aber wenn damit verbunden ist, dass man seinen Abschied nimmt – und das nach all den Jahren, in denen er treue Dienste geleistet hat. Aber es wäre wohl besser so gewesen. Pferde werden ja immer weniger eingesetzt. Stattdessen überall Automobile. Und jetzt auch noch Flugzeuge. Nein, das ist doch alles Humbug.«

»Das ist die Moderne«, sagte der Impresario und lächelte die Sängerin an. »In Zukunft werden wir vielleicht alle mit einem Automobil fahren.«

»Papperlapapp, was wissen Sie schon? Ständig soll alles schneller und schneller gehen. Tempo, Tempo, Tempo. Man weiß ja gar nicht mehr, wohin. Die jungen Leute von heute vergessen, innezuhalten und die Gegenwart auszukosten. Zu meiner Zeit war das anders. Wir hatten noch Muße, um zu leben.« Sie zwinkerte Viktoria zu.

Die musste lächeln. Sie konnte sich tatsächlich vorstellen, dass die Kammersängerin in jungen Jahren das Leben genossen hatte. »Wie hat denn die Familie den Tod des Rittmeisters aufgenommen?«, fragte sie, denn offenbar war Fanny Oppen bestens über alle Neuigkeiten informiert, obwohl sie doch vorgab, den Rittmeister nicht besonders gut zu kennen.

Doch der Impresario kam der Kammersängerin mit seiner Antwort zuvor. »Der Königliche Badekommissar ist gerade oben bei der Gattin und den Kindern. Es wird sie hart treffen. Sie hatten sich bereits auf die Suche nach ihm gemacht.«

»Frederik, das haben Sie mir ja noch gar nicht erzählt!«, warf die Kammersängerin ein. Ihre dunklen Augen musterten ihn neugierig.

»Ich habe es zufällig gehört.«

Die Kammersängerin verzog kaum merklich das Gesicht. Dann kniff sie die Augen zusammen und schaute an Viktoria vorbei. »Dieser Herr beobachtet uns schon einige Zeit, Frederik. Kennen Sie ihn?«

Der Impresario drehte sich um. »Welcher Herr?«

Viktoria erkannte den Mann mit dem kecken Strohhut wieder, der ihr vorhin hochgeholfen hatte, als sie dem Kind gefolgt und gestolpert war. Felix Jovin. Als er bemerkte, dass er ihre Aufmerksamkeit erregt hatte, näherte er sich der Gruppe.

»Ich möchte nicht stören«, sagte er schon von Weitem. »Ich wollte die junge Dame nur fragen, ob es ihr gut geht.« Ein verschmitztes Lächeln lag auf seinen Lippen. »Wie war noch gleich der Name?«

Bevor Viktoria etwas antworten konnte, stellte der Impresario sie bereits vor. »Das ist Fräulein Viktoria Berg.«

Felix Jovin sah sie lächelnd an, wandte sich dann an Fanny Oppen. »Sie müssen selbstverständlich nicht vorgestellt werden, Frau Kammersängerin. Wer kennt Sie nicht? Ihr Ruf eilt Ihnen voraus. Wie ich hörte, haben Sie im Frühjahr in der Scala große Erfolge gefeiert.« Damit ergriff er ihre Hand und küsste sie.

Die Kammersängerin lächelte. »Die Scala hat ein besonderes Publikum. Anspruchsvoll und dennoch außerordentlich begeisterungsfähig. Ich werde im nächsten Frühjahr wieder dort singen. Mailand ist wunderbar um die Jahreszeit. Frederik hat bereits alles arrangiert. Sie kennen Herrn Conradi, meinen Impresario?«

»Wir hatten bisher noch nicht die Gelegenheit«, sagte Jovin und deutete eine Verbeugung an, die der Impresario erwiderte.

Dann wandte er sich an Viktoria. »Haben Sie Ihr Abenteuer gut verkraftet?« Erläuternd fügte er in Richtung der Kammersängerin hinzu: »Fräulein Berg hat sich vorhin einer Diebin in den Weg gestellt.«

»Einer Diebin in den Weg gestellt? Was ist denn passiert?« Die Sensationslust glitzerte in den Augen der Kammersängerin.

Viktoria machte eine beschwichtigende Handbewegung. »Es war nur ein Kind. Es hatte am Bazar eine Tüte Plätzchen entwendet.«

Die Kammersängerin schüttelte den Kopf. »Von Berlin bin ich einiges gewohnt, Sie glauben gar nicht, was dort los ist. Ständig wird man angebettelt. Und auch in den anderen großen Städten, durch die ich komme, ist es so. Aber hier auf der Insel hätte ich das nicht erwartet.«

»Fräulein Berg glaubte, es sei ein Kind aus dem Seehospiz, das weggelaufen ist«, sagte Jovin.

Viktoria musste sich zusammenreißen, um ihren Unmut nicht zu zeigen. Sie hätte die Geschichte vor Jovin und dem Badepolizisten gar nicht erwähnen sollen.

Die Kammersängerin stürzte sich begierig auf den Köder. »Ein Kind ist weggelaufen?«

Jovin hatte offenbar bemerkt, dass Viktoria das Thema unangenehm war. Mit einem Lächeln wandte er sich an die Kammersängerin. »Gnädige Frau, ich wollte mir die Insel ansehen. Welche Sehenswürdigkeiten können Sie mir empfehlen?«

Die Kammersängerin überlegte keine Sekunde. Sie schwor auf die Marienhöhe, der Impresario dagegen schwärmte von einer Wattwanderung, und ehe Viktoria sichs versah, war sie in ein lebhaftes Gespräch um Norderney verwickelt. Sie war dankbar, dass Jovin das Thema gewechselt hatte. Er trieb das Gespräch voran und zwinkerte Viktoria verschwörerisch zu.

Die Uhr des Conversationshauses läutete. Es war bereits halb sechs. Beim Klang der Glocke faltete die Kammersängerin ihren Schirm zusammen. »Sie müssen uns nun entschuldigen. Ich muss meine Arien für die Feierlichkeit zum Thronjubiläum noch einmal durchgehen.« Sie wandte sich an ihren Impresario. »Frederik, Sie begleiten mich auf dem Klavier.«

»Ich muss noch zur Post, um Karten aufzugeben.«

»Papperlapapp, das kann warten. Haben Sie übrigens Antwort von Gregor aus Wien? Er sollte nicht mehr so lang überlegen, sonst sage ich in Stockholm zu.«

Sie verabschiedete sich von Viktoria und Jovin und ging mit schnellen Schritten zum nahe gelegenen Hotel Bellevue, dicht gefolgt von Conradi.

Jovin lächelte. »Und nun? Was fangen Sie mit dem Rest

dieses wunderbaren Tages an? Wollen Sie weiter nach dem Mädchen suchen? Wenn ja, dann begleite ich Sie. Vielleicht haben wir zu zweit mehr Erfolg.« Er erinnerte sie in diesem Moment an Christian. Und sie wusste auch, warum. Es war der amüsierte Spott in seinen Augen.

15

Knisternde Kluntjes

Christian ging die Treppe zum Bedienstetenbereich hinunter. So schlecht hatte er sich schon lange nicht mehr gefühlt. Herr von Treptow hatte recht. Er hätte seine Fragen für sich behalten müssen. Die hätte er hinterher Herrn von Treptow stellen können. Und trotzdem. Der Adel war und blieb für ihn eine fremde Welt. Daran hatte auch das vergangene Jahr bei der *Frau von Welt* nichts für Christian geändert. Er war nun einmal der Sohn des Schlachthofvorarbeiters Hinrichs. Jemand, auf den diese Leute herunterblickten, egal, wie weit er sich auch hocharbeitete.

Am Ende der Treppe gelangte Christian in einen schmalen Gang. Ein Zimmermädchen kam ihm entgegen, knickste, als sie ihn sah, und lief dann an ihm vorbei. Am hinteren Ende stand ein älterer Mann mit dunklem Frack und gestreifter Weste und betrachtete ihn. »Kann ich Ihnen helfen?« Er trug eine runde Brille, durch die er Christian musterte.

Christian ging auf ihn zu. »Mein Name ist Hinrichs. Ich bin ...« Er stockte. Was sollte er sagen? Hilfsbeamter? Das klang kaum besser als Dienstbote. Das würde ihm keine Türen öffnen. »Der Badekommissar schickt mich. Ich untersuche den Tod des Rittmeisters von Papitz. Sie haben ja gewiss gehört, was geschehen ist.«

Der Mann sah ihn von oben bis unten an, als müsste er sich ein neues Bild von ihm machen.

»Die Familie bewohnt die Suite im ersten Stock.«

Der Mann wirkte reservierter als vorher.

»Gibt es vielleicht einen Raum, wo wir uns unterhalten können?«

Der Mann wirkte irritiert. »Nun, vielleicht in der Leutestube.« Er öffnete die Tür, vor der sie standen, und ging voraus.

Christian folgte ihm in einen großen Raum. Er sah einen mächtigen Kachelofen. Die blau-weißen Kacheln zeigten die üblichen Motive: Windmühlen, Teekannen, Segelschiffe. Ringsum waren Sitzbänke an den Wänden. Doch dominiert wurde der Raum von einem langen Eichentisch, an dessen hinterem Ende eine füllige Frau um die vierzig saß. Offensichtlich die Köchin. Sie hatte ein weißes Spitzentuch um den Kopf gebunden, unter dem lockige graue Haare hervorlugten, und begutachtete den Neuankömmling mit hochgezogenen Augenbrauen. »Hans, wat schall dat? Müssen die Gäste nu auch hierherkommen?«

Christian musste lächeln. So redete man. Ohne Scheu und frei heraus. Nicht so von hinten herum und durch die Blume wie die da oben.

An der Wand hinter der Frau befand sich, unter einem Souterrainfenster, ein Herd. Ein Zimmermädchen war dabei, aus einem großen Topf mit einer Kelle Wasser in eine Teekanne abzufüllen.

Der Hausdiener wies etwas ratlos auf Christian. »Der Herr ist von der Kriminalpolizei, Mamsell Weerts. Es geht um die Herrschaften von Papitz.«

Das Zimmermädchen am Herd wandte sich um. Christian erkannte sie wieder. Sie war es gewesen, die von Treptow und ihn in der Suite eingelassen hatte.

»Ich würde mit Ihnen gern ein wenig über die Familie von Papitz reden«, sagte Christian unumwunden.

»Was sollen wir schon zu diesen Leuten sagen?«, sagte Mamsell Weerts.

»Ach, ich kann mir vorstellen, dass ihr durchaus einiges wisst.« Christian wechselte ins Plattdeutsche. Er zog sich einen Stuhl nach hinten, setzte sich und zwinkerte der Mamsell zu.

Die sah ihn einen Moment überrascht an. Dann lachte sie. »Du bist mir richtig. Wo kommst du wech?«

»Aus Hamburg. Mein Vater arbeitet auf dem Zentralschlachthof als Vorarbeiter.«

»Mein Bruder arbeitet da auch«, mischte sich das Zimmermädchen am Herd ein.

»Ihr seid aber nicht aus Hamburg?« Ihrem Plattdeutsch nach zu urteilen, tippte Christian auf Ostfriesland.

»Die Beke ist aus Rhauderfehn«, bestätigte Mamsell Weerts seine Vermutung. »Nun, gib dem Herrn Kriminaler auch 'n Tee mit Kluntjes, Beke. Und mach ihm ein Brot. Oder muss es Torte sein?«

Für einen kurzen Moment tauchte das Bild einer Mokkatorte vor seinem geistigen Auge auf. Und Viktoria, wie sie sich das zarte Schokoladenplättchen auf der Zunge zergehen ließ. Er räusperte sich. »Bodderbrood is heele best.«

Das Zimmermädchen zog das Leinentuch von einem Brot und schnitt eine breite Kante ab, die sie dick mit Butter bestrich. Dazu kam eine Tasse Tee, in die sie einen Schuss Sahne gab. Der Kandis im Tee knisterte. So ließ es sich leben. Christian biss ein großes Stück ab, und plötzlich fühlte er sich wohl. Tatsächlich gehörte er hierher. Zu den einfachen Leuten.

»Tja, der Rittmeister – schreckliche Sache«, sagte er mit vollem Mund.

Beke stellte dem Hausdiener ebenfalls eine Tasse hin, goss ihm ein und stellte die mit Zwiebelmuster verzierte Kanne auf den Tisch. Dann setzte sie sich und sah – wie auch der Hausdiener – zur Mamsell. Es war klar, wer hier das Sagen hatte.

Die nippte an ihrem Tee. »Hier unten bekommt man ja kaum etwas mit. Was ist denn genau passiert?«

Christian tat verwundert und sah von einem zum anderen. »Ihr habt doch wohl mitbekommen, dass der Rittmeister heute Morgen tot am Strand gefunden wurde, oder nicht?«

Die Mamsell tat ein weiteres Stück Kandis in ihren Tee. »Das hat uns der Postbote erzählt. Und der Eiermann und der Schlachter.« Sie sah ihn über ihre Teetasse hinweg an.

Christian musste offensichtlich mehr ins Detail gehen, bevor sie ihm etwas sagte.

»Er ist nicht einfach tot umgefallen«, sagte er. »Wir gehen von einem Verbrechen aus.«

»So.« Mamsell Weerts stellte ihre Tasse ab. »Und da kommst du runter und fragst uns – und nicht die feinen Herrschaften?«

»Ihr seid doch ständig bei ihnen. Ihr wisst vielleicht was, das die feinen Herrschaften uns nicht verraten wollen.« Er wandte sich an Hans, den Hausdiener, der seinen Tee inzwischen halb ausgetrunken hatte. »Du bist doch sicher öfter dort oben.«

Wieder huschten die Augen des Hausdieners zur Mamsell. Die nickte.

»Der Rittmeister kommt jedes Jahr zu uns, schon seit Ewigkeiten. Er gibt gutes Trinkgeld. Frühstück um Punkt acht Uhr aufs Zimmer, Brot mit hart gekochtem Ei und Erdbeerkonfitüre für ihn, sie nimmt nur eine Tasse Kaffee.«

Nicht gerade die Information, die Christian sich erhofft hatte. »Gab es in der Familie vielleicht einmal Streit?«

Das Zimmermädchen hatte auch sich einen Tee eingegossen und drehte die Tasse in ihren Händen. »Das kann man wohl sagen.« Sie hatte eine Stupsnase und große Augen, mit denen sie ihn musterte.

»Beke, nun lass dich nicht erst bitten. Sag dem Mann, was du weißt.«

»Die gnädige Frau verlässt seit Tagen das Hotelzimmer nicht mehr. Ständig steht sie am Fenster oder sitzt im Sessel herum. Nicht mal putzen kann man, weil sie einem immer über die Schulter schaut.« Sie nippte an dem Tee, wohl um ihren nachfolgenden Worten besonderes Gewicht zu verleihen. »Seitdem die gnädige Frau nicht mehr das Haus verlässt, nächtigt der Herr Rittmeister jedenfalls auf der Chaiselongue.«

»Ist irgendetwas vorgefallen?«

Beke zuckte mit den Schultern. »Nichts Genaues weiß man nicht.«

Nun schaltete sich Hans ein. »Früher ist er ja immer allein gekommen, der Herr Rittmeister. Ohne die Familie. Seine Frau verträgt das Reisen nicht, hat es geheißen. Aber ich glaube, der gnädige Herr war froh, wenn er mal einige Wochen für sich hatte. Und die hat er denn auch zu nutzen gewusst, wenn du weißt, was ich meine. Aber die Gnädige muss dann wohl etwas spitzbekommen haben, und seitdem ist sie jedes Jahr dabei und lässt ihn kaum aus den Augen. Gutgetan hat ihm das jedenfalls nicht. Er wurde von Jahr zu Jahr gereizter.«

»Mir erschien er sehr freundlich«, schaltete sich das Zimmermädchen ein. »Außerdem war er doch ständig unterwegs.«

»In diesem Jahr. Da war er plötzlich völlig anders.«

Christian schob die Krümel auf dem Teller zusammen. »Was hat der Rittmeister denn gemacht, wenn er unterwegs war? Hat er sich mit jemandem getroffen?«

Das Zimmermädchen zuckte mit den Schultern. »Woher soll ich das wissen? Wir spionieren den Herrschaften schließlich nicht hinterher. Die Gnädige hat jedenfalls seit Tagen kein Wort mit ihm geredet. Die Kinder waren ihm auch keine Hilfe, die gehen den Eltern, so oft es geht, aus dem Weg.«

»Was war gestern Abend, wo war die Familie da?«

Sie dachte nach. »Das Abendkonzert ging bis zehn Uhr ... Wir haben noch die Stühle weggeräumt, danach bin ich schlafen gegangen. Ich war froh, endlich im Bett zu liegen. Auf die Gäste hab ich nicht geachtet.«

»Ach, nicht mal auf dein Fliegerass?«, warf Mamsell Weerts ein.

Das Zimmermädchen wurde rot und starrte in ihren Tee. »Von wegen mein Fliegerass. Der beachtet uns doch gar nicht. Für den sind wir unsichtbar.«

Hans grinste. »Hab ich dir gleich gesagt. So einer hat was Besseres zu tun, als nach einem Zimmermädchen zu schielen.«

Mamsell Weerts schüttelte den Kopf. »Beke, du hast wirklich nur Flausen im Kopf. Hast du gedacht, er könnte sich in eine wie dich verkucken? Also nee. So ein feiner Herr, der verkehrt mit einem etwas anderen Frauenvolk.«

»Hat denn der Herr Oberstleutnant eine Liaison?«, hakte Christian nach.

Die Mamsell blickte nun zum Zimmermädchen. »Hast du was gehört, Beke?«, fragte sie gedehnt.

»Ich weiß von nichts«, antwortete die mit einem schnippischen Unterton.

Hans hatte seinen Tee ausgetrunken und schob die Tasse von sich. »Nu druck hier nicht rum.« Er wandte sich an Christian. »Der Herr Oberstleutnant ist ständig umgeben von jungen Damen. Sie wollen alle seine Bekanntschaft machen, er ist eine gute Partie. Aber der Oberstleutnant ist schlau, der denkt nicht ans Heiraten. Der genießt sein Junggesellendasein. Er braucht ja nur zuzugreifen.

Willige findet er genug. Da brauchtest du gar nicht so böse zu kucken, Beke.« Er warf dem Zimmermädchen einen ermahnenden Blick zu, bevor er fortfuhr. »Er hat mich nach einer verschwiegenen Lokalität gefragt. Für ein diskretes Rendezvous, wo ihn keiner der Sommergäste sieht. Tja, was hätte ich ihm da sagen sollen? Auf der Insel gibt es keinen Ort, wo die Sommergäste *nicht* sind. Ich hab ihm gesagt, dann muss er mit seiner Liebsten in die Düne gehen. So wie alle. Je weiter er vom Ort weg ist, desto besser.« Mit Blick auf Beke ergänzte er: »Und ich denke, dass der feine Herr Oberstleutnant genau das gemacht hat. Der wird schon zu seinem Vergnügen gekommen sein.«

Christian wusste nur zu gut, wovon der Hausdiener sprach. Die Dünen bei Nacht. Christian schaute aus dem Souterrainfenster, das an den Kurgarten grenzte. Weiße Kleider rauschten dort über den Rasen, Lachen drang zu ihnen herein, der Schrei einer Möwe. Wie herrlich wäre es, nachts zu zweit durch die Dünen zu gehen, um dann an einem stillen Plätzchen im warmen Sand zu liegen, weiche Haut zu spüren.

Das Lachen der Mamsell riss ihn aus seinen Gedanken. »Männer haben wirklich immer nur das eine im Kopf.«

Christian fühlte sich mit einem Mal schuldig, denn tatsächlich waren seine Gedanken abgeglitten. Er stand auf und warf einen Blick nach draußen, wo die Sommergäste über den Rasen flanierten. Plötzlich sah er eine bekannte Gestalt. Ein Schauer lief über seinen Rücken. Da stand Viktoria. Neben ihr ein gut aussehender dunkelhaariger Mann im sportlich geschnittenen Cutaway mit einem kecken Strohhut. Er erzählte offenbar eine Geschichte, seine Hände flogen durch die Luft. Viktoria lachte, Christian hörte es bis in die Leutestube, und sie strahlte über das ganze Gesicht. Und Christian fühlte sich, als hätte ihm jemand einen Schlag in die Magengrube versetzt.

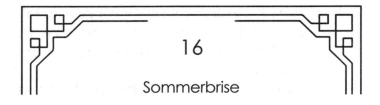

16
Sommerbrise

»Und am nächsten Tag war alles, als wäre nichts gewesen. Der Stallmeister ist nie dahintergekommen, was in der Nacht geschehen ist«, beendete Felix Jovin seine Geschichte und zwinkerte ihr zu.

»Unglaublich. Und das ist wirklich so passiert?«, fragte Viktoria. Sie stand noch immer mit Jovin im Kurgarten.

Jovin grinste. »Aber ja.«

»Ich glaube Ihnen kein Wort. Als Sechsjähriger auf dem Rennpferd Ihres Vaters, allein in der Nacht.« Sie schüttelte belustigt den Kopf.

Jovin konnte sehr unterhaltsam erzählen, auch wenn er an der einen oder anderen Stelle übertrieb und sie keine seiner Geschichten glauben konnte.

Vor dem neuen Badehaus wurde die Flagge gehisst. Die Vorbereitungen zu den Feierlichkeiten zum Thronjubiläum waren in vollem Gang. Als Viktoria gestern angekommen war, hatten Gärtner die Blumenbeete von Unkraut befreit, und in der ganzen Stadt hatten die Frauen Fenster geputzt und die Fußwege gefegt. Viktoria fühlte die warme Sonne auf ihrer Haut. Eine leichte Brise wehte. Die Sommerfrische – sie war jedes Jahr wieder ein Wunder.

Jovin schien ihre Gedanken erraten zu haben. »Was halten Sie davon – wollen wir morgen einen Ausritt über die Insel machen? Dann können Sie überprüfen, ob meine Geschichte stimmt.«

»Dass ein erwachsener Mann ein Rennpferd reitet, ist kein Beweis dafür, dass er als Sechsjähriger den wilden Hengst seines Vaters entführt hat.«

»Wir könnten nach dem Mädchen schauen, das Sie suchen. Mit dem Pferd haben Sie einen viel größeren Radius.«

Viktoria überlegte. Mit dem Pferd konnte sie tatsächlich die Insel besser absuchen als zu Fuß. Es war schon ermüdend genug gewesen, nur die Straßen des Ortes abzulaufen. Gleichzeitig war ihr sehr wohl klar, dass der Mann sie nicht allein deswegen zu einem Ausritt einlud, um ihr die Suche zu erleichtern.

Jovin schien ihr Schwanken zu bemerken. »Sie könnten sich das Pferd zumindest einmal ansehen. Vielleicht packt Sie ja dann die Lust, es zu reiten.«

»Sind Sie immer so hartnäckig?«

»Wenn es sich lohnt. Also – wann kann ich Sie abholen?« Jovin lächelte sie herausfordernd an.

Viktoria wollte gerade zu einer Antwort ansetzen, als sich ihnen Schritte näherten. Als Viktoria sich umwandte, sah sie Christian, der auf sie zukam, die Hände tief in den Hosentaschen vergraben. Er machte ein mürrisches Gesicht. »Fräulein Berg. Sie amüsieren sich?«

Viktorias Puls beschleunigte sich. »Allerdings, Herr Jovin ist ein sehr unterhaltsamer Erzähler.«

Felix Jovin sah sie fragend an. »Sie kennen sich?«

Statt ihrer antwortete Christian. »Wir haben uns im letzten Jahr in der Sommerfrische kennengelernt. Und Sie sind?«

Viktoria konnte es nicht fassen. Christian benahm sich unmöglich! Aber wenn er sie provozieren wollte, dann sollte ihm das nicht gelingen. »Darf ich vorstellen – Felix Jovin. Er stammt ursprünglich aus Ostpreußen und lebt seit einigen Jahren in Westfalen. Er ist Besitzer eines Rennpferdes. Sein Hengst wird Dienstag am Rennen zu Ehren des Kaisers teilnehmen.«

Christian schaute noch missmutiger drein als vorher. Natürlich, Menschen aus dem gehobenen Bürgertum waren ihm ebenso suspekt wie Angehörige des Adels.

Sie wandte sich Felix Jovin zu. »Herr Jovin, darf ich vorstellen – Christian Hinrichs. Er ist Journalist und schreibt für die *Frau von Welt*.«

Die Männer sahen sich an. Es entstand ein unangenehmes Schweigen, das Jovin schließlich durchbrach.

»Gefällt Ihnen die Insel?«, fragte er im Plauderton.

Christian zuckte mit den Schultern. »Ich bin als Journalist schon auf mehreren gewesen. Wenn ich offen sprechen soll – eine ist wie die andere. Norderney wird jedenfalls in meiner Reportage nur eine Randnotiz einnehmen.«

Viktoria wusste genau, dass diese Worte nur dazu gedacht waren, sie zu treffen. Aber so leicht wollte sie ihn nicht davonkommen lassen. Sie lächelte und sagte betont freundlich: »Und im letzten Jahr sagten Sie noch, Sie hätten nie eine schönere Insel gesehen.«

»Meinungen können sich ändern«, antwortete Christian.

»Ich sehe, Sie kommen gerade aus dem Bellevue. Wohnen Sie ebenfalls dort?«, fragte Jovin. Er wollte das Gespräch auf unverfänglichere Pfade führen, und Viktoria war ihm dankbar dafür, doch es war vergebene Liebesmüh.

Christian reckte das Kinn. »Ich komme gerade von einer Befragung.«

»Ich dachte, Sie seien Journalist. Führt man als Reporter Befragungen durch?«

»Herr Hinrichs ist als Hilfsbeamter verpflichtet worden und geht dem Königlichen Badekommissar zur Hand.«

Als Christian nichts darauf erwiderte, wandte sich Jovin schließlich an Viktoria. »Nun, Fräulein Berg, Sie sind mir noch eine Antwort schuldig. Begleiten Sie mich morgen zu einem Ausritt?«

Viktorias Blick ging zu Christian. *Eine Randnotiz*, klang es in ihren Ohren. »Um zehn Uhr dürfen Sie mich abholen.«

17

Trippelschritte

Christian verspürte keine Lust, noch länger diesem Techtelmechtel beizuwohnen. Er nickte knapp in Viktorias Richtung, sagte: »Ich muss mich verabschieden. Eine Verabredung«, und ging, ohne eine Reaktion abzuwarten, davon.

Es schlug sechs, als Christian in die Empfangshalle des Bellevue trat. Der Badekommissar war noch nicht zu sehen. Christian setzte sich in einen der hellen Korbstühle und starrte vor sich hin. Viktoria Berg konnte tun und lassen, was sie wollte. Sollte sie doch mit diesem Schnösel ausreiten. Ihn interessierte es nicht.

Er nahm die *Norderneyer Badezeitung* vom heutigen Tag vom Tisch und überflog den Innenteil mit den neuesten Nachrichten. Der neue Schnelldampfer *Imperator* hatte Cuxhaven verlassen und steuerte nun mit einer Spitzengeschwindigkeit von dreiundzwanzig Seemeilen pro Stunde Southampton an. Ein Reisedetektiv Zadek bot in einem Inserat seine diskreten Dienste an. Und die Konditorei Nicola Hoegel warb für Knüppelkuchen in einer praktischen Blechdose als Mitbringsel für zu Hause. Knüppelkuchen, na herrlich. Christian legte die Zeitung beiseite. Er stand auf, ging ungeduldig einige Schritte durch den weitläufigen Empfangssaal. Wo blieb nur der Badekommissar?

Christian wollte sich bereits an den Concierge wenden, als der Badekommissar die Treppe hinunterkam.

»Hinrichs, nehmen Sie das und lassen Sie es in einem fotografischen Atelier reproduzieren.« Badekommissar von Treptow reichte ihm eine Porträtfotografie, die den Rittmeister zeigte. »Mit dem Bild befragen Sie die Leute. So können wir vielleicht den Weg des Rittmeisters an dem Abend seines Todes rekonstruieren. Lassen Sie für Gendarm Müller auch einen Abzug anfertigen, er soll sich an der Befragung beteiligen.«

Das war also seine Aufgabe: Botengänge übernehmen. Und dafür hatte er sich so beeilt, seinen Artikel fertig zu schreiben. Statt die Sommerfrische zu genießen, durfte er jetzt mit Gendarm Müller über die Insel laufen.

»Was haben Sie von den Bediensteten erfahren?«

Christian fasste kurz zusammen, was er in der Leutestube gehört hatte. Dass der Rittmeister beim Personal den Ruf eines Schürzenjägers hatte und dass er nach einer offenbar schwierigen Phase in der letzten Zeit aufgeblüht war.

»Interessant«, sagte Herr von Treptow. »Vielleicht eine neue Liebe. Hatten die Bediensteten eine Idee, mit welcher Dame der Herr Rittmeister sich getroffen haben könnte?«

»Leider nein. Ich werde weiter herumfragen.«

»Gut. Ich habe immerhin etwas Interessantes in Erfahrung bringen können. Frau von Papitz erwähnte eine Unstimmigkeit zwischen ihrem Mann und einem Pferdezüchter, Herrn Friedhelm Briesen. Ebenfalls Gast in diesem Haus, zusammen mit seiner Gattin. Ich werde mich mit diesem Mann näher unterhalten.« Er wandte sich zur Treppe. »Sie begleiten mich, Hinrichs. Und diesmal nehmen Sie sich zurück, verstanden?«

Anstatt in die Beletage ging es ein Stockwerk höher. Der Badekommissar ging voran. Sein Spazierstock schlug dumpf auf dem kostbaren Teppich auf. »Friedhelm Briesen betreibt ein kleines Gestüt in Schleswig-Holstein. Er ist mir einmal auf einem Empfang vorgestellt worden, hat aber keinen bleibenden Eindruck hinterlassen.«

Vor der letzten Tür auf dem Gang blieb der Badekommissar stehen. Christian erwartete, erneut ermahnt zu werden, doch der Badekommissar klopfte ohne ein weiteres Wort an die Tür.

Es dauerte eine Weile, bis sich etwas tat. Eine dunkelblonde Frau von Mitte dreißig öffnete. Sie trug einen Humpelrock, der kurz unter den Knien mit einer breiten Schleife zusammengebunden war. Christian hatte für die *Frau von Welt* über diese Modeerscheinung berichtet, und sie kam ihm noch immer reichlich verrückt vor.

Der Badekommissar deutete eine Verbeugung an. »Verzeihen Sie die Störung, gnädige Frau. Von Treptow, Badekommissar.«

Die Miene der Frau hellte sich augenblicklich auf. »Herr von Treptow – welche Ehre! Kommen Sie doch bitte herein. Ich sage meinem Mann Bescheid, dass Sie da sind. Er zieht sich gerade für das Abendessen um.«

Der Raum, in dem sie standen, war nicht sehr groß. Die Wände waren mit hellbrauner Seidentapete bespannt, auf dem Boden lag ein roter Teppich mit orientalischen Mustern. Am Fenster sah Christian eine Staffelei mit einem halb fertigen Ölbild. Er trat näher und betrachtete es fasziniert. Es zeigte ein wild bewegtes Meer und mittendrin eine kleine Schaluppe, die mit den Wogen kämpfte. Die Angst der Fischer war selbst in dem halb fertigen Zustand des Bildes bereits gut zu erkennen.

»Gefällt es Ihnen?« Frau Briesen kam zurück in den Raum.

»Malen Sie, gnädige Frau?«, fragte Christian.

»Nein, mein Mann. Er hat Malerei studiert, aber er kommt nur noch selten dazu.« Sie schaute eine Weile versonnen auf das Bild. Ein Anflug von Traurigkeit erschien auf ihrem Gesicht.

In diesem Moment klopfte es, und sie ging zur Tür – in eiligen Trippelschritten, die der Rock gerade noch zuließ.

Vor der Tür stand Beke, das Zimmermädchen, in der Hand ein silbernes Tablett. Sie knickste. »Sie hatten Likör bestellt, gnädige Frau.«

Sie wurde hereingelassen und stellte das Tablett auf einen kleinen Beistelltisch mit glänzender Schellackpolitur. Dabei streifte ihr Blick Christian. Sie zwinkerte ihm heimlich zu. Als sie sich umdrehte und ging, schwang sie die Hüften etwas aufreizender, als es sich für ein Zimmermädchen geziemte.

Constanze Briesen wandte sich an ihre Gäste. »Darf ich Ihnen einen Likör anbieten?«

Der Badekommissar lehnte dankend ab, und auch Christian schüttelte den Kopf.

Jetzt betrat Friedhelm Briesen den Raum. Er schloss gerade den letzten Knopf seiner hellen Weste. Sein gelbliches Haar war schütter, sein nach oben gezwirbelter Schnauzer unnatürlich dunkel, vermutlich von der Pomade. »Herr von Treptow, was verschafft mir die Ehre?«

Der Badekommissar kam gleich zur Sache. »Wir haben heute Morgen Rittmeister von Papitz tot aufgefunden.« Diesmal war offenbar kein besonderes Fingerspitzengefühl vonnöten.

»Ich habe davon gehört. Wie schrecklich! Wie oft habe ich dem Herrn Rittmeister gesagt, er solle auf sich achtgeben, nach seinem Herzanfall war er gesundheitlich angeschlagen. Die Ärzte haben ihm dringend Ruhe verordnet, aber er wollte nicht hören.« Seine Frau reichte ihm ein Glas Likör, das er in einem Zug leerte. »Wie hat es die Familie aufgenommen? Ich nehme an, sie sind bestürzt. Herrje, ausgerechnet in der Sommerfrische.« Er gab seiner Frau das leere Glas zurück. »Vielen Dank, dass Sie uns davon in Kenntnis gesetzt haben, Herr von Treptow. Ich werde der Familie selbstverständlich umgehend meine Aufwartung machen.«

»Deswegen sind wir nicht hier«, sagte Badekommissar Treptow bestimmt. »Wir haben Grund zur Annahme, dass Rittmeister von Papitz einem Verbrechen zum Opfer gefallen ist.«

Briesen wechselte einen Blick mit seiner Frau. »Um Gottes willen!« Für Sekunden starrte er vor sich hin.

»Wie standen Sie zu Rittmeister von Papitz?«, fragte von Treptow.

Briesen strich eine Strähne seines gelblichen Haars zurück. »Wir kannten uns gut, sehr gut sogar. Uns verbindet die Leidenschaft für Pferde. Mein Schwiegervater starb vor fünf Jahren. Ich habe damals die Verwaltung seines Gestüts übernommen, obwohl ich mich der Malerei verschrieben hatte. Aber es gab keinen anderen Erben. Die Brüder meiner Frau sind bereits in jungen Jahren gestorben. Der Rittmeister war auf der Suche nach ausdauernden Tieren. Heinrich von Papitz genießt den Ruf eines exzellenten Pferdekenners, und wenn er ein Gestüt besucht, ist das eine Auszeichnung. Er kann auf einen Blick einschätzen, welches Pferd zu den zukünftigen Siegern gehörte, und wenn er ein Tier einmal gesehen hat, vergaß er es nie. Damals kaufte er einen vielversprechenden Hengst, und seitdem hat er uns immer wieder beehrt. Erst letztes Jahr hat er für seine Tochter eine meiner Stuten gekauft. Auch wenn die junge Frau von Papitz bedauerlicherweise kein besonders großes Interesse am Reiten hat.«

Der Badekommissar drehte versonnen seinen Spazierstock zwischen den Fingern. »Herr Briesen, wir hörten, es habe Unstimmigkeiten zwischen Ihnen und Herrn von Papitz gegeben. Können Sie uns darüber etwas sagen?«

Briesen runzelte die Stirn. »Unstimmigkeiten? Wer behauptet denn so etwas? Im Gegenteil. Ich habe immer auf den Rat von Herrn von Papitz gehört. Wenn man wie ich nicht mit Pferden aufgewachsen ist, ist es ein Privileg, jemanden wie den Rittmeister an seiner Seite zu wissen.«

Seine Frau warf ihm einen finsteren Blick zu, den Christian nicht recht deuten konnte. Dann wandte sie sich ab, um sich einen Likör einzugießen.

»Wissen Sie eventuell, ob Herr von Papitz in jüngster Zeit mit jemandem aneinandergeraten ist oder mit dem er womöglich eine tätliche Auseinandersetzung hatte?«, fragte der Badekommissar.

»Nein.« Friedhelm Briesen überlegte. »Sicher, er hatte ein cholerisches Temperament. Seine Frau und die Kinder haben zuweilen auch darunter gelitten, und auch seine Untergebenen blieben nicht verschont. Aber eine tätliche Auseinandersetzung? Nein.«

Er wandte sich zum Fenster um. Kurz blieb sein Blick an dem Ölbild hängen. Doch dann blickte er gequält zu Boden, als sei ihm der Anblick unerträglich.

Christian warf dem Badekommissar einen bittenden Blick zu, und der verstand und nickte bereitwillig.

Christian räusperte sich. »Wann haben Sie Herrn von Papitz das letzte Mal gesehen, Herr Briesen?«

Briesen nestelte eine Weile an der goldenen Uhrkette herum, die an seiner Weste befestigt war, bevor er antwortete. »Gestern Nachmittag im Stall«, sagte er schließlich. »Wir haben darüber gesprochen, welches Futter das beste für Friesengott wäre, um ihn auf das Strandrennen vorzubereiten. Heinrich von Papitz wusste in diesen Dingen immer Bescheid. Schließlich sollte Friesengott nicht übersättigt sein, wenn er an den Start geht. Aber natürlich auch nicht ausgehungert. Es kommt darauf an, das richtige Mittelmaß zu finden.«

Friesengott, der Name kam Christian bekannt vor. Hatte nicht Ubbe beim Strandrennen das nervöse Tier so genannt, auf dem der Offizier für die Aufnahme gesessen hatte? Allerdings hatte der Stallbursche in seiner Begeisterung so viele Pferdenamen erwähnt, dass Christian sich nicht sicher war, welcher Name zu welchem Pferd gehörte.

Briesen wandte sich jetzt vom Fenster ab und Christian zu. »Gegen Abend bin ich zurück, schließlich war das Konzert im Hotel. Diese Abende sind immer ein großer Genuss.«

Seine Frau schüttelte missbilligend den Kopf. »Schöner Genuss! Das Orchester war eine wahre Zumutung. Die erste Geige hat unaufhörlich gepatzt. Es war grässlich. Frau Oppen hat noch vor der Pause den Saal verlassen, und sie war nicht die Einzige. Aber das hast du natürlich nicht mitbekommen, Friedhelm, weil du wieder einmal zu spät warst.« Die Spitze war nicht zu überhören.

»Es ging um den Verkauf von Friesengott, das habe ich dir doch erklärt. Ich habe ein gutes Angebot für ihn erhalten.«

»Das dürfte sich ja jetzt erledigt haben.«

Frau Briesen warf ihrem Gatten erneut einen finsteren Blick zu, und Christian fragte sich, worum es bei diesem geplanten Verkauf ging. Er musste unbedingt mit Ubbe sprechen.

»Hat die Familie des Rittmeisters ebenfalls das Konzert besucht?«, fragte er nach einem kurzen Blick zum Badekommissar, der offensichtlich nichts dagegen hatte, dass Christian das Gespräch übernahm.

»Emma von Papitz war dort, sie ist sehr musikbegeistert. Sie hatte an der Aufführung aber ebenfalls wenig Freude. Ihre Mutter war auf dem Zimmer geblieben. Aber sie hat wahrlich nichts verpasst.« Sie trank das letzte Schlückchen Likör und stellte das Glas weg. Ihr Blick ging zu der Tischuhr, die auf einer kleinen Anrichte stand. Gleich würde das Abendessen beginnen.

Doch Christian war mit seinen Fragen noch nicht zu Ende. »Sie bleiben also dabei – es gab keinen Streit zwischen Ihnen und dem Herrn Rittmeister?«

Briesen nestelte wieder an seiner Uhrenkette. »Ich verstehe den Sinn Ihrer Frage nicht. Ich sagte doch bereits, dass Herr von Papitz und ich uns ausgezeichnet verstanden haben.«

Christian wollte nachhaken, doch in diesem Moment spürte er die Hand des Badekommissars auf seinem Arm.

»Vielen Dank, Herr Briesen, Sie haben uns sehr geholfen. Und jetzt wollen wir Sie nicht länger aufhalten.« Er verneigte sich vor Frau Briesen, die bereits zur Tür trippelte. Herr von Treptow deutete einen Handkuss an und verabschiedete sich. Christian zögerte, dann folgte er dem Badekommissar. Doch ein schales Gefühl blieb. Irgendetwas stimmte mit diesem Briesen nicht. Die Frage war nur, was.

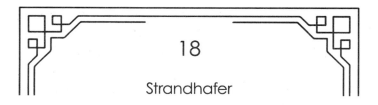

18

Strandhafer

Viktoria ritt neben Jovin, der sie wie versprochen um zehn Uhr vom Hotel abgeholt hatte. Der Morgen war sonnig und klar, wenn auch noch nicht besonders warm, sodass Viktoria froh war, dass sie über ihrer Reithose und den Lederstiefeln noch den Reitrock trug. Jovin ritt auf seinem dunklen Hengst, einem schönen, wenn auch ungestümen Tier. Viktoria hatte sich für eine ruhige Schimmelstute entschieden. Sie war zwar eine gute Reiterin, jedoch fehlte ihr ein wenig die Übung. Aber der Damensattel gab ihr guten Halt. Als Kind hatte sie sich einfach so aufs Pferd geschwungen, sodass ihr der seitliche Ritt im Damensattel erst seltsam vorgekommen war. Aber nachdem sie es erlernt hatte, kam sie gut damit zurecht. In den letzten Jahren gab es allerdings Diskussionen, dass der Damensattel gesundheitsschädlich sei, und Viktoria hatte mehrfach überlegt, auf einen Herrensattel zu wechseln. Vielleicht würde sie das in Zukunft tun. Sie könnte in einem der Reitinstitute auf der Insel Unterricht nehmen.

Jovin trug eine dunkle Reithose und schwarze Lederstiefel, und man sah seiner Haltung an, dass er von Kindesbeinen an geritten war. Mühelos zügelte er den Hengst und lenkte ihn mit leichten Bewegungen, die beiden schienen eine Einheit zu sein. Jovin strich sich die dunklen Haare zurück und rückte den Bowler gerade, in seinen braunen Augen blitzte der Schalk. Sie hatte ihn nach seiner Herkunft gefragt, und seitdem unterhielt er sie mit amüsanten Geschichten aus seiner Kindheit, so wie die, die er gerade beendete. »Also bin ich nachts mit der Kerze rauf auf den Dachboden. Der Wind heulte um das Haus. Bei jedem Schritt knarzte das Holz der Dielen. Ich öffnete die Tür, und da sah ich es – das Gespenst. Bleich flatterte es mitten im Raum. Im gleichen Augenblick blies der Sturm meine Kerze um, sie fiel mir auf die Hand, und ich lief schreiend die Treppe hinunter.«

»Ein Gespenst auf dem Dachboden.« Viktoria lachte. »Und das haben Sie wirklich geglaubt?«

»Als Kind schon. Am nächsten Morgen ist meine Mutter mit mir hinaufgegangen und hat mir das Gespenst gezeigt. Es war Wäsche, die dort zum Trocknen hing.«

»Und das soll die Brandnarbe auf Ihrer Hand erklären? Ich glaube, Sie flunkern mich an, Herr Jovin.«

»Manchmal muss man die Wahrheit ein wenig würzen. Wie klingt es, wenn ich Ihnen sage, dass mir nachts auf dem Weg zur Toilette die Kerze umgefallen ist.«

»Auch das glaube ich Ihnen nicht. Eine Kerze hätte niemals eine so große Narbe verursacht«, warf Viktoria ein.

Jovin lachte. »Dann muss ich mir mal überlegen, mit welcher Geschichte ich Sie stattdessen zufriedenstellen kann.«

»Die Wahrheit würde genügen.«

»Die Wahrheit macht aber nicht halb so viel Spaß«,

sagte Jovin. Er presste seine Beine an die Flanken des Hengstes, und der verfiel in einen leichten Trab.

Viktoria tat es ihm nach. Sie war überrascht, wie leicht ihr das Reiten fiel, sie hatte nichts verlernt. Als Kind hatte sie die Sommermonate gewöhnlich auf dem Landgut ihres Onkels in Schleswig-Holstein verbracht. Dort hatte ein Reitlehrer sie unterrichtet. Zu Anfang war es eine Qual gewesen. Der Lehrer war streng gewesen, und im Damensattel hatte sie Mühe, das Tier zu führen. Sie hatte geglaubt, es niemals zu lernen, doch irgendwann war der Punkt gekommen, an dem es wie von selbst ging. Als sie vorhin bei den Ställen am Rennplatz auf die Stute gestiegen war, war alles wieder da gewesen – wie sie sitzen musste, wie die Zügel zu halten waren, mit welcher Bewegung sie die Stute antreiben konnte. Als hätte sie all die Jahre nichts anderes gemacht. Sie schien in diesem Punkt nach ihrer Mutter zu kommen. Viktorias Onkel hatte erzählt, ihre Mutter sei von früh bis spät geritten. Das Tier konnte ihr gar nicht wild genug sein. In dem Landgut des Onkels hing ein Ölgemälde mit dem Porträt ihrer Mutter. Es zeigte sie mit Anfang zwanzig, hochgewachsen, mit neugierigem Blick in die Welt. Nur zwölf Jahre später war sie tot. Ihr Vater hatte nie darüber gesprochen, es war eine Wunde, die sich nicht mehr geschlossen hatte. Viktoria wusste so wenig von ihrer Mutter, deswegen gefiel es ihr, wenigstens die Leidenschaft fürs Reiten von ihr geerbt zu haben.

Sie waren an der Schanze vorbeigeritten, dann Richtung Schlachthof. Ein Stück weiter in den Dünen erhob sich das Norderneyer Kap, das Schiffen zur Orientierung diente.

Viktoria lenkte ihr Pferd in die Richtung. »Ich möchte halten und nachsehen, ob das Kind vielleicht bei der Bake ist.«

Jovin ritt neben ihr. Das Sonnenlicht fiel ihm ins Gesicht, und er kniff die Augen zusammen. »Warum ist Ihnen das Kind so wichtig?« Bisher hatte er gescherzt, jetzt wirkte er zum ersten Mal ernst.

Sie zögerte einen Moment, doch warum sollte sie es ihm nicht erzählen? »Eine Schülerin von mir liegt im Seehospiz. Elli heißt sie. Sie ist schwer krank. Das verschwundene Mädchen, Rieke, ist ihre Freundin. Elli macht sich Sorgen um sie, und ich fürchte zu Recht. Wie Sie sicher gehört haben, ist am Strand ein Mann tot aufgefunden worden, Rittmeister von Papitz. In seiner Nähe lag ein Spielzeug von Rieke, ein Holzpferd. Möglicherweise hat sie beobachtet, was geschehen ist. Der Täter könnte sie in seiner Gewalt haben, oder sie ist auf der Flucht vor ihm.«

Jovin nickte. »Ich verstehe. Das ist furchtbar, und ich bin froh, dass ich Sie zu dem Ausritt überreden konnte.« Inzwischen waren sie bei dem Kap angekommen. Jovin sah hinauf zu dem hohen sechseckigen Backsteinturm, auf dem zwei ineinander gestellte Dreiecke platziert waren, die den Schiffern durch ihre Form anzeigten, dass es sich bei der Insel um Norderney und nicht etwa um Juist handelte. »Warum glauben Sie, dass das Kind hier sein könnte?«

»Eine Schwester im Seehospiz sagte mir, dass Rieke häufig allein über die Insel streift. Sie hat verschiedene Lieblingsplätze, und die Bake ist einer davon.«

Jovin lächelte. »Gut, dann sehen wir nach.« Er stieg ab und band sein Pferd an einen frei stehenden Holzpflock. Anschließend half er Viktoria beim Absteigen. Gemeinsam erklommen sie den Weg die Düne hinauf zur Landmarke, bis sie vor dem turmartigen Gemäuer standen. Der kathedralenartige Innenraum war nach allen Seiten hin offen. Viktoria suchte nach Spuren, die darauf hindeuteten, dass ein Kind hier genächtigt hatte. Aber sie wurde nicht fündig.

»Wir können weiter in die Dünen hineinreiten«, sagte Jovin. »Hier sind wir noch sehr nah am Ort. Wenn das Kind Angst hat, wird es vermutlich so weit weg wie möglich laufen.«

»Es muss doch auch etwas essen. Ich an Riekes Stelle würde in der Nähe des Ortes bleiben.« Viktoria sah zu dem hölzernen Dreieck hinauf. Wenn man dort oben stehen könnte, hätte man einen guten Ausblick über die Insel. Aber es existierte weder eine Treppe noch eine Leiter. Allerdings gab es einen anderen Punkt auf der Insel, der einen weiten Ausblick bot. »Lassen Sie uns zum Leuchtturm reiten!«

Jovin sah sie überrascht an. »Ich folge Ihnen, wohin immer Sie möchten.«

Sie gingen zurück zu den Pferden, und Jovin half ihr beim Aufsteigen. Viktoria war froh, dass sie die Einladung zu dem Ausritt angenommen hatte. So konnte sie praktisch jeden Punkt auf der Insel erreichen. Ob Christian den Hinweis mit dem Kind überhaupt ernst genommen hatte? Vermutlich nicht. Er war zu sehr damit beschäftigt gewesen, mürrisch in die Gegend zu schauen.

Jovin stieg ebenfalls auf und parierte mühelos einen Ausfallschritt seines Pferdes.

»Wann haben Sie reiten gelernt?«, fragte Viktoria.

»Ich kann mich nicht mehr daran erinnern, wann ich das erste Mal auf einem Pferd saß. Ich muss noch ein Kleinkind gewesen sein. Aber je älter ich wurde, desto klarer wurde mir, dass darin meine berufliche Zukunft liegt. Dann habe ich meine Frau kennengelernt. Es war eine wunderbare Fügung des Schicksals, zwei verwandte Seelen.«

»Ihre Frau?« Sie sah ihn überrascht an. Sie hätte nicht gedacht, dass er verheiratet war. Es wunderte sie, dass er dann mit ihr ausritt. Es war nicht gerade schicklich.

Doch Jovins Blick hatte sich verdunkelt. »Sie ist im vergangenen Jahr gestorben.« Er presste die Lippen aufeinander, schwieg eine Weile. Schließlich räusperte er sich. »Es war eine schwere Zeit. Doch ich konnte mich nicht meiner Trauer hingeben. Ich musste mich um das Gut kümmern. Ohne die Arbeit mit Klabautermann wäre das letzte Jahr vermutlich noch schwerer geworden. Er hat mir geholfen, mit dem Verlust fertigzuwerden. Vielleicht bedeutet er mir deswegen so viel. Er war so etwas wie meine Entdeckung. Als ich auf das Gut kam, wurde er als Trainingspferd eingesetzt. Er war ungestüm, viel zu wild. Aber mir war klar, dass sein Potenzial verschenkt wird. Ich habe daraufhin die Arbeit mit ihm übernommen, und er hat meine Erwartungen nicht enttäuscht.«

»Sie müssen viel Zeit in ihn gesteckt haben.«

»Ich habe nur gefördert, was ohnehin schon vorhanden war. Er brauchte jemanden, der seine Stärken herausarbeitet und bereit ist, mit ihm an seinen Fehlern zu arbeiten. Ja, er war zu wild. Aber nur, weil er seine unglaubliche Kraft nicht einsetzen konnte. Er war schlicht und einfach unterfordert. Und das hat niemand gesehen. Leider geschieht das häufig. Sie glauben nicht, wie viele Gestütsbesitzer keine Ahnung von Pferden haben. Sie achten nur auf den Stammbaum und hoffen, dass die Abkömmlinge von Gewinnern wieder Gewinner werden. Dabei verlieren sie den Blick auf das Wesentliche. Wie ist der Körper des Tieres gebaut? Ist es in der Lage, dem Druck eines Rennens standzuhalten? Ich denke, jeder sollte die Chance bekommen, die ihm von seinen Anlagen her zusteht. Nicht allein von seiner Abstammung.«

»Es scheint, als sprächen Sie nicht nur von Pferden. Wenn ich es nicht besser wüsste, würde ich Sie für einen Umstürzler halten.«

Er lachte. »So haben mich schon einige genannt. Und vielleicht ist etwas dran. Ich sehe es beim Menschen ähnlich wie bei Tieren: Nicht die Abstammung sollte jemanden zum Herrscher bestimmen, sondern sein Können.«

»Solche Reden sollten Sie lieber nicht im Salon führen«, sagte Viktoria amüsiert.

Er zwinkerte ihr zu. »Wir sind nicht im Salon, sondern am Meer. Die Sonne scheint, hier ist nichts als Sand. Und ich bin mit einer schönen und geistreichen Frau unterwegs.«

Sie ritten weiter durch die Dünen, an der Meierei vorbei, bis zur weißen Düne. Je weiter sie kamen, desto bedrückter wurde Viktoria. Sie waren inzwischen um die halbe Insel geritten und hatten noch immer keinen Hinweis auf das Kind gefunden. Nachdem sie eine Weile geschwiegen hatten, fragte sie: »Kannten Sie den Rittmeister?«

Jovin nickte. »Natürlich, an ihm kam niemand vorbei, der sich mit Pferden beschäftigt. Schon gar nicht, wenn er seine Sommerfrische auf Norderney verbrachte. Der Rittmeister hatte ein unglaubliches Gespür für die Tiere, und es war eine Freude, sich mit ihm darüber zu unterhalten. Ich habe selten jemanden kennengelernt, der so viel von Pferden verstanden hat. Wussten Sie, dass er die ersten Rennen im Reich veranstaltet hat? Früher hat er selbst daran teilgenommen, und seine Arbeit am Militärinstitut in Hannover ist wegweisend. Es muss schwer für ihn gewesen sein zu sehen, wie die Kavallerie an Bedeutung verliert. In Zukunft werden wohl kaum noch Schlachten auf dem offenen Feld mit Lanzen ausgetragen werden. Die Welt wandelt sich. Doch das wollte von Papitz nicht sehen. Ich habe gehört, dass es deswegen immer wieder zum Disput zwischen dem Rittmeister und dem jungen Oberstleutnant gekommen ist. Es muss ein Affront für den Rittmeister gewesen sein, als sich sein Sohn zur Fliegerstaffel nach Döberitz versetzen ließ und die Kavallerie aufgab. Aber ich will Sie nicht mit Gerüchten langweilen.«

Jovin ritt wieder neben ihr. Die Sonne schien auf sein schmales Gesicht, und seine braunen Augen funkelten.

»Sie langweilen mich nicht. Ich möchte mir ein Bild von dem Rittmeister machen. Vielleicht hilft uns das bei der Suche nach dem Mädchen.« Viktoria sah ihn auffordernd an. Bisher hatte sie nur wenig über den Rittmeister erfahren, und sie hatte das Gefühl, dass Jovin noch mehr wusste.

Der zögerte, doch schließlich nickte er. »Also gut. Viel kann ich Ihnen allerdings nicht erzählen, ich interessiere mich nicht für Klatsch. Ich weiß mehr über Rudolph von Papitz als über den Vater. Der Sohn hat sich in der Ehrengarde des Kaisers schnell hochgedient. Mit gerade mal siebenundzwanzig ist er schon Oberstleutnant. Sein Wechsel zum Fliegerkommando Döberitz kam für viele überraschend, der Dienst in der Ehrengarde ist schließlich eine Auszeichnung, die man nicht einfach aufgibt. Der Oberstleutnant scheint aber seine Gründe gehabt zu haben, und er verfügt zweifelsohne über die notwendige Tollkühnheit, die man zum Fliegen braucht. In der Staffel ist er hoch angesehen, und seine Karrieremöglichkeiten sind enorm, schließlich wird das Fliegerkommando gerade erst aufgebaut. Man munkelt allerdings, dass er nicht ganz freiwillig gewechselt habe. Offenbar gab es einen Vorfall, eine unglückliche Affäre.«

»Er wollte die falsche Frau heiraten?«, mutmaßte Viktoria.

Felix Jovin schüttelte den Kopf. »Ums Heiraten ging es nicht, da bin ich mir sicher. Rudolph von Papitz genießt sein Junggesellenleben.«

»Vielleicht muss nur die Richtige kommen«, warf Viktoria ein.

Jovin sah sie an, und in seinen Augen schimmerte etwas, das Viktoria nicht deuten konnte. »Vielleicht muss sie das.« Er räusperte sich. »Zum Leuchtturm ist es nicht mehr weit. Wie ist es – haben Sie Lust auf ein Wettreiten?«

»Wie soll meine Stute Ihren Klabautermann schlagen? Haben Sie mir nicht vorhin erzählt, dass er das Hamburger Derby gewonnen hat?«

»Sie sind eine hervorragende Reiterin, und Ihre Stute ist wendig. Ich gebe Ihnen einen Vorsprung. Sagen wir zehn Sekunden. Wenn ich gewinne, darf ich Sie zur großen Thronjubiläumsfeier ins Conversationshaus begleiten. Wenn ich verliere, suche ich die nächsten Tage als Ihr ergebenster Diener die Insel ab und drehe jeden Stein nach diesem Mädchen um. Einverstanden?«

Viktoria lachte auf. Ohne zu antworten, spannte sie die Oberschenkel an, drückte die Fersen an und galoppierte los.

Die Stute genoss sichtlich den Galopp, Viktoria ließ die Zügel locker, ließ dem Tier freien Lauf. Sie spürte den Wind in ihrem Gesicht, den wehenden Reitrock und fühlte sich für einen Moment so frei wie sonst nur beim Schwimmen im Meer, wenn sie alles um sich herum vergaß. Sie trieb die Stute weiter an, und die nahm noch an Geschwindigkeit auf. Schon bald kam der Leuchtturm in Sicht – ein achteckiger, rund sechzig Meter hoher Backsteinbau. Viktoria glaubte schon, tatsächlich als Erste das Gebäude zu erreichen. Doch dann hörte sie Klabautermanns Hufe hinter sich in den Sand schlagen. Kurz darauf preschte Jovin an ihr vorbei. Der Sand wirbelte hoch, und sie konnte ihm nur hinterhersehen.

Er hatte den Hengst schon gewendet, als sie am Leuchtturm ankam.

»Das nächste Mal bekomme ich mehr Vorsprung. Eine Minute mindestens«, keuchte sie, als sie ihn erreichte.

»Um mir das Vergnügen zu nehmen, Sie zu schlagen? Das wäre doch zu traurig.« Er nahm seinen Bowler ab und strich sich durch die dunklen Haare. Dann stieg er schwungvoll ab und half ihr anschließend vom Pferd. Dabei hielt er sie eine Sekunde länger in den Armen, als es unbedingt notwendig gewesen wäre. »Also, ich hole Sie zu den Feierlichkeiten im Conversationshaus ab. Ich muss Sie ja wohl nicht dran erinnern – Wettschulden sind Ehrenschulden.«

Sie willigte ein. Warum auch nicht? Allein zu einer Veranstaltung zu gehen war kein Vergnügen. Und Jovin war der ideale Begleiter. Es war angenehm, sich mit ihm zu unterhalten, er war amüsant, aber auch ernsthaft.

Jovin band die Pferde an der hölzernen Absperrung zur Düne fest. Währenddessen ging Viktoria auf den Leuchtfeuerwärter zu, der auf einer Bank vor dem Turm saß und seine Pfeife stopfte.

»Guten Tag. Entschuldigen Sie die Störung. Mein Name ist Viktoria Berg. Ich bin auf der Suche nach einem Kind aus dem Seehospiz, das davongelaufen ist. Wir suchen schon seit gestern nach ihr, und ich vermute, dass sie sich in den Dünen versteckt hält.«

Der Mann stopfte weiter seine Pfeife. »Ich hab nix gesehen.«

Viktoria deutete nach oben zum Leuchtturm. »Von dort hat man sicher einen guten Blick über die Insel.«

»Ist aber nicht erlaubt für Zivilisten.« Der Mann klopfte den Tabak fest. Er blickte noch immer nicht auf.

Viktoria kniete sich vor ihm in den Sand, sah ihm in die blassblauen Augen. »Rieke ist neun Jahre alt. Sie ist zur Erholung ins Seehospiz geschickt worden, nachdem ihr Vater sie halb tot geschlagen hat. Sie hat in ihrem Leben noch nicht viel kennengelernt außer Gewalt und Angst. Jetzt ist sie allein und fürchtet sich. Ich bitte Sie, erlauben Sie mir, hochzusteigen und nachzusehen, ob ich sie finden kann.«

Jetzt hob er den Kopf. Viktoria sah die Furchen, die sich tief in sein Gesicht gegraben hatten.

»Na, dann gehen Sie hoch, in Gottes Namen. Ich hab selbst fünf Gören. Aber fassen Sie da oben bloß nichts an. Und kein Wort zu niemandem. Nicht dass ich hier bald die ganze Sommerfrische-Bagage stehen hab, die die Aussicht genießen will. Nachher wird das hier noch ein *Aussichtspunkt*. Das hätte mir gerade noch gefehlt.«

Viktoria lächelte. »Sie sind ein Schatz!«

Der Wärter lächelte zurück und zog an seiner Pfeife.

Jovin war Viktoria gefolgt und ging nun auf der Wendeltreppe voran. Schon nach wenigen Stufen schlug Viktoria das Herz bis zum Hals. Die Treppe nahm und nahm kein Ende, immer im Kreis und immer weiter. Wie schaffte der Leuchtfeuerwärter das nur mehrmals am Tag?

Als auf halber Höhe ein Fenster kam, blieb sie schwer atmend stehen. Der Blick war grandios und entschädigte Viktoria sofort für die Anstrengung. Weit hinten am Horizont konnte sie einen der riesigen Dampfer sehen, die auf dem Weg nach Amerika waren. Das könnte die *Vaterland* der Hamburg-Amerika-Linie sein, dachte Viktoria, der größte Dampfer der Welt. Daneben waren kleine weiße Punkte im Meer zu sehen, das waren die Lustboote mit ihren hellen Segeln. Viktoria ließ den Blick schweifen. Unter ihr zogen sich die Dünen in endlosen Wellen dahin.

»Kommen Sie?«, fragte Jovin von oben.

Viktoria raffte ihre Röcke und folgte ihm. Kurz dachte sie, dass Christian hier beim Fenster auf sie gewartet hätte, um gemeinsam mit ihr hinauszusehen. Ärgerlich schob sie den Gedanken weg.

Endlich erreichte sie die obere Plattform. Durch eine Tür trat sie hinaus auf den Umlauf. Starker Wind blies ihr entgegen. »Famos«, entfuhr es Viktoria, als sie an der Brüstung stand. Sie mussten ungefähr auf der Inselmitte sein. Die Dünenlandschaft erstreckte sich von hier nach allen Seiten. Nicht weit von ihnen entfernt trottete eine Schafherde über eine Düne, und ein Fahrradfahrer stemmte sich am Deich gegen den Wind.

Jovin trat zu ihr. Er wies in südwestliche Richtung. »Sehen Sie dahinten? Da ist der Hafen.« Er wandte sich um. »Und in der Richtung sehen Sie die Weiße Düne. Und dort links sind die Seehundbänke, sehen Sie die schwarzen Punkte?«

Viktoria nickte. Tatsächlich konnte sie einige Seehunde auf dem Sand ausmachen. Ihre Augen schweiften umher. Die Sicht war klar, und sie konnte überall einzelne Menschen erkennen. Ausflügler, die in Gruppen durch den Sand spazierten. Viktoria suchte Stück für Stück das Gelände ab. Nicht dass sie das Mädchen auf die Entfernung erkannt hätte. Sie wusste ja noch nicht einmal genau, wie sie aussah. Aber ein einzelnes Kind im Kleid müsste doch auffallen. Einmal stockte sie, als sie tatsächlich ein Mädchen sah, doch dann bog eine größere Gruppe um eine Kurve, und es lief zu ihnen.

»Ich werde noch einmal mit einem Fernglas wiederkommen«, sagte Jovin. Es sollte aufmunternd wirken, aber Viktorias Mut war gesunken. Wie sollten sie Rieke jemals finden?

Die Treppe hinunterzugehen war weniger anstrengend, trotzdem musste sie aufpassen, wohin sie ihre Füße setzte. Mit dem Rock konnte sie die Stufen kaum sehen.

Bei dem Fenster auf halber Höhe blieb sie erneut stehen. Sie schaute hinaus, sah den Strandhafer, der sich über die Dünen zog und sich im Wind wiegte. Sanddornbüsche hingen voller Beeren, die aber noch nicht reif waren. Einen Monat würde es mindestens noch dauern, bis sie geerntet werden konnten. Ihr fiel ein, dass sie ihrem Vater noch Sanddorntee kaufen wollte, den er an kalten Wintertagen gerne vor dem Kaminfeuer trank.

An einem der Büsche hatte sich ein Wäschestück verfangen und flatterte im Wind. Viktoria sah genauer hin. Ein ungutes Gefühl beschlich sie. Sie versuchte, sich die Stelle einzuprägen. Dann folgte sie Jovin. Je tiefer sie kam, desto unruhiger wurde sie.

Jovin wartete draußen auf sie, sie eilte an ihm vorbei. »Ich komme gleich zurück.«

Mit schnellen Schritten ging sie zu den Büschen. Ihre Reitstiefel sackten im weichen Sand ein. Sie sah sich um, erblickte den Strandhafer, der einen Teil der Düne bedeckte. Die Gräser rauschten leise, wiegten sich im Wind. Dort war der Sanddorn. Dann sah sie es. Es war ein Kleidungsstück, das vom Wind hierhergetragen worden und an den Ästen hängen geblieben war.

»Was ist das?« Jovin war ihr gefolgt.

Sie nahm es in die Hand, hielt es im flatternden Wind. Es war eine Schürze. Sie erkannte das Emblem des Seehospizes, das auf die Brust gestickt war. Etwas war in der Tasche. Viktoria griff hinein und holte ein dunkles, bröseliges Pferdebiskuit hervor. Dann sah sie etwas anderes. An einer Stelle war der Saum braun verfärbt. Blut.

19
Friesengott

Christian ging schnellen Schritts durch den Ort, die Ledersohlen knallten auf dem Pflaster. Den ganzen Tag hatte er im Auftrag des Badekommissars Sommergäste und Einheimische nach dem Rittmeister befragt. Noch dazu mit Gendarm Müller an seiner Seite. Mehr als einmal musste Christian sich anhören, dass er ein »verdammter Zivilist« sei. Jedes Mal, wenn er eine Frage stellen wollte, unterbrach der Gendarm ihn rüde und übernahm selbst das Gespräch. Allerdings fragte Müller so ungenau, dass sie kaum etwas herausgefunden hatten. Um Punkt sechs hatte der Gendarm erklärt, dass er Feierabend habe, und war verschwunden, hatte Christian mitten im Ort stehen lassen. Was dem aber nur recht gewesen war.

Christian hatte beschlossen, zum Rennplatz zu gehen. Jetzt passierte er die Rosengärten und gelangte zur Gepäckabfertigungshalle, die gerade geschlossen wurde, denn der letzte Dampfer hatte Norderney um kurz vor sechs verlassen. Christian ging weiter, an Weiden vorbei. Linker Hand tauchte der neu errichtete Sportplatz auf. Auf der Trabbahn liefen sich gerade einige Pferde warm. Christian blieb stehen. Zwischen den verschlungenen Wegen der Rennbahn konnte man einige Männer im sportlichen

Pullunder mit Strohhut beim Cricketspiel sehen. Sie stritten sich offenbar darüber, ob ein Stoß regulär gewesen war oder nicht. Weiter hinten übten Herren im geringelten Trikot Weitsprung, und auf den Tennisplätzen spielten Damen in hellen Kleidern ein Doppel.

Der Rasen der weitläufigen Anlage war frisch gemäht worden, ein würziger Geruch lag in der Luft. Christian holte tief Luft. Er dachte an den Gendarmen. Sollte der doch seinen Feierabendschnaps genießen. Christian hatte Besseres im Sinn.

Christian wandte sich ab und ging weiter. Die Ställe lagen hinter dem Rennplatz. Es waren mehrere Gebäude aus dunkelrotem Backstein, die sich um einen gepflasterten Hof gruppierten. Christian fragte einen der Stalljungen, die hier ihrer Arbeit nachgingen, nach Ubbe, und der wies mit einem Kopfnicken auf den Stall am hinteren Ende des Hofes.

Das Tor stand offen, und Christian sah eine Reihe von Stehboxen mit jeweils einem Pferd. Die Tiere reckten ihre Köpfe über die hölzernen Türen und schauten neugierig zu, wie Ubbe von einer Holzkarre Stroh ablud.

Ein Rappe wieherte, als Christian eintrat. Sofort schnaubten die anderen Pferde als Antwort. Der Junge drehte sich zu ihm um, steckte die Forke ins Stroh. »Herr Krischan, machen Sie wieder Fotos von den Reitern?« Offenbar war er froh, seine Arbeit unterbrechen zu können.

Christian schüttelte den Kopf. »Diesmal nicht. Ich bringe dir deine Fotografie.« Er hatte den Abzug gleichzeitig mit den Bildern vom Tatort machen lassen. Warum sollte Ubbe warten, bis Christian wieder in Hamburg war? Außerdem war die Fotografie ein guter Vorwand, Ubbe einen Besuch abzustatten.

Der wischte sich die Hände sorgfältig an seiner dunklen Manchesterhose ab, nahm den Umschlag entgegen, holte die Fotografie vorsichtig heraus und betrachtete sie mit großen Augen. Das Bild war gut geworden, wie Christian fand. Der kleine Junge stolz neben dem riesigen Pferd.

Ubbe schien es ebenfalls zu gefallen. »Danke, Herr Krischan. Das ist fa-bel-haft! Wenn ich das meiner Mutter zeige … Ich wurde noch nie fotografiert.« Vorsichtig strich er über das Bild.

Christian ließ sich auf einem dreibeinigen Schemel nieder. »Sag mal, Ubbe, du kennst den Rittmeister von Papitz, oder?«

Ubbe betrachtete noch immer die Fotografie, besah sich jedes Detail. Doch er hatte die Frage gehört. »Klar, der war oft hier.« Er wollte die Fotografie in seine Hosentasche stecken, überlegte es sich dann aber anders. Vorsichtig schob er sie wieder in den Umschlag. »Ich will nicht, dass sie Knicke bekommt. Mein Bruder kann einen Rahmen dafür machen, der arbeitet beim Tischler.«

»Wie war der Rittmeister denn so?«, hakte Christian nach.

Ubbe legte den Umschlag auf eine schmale Fensterbank und nahm die Forke wieder in die Hand, fing aber nicht an zu arbeiten. »Dem Stallmeister hat gar nicht gefallen, dass der Herr Rittmeister immer hier war. Er meinte, der würde alles durcheinanderbringen. Aber Ahnung von Pferden hatte der gnädige Herr.« Der Junge musterte Christian. »Stimmt das, dass Sie jetzt ein Kriminaler sind, Herr Krischan?«

»Wie kommst du darauf?«

»Kuddel hat es erzählt, unser Gendarm. Der hat sich gestern Abend einen Schnaps im *Lüttjen Teehuus* bei der Miele abgeholt. Er meinte, der Badekommissar hätte einen Zivilisten angeheuert. Und dann hat er gesagt ...« Der Junge stockte plötzlich und wurde rot. »Ach, ist nicht so wichtig.«

»*Was* hat er gesagt, der Gendarm?«, hakte Christian nach.

»Na, dass es ein Schreiberling ist, der sonst für eine Damenillustrierte arbeitet. Und da dachte ich, weil Sie doch Reporter sind und der Badekommissar mit Ihnen am Tatort gesprochen hat, dass Sie das vielleicht sind.«

»Du bist wirklich ein plietscher Jung, Ubbe. Das stimmt, ich arbeite für die Polizei – vorübergehend. Auch wenn dem Gendarmen das nicht gefällt.«

Ubbe nickte. Dann wandte er sich wieder den Pferden zu. Aufmerksam verfolgten sie jede Bewegung des Stallburschen, die Ohren nach vorn gerichtet. Offensichtlich hofften sie auf eine Leckerei, und tatsächlich ging Ubbe jetzt zu einer Kiste, die in einem offenen Nebenraum auf dem Boden stand, und holte mehrere Möhren heraus. Box für Box ging er ab und hielt den Pferden eine Möhre hin. Nur die letzte Box war frei. Christian, der ihm gefolgt war, sah, dass eine Decke auf dem Boden lag. Vermutlich benutzte sie hin und wieder jemand für ein Mittagsschläfchen. Ubbe war es sicher nicht, denn als Stallburschen würde ihm kaum Zeit dafür bleiben.

Der Junge stand bei einer braunen Stute und strich dem Tier über die Nüstern. »Ich find's blöd, dass der Rittmeister tot ist. Er hat gesagt, ich würde einen guten Rennreiter abgeben. Er meinte, ich soll zu ihm nach Hannover kommen, ins Militärinstitut, da würde er mich ausbilden. Glauben Sie, die nehmen mich auch so – wenn der Rittmeister nicht mehr da ist?«

»In die Armee kommst du noch früher, als dir lieb ist, und glaub mir, es ist kein Vergnügen. Sei froh, dass du hier ein schönes Plätzchen hast.«

Ubbe spielte mit der Forke, ließ sie hin und her schwingen. »Ich will aber nicht immer als Stallbursche arbeiten. Ich will zur Kavallerie. Der Rittmeister hat gesagt, ich könnte es weit bringen. Aber mein Vater meint, das sind nichts als Flausen. Ich soll hier beim Stallmeister gut aufpassen, und das reicht.« Er verzog missmutig den Mund. Dann zuckte er mit den Schultern. »Ich muss weiterarbeiten. Der Stallmeister kommt gleich, und wenn ich dann nicht fertig bin, gibt's Stunk.« Er stach in das Stroh, streute es in eine der Boxen.

»Hatte der Rittmeister hier auch ein Tier stehen?«, fragte Christian.

Ubbe schüttelte den Kopf. »Nein, der konnte nicht mehr selbst reiten. Der hatte was am Herzen und musste sich schonen. Aber das macht nichts, von Pferden hat er auch so was verstanden.«

»Du kennst dich aber auch gut aus.«

Ubbe nickte stolz. Er deutete auf den Rappen, der vorhin gewiehert hatte. »Das ist Klabautermann. Herr Jovin ist vorhin mit einer Dame von einem Ausritt wiedergekommen, und ich habe den Hengst mit Stroh trocken gerieben.«

Christians Laune verschlechterte sich schlagartig. So, dieser Jovin war also mit einer Dame ausgeritten.

Ubbe stellte die Forke beiseite und trat in die Box. »Sehen Sie, was für lange Beine Klabautermann hat. Ein Rennpferd braucht lange Beine. Die Muskeln an der Schulter sind kräftig. Und der Widerrist sitzt an der richtigen Stelle. Das ist wichtig, sonst hält der Sattel nicht gut.«

Christian konnte ein Grinsen nicht unterdrücken. Obwohl er doch eigentlich keine Zeit hatte, dozierte Ubbe weiter vor sich hin, erklärte ihm den eleganten Körperbau des Tieres. Christian verstand trotzdem nicht, was an dem Tier so besonders sein sollte. Für ihn war es ein Pferd. Er wusste nur, dass ihm die Hufe des Tieres unheimlich waren, deswegen würde er sich auch nicht mit ihm in einer engen Box aufhalten wollen. Doch der Junge stand ganz sorglos neben dem großen Hengst, deutete auf Muskelgruppen und erklärte jede einzelne. Schließlich kam er wieder heraus, schloss die Box sorgfältig und griff nach der Forke.

»Fand der Rittmeister auch, dass Klabautermann ein gutes Pferd ist?«

Ubbe gab Stroh in die Box eines anderen Tieres. »Natürlich! Er war ganz begeistert. Er hat ihn sich genau angesehen. Klabautermann ist wirklich ein famoses Pferd.«

Christian hatte genug davon, wie Jovins Tier in höchsten Tönen gelobt wurde. »Was hältst du von den Pferden von Herrn Briesen? Die kennst du doch auch sicher.«

»Friesengott und Sturmflut?« Ubbe runzelte die Stirn. »Die gefallen mir nicht so.« Er deutete zu einem Stall mit einem Fuchs darin. »Sehen Sie hier bei Sturmflut? An den Schultern sind nicht genug Muskeln. Er braucht mehr Training.« Der Junge sah zum Tor, als wolle er sichergehen, dass niemand zuhörte. Leiser fuhr er fort: »Wenn Sie mich fragen, Herr Briesen versteht nicht viel von Pferden. Das hat der Herr Rittmeister auch gesagt. Wissen Sie noch, wie unruhig Friesengott vor dem Strandrennen war, Herr Krischan? Der Herr Rittmeister war dagegen, dass er bei dem Rennen mitläuft. Aber Herr Briesen wollte nicht auf ihn hören, da konnte der Rittmeister noch so laut schimpfen. Und was ist passiert? Friesengott ist beim Rennen viel zu schnell losgepescht, und jetzt ist eine Sehne verletzt. Wahrscheinlich kann er nie wieder bei einem Rennen mitlaufen und muss zum Abdecker. Wenn Herr Briesen auf den gnädigen Herrn gehört hätte, wäre das nicht passiert.«

»Geschimpft hat der Rittmeister mit Herrn Briesen?«, hakte Christian nach. »Wann war das denn?«

»Am Abend vor dem Rennen. Der Herr Rittmeister war bannig wütend. Er hat gesagt, Herr Briesen wäre ein Dilettant …« Ubbe sah Christian an, wie um sich zu vergewissern, ob er das richtige Wort verwendet habe. »Er hat gesagt, er soll lieber bei seinen Bildern bleiben, statt Pferde zugrunde zu richten. Herr Briesen ist ganz bleich geworden und hat gesagt, der Herr Rittmeister soll erst einmal vor seiner eigenen Haustür kehren, bevor er sich woanders einmischt.«

»Und was hat der Rittmeister darauf geantwortet?«

Ubbe zuckte mit den Schultern. »Keine Ahnung, mehr habe ich nicht gehört. Der Stallmeister ist gekommen und hat gesagt, ich soll schleunigst nach Hause gehen.«

Christian sah versonnen vor sich hin. Friedhelm Briesen hatte sie also angelogen. Es *war* zu einer Auseinandersetzung mit dem Rittmeister gekommen. Aber was konnte er damit gemeint haben, der Rittmeister solle vor seiner eigenen Haustür kehren?

Sie würden mit Friedhelm Briesen wohl noch einmal reden müssen.

20

Schleimiger Priem

»Ubbe – bist du immer noch nicht fertig? Ich bezahl dich nicht dafür, dass du Maulaffen feilhältst!«

Christian schrak aus seinen Gedanken auf. Ein grobschlächtiger Mann war ans Stalltor getreten. Sein Hemd war nachlässig in die Manchesterhose gestopft, das Tuch um seinen Hals glänzte vor Schweiß. Ubbe griff sofort nach der Forke und legte wieder Stroh vor. Er war vor Schreck hochrot angelaufen.

Der Mann, bei dem es sich um den Stallmeister handeln musste, kam näher. Er schob seine Mütze in den Nacken und betrachtete Christian von oben bis unten. »Sie sind dieser Hilfsbeamte? Hab schon von Ihnen gehört.«

Christian stöhnte innerlich. Offensichtlich hatte Gendarm Müller bereits das halbe Dorf davon in Kenntnis gesetzt, wer er war.

Ubbe hatte das Stroh verteilt und öffnete nun eine Holzkiste, die bei den Boxen stand.

Der Kopf des Stallmeisters fuhr zu ihm herum. »Was machst du da, Junge?«

Ubbe sah ihn überrascht an. »Ich muss Sturmflut noch Kraftfutter geben.«

»Nicht jetzt! Muss man dir alles zweimal sagen? Du

läufst rüber zur Apotheke und holst was von der Salbe für Friesengott. Ab mit dir!«

Ubbe schloss den Deckel. Dann schnappte er sich seine Fotografie vom Fensterbrett und rannte ohne ein weiteres Wort los.

Der Stallmeister setzte sich auf die Kiste, holte eine Dose mit Kautabak aus der Hosentasche und stopfte sich einen Priem in den Mund. »Sie sollten auch mal besser machen, dass Sie loskommen. Der Badekommissar wartet bestimmt schon auf sein Hündchen.«

Christian kochte innerlich. So nannte Gendarm Müller ihn also. Und der Stallmeister entblödete sich nicht, Müllers Worte vor Christian zu wiederholen. Also gut, wenn der Mann es so wollte, dann spielte Christian eben das Hündchen des Badekommissars. Er zog seinen Notizblock aus der Tasche. »Name?«

»Was geht Sie das an?«

»Ich kann Sie auch auf die Wache vorladen lassen, wenn Ihnen das lieber ist.«

Die Miene des Stallmeisters verdüsterte sich schlagartig. Für einen Moment herrschte Schweigen. Dann blaffte der Mann: »Hillrich Poppinga.«

Christian schrieb den Namen mit einer gewissen Befriedigung in sein Buch. »Sie kannten Rittmeister von Papitz?«

Der Mann schob den Priem in die andere Backentasche. »Und ob ich den gekannt hab. Andauernd war der hier. Stand im Weg und hat mir den Jungen von der Arbeit abgehalten. Genau wie Sie.«

Christian kritzelte etwas in das Notizbuch. Seiner Erfahrung nach machte es Leute wie den Stallmeister nervös, wenn sie nicht wussten, was man über sie schrieb. »Ist Ihnen in den letzten Tagen etwas am Verhalten des Rittmeisters aufgefallen?«

»Ich muss arbeiten und kann nicht den Tag herumtrödeln wie gewisse andere Leute.« Womit er zweifelsohne den Rittmeister meinte. Es war keine Frage, dass er den Mann verachtete.

»Am Mittwoch war Herr von Papitz hier?«

»Der war jeden Tag hier und hat klug geschnackt.«

»Wie spät war es, als Sie ihn zuletzt gesehen haben?«

»Ich hab bestimmt nicht auf die Uhr guckt. Ich war froh, als der Alte endlich weg war. Ich brauche niemanden, der mir sagt, was ich zu tun und zu lassen hab.«

»Als wir den Rittmeister gefunden haben, hatte er schwarze Fingernägel. Hat Herr von Papitz im Stall manchmal mit angefasst?«

Der Stallmeister schob den Priem wieder in die andere Backe, dann pulte er mit dem Nagel des kleinen Fingers zwischen den Zähnen. »Er wird in irgendeinen Dreck reingefasst haben, der feine Herr«, sagte er schließlich und schnaubte verächtlich. »Hat ja geglaubt, er kann alles besser. Mal hat er die Hufe der Tiere kontrolliert, ob die Eisen richtig sitzen. Dann hat er gemeint, das Zaumzeug ist nicht ordentlich geputzt oder dass wir das falsche Futter verwenden. So ging das jeden Tag. Ich hätte ihn am liebsten weggeschickt, aber sagen Sie das mal so einem hohen Herrn.«

»Was wissen Sie über den Streit zwischen Herrn von Papitz und Herrn Briesen?«

»Wer hat Ihnen das denn erzählt? Etwa der Junge? Der soll seine Nase lieber in seine Angelegenheiten stecken und vernünftig arbeiten.« Der Stallmeister spuckte aus. Schwarzer klebriger Schleim landete auf dem Kopfsteinpflaster. »Es gab keinen Streit. Die beiden waren doch wie Pech und Schwefel. Herr Briesen hat gleich zwei Pferde zum Rennen mitgebracht. Gute Tiere, der Mann kennt sich aus in seinem Handwerk.«

»Ich dachte, Friesengott hat sich beim Strandrennen verletzt.«

»Haben Sie das auch von dem kleinen Aas? Ich sag ja, der sollte lieber arbeiten, als Ihnen Döntjes zu erzählen.«

»Was ist nun mit Friesengott?«

»Nichts ist mit dem. Hat ein büsschen die Sehnen überdehnt. Zwei, drei Tage Ruhe, Pferdesalbe drauf, und dann kann er wieder. Muss man kein großes Gewese drum machen. Aber hier wissen es ja alle besser.« Er stand auf. »Sonst noch was? Unsereins kann nämlich nicht ewig rumschnacken. Ich hab zu tun.«

Christian tippte mit dem Bleistift auf seinen Notizblock. »Nur der Vollständigkeit halber – wo waren Sie Mittwochabend?«

Der Stallmeister lachte auf. »Das hängen Sie mir nicht an, mir nicht. Ich hab nix mit dem Rittmeister zu schaffen gehabt. Bannig auf die Nerven ist er mir gegangen, mehr nicht. Aber den Mörder, den sucht mal lieber bei den feinen Pinkeln.« Er spuckte den Rest Priem aus. »Ich bin um sechs nach Hause gegangen. Der Junge kann das bezeugen.«

Davon war Christian überzeugt. Der Stallmeister würde Ubbe schon einbläuen, was er zu sagen hatte. Aber fürs Erste würde Christian sich damit begnügen müssen.

Er zupfte zur Verabschiedung am Schirm seiner Mütze und ging ohne ein weiteres Wort hinaus. Jetzt war erst einmal Feierabend. Die Sonne schien noch, es war warm, und er freute sich auf ein kühles Bier. Vielleicht auch ein paar mehr. Und sollte ihm dabei zufällig der Gendarm über den Weg laufen, dann konnte der was erleben.

Christian ging gerade an einer Eiche mitten auf dem Hof vorbei, als er eine bekannte Gestalt zu erkennen glaubte, die in diesem Moment durch eine Seitenpforte in einen der Ställe schlüpfte.

Verwundert folgte Christian ihr in den Stall. Seine Augen brauchten eine Sekunde, bis sie sich an das Dunkel gewöhnt hatten. In dem Stall befanden sich keine Pferde. Auf der linken Seite hing Zaumzeug in verschiedenen Größen und Variationen an einem niedrigen Dachbalken. An der Wand waren Holzblöcke angebracht, auf denen Sättel lagen. Rechts gab es zwei Pferdeboxen, die jetzt leer waren. Vielleicht waren die Tiere draußen auf der Weide, oder sie wurden erst später mit den Pferden von neu ankommenden Gästen belegt. Christian konnte es noch immer nicht fassen, dass jemand in die Sommerfrische fuhr und seine Pferde mitnahm. Man konnte doch sicher ebenso gut ein Tier leihen, wenn man unbedingt ausreiten wollte. Er würde diese Reichen nie verstehen.

Aus einer der leeren Boxen kam ein Geräusch. Christian ging auf die Box zu – und dann sah er die Gestalt, die dort in einem Regal herumwühlte. Er hatte sich nicht getäuscht. Die Gestalt wandte sich dem Fenster zu und betrachtete einen Gegenstand, den sie zwischen den Fingern hielt. Christian atmete scharf ein. »Viktoria!«

21

Herumschnüffeln

Viktoria fuhr herum. Ihr Herz raste. »Christian!«, rief sie und steckte eilig ihre Rechte in die Tasche ihres Kleides. Doch Christian hatte es bemerkt.

»Was hast du da?«

»Oh, wieder per du, Herr Hinrichs?«, sagte sie und hörte selbst, wie schnippisch es klang. Aber sie konnte nicht anders. Zu sehr hatte sie sich über ihre letzte Begegnung geärgert. »Ich wüsste nicht, was Sie das angeht.«

»Viktoria, du schnüffelst herum? Ich hatte dir doch gesagt, dass du dich raushalten sollst.« Er baute sich vor ihr auf.

»Ach ja, und ich sitze im Hotel herum und warte, bis der Herr Hilfsbeamte etwas findet?«

»Genau so.«

»Wenn das so ist, dann brauchen Sie meine Hilfe ja nicht.«

Sie wollte an ihm vorbeigehen, aber er hielt sie auf. »Viktoria, du bleibst hier.« Er hielt sie am Arm fest.

»Verhaften Sie mich?« Sie konnte sein Rasierwasser riechen, den leichten Orangenduft, den sie so mochte. Doch es besänftigte ihre Wut nicht. Im Gegenteil. »Sie haben mir gar nichts zu sagen, *Herr* Hinrichs.«

»Was hast du da gefunden?« Christians blaue Augen funkelten vor Zorn.

»Nichts.« Viktoria spürte, wie ihr das Blut in die Wangen schoss. Mit einer ruckartigen Bewegung wollte sie sich losmachen. Doch er hatte damit gerechnet, griff nach ihrer Hand und entwand ihr den Gegenstand. »Was ist das? Pferdefutter?«, fragte er überrascht und ließ sie los.

Viktoria wich zurück, rückte ihren Hut gerade, der bei der Rangelei ins Wanken geraten war. »Die Frage ist nicht, was das ist, sondern wo ich es gefunden habe!« Sie hielt ihm die Schürze hin, die sie neben dem Schrank auf dem Boden abgelegt hatte. »Die habe ich in den Dünen gefunden. Sie gehört dem verschwundenen Mädchen.«

»Woher willst du das wissen?«, fragte Christian, und die Skepsis in seiner Stimme war unüberhörbar.

»Elli hat gesagt, dass sie Rieke geholfen hat, die Schürze zu nähen. Der Träger war abgerissen.« Sie deutete auf einige unbeholfene Stiche, die dann von sauberen abgelöst wurden. Für sie war das ein sicherer Beweis, mochten andere das auch anders sehen. Felix Jovin hatte sie jedenfalls auf dem Rückweg davon zu überzeugen versucht, dass das nicht unbedingt etwas zu bedeuten hätte. Sie waren noch eine gute halbe Stunde die Dünen abgeritten, hatten die Suche aber schließlich aufgegeben. Es war sinnlos. So würden sie Rieke nicht finden. Sie konnte überall sein, vielleicht verletzt, vielleicht tot. Beim Stall hatte Jovin sich von ihr verabschiedet. Er hatte noch eine Verabredung, war aber sichtlich enttäuscht gewesen, dass sie seine Einladung zu einem Diner abgeschlagen hatte. Sie hatte ihm gesagt, dass sie noch einmal zum Hospiz gehen würde. Doch stattdessen hatte sie an der Weide auf einer Bank gewartet, bis er Richtung Ort verschwunden war. Dann war sie allein zurück zu den Stallungen gegangen. Sie musste einfach nachsehen, ob sie eine Spur von Rieke in den Ställen fand. Jetzt sah sie erwartungsvoll Christian an und vergaß für einen Moment fast, dass sie wütend auf ihn war.

Der nahm ihr die Schürze ab, inspizierte sie. Nickte dann. »Also gut, nehmen wir an, es ist Riekes. Was willst du dann hier?«

»In der Schürze war das Futter – ein Pferdebiskuit.« Sie deutete auf seine Hand. »Ich wollte nachsehen, ob es aus einem der Ställe hier stammt. Wenn es von hier ist, hätte ich einen Anhaltspunkt. Vielleicht kommt sie wieder her.«

»Und? Du hast doch noch etwas herausgefunden. Das sehe ich dir an der Nasenspitze an.«

Für einen Moment glaubte sie, so etwas wie ein Lächeln in seinem Gesicht zu sehen.

»Ich habe tatsächlich solche Pferdebiskuits gefunden. Rieke war also vermutlich hier. Und siehst du das?« Sie rieb das Futter zwischen ihren Fingern. Ein weißes Pulver blieb kleben.

Christian nahm es ihr ab, besah es sich genauer. »Was ist das?«

Sie wandte sich um, griff in den Schrank, holte eine große Blechdose hervor, auf der ein breiter Schriftzug geprägt war: *Kokain*.

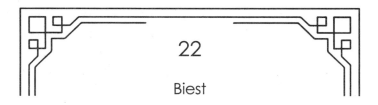

22

Biest

Das Tor zum Stall stand offen. Hillrich Poppinga saß auf einem niedrigen Schemel und fettete Zaumzeug ein. »Was wollen Sie schon wieder?«, rief er, als Christian auf ihn zustürmte.

Der hielt sich nicht lange mit Erklärungen auf. Er ging zu der Kiste, aus der Ubbe vorhin das Kraftfutter holen wollte, und öffnete sie.

Der Stallmeister sprang auf, warf das Zaumzeug beiseite. »Finger weg davon!«, brüllte er. Im nächsten Moment war er bei Christian und schlug den Deckel zu.

Doch Christian hatte genug gesehen. »Sie mischen dem Kraftfutter Kokain bei.«

»Dumm Tüch!«

»Von wegen! Darum ging es in dem Streit zwischen Briesen und Herrn von Papitz. Habe ich recht?«

Der Stallmeister verschränkte die Arme. »Und wenn, es verstößt nicht gegen das Gesetz.« Er holte eine kleine Dose aus der Hosentasche, öffnete sie gemächlich und steckte sich dann Priem in die Wange. »Sie können mir gar nichts.« Der Mann grinste.

Viktoria war Christian gefolgt. Jetzt trat sie neben ihn. »Ihnen ist wohl nicht klar, dass Herr Hinrichs für die

Presse arbeitet«, sagte sie mit einem Blick auf Christian. »Ich frage mich, was die Öffentlichkeit dazu sagen wird, wenn sie von Ihren Machenschaften erfährt. Ich kann mir kaum vorstellen, dass Ihnen in Zukunft noch Sommergäste ihre Pferde anvertrauen.«

Die Miene des Stallmeisters veränderte sich schlagartig. Er sah abwechselnd Viktoria und Christian an. »Damit würden Sie einen ehrlichen Mann um die Stellung bringen, Fräulein. Man würde mich sofort rauswerfen.«

Viktoria strich über ihr Kleid. »Es liegt bei Ihnen. Entweder Sie sagen uns, was Sie wissen, oder …«

»Sie sind ein Biest«, flüsterte der Stallmeister und spuckte aus.

Christian war sprachlos. Er hatte vollkommen vergessen, wie unerschrocken Viktoria war – und wie sehr ihm das gefiel. Er musterte sie von der Seite. Sie hielt die Nase mit den Sommersprossen erhoben. Eine Haarsträhne hatte sich unter ihrem Hut gelöst und kringelte sich auf ihrer Schulter. In den Augen lag dieser forsche Blick, mit dem sie die Welt so furchtlos betrachtete.

Der Stallmeister schob Priem von der einen Wange in die andere. Er schien unter ihrem Blick fast ein wenig zu schrumpfen. »Ich hab nichts mit der Sache zu tun«, sagte er schließlich. »Herr Briesen wollte, dass ich seinen Pferden was von dem Zeugs gebe. Seine Gäule sind einfach zu langsam. Aber ich hab ihm gleich gesagt, dass Kokain da auch nicht helfen wird. Doch Herr Briesen wollte es unbedingt.«

»Und der Rittmeister hat das herausgefunden.«

»Es war nicht der Rittmeister, es war diese verdammte Göre. Hat sich an der Futterkiste zu schaffen gemacht und es ihm gezeigt.«

»Ein Mädchen? Von welchem Kind sprechen Sie?«, fragte Viktoria.

»Die Lütte, die der Rittmeister ständig dabeihatte – aus dem Seehospiz. Sie hat ihm das Futter gezeigt, und der Rittmeister wusste natürlich sofort, was Sache ist. Oh, da war aber was los! Er hat erst mich angebrüllt, dann Briesen. Aber ich habe mir das nicht gefallen lassen und hab ihm gesagt, dass ich nur die Anweisung von Briesen ausgeführt habe. Na, und dann habe ich gemacht, dass ich Land gewinne. Sollten sich die beiden doch die Köppe einschlagen.«

»Das war an dem Abend vor dem Strandrennen?«, fragte Christian.

Poppinga nickte. »Ja. So um acht, ich wollte gerade Feierabend machen. Ich hab Ubbe gesagt, er soll auch Schluss machen, muss ja nicht jeder mitkriegen, was los ist. Gäste waren zum Glück keine mehr da, um fünf ist hier Schluss.«

Also nicht um sechs Uhr, wie er eben noch behauptet hatte. »Und Rieke, war die auch da?«

»Die Lütte?« Er nickte. »Klar war die noch da. Dahinten im Stall hat sie gespielt.« Er deutete auf die Box, in der die Decke lag.

»Sind Sie an dem Abend noch mal zum Stall zurückgekommen?«, fuhr Christian fort.

Der Stallmeister hob die Augenbrauen. »Warum sollte ich? Ich war froh, dass Feierabend ist. Da treib ich mich bestimmt nicht noch hier rum.«

Das glaubte Christian ihm aufs Wort. »Am nächsten Morgen – war da irgendetwas ungewöhnlich?«

Der Stallmeister schüttelte den Kopf. »Mir ist nichts aufgefallen.« Dann sah er zu Viktoria. »Sind Sie jetzt zufrieden, Fräulein? Nur dass Sie es wissen – ich hab Frau und fünf Kinder, alles Mädchen. Wenn ich meine Stellung verliere, dann wird es zappenduster für die.«

Christian konnte Viktoria ansehen, dass ihr eine harsche Erwiderung auf der Zunge lag. Aber sie hielt sich zurück, denn offenbar wollte sie noch etwas von ihm. »Wenn Sie Rieke sehen, geben Sie mir bitte sofort Bescheid. Mehr nicht. Sprechen Sie sie nicht an, und verscheuchen Sie sie nicht, hören Sie?«

Der Stallmeister drehte sich um und spuckte den restlichen Priem auf den Boden. Als er sich wieder umwandte, hing ein schwarzer Speichelfaden an seinem Kinn. »Wie Sie wollen«, sagte er und zuckte mit den Schultern.

23

Seemannstreu

Sie gingen gemeinsam den Weg zurück zum Ort. Auf einer Weide stand ein Pferd und wieherte. Ein Kiebitz hüpfte unerschrocken neben ihm auf dem Boden und pickte im Gras. Viktoria wusste nicht so recht, wie sie mit Christian umgehen sollte. Sie war noch immer wütend auf ihn. Trotzdem hatte es sich vertraut angefühlt, mit ihm den Stallmeister zu befragen. »Glaubst du, dieser Herr Briesen hat etwas mit dem Mord an dem Rittmeister zu tun?«

»Er hat zumindest ein Motiv. Wenn herausgekommen wäre, dass er seine Pferde mit sehr fragwürdigen Mitteln zu Höchstleistungen anspornt, wäre sein Ruf als Pferdezüchter ein für alle Mal dahin. Als wir ihn vernommen haben, hat er abgestritten, dass es zwischen ihm und dem Rittmeister zu einer Auseinandersetzung gekommen sei. Er hat nur betont, wie eng er mit dem Rittmeister befreundet sei.«

Viktoria sah ihn von der Seite an. »Wie hat Briesen auf dich gewirkt?« Noch immer kam es ihr sonderbar vor, hier mit Christian zu gehen und sich mit ihm zu unterhalten. Sie hatte das Gefühl, als ginge sie auf schwankendem Boden – als könnte die Situation jederzeit kippen.

Christian schien ähnlich zu empfinden. Er sprach vorsichtig, vermied ihren Blick. »Schwer zu sagen. Er war sehr nervös, und es war klar, dass irgendwas nicht stimmte. Aber ob jemand ein Mörder ist, sieht man ihm ja nicht unbedingt an.«

Viktoria dachte an letztes Jahr, als sie den Mord an Henny Petersen aufgeklärt hatten. »Nein, allerdings nicht.«

Sie kamen an einer Wiese vorbei, auf der Margeriten, Salbei und Flockenblumen um die Wette leuchteten.

»Ich bin gespannt, was Briesen zu den Anschuldigungen sagen wird. Vermutlich wird der Badekommissar ihn umgehend verhören wollen.«

»Wirst du dabei sein?«, fragte sie neugierig.

Er zuckte mit den Schultern. »Das wird der Badekommissar entscheiden. Er legt Wert darauf, dass der gute Ton gewahrt wird, und das ist nicht gerade meine Stärke.«

»War es noch nie«, sagte sie und musste lächeln.

Christian nahm die Elbsegler-Mütze ab und strich sich durchs Haar. Er seufzte. »Leider hat das der Badekommissar auch schon gemerkt.«

»Wo bist du untergekommen?«, fragte Viktoria.

Er setzte die Mütze wieder auf. »In einer Pension in der Gartenstraße. Bei einer Witwe, die beim Frühstück mit Argusaugen darüber wacht, wie viel Sanddornmarmelade sich jeder Gast nimmt. Seitdem sie gehört hat, dass ich für die *Frau von Welt* schreibe, genieße ich allerdings gewisse Privilegien. Heute Morgen habe ich sogar ein Frühstücksei serviert bekommen. Und ein älterer Herr am Nachbartisch hat mich gedrängt, ein Interview mit ihm zu führen.

Er ist Vorsitzender eines Taubenzüchtervereins und meint, das Thema Taubenzucht sei auf jeden Fall etwas für die *Frau von Welt*.« Er grinste.

Plötzlich war die Schwere, die sie den ganzen Weg begleitet hatte, verschwunden. Im nächsten Moment plauderten sie angeregt über Kunst, die neuesten Lichtspielfilme und Theaterstücke. Es war, als hätte es nie eine Kluft zwischen ihnen gegeben. Und doch spürte Viktoria, dass die Sache noch nicht ausgestanden war, zu vieles war ungeklärt zwischen ihnen. Aber in diesem Moment genoss sie es, sich einfach nur mit ihm zu unterhalten.

»Hast du schon den neuen Malerturm am Südwesthörn gesehen?«, fragte sie ihn, als sie auf die vielen Veränderungen auf der Insel zu sprechen kamen. »Man muss einen famosen Blick von dort oben auf die See haben. Ich würde zu gerne einmal dort oben stehen. Ich habe im Ort Bilder von Poppe Folkerts gesehen. Grandios, wie er das Licht auf dem Meer einfängt.«

»Frag doch, ob er dich rauflässt. Wenn ihn jemand überreden kann, dann du.«

Sie gingen an der Gepäckabfertigung vorbei. Das Bellevue war nur noch wenige Schritte entfernt.

Christian blieb stehen, runzelte die Stirn. Sie folgte seinem Blick. Eine schwarz gekleidete junge Dame eilte in Richtung der Rosengärten davon.

»Wer ist das?«

»Emma von Papitz, die Tochter des Rittmeisters.«

»Warum ist sie allein unterwegs?«, fragte Viktoria nachdenklich. Es kam ihr merkwürdig vor, dass eine junge

Frau, deren Vater gerade gestorben war, ohne Begleitung spazieren ging.

Christian warf ihr einen ernsten Blick zu. »Viktoria, halt dich da raus! Die Ermittlungen zum Mord des Rittmeisters liegen bei der Polizei. Du bringst dich nur in Gefahr. Was ist, wenn du dem Mörder zu nahe kommst?«

Seine Stimme hatte diesen strengen Klang, den sie nicht mochte. Ärger stieg in ihr auf. Gerade noch hatte sie geglaubt, sie könnte sich wieder normal mit ihm unterhalten, und nun fing er wieder an, ihr Vorschriften zu machen. Aber sie hatte keine Lust, sich erneut mit ihm zu streiten.

»Es gibt etwas, um das ich dich bitten möchte«, sagte sie, ohne auf seine Bemerkung einzugehen. »Könntest du dich erkundigen, ob es gestern und heute vielleicht zu Diebstählen gekommen ist? Rieke muss schließlich etwas essen.«

Er sah sie einen Moment an, und sie konnte spüren, dass er seine Antwort abwog. »Ich werde mich umhören – wenn du versprichst, dass du dich zurückhältst. Lass die Polizei ihre Arbeit machen, hast du mich verstanden?«

Sie versuchte, den aufflammenden Zorn zu unterdrücken. Er hatte ihr weiß Gott keine Vorschriften zu machen. Ausweichend sagte sie: »Ich werde es mir überlegen.«

Christian presste die Lippen zusammen. In seinen Augen flackerte es dunkel. Doch auch er hatte offenbar kein Verlangen, ihren Streit fortzusetzen. Daher nickte er nur. Dann verabschiedete er sich mit einem gemurmelten »Guten Abend« und ging davon.

Viktoria ging die letzten Schritte zum Eingang des Hotels und sah ihm nach. Sie wartete, bis Christian in der Menge der Sommergäste verschwunden war, dann wandte sie sich um und eilte schnellen Schritts in Richtung der Rosengärten. Dorthin, wohin Emma von Papitz soeben verschwunden war. Sie würde sich nicht von Christian Hinrichs vorschreiben lassen, was sie zu tun oder zu lassen hatte.

Sie entdeckte die junge Frau im schwarzen Trauerkleid im Rosengarten. Sie hatte eine ebenfalls schwarze Spitzenstola locker um die Schultern gelegt, denn noch schien zwar die Sonne, doch es wurde schon kühler. Emma von Papitz flanierte über einen der parallel angelegten Schotterwege und betrachtete die Blumenbeete. Doch sie war offensichtlich nicht allein wegen der Blumen gekommen. Immer wieder sah sie sich um, als ob sie auf jemanden warten würde.

Viktoria folgte ihr und tat ebenfalls, als sei sie in die Betrachtung der Blumen vertieft. Aus sicherer Distanz beobachtete sie, wie die etwa dreißigjährige Frau einen Rosenbusch betrachtete, vor dem sich eine Seemannstreu ausgesät hatte. Neben der edlen Rose wirkten die stacheligen weißen Blätter der Stranddistel grob und hart. Noch hatte sich die amethystfarbene Blüte nicht geöffnet, aber Viktoria wusste, dass sie bald schon der Rose Konkurrenz machen würde.

Plötzlich schaute Emma von Papitz auf. Vom anderen Ende des Wegs näherte sich ihr mit schnellen Schritten ein schlanker, sportlich wirkender Mann in grauer Uniform. Viktoria erkannte Rudolph von Papitz. Sie hatte sein Bild oft genug in der Zeitung gesehen, als über den Prinz-Heinrich-Flug berichtet worden war.

Rudolph von Papitz war offenbar gereizt. »Was machst du hier?«, fuhr er seine Schwester an. »Du solltest bei Mutter sein.«

Emma zuckte zusammen, sah zu Boden. »Ich gehe spazieren.«

»Spazieren? In dieser Situation?« Er betrachtete seine Schwester kopfschüttelnd.

»Mutter interessiert es doch gar nicht, ob ich da bin oder nicht. Sie liegt auf der Chaiselongue und starrt vor sich hin«, erwiderte Emma trotzig.

Rudolph runzelte die Stirn. »Deswegen kannst du hier nicht einfach herumstehen wie eine Dirne.«

Viktoria hatte sich bis auf wenige Schritte den Geschwistern genähert. Ein dicht belaubter Ginster verbarg sie vollständig vor ihren Blicken. Die Äußerung Rudolph von Papitz' empörte sie. Warum war er so außer sich? Es war nur verständlich, wenn sie nach dem Tod ihres Vaters ein wenig Zeit für sich brauchte. Sicher, es war für eine Frau ihres Standes nicht schicklich, allein unterwegs zu sein. Aber inzwischen war immerhin das Jahr 1913 – in Finnland konnten Frauen seit sieben Jahren wählen, in der Schweiz durften Frauen sogar studieren. Und hier konnte sich eine adelige Frau noch nicht einmal allein Blumen ansehen. Ging es ihm wirklich nur um die Schicklichkeit?

Rudolph hatte die Stimme gesenkt. »Ich weiß genau, was du machst und warum du hier bist. Aber damit ist jetzt Schluss. Du gehst zurück ins Hotel.«

Offenbar hatte Rudolph seine Schwester am Arm ergriffen, denn die stieß einen Schmerzenslaut aus. »Du tust mir weh«, sagte sie.

»Du denkst vielleicht, du kannst tun und lassen, was du willst, jetzt wo Vater nicht mehr da ist. Du bist doch froh, dass er tot ist.«

»Wie kannst du das sagen?«

»Trauern tust du jedenfalls nicht. Sonst würdest du dich nicht hier herumtreiben.«

»Ich musste raus aus diesem Hotelzimmer. Ich wäre sonst erstickt! Mutter spricht nicht mit mir, du lässt dich nie blicken. Was soll ich da? Ich musste einfach nur weg.«

Die Stimme des Bruders war jetzt ein wütendes Zischen. »Ich sage dir eins – ich bin jetzt das Oberhaupt der Familie. Und für dich wird sich nichts ändern!«

Eine Weile herrschte Schweigen. Als Emma von Papitz wieder sprach, hatte sich ihre Stimme verändert.

»Rudi, du solltest dir überlegen, ob du so noch einmal mit mir sprichst«, sagte sie sonderbar ruhig. »Ich werde nicht mehr stillhalten, sondern mich wehren. Also überlege dir gut, ob du bereit bist, die Konsequenzen für dein Handeln zu tragen.« Dann knirschten Schritte auf dem Schotterweg, und Emma von Papitz ging hocherhobenen Hauptes davon.

Viktoria sah ihr nach, und ein Schauer lief ihr über den Rücken. Emma von Papitz war wie verwandelt, sie schien zu allem entschlossen, und Viktoria fragte sich, was sie mit ihrer Drohung gemeint haben könnte.

24

Robbenjagd

Vor dem Conversationshaus spielte die Kurkapelle einen Walzer. Die Plätze auf der Terrasse des Restaurants waren vollständig belegt, livrierte Diener eilten von Tisch zu Tisch, gossen Wein ein und servierten Diners mit Suppen und Braten. Ein verführerischer Duft drang in Christians Nase. Es war inzwischen kurz vor sieben Uhr, bei seiner Pensionswirtin stand längst das Abendbrot auf dem Tisch. Aber Christian war sich sicher, dass Herr von Treptow sofort über die neuesten Erkenntnisse informiert werden wollte.

Mit schnellen Schritten ging er die wenigen Stufen zum Gebäude hinauf. Er ärgerte sich noch immer über Viktoria. Beim Rückweg vom Stall war es fast wie früher gewesen. Es war so leicht, sich mit ihr zu unterhalten. Bis zu dem Zeitpunkt, als sie wieder diesen störrischen Blick bekam. Warum ließ sie sich von ihm nur nichts sagen?

Im Conversationshaus war es zwar ruhiger als draußen, doch vor dem Eingang zum Restaurant hatte sich eine kleine Schlange gebildet. Ein Herr mit Frack und Zylinder wurde gerade mit seiner Frau von einem schwarz gekleideten Kellner hineingebeten.

Christian wandte sich nach rechts, denn das Büro und

die Wohnung des Badekommissars lagen im östlichen Teil des Conversationshauses. Am Morgen war Christian schon einmal dort gewesen, um von der Schreibdame des Badekommissars eine Bescheinigung in Empfang zu nehmen, die ihn als Hilfsbeamten auswies. Eigentlich nahm er nicht an, dass Herr von Treptow um diese Zeit noch arbeitete. Trotzdem klopfte er zuerst an die hohe Kassettentür, die zu seinem Büro führte. Zu seiner Überraschung wurde er hineingerufen.

Das Büro hatte große Fenster nach draußen, durch die die Abendsonne hereinschien. An den Wänden standen dunkle Bücherregale, die mit zahlreichen Folianten bestückt waren. Der Badekommissar saß an einem imposanten Nussbaumschreibtisch.

»Hinrichs, zu so später Stunde noch unterwegs?« Er deutete auf einen Stuhl, der seitlich von seinem Schreibtisch stand. »Nehmen Sie Platz. Ich habe gerade den Bericht von Medizinalrat Martens gelesen.«

Christian nahm seine Mütze ab und setzte sich auf den rotbespannten Stuhl. »Was sagt er zum Todeszeitpunkt?«

Treptow blätterte in den handgeschriebenen Seiten, die vor ihm lagen. »Der Rittmeister ist irgendwann zwischen sechs Uhr abends und zwölf Uhr nachts gestorben.«

Christian überlegte laut. »Um acht wurde der Rittmeister beim Stall gesehen. Es muss also danach geschehen sein. Was ist die Todesursache?«

»Wie von Ihnen vermutet, starb der Rittmeister an einer Stichverletzung. Ein schmales Messer, wie es zur Jagd verwendet wird.« Er schob ihm die dünne Akte herüber.

»Das schränkt den möglichen Täterkreis nicht gerade ein. So etwas dürften sehr viele Gäste und Einwohner der Insel haben«, bemerkte Christian. Er überflog den Bericht des Mediziners. »Der Stich ging direkt ins Herz. Entweder hatte der Täter sehr viel Glück, oder er wusste genau, was er tat. Ich würde auf Letzteres tippen. Wenn es ein Jagdmesser war, ist der Täter womöglich erfahren im Erlegen von Wild.«

Von Treptow nickte. »Das sind allerdings viele Gäste hier, und die Einwohner ohnehin. Es gibt fast jeden Tag eine Jagd. Erst letzte Woche haben wir beispielsweise eine Robbenjagd veranstaltet, bei der auch der Rittmeister und sein Sohn dabei waren.«

»Hat Herr Briesen auch teilgenommen?«

Der Badekommissar sah ihn überrascht an. »Briesen? Nein, den habe ich auf einer Jagd noch nie gesehen. Wie kommen Sie auf ihn?«

Christian erzählte dem Badekommissar, was er bei den Stallungen über Briesen erfahren hatte.

Von Treptow setzte sich ruckartig auf seinem Stuhl auf. »Er lässt Kokain unter das Futter mischen? Wenn das bekannt wird, kann er an keinem renommierten Rennen mehr teilnehmen.« Er stand auf, griff nach seinem Spazierstock. »Kommen Sie, Hinrichs. Wir werden uns mit diesem Herrn umgehend unterhalten.«

Es war Friedhelm Briesen, der auf ihr Klopfen hin öffnete. Er trug Frack und Fliege und stand offenbar im Begriff, in den Salon zum Abendessen zu gehen. Er sah den Badekommissar und Christian verwundert an.

»Guten Abend, Herr Briesen«, sagte von Treptow. »Wir müssten Sie noch einmal sprechen.«

Briesen zog ärgerlich die Brauen zusammen. »Jetzt? Kann das nicht bis morgen warten?«

»Nein, durchaus nicht. Wir haben neue Erkenntnisse gewonnen, die Ihre früher gemachten Aussagen erheblich in Zweifel ziehen. Ich kann Ihnen nur raten, sich die Zeit zu nehmen. Ansonsten unterhalten wir uns morgen auf der Wache.«

Briesen erbleichte sichtlich. Er trat zurück. »Bitte!«, sagte er mit belegter Stimme.

Sie gingen hinein und erblickten Frau Briesen, die gerade ihre langen Handschuhe hochzog. Sie war ebenfalls für das Abendessen gekleidet und trug ein violettes Kleid mit dunkler Brokatspitze, dazu eine lange Perlenkette. Constanze Briesen warf ihrem Mann einen fragenden Blick zu.

»Liebes, der Herr Badekommissar hat nur noch ein paar Fragen. Wir gehen dann gleich hinunter in den Salon. Setz dich doch kurz.«

Sie sah verwundert von ihrem Mann zu von Treptow und wieder zurück. Dann setzte sie sich schweigend auf einen der Sessel beim Fenster. Ihr war anzusehen, wie angespannt sie war.

»Nun«, sagte der Badekommissar und stieß seinen Spazierstock vor sich auf den Teppich. »Laut Ihrer Aussage hat es zwischen Ihnen und dem Rittmeister keine Meinungsverschiedenheit gegeben. Inzwischen gibt es Zeugen, die etwas anderes behaupten.«

Briesen warf einen verunsicherten Blick auf seine Frau, bevor er antwortete: »Zeugen? Was für Zeugen? Das muss eine Verwechslung sein.«

»Das halte ich für ausgeschlossen«, sagte der Badekommissar. »Besagter Zeuge behauptet ferner, Sie hätten dem Kraftfutter für Ihre Pferde Kokain beigegeben.«

Briesen zuckte zusammen. »Das ist eine infame Unterstellung! Meine Pferde haben so etwas nicht nötig. Die Tiere haben die besten Anlagen, und sie werden jeden Tag trainiert …«

Briesen kam nicht weiter. Seine Frau war schwungvoll aufgesprungen und vor ihn getreten. »Sag, dass das nicht wahr ist, Friedhelm. Du hast Friesengott Kokain geben lassen? Deswegen war er beim Strandrennen kaum zu halten! Er hat sich verletzt, und jetzt können wir ihn nur noch zum Abdecker bringen. Was hast du nur getan? Und erzähl mir nicht, dass du nichts damit zu tun hast!«

Briesen rang die Hände. »Constanze, ich …« Seine Stimme brach.

»Steh doch wenigstens dazu! Seitdem du das Gestüt übernommen hast, geht es bergab. Vor zwei Jahren hast du Fehngeist verkauft. Das hättest du nie tun dürfen. Er war die Grundlage für den Erfolg unseres Gestüts. Aber dich interessiert meine Meinung ja nicht. Stattdessen hast du eine falsche Entscheidung nach der anderen getroffen. Und ich habe zugesehen. Aber jetzt reicht es! Friedhelm, du verstehst nichts von Pferden. Mein Vater hat das Gestüt aufgebaut, wir hatten einen guten Ruf im ganzen Land. Und jetzt können unsere Pferde offenbar nur noch durch

Betrug gewinnen. Dem Rittmeister war längst klar, was los ist. Seit Monaten ist er nicht mehr bei uns gewesen, obwohl ihr befreundet seid.« Sie wandte sich an den Badekommissar. In ihrem Blick lag wilde Entschlossenheit. »Rittmeister von Papitz hat herausgefunden, was Friedhelm den Tieren angetan hat?« Sie wartete nicht auf eine Antwort. »Er muss außer sich gewesen sein«, fuhr sie fort. »Das Wohl der Pferde ging ihm immer über alles.« Sie holte tief Luft. »Wann wurde der Herr Rittmeister getötet?«

»Constanze!«, rief ihr Mann entsetzt.

»Am Mittwochabend«, sagte der Badekommissar ungerührt.

»Mein Mann kam gegen halb neun zurück. Er war aufgebracht, wollte mir aber nicht sagen, was geschehen war.«

Briesen sah seine Frau mit großen Augen an. »Was tust du, Constanze?«, flüsterte er.

Sie wandte sich ihm zu. »Was ich tue? Die Frage ist, was du getan hast.« Tränen traten in ihre Augen. Sie nahm seine Hand. »Warum bist du nicht bei der Malerei geblieben? Du bist so begabt.«

Er blickte sie an, als würde er sie zum ersten Mal sehen. Auch in seinen Augen schimmerte es. »Ich wollte doch nur alles richtig machen. Für dich. Du solltest stolz auf mich sein.«

»Das Bild, an dem du gerade arbeitest, es hat mir gezeigt, wie es in dir aussieht. Die Angst im Blick der Fischer – das ist deine Angst.«

Er zog ihre Hand zu sich. »Es tut mir so leid, Constanze.

Es lief immer alles schief. Der Rittmeister hat mir geholfen, aber was nützen ein paar gute Ratschläge? Die Leute haben mich nicht ernst genommen.«

»Du hättest mich fragen sollen, Friedhelm. Ich bin auf dem Hof groß geworden.«

»Du bist eine Frau, was verstehst du vom Gestüt?«

Sie sah ihn an. »Was spielt es für eine Rolle, dass ich eine Frau bin? Ich kenne die Pferde und das Gestüt von Kindesbeinen an. Mein Vater hat mir alles Wichtige beigebracht. Vertrau mir, Friedhelm. Gemeinsam schaffen wir das. Überlass mir die Entscheidungen.«

Er nickte zögernd, drückte ihre Hand.

Der Badekommissar schlug ungeduldig mit dem Stock auf den Boden. »Ich warte noch auf eine Erklärung. Was ist an dem Abend zwischen Ihnen und dem Rittmeister vorgefallen?«

Briesen sah seine Frau an, und sie nickte ihm aufmunternd zu. Er wischte sich über die Augen.

»Es stimmt, es gab einen Streit zwischen von Papitz und mir. Er hat das mit Kokain versetzte Kraftfutter entdeckt und gedroht, er würde dafür sorgen, dass ich nie mehr ein Pferd verkaufe.« Er lächelte traurig. »Ich war schon immer ein Feigling, mein Leben lang bin ich immer den einfachsten Weg gegangen. Auch an dem Abend. Ich bin davongegangen. Ich dachte, er beruhigt sich schon wieder.«

Christian war geneigt, ihm zu glauben. »Der Rittmeister ist im Stall geblieben?«, hakte er nach.

Briesen nickte. »Er hatte noch eine Verabredung.«

»Mit wem?«

»Das weiß ich nicht, aber ich bin mir sicher, es hatte mit seiner Reise nach Borkum zu tun.«

Die Fahrkarte im Sekretär! »Was wissen Sie darüber?«, fragte Christian überrascht.

»Herr von Papitz hatte am Vortag eine Lustfahrt unternommen. Ich habe mich darüber gewundert. Er war nicht gerade ein Freund von Seereisen, und Lustfahrten verabscheute er geradezu. Ich dachte, er würde es seiner Familie zuliebe machen, aber er ist allein gereist.«

»Was wollte er denn auf Borkum?«

»Das weiß ich nicht. Aber er war an diesem Tag sehr aufgebracht, und das hatte nicht nur mit mir zu tun. Er sagte, mein Kopf wäre heute nicht der einzige, der rollen würde. Nicht nach dem, was er auf Borkum erfahren hätte. Ich weiß nicht, wer ihn getötet hat. Aber ich bin mir sicher, dass es mit dieser Reise zu tun hat.«

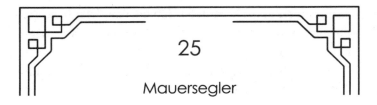

25

Mauersegler

Viktoria ging die Ellernstraße am neuen Kirchhof vorbei Richtung Seehospiz. Sie hatte beschlossen, noch einmal nach Elli zu sehen. Es war zwar schon fast acht Uhr, aber sie hoffte, dem Kind noch eine gute Nacht wünschen zu können.

Elli lag wie immer in ihrem Bett, als Viktoria in den Schlafsaal kam. Rundherum war Lärm, die anderen Mädchen machten sich für die Nacht fertig. Sie lachten, liefen hin und her, und es war so viel Trubel, dass man kaum sein eigenes Wort verstehen konnte. Elli lag ruhig da und schien von dem, was um sie herum geschah, nichts mitzubekommen. Als sie Viktoria sah, lächelte sie.

Viktoria setzte sich zu ihr, nahm ihre Hand. »Wie war dein Tag heute? Hast du irgendwas Schönes gemacht?«

Ellis Lippen waren bläulich, und das Sprechen schien ihr schwerzufallen. »Ich habe mit Schwester Zita gemalt. Das war schön.« Ihr Atem ging rasselnd, jeder Zug fiel ihr schwer.

»Wollen wir vielleicht Karten spielen?«

Elli schüttelte den Kopf. »Ich bin müde.« Sie starrte an die Decke. »Kommt Rieke bald wieder?«

»Ich habe sie noch nicht gefunden.«

Elli sah sie an. »Sie müssen sich beeilen. Ich glaube, ich bin nicht mehr lange hier. Oberschwester Josepha sagte, dass ich ein Engel werde.«

Viktoria bekam einen Kloß im Hals und drückte Ellis Hand. »Hast du Angst?«

»Ein bisschen. Aber wenn ich ein Engel bin, geht es mir wieder gut. Dann muss ich nicht immerzu im Bett liegen.«

»Ich werde deinen Eltern Bescheid geben, dass sie herkommen sollen«, sagte Viktoria entschlossen.

»Ist das nicht viel zu teuer?«

Viktoria hatte ein wenig Geld zurückgelegt. Es würde reichen, um Ellis Eltern die Reise zu bezahlen. »Ich kläre das, mach dir keine Sorgen.«

Ellis Atem wurde ruhiger. »Und Rieke? Wird sie auch kommen?« Ihre Augenlider wurden schwer.

»Ich werde sie finden, versprochen. Hörst du?«, flüsterte Viktoria. Aber Elli war schon eingeschlafen. Eine Weile blieb Viktoria noch sitzen. Versuchte, sich zu fassen. Solange Elli wach gewesen war, hatte sie Haltung bewahren können. Aber jetzt, als Elli schlief, liefen ihr Tränen über die Wangen. Sie verfluchte die Tuberkulose, die Elli befallen hatte. Wie viele Menschen starben jedes Jahr daran, wie viele Kinder?

Viktoria wischte sich die Tränen weg, strich Elli über den Kopf und ging dann entschlossen hinaus. Gegen Ellis Krankheit konnte sie nichts tun, aber gegen ihre Einsamkeit inmitten all der Mädchen. Viktoria fand Schwester Zita im Waschpavillon. Sie hatte ihre Ärmel hochgeschoben und sich eine Schürze umgebunden, die nass war. Einige ältere Mädchen wuschen sich.

»Schwester Zita, ich würde gern mit Ihnen sprechen.«

Die Schwester sah Viktoria überrascht an. »Fräulein Berg. Die Besuchszeit ist lange vorbei.« Trotzdem wischte sie sich die Hände ab und kam zu ihr. »Sie waren bei Elli?«

»Es ist so trostlos da drinnen im Schlafsaal. Kann sie nicht tagsüber draußen in der Sonne sein? Sie sollte doch noch einmal die warmen Strahlen spüren.«

»Ich werde sie morgen früh nach draußen schieben. Egal, was die Oberschwester sagt.« Sie rief nach einer jungen Schwester, die gerade über den Flur ging. »Schwester Elisabeth, beaufsichtigen Sie bitte die Kinder weiter, ich würde gern mit unserem Gast sprechen.«

»Sehr wohl.« Offenbar freute sie sich, Verantwortung übertragen zu bekommen.

Als sie auf dem Gang waren, deutete Schwester Zita auf die Tür nach draußen. »Wollen wir ein wenig hinausgehen?«

Viktoria nickte.

Sie folgten einem schmalen Weg, der sie zu einem kleinen Kiefernwäldchen führte. Mauersegler schossen zwitschernd über sie hinweg, steuerten ihre Nester an, die sich irgendwo am Dach des Krankenhauses befanden. Schweigend gingen sie nebeneinanderher. Es half Viktoria, sich wieder zu sammeln. Ellis Situation brachte sie mehr aus der Fassung, als sie gedacht hatte. Eine Frage brannte ihr auf den Lippen. »Warum hat die Oberschwester Elli gesagt, wie es um sie steht?«

»Sie meint, jeder Mensch sollte erfahren, wenn er sterben muss. Vielleicht hat sie recht. Vielleicht auch nicht. Ich weiß es nicht. Elli scheint sich besser zu fühlen, seit sie es weiß. Die Oberschwester hat ihr erklärt, dass sie ein Engel wird. Es scheint für Elli ein Trost zu sein.«

Viktoria blieb stehen. »Elli wünscht sich, dass Rieke zurückkommt.«

Die Schwester seufzte. »Das hat sie mir auch gesagt. Aber ich weiß nicht, wo sie ist. Ich habe jeden Abend Essen ans Fenster der Küche gestellt in der Hoffnung, dass Rieke es sich holt und zu uns zurückkehrt. Aber morgens ist es immer noch da.«

Viktoria griff nach der Hand der Schwester. »Bitte, Schwester Zita. Gibt es einen Ort oder eine Person, der Rieke vertraut hat und bei der sie sich aufhalten könnte?«

Für einen Moment glaubte sie zu erkennen, dass Schwester Zita an einen bestimmten Ort dachte. Deswegen hakte sie nach. »Wo könnte sie sein?«

»Rieke ist nicht dort. Ich habe mich schon erkundigt.«

»Sie ist *wo* nicht?«

»Ich kann es Ihnen nicht sagen. Die Oberschwester möchte nicht, dass wir darüber reden. Sie hat ihr Wort gegeben.«

»Vielleicht haben Sie ja recht, und Rieke ist nicht dort. Aber vielleicht finde ich an dem Ort einen Hinweis, wo sie stattdessen ist.«

Schwester Zita schaute zurück zum Krankenhaus, und Viktoria konnte sehen, wie es in ihr arbeitete. Schließlich zog sie ein Stück Papier aus der Tasche. »Sie dürfen niemandem verraten, dass Sie es von mir haben.« Sie notierte etwas und reichte Viktoria den Zettel. Darauf stand eine Adresse.

Viktoria sah die Schwester überrascht an. »Borkum?«

»Dort werden Sie mehr erfahren.«

Im Gebäude ertönte das Tamtam. Schwester Zita drückte Viktorias Hand, dann eilte sie zurück.

26
Schaukelndes Schiff

Christian hastete den Weg zum Hafen entlang. Gestern Abend war es spät geworden, und auf dem Rückweg von der Befragung im Bellevue hatte der Hunger ihn noch in die Stehbierhalle *Zum deutschen Patrioten* getrieben, die damit warb, so gut wie das berühmte Berliner *Aschinger* zu sein. Zu essen hatte es dort zwar nichts mehr gegeben, aber nach ein paar Bier hatte Christian den Hunger vergessen und sich ganz dem Rausch hingegeben. Heute Morgen war er mit einem ordentlichen Brummschädel aufgewacht. Mit Grausen dachte er an die schaukelnde Schiffsfahrt, die ihm bevorstand.

Er war viel zu spät aufgestanden, das Boot würde in wenigen Minuten ablegen. Er lief fast, und jeder Schritt schmerzte in seinem Kopf, und sein Magen drückte. Doch Eile war geboten, denn das nächste Boot nach Borkum würde erst wieder morgen ablegen.

Er bog um die Ecke und sah zu seiner Erleichterung, dass das Segelboot noch im Hafen lag. Ein Schiffer mit dichtem Vollbart und sonnengegerbter Haut stand am Landesteg und lachte, als er Christian die letzten Meter rennen sah. »Nu aber fix, min Jung.«

Er kassierte das Fahrgeld von stolzen sechs Mark, und

Christian ließ sich erleichtert auf einem der letzten freien Plätze auf einer Bank mittschiffs nieder. Er war durchgeschwitzt und völlig aus der Puste. Doch kaum hatten sie den Hafen verlassen, begann das Schiff zu schaukeln. Und zwar mächtig. Die *Augusta Viktoria* war zwar das größte der Ausflugsboote, die Lustreisen zu den Nachbarinseln anboten, aber doch nicht zu vergleichen mit den modernen Fährschiffen der Frisia-Reederei. Als eine besonders heftige Welle den Bug traf, schloss Christian für einen Moment die Augen, aber das war ein Fehler. Sofort wurde ihm übel. Er riss die Augen auf, holte tief Luft. Er hätte sich ohrfeigen können. Warum um alles in der Welt hatte er ausgerechnet gestern Abend einen über den Durst trinken müssen?

Er stand auf, hielt sich mit beiden Händen an der Reling fest und richtete den Blick fest auf den Horizont. Er hatte gehört, dass das helfen sollte. Aber das flaue Gefühl im Magen wurde nur noch schlimmer. Wie lange sollte die Fahrt nach Borkum dauern? Drei Stunden? Christian war sich nicht sicher. Und wie lange waren sie schon unterwegs? Er warf einen Blick auf seine Taschenuhr: nicht einmal eine halbe Stunde!

Entmutigt setzte Christian sich wieder auf seinen Platz. Mitleidige Blicke trafen ihn. Die übrigen Ausflügler unterhielten sich vergnügt. Einige hatten Butterbrote ausgepackt, die sie genussvoll verspeisten. Als eine weitere Welle sich am Bug brach, stieg das Schiff hinauf und sackte kurz darauf mit einem heftigen Ruck wieder herab. Christian fühlte, wie sein Magen krampfte. Er schaffte es gerade noch, sich über die Reling zu beugen.

Er wusste nicht, wie viele Stunden sie letztlich gebraucht hatten. Aber er seufzte vor Erleichterung, als endlich Borkum in Sicht kam. Die ganze Fahrt hatte er an der Reling verbracht, und er wünschte sich nichts sehnlicher, als wieder festen Boden unter den Füßen zu haben. Ungeduldig drängte er sich als einer der Ersten von Bord. Auf dem Kai setzte er sich auf eine Bank und verschnaufte. Die anderen Fahrgäste gingen an ihm vorbei, aufgeregt plaudernd. Eine Lustfahrt nach Borkum stellte für viele Gäste einen Höhepunkt ihrer Sommerfrische dar. Damen in Kleidern aus leichten Seidenstoffen gingen vorbei, Herren in hellen Anzügen.

Langsam fühlte Christian sich besser. Trotzdem blieb er sitzen. Er wollte abwarten, bis sich das Gedränge gelichtet hatte. Die Kleinbahn, die in der Nähe des Fähranlegers wartete, um die Gäste bequem in den Ort zu bringen, war ohnehin schon restlos überfüllt. Er hatte keine Eile. In der Brusttasche seines Anzuges hatte er die Fotografie vom Rittmeister, die der Badekommissar ihm gegeben hatte. Christian sollte herausfinden, wo genau der Rittmeister am Tag vor seinem Tod gewesen war. Ob er nun eine halbe Stunde eher oder später mit seiner Suche anfing, war egal.

Als die Kleinbahn losfuhr, stand Christian auf. Doch im selben Moment glaubte er, wieder das Schaukeln des Bootes zu spüren. Er setzte sich wieder und atmete tief durch. Seine Augen suchten den Horizont, doch die letzten Gäste versperrten ihm die Sicht. Ein kugelförmiger Herr mit Strohhut und einer korpulenten Dame im Arm ging Richtung Bahnhaltestelle – und hinter dem Paar eilte eine junge Frau vorbei, die Christians Aufmerksamkeit erregte. Ruckartig stand er auf. Das konnte doch wohl nicht wahr sein!

Christian lief hinter ihr her, holte sie ein, fasste sie am Arm. »Viktoria!«

»Christian – welche Überraschung!«

»Tu nicht so, als ob du mich nicht gesehen hättest. Du hast dich extra an dem Ehepaar vorbeigedrückt, damit ich dich nicht bemerke. Wahrscheinlich hast du mich schon auf dem Boot gesehen.«

Sie sah ihn fragend an. »Du warst auch an Bord?«

»Was willst du hier auf der Insel?« Seine Übelkeit war verflogen, dafür fühlte er den altbekannten Ärger, der sich anscheinend immer einstellte, wenn er auf Viktoria traf. Warum in aller Welt konnte sie nicht sein wie alle anderen normalen Frauen?

Sie zuckte mit den Schultern. »Ich mache eine Lustfahrt.«

»Du sagst mir auf der Stelle, was du wirklich hier machst! Viktoria, ich meine es ernst. Du hast mir versprochen, dass du dich aus dieser Sache heraushältst.«

Ihre Brauen zogen sich zusammen. »Ich habe dir gar nichts versprochen. Ich habe gesagt, dass ich es mir überlege.«

»Also doch! Ich wusste es.« Er konnte es nicht fassen.

Aber sein Vorwurf machte offenbar wenig Eindruck auf sie. »Und was machst du hier?«

»Ich gehe einem Hinweis nach.«

»Hat es etwas mit Herrn Briesen zu tun? Hat der Badekommissar ihn gestern noch befragt?«

Sie sah ihn neugierig an, die sommersprossige Nase keck erhoben. Letztes Jahr hatte er sich in einer ganz ähnlichen Situation in sie verliebt. Aber er hatte nicht vor, ihrem Charme erneut zu unterliegen.

»Du weißt ganz genau, dass ich dir das nicht sagen darf.«

Ihre Augen verdunkelten sich. »Ach ja? Nun, Herr Hinrichs, dann wird es Ihnen ja nichts ausmachen, wenn ich meine Lustreise allein genieße. Wenn Sie mich nun loslassen würden!« Sie hatte den letzten Satz sehr laut gesagt, sodass einige Sommergäste stehen blieben.

Der kugelförmige Herr von vorhin trat heran. »Benötigen Sie Hilfe, gnädiges Fräulein?«

Christian ließ Viktoria los. »Ich bin von der Polizei und habe mit der Dame etwas zu klären.«

Der korpulente Herr zog die Augenbrauen hoch. Dann tippte er sich an den Bowler. »Das ist natürlich etwas anderes. Ich hatte die Situation missverstanden.« Er betrachtete nun Viktoria von oben bis unten, als müsse er sich ein neues Bild von ihr machen. »Nichts für ungut, Herr Kommissar.« Dann ging er mit seiner Gattin davon. Allerdings nicht, ohne sich noch einmal umzudrehen und mit seiner Frau zu tuscheln.

»Sie haben gerade meinen Ruf zerstört, Herr Hinrichs! Diese Leute halten mich nun für eine Verbrecherin«, sagte Viktoria scheinbar verärgert, doch dann brach sie in Lachen aus, und auch Christian musste grinsen.

Sie hielt ihm die Hand hin. »Also gut, wie wäre es, wenn wir für heute Frieden schließen. Abgemacht?«

Er ergriff ihre Hand. »Abgemacht.«

»Wir sollten eine Kleinigkeit essen. Das hilft gegen Seekrankheit. Das Café *Sturmeck* soll hervorragend sein, liegt aber ziemlich außerhalb. Aber es gibt bestimmt noch ein anderes gutes Restaurant.«

»Also gut«, sagte Christian und bot ihr seinen Arm an. »Und dann verrätst du mir, was du hier machst.«

Die Kleinbahn kündigte ihr Kommen mit einer weißen Dampfwolke an. Christian half Viktoria beim Einsteigen. Die Fahrt führte sie vom Schiffsanleger im Süden – vorbei an Watt und Dünen auf der linken Seite – in Richtung des rot-weiß gestrichenen elektrischen Leuchtturms, von dem er schon im Reiseführer gelesen hatte. Danach ging es an einem Kirchturm vorbei nach Norden zum Ort Borkum, der sich schon von Weitem durch einen weiteren hohen Backsteinleuchtturm ankündigte. An der Strandpromenade stiegen sie aus.

Christian sah sich um. Im Reiseführer hatte er auch gelesen, dass die Bevölkerung Borkums vom Walfischfang gelebt hatte. Angeblich gab es sogar Zäune aus Walfischzähnen, weswegen er extra seine handliche Kodak-Kamera eingepackt hatte. Allerdings musste die glorreiche Walfangzeit schon lange vorbei sein. Jetzt bestimmten die Sommergäste das Leben auf der Insel. Die Strandpromenade war gesäumt von prächtigen Hotels, die ebenso gut an der Kaiserstraße auf Norderney hätten stehen können.

Das pompöse Köhler'sche Strandhotel fiel Christian ins Auge. Daneben der ebenso imposante Kaiserhof. Auch die Wandelhalle mit der anliegenden Promenade am Strand stand der auf Norderney in nichts nach.

Viktoria betrachtete von der Promenade aus das trubelige Treiben am Strand. »Schau mal, hier gibt es gar keine Strandkörbe«, rief sie überrascht.

Jetzt fiel es auch Christian auf. Statt der auf Norderney allgegenwärtigen Strandkörbe waren hier blau-weiß gestreifte viereckige Zelte aufgestellt worden.

Plötzlich erklang Blasmusik, ein Parademarsch, und die Gäste traten zur Seite, um einem eigentümlichen Umzug Platz zu machen: Jungen und Mädchen marschierten im Gleichschritt wie Soldaten über die Promenade. Zuerst Knaben mit hellen Hüten, deren Krempen an der einen Seite hochgesteckt waren. Sandschaufeln hatten sie wie Gewehre geschultert. Ihnen folgte eine Mädchenkompanie. Eine Trommlerin ging voran und schlug den Takt. Dann kamen Fahnenträgerinnen und Sechserreihen von Mädchen, die weiße Kleider mit roter Schleife um die Taille trugen. Auch sie hatten sich Schaufeln auf die Schultern gelegt. Immer mehr dieser Kompanien zogen vorbei. Schließlich begannen die Mädchen, aus voller Kehle zu singen: »*Denn unsre Mädchen werden Frauen, und wenn das Vaterland in Not, dann werdet wieder ihr sie schauen, in Lieb' und Treue bis zum Tod – Hurra!*«

Viele der Sommergäste stimmten in das laute »Hurra« mit ein. Verwundert betrachtete Christian diesen Umzug. Als Kind wäre er stolz gewesen, bei so einer Kompanie mitzulaufen und Soldat spielen zu können, und auch wenn sich seine Einstellung zum Militär inzwischen sehr gewandelt hatte, konnte er sich der allgemeinen Begeisterung nicht entziehen. Die Menge jubelte den Kindern zu, und als bei der zweiten Strophe erneut ein *Hurra* ertönte, rief er laut mit. Viktoria lachte und winkte den Kindern mit einem Taschentuch.

Als die Mädchen und Jungen zum Strand weiterzogen, zerstreute sich die Menge langsam. Christian und Viktoria gingen bis zum Köhler'schen Hotel und bogen dort in die Strandstraße ein. Am Ende der Straße erhob sich der mächtige Backsteinleuchtturm, den sie bereits auf der Fahrt in den Ort erblickt hatten.

In der Straße herrschte reger Betrieb. Es gab Restaurants, einen Coiffeur für Damen und Herren, eine Leihbibliothek und eine Weinstube. Bunte Schilder lockten die Gäste in die Geschäfte. Christian nahm die Kamera aus seiner Ledertasche. Er presste den Kasten an den Bauch, hoffte, dass der Ausschnitt stimmte. Einen Sucher gab es nicht, er musste sich auf sein Gefühl verlassen. Dafür war die Kodak um vieles leichter als die Plattenkamera, die er für die *Frau von Welt* benutzte. Er drückte auf den Auslöser, und wie so oft, wenn er fotografierte, fühlte er eine tiefe Zufriedenheit.

Viktoria stand an seiner Seite, sie hatte den mit Spitzen besetzten Sonnenschirm aufgespannt und auf ihre Schulter gelegt. Es war ein wunderbares Bild, wie sie so dastand. Das weiße Kleid floss weich an ihr herunter, aus ihrem Haar hatte sich eine Locke gelöst, lag auf der Schulter. Das

Licht kam von der richtigen Seite. Trotzdem zögerte er, sie zu fotografieren. Im letzten Jahr hatte er viele Aufnahmen von ihr gemacht. Nach ihrem Streit hatte er die Fotografien in die unterste Schublade seines Schreibtischs verbannt. Er hatte sogar überlegt, sie zu verbrennen.

Jetzt betrachtete Viktoria ein Schild an einem Laden, das Juden den Eintritt verbot. Ihre Nase kräuselte sich, wie immer, wenn sie mit etwas nicht einverstanden war. Es war genau der Gesichtsausdruck, den er am meisten an ihr mochte. Er richtete die Kamera auf sie, drückte auf den Auslöser und wusste schon jetzt, dass dieses Bild wohl nicht in der unteren Schublade landen würde.

Sie hatte nicht bemerkt, dass er sie fotografiert hatte. Sie blickte noch immer auf das Schild. »Ich verstehe nicht, warum die Insel sich damit rühmt, judenfrei zu sein. Ich finde es beschämend.«

Er hatte keine Lust auf eine politische Debatte, sein Magen knurrte. Er packte die Kamera weg. »Wie wäre es mit etwas zu essen?«

Sie schien einen Moment zu überlegen, ob sie weiter diskutieren wollte, doch dann sah sie ihn mitleidig an. »Na schön. Bevor du mir vom Fleisch fällst.«

Sie entschieden sich gegen das *Sturmeck*, das ganz am Ende der Strandmauer lag und einen ordentlichen Fußmarsch erfordert hätte. Stattdessen fanden sie in der Weinstube *Bodega* in der Strandstraße einen lauschigen Eckplatz. Es war etwas beengt und ohne Sicht auf den Strand, aber hier hatten sie Ruhe. Und der saure Hering mit Soße, den Christian serviert bekam, war nicht zu verachten. Viktoria hatte sich für roten Granat auf Toast entschieden, aber sie schien wenig Hunger zu haben. Sie aß kaum, erzählte dafür von ihrer Arbeit in der Schule. Vierzig Schülerinnen unterrichtete sie. Anders als Viktoria es sich zu Anfang ausgemalt hatte, stammte nur ein geringer Teil aus armen Familien, und die Kinder aus den wohlhabenden Familien verachteten diese Mädchen. Die Vorstellung, dass arme und reiche Schüler sich mir nichts, dir nichts mischen würden, schien eine Illusion zu sein. Die Welten waren einfach zu verschieden. Mit sorgenvoller Miene erzählte Viktoria, dass der Rektor überlegte, die Stipendien für die armen Kinder auszusetzen und stattdessen nur Mädchen aus gutbürgerlichen Familien aufzunehmen.

Sie drehte ihr Glas mit Brauselimonade. »Unsere Schule ist nur ein Tropfen auf den heißen Stein. Wir brauchen politische Veränderungen, neue Gesetze. Aber es wird sich wohl nie etwas ändern, solange Frauen nicht an der Politik beteiligt sind.«

Christian sah sie überrascht an. »Du willst das Wahlrecht?« Viktoria war eine gebildete Frau, die politisch interessiert war. Aber er konnte sich nicht vorstellen, dass eine Frau wie seine Zimmerwirtin sich auf den Weg zu einer Wahlurne machen würde.

Viktoria zog die Nase kraus. »Wir sind die Hälfte der Bevölkerung, und wir haben unsere eigene Sicht auf die Dinge. Die gehört berücksichtigt.«

»Arbeiter sind auch viele, und trotzdem zählt ihre Stimme nur zu einem Bruchteil. Zuerst einmal sollte das geändert werden«, wandte Christian ein.

»Nur weil eine Sache ungerecht ist, darf die andere doch nicht ungerecht bleiben«, sagte Viktoria kämpferisch, doch ihre Stimme klang zugleich müde. »Ich habe gedacht, ich könnte in der Schule etwas bewirken. Vierzig Mädchen, davon sieben aus armen Familien. Was ist das schon?«

Sie schien resigniert. Aber Christian machte sich keine Sorgen um sie. Viktoria war niemand, der so schnell aufgab. Wie er sie kannte, würden die Probleme, auf die sie traf, sie nur noch anspornen.

Tatsächlich schüttelte Viktoria in diesem Moment den Kopf, als wollte sie den kleinen Anfall von Schwermut, der sie befallen hatte, verscheuchen. Sie sah Christian ernst an. »Ich bin dir noch eine Erklärung schuldig«, sagte sie und holte einen Zettel aus ihrer Gürteltasche. »Ich habe die Schwester im Seehospiz gefragt, ob es jemanden gibt, dem Rieke vertraut. Sie hat mir diese Adresse aufgeschrieben, aber sie wollte mir nicht verraten, um wen es sich dabei handelt. Sie sagte, die Oberschwester habe versprochen, niemandem etwas zu sagen.«

Viktoria hatte lange gebraucht, um ihm zu erzählen, was sie hergeführt hatte. Und Christian konnte spüren, dass es ihr noch immer schwerfiel, ihn ins Vertrauen zu ziehen. Es tat weh. Und doch hatte sie sich letztlich entschieden, es ihm zu sagen. Er winkte nach dem Kellner. »Dann ist es höchste Zeit, dass wir dort nachfragen.«

27

Weiße Wäsche

Die Kate lag am Rand des Ortes. Es war eines der typischen friesischen Backsteinhäuser mit roten Ziegeln und einem spitzen Giebel über der Tür. Eine Frau stand auf der angrenzenden Wiese und breitete weiße Bettlaken auf dem Boden zum Trocknen aus. Offenbar war heute Waschtag. Viktoria wusste, wie viel Arbeit an so einem Tag auf die Frauen wartete. Ein ungünstiger Moment, um zu stören.

Die Frau hatte sich aufgerichtet und sah zu ihnen her, als sie vor dem kleinen Weg zur Eingangstür stehen blieben. Mit dem Arm wischte sie sich den Schweiß von der Stirn. »Suchen Sie etwas?«, rief sie.

»Wohnt hier Georg Bakker?«, rief Christian.

In diesem Moment trat ein Mann aus einem Schuppen, der den kleinen Hof auf der anderen Seite begrenzte. Er trug eine schwere Lederschürze, rieb sich die Hände an einem Tuch ab. »Was gibt's?«, sagte er.

»Wir kommen wegen Rieke Hansen«, antwortete Viktoria.

Die Frau nahm ihren leeren Waschkorb auf und kam mit eiligen Schritten herüber, setzte den Waschkorb auf eine kleine Bank am Eingang des Hauses und ging dann zu ihrem Mann. Der legte sanft den Arm um sie. »Haben Sie

Rieke gefunden?« Seine Augenbrauen hatten sich sorgenvoll zusammengezogen.

Rieke war also nicht hier. Viktoria versuchte, sich die Enttäuschung nicht anmerken zu lassen. »Wir hatten gehofft, Sie können uns sagen, wo sie ist«, fragte sie.

Christian trat näher. »Wir würden gerne mit Ihnen über Rieke sprechen. Mein Name ist Christian Hinrichs, ich komme von der Polizei auf Norderney.«

»Da habe ich Sie aber noch nie gesehen«, sagte Georg Bakker misstrauisch.

»Ich bin gerade erst von Badekommissar Treptow verpflichtet worden«, erklärte Christian.

Der Mann sah Christian weiter abwartend an. Es war seine Frau, die sich schließlich von ihm löste und zur Eingangstür ging und sie öffnete. »Kommen Sie rein.«

Sie betraten die kleine Stube. Die Decke war niedrig. Kein Vergleich mit den hohen Decken der Stadtvilla, in der Viktoria in Hamburg mit ihrem Vater lebte. Die Fenster der Kate ließen nur wenig Licht herein. Aber alles war adrett eingerichtet und aufgeräumt. Sie nahmen auf einer Bank an einem Tisch Platz, auf dem eine Vase mit frischen Wiesenblumen stand. Die Frau schob einen wannengroßen Topf auf dem Herd beiseite. »Sie müssen entschuldigen, aber ich habe heute Waschtag.« Sie legte ein Stück Holz im Ofen nach. »Ich setze etwas Wasser für Tee auf, dann redet es sich besser.«

Der Mann hatte sich auf einen der Holzstühle gesetzt und sah Christian an. »Was ist mit Rieke?«

Viktoria war überrascht, wie besorgt er klang. Äußerlich wirkte der Mann wenig feinfühlig, mit seinen groben Händen und dem wettergegerbten Gesicht. Aber jetzt sah Viktoria den feuchten Glanz in seinen Augen.

»Mein Name ist Viktoria Berg. Ich bin Lehrerin in Hamburg. Meine Schülerin Elli liegt im Seehospiz auf Norderney«, erklärte Viktoria. »Sie und Rieke sind befreundet.«

Die Frau setzte sich zu ihnen. »Das arme Kind. Sie hat die Schwindsucht, nicht wahr?«

Viktoria nickte. »Sie hat mich gebeten, nach Rieke zu suchen. Deswegen bin ich hier. Woher kennen Sie das Mädchen?«

Die Frau lächelte unsicher. »Rieke wird zu uns ziehen, wir nehmen sie an Kindes statt an. Eigentlich wollten wir einen Jungen aus dem Waisenhaus zu uns nehmen. Einen, der Georg bei der Arbeit helfen kann. Aber nun kommt es eben anders.«

Ihr Mann legte seine Hand auf ihre. »Es ist die richtige Entscheidung, Meta. Du brauchst Hilfe im Haus. Und du hast dir doch immer ein Mädchen gewünscht.«

»Rieke geht nicht zurück zu ihren Eltern?«, fragte Viktoria.

Georg Bakker und seine Frau sahen sich kurz an. Dann stand Meta auf und nahm den brodelnden Kessel vom Feuerring, brühte Tee in einer Kanne auf.

»Was wissen Sie über Riekes Familie?«, fragte Georg Bakker zögernd.

»Wir haben gehört, dass ihr Vater sie misshandelt und

sie zum Betteln auf die Straße geschickt haben soll«, sagte Viktoria.

Die Frau kam mit der Kanne zurück, stellte vier Porzellantassen mit Rosenmuster auf den Tisch, außerdem Kandis und Sahne dazu. »Ich kann Ihnen leider sonst nichts anbieten.«

»Das macht nichts«, sagte Viktoria. »Vielen Dank für den Tee.«

Die Frau setzte sich. »Rieke hat es schwer gehabt in ihrem Leben. Als wir sie das erste Mal gesehen haben, war sie halb verhungert, und überall hatte sie blaue Flecken und Narben am Körper. Wir wussten sofort, dass wir sie zu uns nehmen werden.« Ihr Mann griff ihre Hand und drückte sie. Beide lächelten sich an. »Wir können keine Kinder bekommen«, fuhr die Frau fort. »Rieke soll bei uns leben, sobald sie wieder gesund ist. Trotz der schlimmen Erfahrungen ist sie ein aufgewecktes Kind. Sie hat sich im Seehospiz prächtig entwickelt, und wir haben gehört, wie rührend sie sich um Elli kümmert. Sie ist ein gutes Kind, und sie wird sich rasch bei uns einleben.«

»Ich bin froh, dass sie nicht zu ihrer Familie zurückmuss«, sagte Viktoria. Sie wusste, wie schwer es war, Kinder aus ihren Familien zu holen, selbst wenn sie schwer misshandelt wurden. Der Staat hatte nur in seltenen Fällen das Recht, die Kinder in Obhut zu nehmen. Vielleicht müsste Riekes Vater für einige Monate ins Gefängnis. Aber danach würde alles wieder von vorne losgehen. »Wie haben Sie das geschafft?«

»Rittmeister von Papitz hat sich darum gekümmert. Ich

glaube, er hat dem Mann eine Abfindung bezahlt. Obwohl der es nicht verdient hat, nach dem, wie er das Kind behandelt hat«, erklärte Meta.

»Es ging nicht anders«, warf Georg Bakker ein. »Herr von Papitz wollte kein Aufsehen. Aber es wäre besser gewesen, wenn er schon beim ersten Mal genauer hingesehen hätte. Dann wäre das gar nicht erst passiert.«

»Beim ersten Mal?«, fragte Christian.

Die Frau hatte mit beiden Händen die Tasse umfasst, sah mit ausdrucksloser Miene vor sich hin. Ihrem Mann stand der Ärger jedoch ins Gesicht geschrieben. »Na, als er die erste Pflegefamilie ausgesucht hat.« Er warf einen Blick zu seiner Frau. »Ich weiß, du willst das nicht hören, und wahrscheinlich sagt man das nicht über eine so vornehme Person. Aber es war doch klar, dass ihn das schlechte Gewissen getrieben hat. Erst ein uneheliches Kind zeugen und dann nicht dazu stehen. Er hat gedacht, er kann sich freikaufen. Überhaupt nicht gekümmert hat ihn das Kind am Anfang. Es musste erst kommen, wie es gekommen ist. Der Pflegevater hat Rieke fast zum Krüppel geschlagen und sie zum Betteln geschickt. Abends hat er in der Nachbarschaft damit geprahlt, dass Rieke noch nie so viel Geld gemacht hätte, endlich wäre sie ihre Kosten wert. Die Nachbarin der Pflegefamilie hat daraufhin den Rittmeister benachrichtigt. Der hat Rieke geholt, und das war auch höchste Zeit.« Georg Bakker schüttelte den Kopf. »Diese reichen Herrschaften! Glauben, mit Geld können sie alles regeln! Er hätte von Anfang an für das Kind da sein und sich seiner Verantwortung stellen müssen.«

»Immerhin hat er sich jetzt um Rieke gekümmert«, sagte seine Frau.

Georg nickte, wieder etwas versöhnlicher, auch wenn ihm der Ärger noch anzusehen war. »Das ist wahr, er hat sie von einem Arzt versorgen lassen und sie zur Pflege ins Seehospiz gebracht. Er scheint seine Lektion gelernt zu haben. Seit er hier ist, hat er sich mehrfach nach ihrem Befinden erkundigt und sie besucht. Heimlich natürlich. Oberschwester Josepha hat peinlich darauf geachtet, dass es geheim bleibt. Ich denke, er wird ihr für das Stillschweigen eine großzügige Spende für das Hospiz gegeben haben.«

»Georg!«

»Was denn, Meta? Ist doch so. Josepha hat das nicht umsonst gemacht, das kannst du mir glauben.« Er sah zu seinen Gästen. »Sie ist die Großtante meiner Frau, müssen Sie wissen.«

Meta schüttelte den Kopf. »Aber es ist doch nur, damit sie das Krankenhaus weiterbetreiben kann. Du weißt, wie knapp sie immer bei Kasse sind. Es ist zum Wohl der Kinder. Sie will nur das Beste für sie.«

Der Mann zuckte mit den Schultern. »Ich sag ja nichts. Aber der Rittmeister – wie der hier herumgelaufen ist! Die Nase so hoch! Hat sich das Haus angesehen, ob es für die Kleine auch gut genug ist.« Er sah Christian an, dann Viktoria. »Ich bin ein einfacher Korbmacher, ich bin nicht reich, aber mein eigen Fleisch und Blut würde ich niemals zu einer fremden Familie geben, ob unehelich oder nicht.«

Seine Frau sagte nichts dazu, aber es war ihr anzusehen, dass sie ihm beipflichtete.

Georg Bakker trank seinen Tee aus. »Die Heimlichtuerei hat ohnehin nichts gebracht. Als er hier war, ist ihm eine Dame gefolgt.«

»Was für eine Dame?«, fragte Christian.

»Stand draußen auf der Straße und hat auf ihn gewartet. Sie hat so getan, als ob sie Wiesenblumen pflückt, aber ich hab sie vorher schon durch das Fenster gesehen. Als er rausging, hat sie sich hinter dem Leiterwagen versteckt, der an der Seite stand, und danach ist sie ihm gefolgt.«

»Wie sah sie aus?«

»Nicht mehr jung. Vornehm gekleidet – etwas überkandidelt, mit farbigem Sonnenschirm und einem Hut mit bannig großen Federn.«

»War sie dünn oder eher dick?«

Der Mann schüttelte den Kopf. »Stand gut im Fleisch, und an den richtigen Stellen, wenn Sie verstehen, was ich meine. Vielleicht irre ich mich auch, und die Dame hatte nichts damit zu tun. Der Tag war für uns alle ziemlich aufregend.« Wieder wechselte er einen Blick mit seiner Frau. Jetzt lag ein Schmunzeln auf seinen Lippen. »Meta hat tagelang geschrubbt und sauber gemacht.«

»Es sollte doch gut aussehen. So ein Rittmeister ist sicher ganz anderes gewohnt.«

»Wir brauchen uns für nichts zu schämen. Wir werden gut für Rieke sorgen.« Er blickte zu Christian. »Sie haben sie also noch nicht gefunden?«

Christian schüttelte den Kopf. »Wir suchen sie. Wie haben Sie erfahren, dass sie verschwunden ist?«

Meta schenkte ihm noch Tee ein. »Meine Tante ... also

Oberschwester Josepha, sie hat uns eine Nachricht geschickt und gesagt, wenn Rieke hier auftaucht, sollen wir ihr sofort Bescheid geben. Ich verstehe nicht, warum das Mädchen weggelaufen ist. Sie wird es doch gut haben bei uns.« Tränen stiegen in die Augen der Frau.

»Hat Ihnen Oberschwester Josepha nicht erzählt, dass der Rittmeister tot aufgefunden wurde?«, fragte Viktoria vorsichtig.

Meta Bakker sah sie erstaunt an. »Er ist das? Wir haben in der Zeitung von einem Toten auf Norderney gelesen. Aber Josepha hat nichts davon erwähnt.«

»Er ist einen Tag nach seinem Besuch hier ermordet worden«, sagte Christian.

Georg schüttelte den Kopf. »Dann will ich nichts über den Mann gesagt haben. Das hat er sicher nicht verdient.«

»Wir fürchten, dass Rieke die Tat beobachtet haben könnte«, fuhr Christian fort, »und sich nun vor dem Mörder versteckt.«

Georg Bakker atmete scharf ein. »Aber warum sucht sie sich keine Hilfe? Sie muss doch nur zur Polizei laufen.«

Doch seine Frau schüttelte energisch den Kopf. »Zur Polizei geht sie bestimmt nicht. Josepha hat mir erzählt, was der Pflegevater Rieke eingebläut hat. Er hat ihr gesagt, dass sie sich von den Gendarmen fernhalten soll. Das arme Kind! Aber sie könnte doch zurück zum Seehospiz laufen. Da ist sie sicher.«

»Es sei denn, der Mörder wartet dort auf sie«, wandte Viktoria ein. »Elli hat mir erzählt, dass Rieke an dem Abend vor ihrem Verschwinden verspätet von ihrem Ausflug mit dem Rittmeister zurückkam. Rieke habe kaum etwas gesagt und sei sofort eingeschlafen. Das Kind muss den Mord gesehen und unter Schock gestanden haben. Am nächsten Morgen war Rieke verschwunden. Ich fürchte, dass der Mörder noch in der Nacht im Hospiz nach ihr gesucht hat. Ich hoffe, er hat sie nicht gefunden.«

Georg Bakker räusperte sich. Es war ihm anzusehen, wie sehr die Nachricht ihn erschütterte. »Rieke wird das schaffen. Sie ist ein schlaues Mädchen und hat schon ganz andere Dinge überstanden. Vielleicht ist es ein Glück, dass sie weiß, wie man sich durchschlägt. Sie wird sich so schnell von niemandem fangen lassen.«

Viktoria hoffte, dass er recht hatte. Denn wenn der Mörder sie in die Finger bekam, dann würde er sie töten.

28
Kruudstuutjes mit Butter

Auf dem Weg zurück zum Ort schwiegen beide bedrückt. Viktoria hatte sich bei Christian eingehakt und hing ihren Gedanken nach. Als die ersten Geschäfte auftauchten, löste sich Christian von ihr. Er holte die Fotografie des Rittmeisters aus seiner Ledertasche.

»Ich muss dann jetzt mal«, sagte er, ohne Viktoria anzusehen. »Ich soll in den Hotels und Restaurants nachfragen, ob der Rittmeister sich mit jemandem getroffen hat. Vielleicht war er nicht nur bei den Bakkers.«

Eigentlich hatte er Viktoria damit zu verstehen geben wollen, dass es Zeit war, sich zu verabschieden. Doch sie nickte, schien die trüben Gedanken beiseitezuschieben. »Gut, wo fangen wir an?«

Für einen Moment war er verdutzt. Er wollte sie erneut darauf hinweisen, dass sie sich nicht in die Polizeiarbeit einmischen dürfe. Andererseits – sie hatte ihn ins Vertrauen gezogen und ihm gesagt, was sie wusste. Sie hatte ihn einen wichtigen Schritt weitergebracht. War es da nicht nur gerechtfertigt, sie auch jetzt hinzuzuziehen?

»Na schön«, sagte Christian. »Wie wäre es mit der Strandstraße? Dort ist am meisten los. Wenn er hier war, könnte es gut sein, dass er in eines der Geschäfte gegangen ist.«

»Ich würde sagen, wir beginnen in dem Café da vorne. Ein Herr seines Alters wird am Nachmittag sicherlich nicht auf seinen Kaffee und Kuchen verzichten.«

Er lachte. »Du meinst wohl, dir ist nach Torte. Also gut, dann beginnen wir dort.«

In der Konditorei *Schmidt* bestellte Viktoria nach einem Blick in die Speisekarte für sie beide Kruudstuutjes, süße Milchbrötchen mit Anis und Butter, dazu schwarzen Tee. Der Kandis knackte, als Viktoria ihn mit dem heißen Tee übergoss. »Glaubst du, der Tod des Rittmeisters hat etwas damit zu tun, dass Rieke seine uneheliche Tochter ist?«

»Möglich ist es«, sagte Christian. »Vielleicht hat jemand herausgefunden, dass sie seine Tochter ist, und wollte ihn erpressen. Vielleicht kam es zum Streit, der zu dem Mord führte. Ich frage mich auch, ob seine Ehefrau etwas von dem Kind wusste. Sie hat jedenfalls sehr gereizt reagiert, als ich sie nach der Fahrkarte nach Borkum gefragt habe. Allerdings kann sie nicht die Dame gewesen sein, die den Rittmeister beobachtet hat, denn Frau von Papitz ist ausgesprochen mager.« Er gab Sahne in seinen Tee, sah zu, wie sich eine helle Wolke bildete. Angeblich sollte man aus der Form der Wolke die Zukunft voraussagen können. Wenn es so war, dann war seine Zukunft ausgesprochen nebulös.

Er sah zu Viktoria, die gerade ein Stück von dem Milchbrötchen abbrach, es dick mit Butter bestrich und sich genüsslich in den Mund steckte. Es fühlte sich gut an, mit ihr hier zu sitzen.

»Wer könnte die Frau sonst gewesen sein?«, fragte sie

nachdenklich, als sie heruntergeschluckt hatte. »Seine Tochter?«

»Die Tochter ist auch nicht gerade füllig. Und ich kann mir auch nicht vorstellen, dass sie heimlich ihrem Vater folgt«, antwortete Christian, und Viktoria nickte zustimmend. Sie schob die letzten Krümel auf ihrem Teller zusammen und sah sich dann nach der Bedienung um.

»Wollen wir?«

Christian bezahlte, und sie gingen hinaus. Er holte die Fotografie von dem Rittermeister aus seiner Tasche, und dann gingen sie von Geschäft zu Geschäft und befragten Geschäftsinhaber und Bedienstete. Doch überall wurden sie abschlägig beschieden. Niemand hatte den Mann gesehen. Am Ende der Strandstraße folgten sie beim neuen Leuchtturm der Cecilienstraße, bogen in die Prinz-Heinrich-Straße ab zur Promenade. Über die Bismarkstraße kehrten sie anschließend zurück und wandten sich Richtung Bahnhof.

Als sie auch dort nichts erreichten, schlenderten sie einfach weiter durch die Straßen und verfielen unversehens auf andere Themen. Viktoria erzählte von der Schule und Christian von seiner Arbeit bei der *Frau von Welt*. Er gab eine Anekdote nach der anderen zum Besten und fühlte sich so unbeschwert wie schon lange nicht mehr. Im Kolonial-Delikatessengeschäft Teerling erstand Viktoria Sanddorntee für ihren Vater. Ein paar Schritte weiter suchten sie gemeinsam das obligatorisch hässliche Mitbringsel für Christians Freund Gustav aus. Schon seit Jahren schenkte er sich mit seinem Freund Gustav möglichst fürchterliche

Andenken. Er fand einen Porzellanfisch mit riesigem geöffnetem Maul und goldener *Borkum*-Aufschrift. Damit schlug er Gustavs Senftöpfchen aus Düsseldorf um Längen.

Es war inzwischen fast vier Uhr, wie Christian mit einem Blick auf seine Uhr feststellte. Um fünf ging ihr Schiff. Christian wollte noch einen letzten Versuch wagen. Auch wenn ihm nicht der Sinn danach stand, so wäre es doch sträflich, nicht in den vornehmen Häusern am Strand nachzufragen.

Sie versuchten es als Erstes im Hotel *Hohenzollern* an der Kaiserstraße. Oben am Gebäude prangte ein schwungvolles Schild, auf dem ein Adler thronte. Der junge Page am Eingang verbeugte sich leicht und öffnete ihnen die mit Schnitzereien verzierte Eingangstür. Drinnen herrschte ein reges Treiben. Gäste kamen und gingen. Überall liefen Pagen umher und Zimmermädchen. Zur Linken sahen sie den Concierge hinter seinem Empfangstresen. Christian zeigte ihm die Fotografie. Doch wie erwartet schüttelte der Mann den Kopf. Der Rittmeister war nicht hier gewesen. Auch in dem nebenan liegenden Hotel *Victoria* hatten sie kein Glück. Als Christian den Blick Richtung Süden wandte, konnte er bereits die Kleinbahn sehen, die sich dem Ort näherte. In einer halben Stunde würden sie zurück zum Fähranleger fahren müssen.

»Versuchen wir es noch im Köhler'schen Strandhotel«, sagte Viktoria.

Es war das erste Haus am Platz, und das sah man. Die Wände waren mit ornamentalen Stofftapeten überzogen, wuchtige Volantgardinen säumten die Fenster. Neben dem

Eingang waren schwere Ledersessel um einen runden Tisch mit Spitzendecke gruppiert, daneben Blumenampeln mit kleinen Palmen. Die Schritte der Menschen hallten auf den blank polierten Mosaikfliesen wider. Als sie an die Rezeption traten, sah der Concierge ihnen entgegen. »Wie kann ich Ihnen helfen?«

Christian zeigte ihm die Fotografie. »Haben Sie diesen Mann schon einmal gesehen? Rittmeister von Papitz aus Hannover.«

Der Concierge warf einen prüfenden Blick auf das Bild und gab es anschließend zurück. »Ich bedaure, aber ich kann Ihnen zu den Besuchern unserer Gäste keine Auskunft geben.«

»Er hat einen Gast des Hotels getroffen? Wen?«, fragte Christian.

Der Concierge schüttelte den Kopf. »Sie werden verstehen, dass ich Ihnen auch diese Auskunft nicht geben kann. Unsere Gäste legen Wert auf Diskretion.«

Christian zog seine Ledertasche nach vorn, holte das Schreiben hervor, das er tags zuvor im Büro des Badekommissars ausgehändigt bekommen hatte. »Ich bin im Auftrag von Badekommissar von Treptow von Norderney hier. Rittmeister von Papitz wurde ermordet. Er war vor drei Tagen, am Donnerstag, hier auf der Insel, und wir müssen wissen, wo er sich aufgehalten und mit wem er sich getroffen hat.«

Der Concierge besah sich das Schreiben mit demselben ausdruckslosen Gesicht, mit dem er eben die Fotografie betrachtet hatte. »Hilfsbeamter?« Er sah auf. »Ich werde

Ihr Anliegen an die Direktion weiterleiten. Kommen Sie bitte in zwei Stunden wieder. Dann kann ich Ihnen sagen, wie in dieser Sache entschieden wurde.«

Zwei Stunden warten! Dann war das Schiff weg, und vermutlich würde er ohnehin nur noch einmal offiziell bestätigt bekommen, dass man einem Hilfsbeamten keine Rechenschaft schuldig war. Christian hätte den Kerl am liebsten am Kragen gepackt und geschüttelt. »Ich will lediglich eine einfache Auskunft«, sagte er, so ruhig er konnte.

Der Mann zuckte bedauernd mit den Schultern. »Die ich Ihnen in diesem Fall leider nicht geben kann. Schon gar nicht ohne Rücksprache mit der Direktion. Ich weiß ja nicht einmal, ob dieses Schreiben echt ist.«

Christian blieb die Luft weg bei so viel Aufgeblasenheit. Viktoria beugte sich vor. »Sie könnten mit dem Schreibbüro des Badekommissars auf Norderney telefonieren. Dort wird man Ihnen bestätigen, dass Herr Hinrichs geschickt wurde.«

Christian nahm seine Taschenuhr heraus. Viertel nach vier. Der Badekommissar war sicherlich in seinem Büro zu erreichen.

Der Concierge warf Viktoria einen fragenden Blick zu. »Und Sie gehören auch zu dieser Hilfspolizei? Es ist mir neu, dass nun schon Damen ermitteln.« Er gab Christian das Schreiben zurück. »Es ist sicher das Beste, wenn der Herr Badekommissar das Anliegen direkt mit der Direktion klärt.« Damit deutete er zur Eingangstür.

Christian ballte die Fäuste. Der Rittmeister war hier gewesen und hatte sich mit einem Gast des Hauses getroffen.

Doch solange der Concierge nicht bereit war zu sagen, um wen es sich handelte, war nichts zu machen.

Sie gingen wieder hinaus. Ein junger Page hielt ihnen die Tür auf. Christian war schon auf dem Bürgersteig, doch Viktoria blieb stehen, um dem Jungen, der die Tür hinter ihnen wieder geschlossen hatte, eine Münze zuzustecken. Der bedankte sich.

»Arbeitest du jeden Tag hier?«, fragte Viktoria.

Der Junge mochte zwölf Jahre alt sein, er hatte hellblondes Haar, und seine Haut war von Sommersprossen übersät.

»Seit Anfang des Sommers, gnädige Frau.«

»Wenn du den ganzen Tag hier draußen stehst, da hast du doch bestimmt immer die Gäste im Blick, oder?«

»Das muss ich. Der Concierge sagt, ein Page wird nicht fürs Herumstehen bezahlt, sondern um die Gäste zu bedienen.« Er streckte stolz die Brust heraus wie ein kleiner Soldat.

»Ist dir in der letzten Zeit dieser Mann hier aufgefallen?« Sie nickte Christian zu. Der holte die Fotografie aus seiner Tasche, hielt sie dem Pagen hin.

Der Junge betrachtete die Aufnahme. »Der Herr war schon einmal hier und hat sich mit einem Gast des Hotels getroffen.«

»Du bist wirklich sehr aufmerksam. Kannst du dich auch noch an den Namen des Gastes erinnern?«

»Selbstverständlich. Zadek, gnädige Frau. Herr Zadek. Aber er ist bereits letzten Donnerstag abgereist.«

Viktoria gab dem Jungen eine weitere Münze. »Dann

danken wir dir für deine Auskunft. Du bist ein aufgeweckter Page, mit einem guten Blick für die Gäste.«

Die Hand des Jungen schloss sich um die Münze, und er strahlte. »Vielen Dank, gnädige Frau.«

Die Rückfahrt war nicht annähernd so schlimm, wie Christian befürchtet hatte. Der Seegang war erträglich, und mit Viktoria an seiner Seite und ohne Kopfschmerzen konnte er den Törn fast ein wenig genießen.

»Hast du eine Ahnung, wer dieser Herr Zadek sein könnte, mit dem sich der Herr Rittmeister getroffen hat?«, fragte Viktoria. Sie saßen auf der windabgewandten Seite auf einer Bank an der Kajüte und sahen hinaus auf die von der Sonne erleuchtete See.

»Mir ist der Name irgendwo schon einmal begegnet«, sagte Christian. Seitdem er den Namen gehört hatte, zerbrach er sich den Kopf. Aber er kam nicht darauf. Es war nicht in Zusammenhang mit der Familie von Papitz gewesen. Oder etwa doch? Dammich. Er konnte sich nicht erinnern. Der Wind frischte auf, und Viktoria zog ihre Stola fester um sich. Ihr Blick war sorgenvoll.

»Woran denkst du?«, fragte Christian.

»Rieke ist irgendwo ganz allein auf der Insel. Eine weitere Nacht steht ihr bevor, und sie weiß nicht, wohin sie gehen kann.« Sie nahm unvermittelt seine Hand. »Christian, wir müssen das Mädchen finden.«

29

Rasselnde Ketten

Rieke saß an der Düne, schaute zur untergehenden Sonne. Das Meer leuchtete. Der Himmel war noch immer blau, aber schon bald würde es ganz dunkel werden. Sie knibbelte an der Kruste am Knie, die sich gebildet hatte, nachdem sie auf der Flucht vor dem Ungeheuer gestürzt war.

Die letzte Nacht hatte sie weit hinten in den Dünen verbracht. Aber dorthin würde sie nicht wieder gehen. Da war es besonders duster, und alles war ganz feucht gewesen. Sie hatte schrecklich gefroren.

Rieke nahm das Brot, das sie gefunden hatte. Es war trocken und hart, aber sie hatte Hunger. Sie biss ab, kaute lange. Nahm noch einen Bissen, kleiner diesmal. Das ging besser. Noch einen. Und auf einmal war alles aufgegessen.

Die Sonne berührte nun fast den Horizont. Am Nordstrand würden jetzt die Gäste stehen, aufs Meer schauen. Der Vater würde sagen, es sei eine gute Gelegenheit, um die Hände wandern zu lassen und unbemerkt das eine oder andere Portemonnaie zu stibitzen. Aber der Vater war nicht hier, und sie hatte sich geschworen, nie wieder zu stehlen.

Rieke erhob sich und ging höher hinauf auf die Dünen. Der Sand zwischen ihren Zehen war warm von der Sonne, doch die Luft war schon kühl. Sie blieb stehen, lauschte. Manchmal waren abends Jäger unterwegs, sie musste vorsichtig sein. Aber sie hörte nur die Brandung. Weit entfernt muhte eine Kuh. Sie ging auf der anderen Seite der Dünen hinunter, betrat den roten Backsteinweg und folgte ihm. Am Wegesrand standen Heckenrosen, aber die Hagebutten waren noch zu klein, um sie essen zu können. Weiter hinten, umgeben von großen Wiesen, stand ein Bauernhof, ein lang gestreckter Bau mit einem großen Dielentor. Auf dem Hof roch es nach Kühen und frisch geschnittenem Gras. Vielleicht konnte sie die Nacht im Heu verbringen. Wenn sie Glück hatte, gab es sogar etwas zu essen. Auf einem Bauernhof fand sich immer etwas. Äpfel, Rüben. Meist waren es nur Runkelrüben, aber das war besser als nichts.

Vorsichtig näherte sie sich dem Hof. Inzwischen war es fast ganz dunkel. Sie ging zum Dielentor, drückte dagegen. Es war verschlossen. Oft wurde innen nur ein kleiner Riegel umgelegt. Wenn sie ein Messer hätte, könnte sie versuchen, ihn hochzuheben. Aber sie hatte keins, und ein Stock, der dünn genug war, würde brechen. Aber vielleicht gab es einen anderen Weg hinein. Manchmal wurde ein Fenster für die Katze offen gelassen.

Rieke ging um das Haus herum, trat auf einen Ast. Und im selben Moment hörte sie es. Das bedrohliche tiefe Knurren eines Hundes. Es kam aus dem Dunkel eines Baums direkt vor ihr. Rieke erstarrte. Das Knurren wurde lauter. Dann schoss der Hund vor, eine Kette rasselte, Rieke drehte sich um, lief los. Wild bellte der Hund hinter ihr her, zerrte an seiner Kette. Sie rannte, so schnell sie konnte.

Als sie den Backsteinweg erreicht hatte, blieb sie stehen, versuchte, zu Atem zu kommen. Der Hund war ihr nicht nachgekommen, er war angekettet.

Als das Herzklopfen nachgelassen hatte, folgte sie dem Weg, der sie wieder zurück zum Ort führte. Je mehr Häuser auftauchten, desto mehr Sommergäste kamen ihr entgegen. Sie wich aus, nahm einen anderen Weg. An einer großen Weide blieb sie stehen. Wenn sie den Weg immer weiter ging, das wusste sie, würde sie am Ende zu den Pferdeställen gelangen. Sie überlegte, ob sie dort versuchen sollte, einen Schlafplatz zu finden, aber sie traute sich nicht. Eine Weile noch rang sie mit sich, doch dann drehte sie sich um und ging eilig zurück. Immer schneller. Irgendwohin. Nur weg.

Plötzlich war sie mitten im Ort. Elektrisches Licht erhellte den Bürgersteig. Als sie an einem Restaurant vorbeikam, roch sie gebratene Zwiebeln. Durch die großen Fenster konnte Rieke einen Kellner sehen, der Teller mit Essensresten forträumte. Ihr Magen zog sich schmerzhaft zusammen. Wann hatte sie zuletzt etwas Richtiges gegessen? Nicht nur ein paar rohe Erbsen oder Kohlrabi, gestohlen aus fremden Gärten. Sie blieb stehen, schaute in den Saal des Restaurants, in dem nur noch ein Herr saß und nach dem Kellner winkte. Vor sich die Reste seines Abendessens. Es sah aus wie Braten mit Kartoffeln. Das

Wasser lief ihr im Mund zusammen. Vielleicht könnte sie hier ein paar Köstlichkeiten ergattern?

Sie ging um das Gebäude herum. Eine Tür stand offen. Sie führte in die Spülküche. Teller wurden auf einem Tresen abgestellt. Rieke sah Kartoffeln mit Speck und Bohnen. Eine Bratenscheibe und fettige Soße. Ohne nachzudenken, war sie die zwei, drei Stufen hochgegangen, die in die Küche führten. Ein Kellner sah sie im Türrahmen stehen und kam auf sie zu. »Was lungerst du da rum, Kind? Raus mit dir! Hier wird nicht gebettelt.« Er stieß sie grob ins Freie.

Für einen Moment stand Rieke einfach nur da. Ihr Magen schmerzte. Sie wischte sich über die Augen. Sie wollte nicht weinen. Aber es war so schwer. Sie setzte sich auf die Stufen der Treppe, legte ihren Kopf zwischen die Beine und schlang ihre Arme darum. Wenn sie doch nicht so allein wäre. Jetzt konnte sie das Schluchzen nicht mehr unterdrücken.

Sie hatte noch nicht lange so dagesessen, als sich die Tür hinter ihr erneut öffnete. Ein anderer Kellner schaute heraus. Als er sie sah, bückte er sich und reichte ihr eine dicke Scheibe Butterbrot mit Käse. »Hier hast du was. Und nun lauf nach Hause, man wird sich schon Sorgen um dich machen.«

Rieke hatte nur Augen für das Brot. Sie starrte darauf.

»Nu geh!«

Sie lief um die Ecke, in eine kleine Seitenstraße. Hier war es ruhig. Sie nahm einen großen Bissen von dem Brot. Es war weich, mit einer knusprigen Kante. Die Butter war salzig und köstlich, der Käse herb.

Als sie hörte, wie Schritte in die Straße einbogen, verbarg Rieke sich schnell hinter dem Abfallkübel, der hier stand. Sie wollte nicht gestört werden. Wieder biss sie ab. Sie war so beschäftigt, dass sie fast nicht aufgeblickt hätte. Doch dann sah sie es – das Ungeheuer. Es war auf der anderen Straßenseite. Es wandte den Kopf. Es suchte sie. Das Brot fiel Rieke aus der Hand, sie drückte sich an die Hausmauer, wagte nicht zu atmen. Hatte das Ungeheuer sie gesehen?

30
Zedernholz

Christian hatte unruhig geschlafen in der Nacht. Er hatte von einer stürmischen Seefahrt geträumt. Viktoria war auch vorgekommen in dem Traum. Er erinnerte sich, dass er mit ihr an der Reling gestanden hatte, Wellen waren über sie hereingebrochen, der Wind peitschte ihre Gesichter, und sie hatte ihn voller Abenteuerlust angesehen. Doch leider war Christian dann durch das unmelodiöse Pfeifen seines Zimmernachbarn geweckt worden, das durch die hellhörigen Wände schallte.

An diesem Morgen verzichtete er auf ein ausgiebiges Frühstück in seiner Pension, nahm nur eine Scheibe Brot auf die Hand mit und machte sich sofort auf den Weg zum Hotel Bellevue. Er würde erst später dem Badekommissar Bericht erstatten können, was er auf Borkum herausgefunden hatte. Doch er wusste schon, wie er die Zeit bis dahin nutzen konnte.

Im Bellevue angekommen, begab sich Christian sogleich ins Souterrain. Von seinem ersten Besuch hier unten wusste er, wie er zur Hotelküche gelangte.

Die Tür stand offen, und Christian betrat den saalartig großen, weiß gekachelten Raum, der in der Mitte von einem riesigen Herd dominiert wurde. Küchengehilfen und Serviermädchen rannten umher. Überall klapperte und klirrte es. Das Stimmengewirr war ohrenbetäubend. Christian fand Mamsell Weerts an einem einzeln stehenden Herd am Ende des Raum. Sie hatte ein weißes Tuch um die Haare geschlungen und rührte in einem dampfenden Topf.

»Ach, der Herr Kommissar«, rief sie, als sie ihn bemerkte.

Zwei Küchenhilfen, die in der Nähe Teig kneteten, sahen sich neugierig um. An dem großen Herd stand das Zimmermädchen Beke und füllte heißes Wasser von einem Kessel in einen Emaille-Eimer. Sie war sichtlich erfreut, ihn zu sehen, ihre Wangen waren gerötet, und sie strich eine Strähne hinters Ohr, die sich unter ihrer Haube gelöst hatte. »Guten Tag, Herr Kommissar.«

Christian nickte ihr zu, wandte sich dann wieder an die Mamsell. »Ich würde mich gerne in der Suite der Familie von Papitz umsehen. Was meinen Sie, könnte mir jemand aufschließen?« Er wusste, dass Auguste von Papitz heute Morgen mit dem Badekommissar verabredet war. Den Oberstleutnant hatte Christian im Herrenzimmer sitzen sehen, und Emma spielte im Salon Klavier. Die Gelegenheit war günstig.

Doch zu seiner Enttäuschung schüttelte Mamsell Weerts den Kopf. »Nee, min Jung, so geit das nich. Auch wenn du von der Polizei bist, aber da musst du schon den Hotelbesitzer Kluin fragen, ob er damit einverstanden ist.«

Christian war enttäuscht. Er hatte gehofft, dass er unkompliziert Einlass in das Zimmer finden könnte.

Beke hatte ihren Eimer gefüllt, nahm ihn hoch. Für einen Augenblick sah sie ihn an, und er hatte den Eindruck, dass sie ihm etwas sagen wollte. Doch dann nahm sie einen Feudel und ging hinaus.

Mamsell Weerts warf einige Kräuter in ihren Topf, rührte um und blickte zu Christian. »Nee, da brauchst du mich auch gar nicht aus deinen blauen Augen traurig ankucken. Frag oben nach. Das soll Kluin entscheiden.«

Dann konnte er es gleich lassen. Ohne einen offiziellen Durchsuchungsbefehl würde der Hotelbesitzer ihn sicher nicht in das Zimmer lassen. Und der Badekommissar hatte deutlich zum Ausdruck gebracht, dass bei der Familie von Papitz Samthandschuhe anzuziehen seien. Er würde einer Durchsuchung der Räume sicher nicht zustimmen.

Christian verabschiedete sich und ging in den Flur hinaus. Ein Diener hastete an ihm vorbei, und drinnen in der Küche konnte Christian die Mamsell mit einer Küchenmagd schimpfen hören.

Er überlegte, was er machen sollte. Schließlich ging er nach oben in die Beletage. Er wollte sich wenigstens einmal das Türschloss etwas genauer ansehen. Aber er machte sich nichts vor. Sein Freund Willy konnte Türen ohne Schlüssel öffnen, aber er, Christian, sicher nicht.

Ein älterer Hotelgast kam ihm entgegen, ging gemächlichen Schrittes Richtung Treppe. Christian ließ ihn vorbei, wartete, bis er verschwunden war.

Bei der Suite angekommen, beugte er sich gerade zu dem Schloss herunter, als sich die Tür öffnete. Christian schreckte zusammen. Beke stand vor ihm.

»Herr Kommissar! Also, die Herrschaften sind nicht da.« Sie lächelte ihn an, und er hatte fast den Eindruck, sie hätte auf ihn gewartet. Sie fuhr mit einem Staubwedel aus braunen Straußenfedern über den Türrahmen, dann wandte sie sich wieder zu ihm um.

»Kommen Sie heute Abend zu der Jubiläumsfeier, Herr Kommissar? Die Damen-Sportgruppe führt einen Tanz mit elektrischen Lichtern vor. So etwas haben Sie bestimmt noch nicht gesehen.«

»Möglich«, sagte Christian ausweichend. Eigentlich verspürte er keinerlei Verlangen, an den Feierlichkeiten teilzunehmen. Sicher würde es jede Menge patriotische Reden geben. Nicht gerade die Abendbeschäftigung, die Christian sich vorstellte.

Sie legte den Kopf schief, betrachtete ihn lächelnd. Dann fuhr sie mit den Straußenfedern nachlässig über die Türklinke. »Ach, da fällt mir ein, ich soll doch erst die Treppe machen, bevor ich hier putze. Wo habe ich nur meinen Kopf?« Sie wandte sich um, nahm den Eimer und Feudel auf, die im Vorraum standen. Sie ging hinaus, legte den Kopf schief, warf ihm noch einen Blick zu. »Dann also bis heute Abend, Herr Kommissar.«

Die Tür hatte sie einen Spaltbreit offen gelassen.

Kaum war Beke auf der Treppe verschwunden, ging Christian in die Suite. Eile war geboten. Nicht auszudenken, was passierte, wenn die Familie vorzeitig zurückkam.

Als Erstes versuchte er es im Schlafzimmer des Rittmeisters und seiner Frau. Das war erstaunlich vollgestellt.

Links neben der Tür ein großes rechteckiges Porzellanwaschbecken mit vier Hähnen – natürlich gab es hier fließend Warmwasser. An der rechten Seitenwand stand das hell gehaltene Ehebett, auf dem bestickte Paradekissen drapiert waren. Am Fußende des Bettes waren zwei Stühle platziert, in der Ecke des Raums ein weißer ovaler Anziehspiegel. Daneben der Frisiertisch. Dem Bett gegenüber stand ein großer Schrank. Christian öffnete ihn, mit einem Ohr immer lauschend, ob sich jemand näherte. Auf der rechten Seite hingen mehrere Uniformen, Fracks und Oberhemden, auf der linken zahlreiche Röcke und Blusen. Weitere Wäsche fand sich auf Regalböden. Christian glitt mit der Hand unter die akkurat gestapelte Wäsche, aber da fand sich nichts. Das Bett des Rittmeisters war bereits abgezogen und sah aus, als sei es nie von ihm benutzt worden. An der Seite der Ehefrau lag eine Stickarbeit.

Im Zimmer der Tochter war es weitaus unordentlicher. Ein Schal hing über einem Stuhl, Noten waren auf dem Bett verteilt, neben aufgeschlagenen Büchern. Eine Fotografie stand auf einem Beistelltisch an der Wand. Es zeigte die Tochter in einem Strandkorb. Der Stempel in der rechten unteren Ecke verriet Christian, dass es im Atelier Ciolina aufgenommen worden war, dem Fotografen in der Strandstraße. Christian sah sich die Noten an, blätterte die Bücher durch, fühlte mit der Hand unter die Matratze. Nichts.

Er ging zum Zimmer des Sohns. Hier herrschte wieder penible Ordnung. Die Kleidung hing akkurat im Schrank.

Christian ging sie durch, fühlte in den Taschen der Anzugjacken und Fracks. Er wusste nicht, wonach er suchte und ob es überhaupt etwas zu finden gab. Mit jedem Frack, dessen Tasche er umstülpte, wurde Christian missmutiger. Auch sonst entdeckte er nichts Auffallendes, bis auf eine getrocknete Rose, die der Oberstleutnant vermutlich von einer Verehrerin geschenkt bekommen hatte.

Schließlich gab er auf und ging in den Salon. Um alle Möbel, die hier standen, gründlich zu durchsuchen, bräuchte er Stunden, und so viel Zeit hatte er nicht. Er hatte gehofft, in den Zimmern der Familie mehr über die Personen zu erfahren. Und was hatte er herausgefunden? Frau von Papitz stickte, Rudolph bekam getrocknete Rosen geschenkt, und Emma von Papitz sang, konnte aber keine Ordnung halten. Was sollte er mit diesem Wissen anfangen?

Er trat zu dem Sekretär an der Wand. Hier war er schon einmal fündig geworden. Doch zu seiner Enttäuschung war er abgeschlossen. Christian sah sich um. Der Schlüssel war sicher irgendwo in der Nähe versteckt. Er schaute unter die große Bodenvase, doch dort war nichts. Christian überlegte. Wo würde er selbst den Schlüssel verstecken?

Sein Blick fiel auf einen kleinen Humidor aus Zedernholz, der auf einem Vertiko beim Klavier stand. Christian öffnete ihn, schob kubanische Zigarren vorsichtig hin und her – und tatsächlich. Da lag ein bronzener Schlüssel.

Das Schloss des Sekretärs öffnete sich ohne Widerstand, als Christian den Schlüssel drehte. Er klappte den Deckel herunter. Die Fahrkarte nach Borkum, die beim Tintenfass gelegen hatte, war verschwunden.

Christian ging das Möbelstück systematisch durch. In dem großen Fach lagen feines Briefpapier und passende Umschläge, beides versehen mit dem Wappen der Familie von Papitz. Daneben ein schmales Notizbuch, in das der Rittmeister wichtige Adressen notiert hatte. Christian blätterte es durch. Vielleicht fand er hier einen Hinweis auf den Mann, mit dem sich der Rittmeister auf Borkum getroffen hatte, Zadek. Aber Christian wurde enttäuscht.

In der obersten Schublade fanden sich Quittungen und Rechnungen, die der Rittmeister auf Norderney bezahlt hatte – eine Aufnahme beim Fotografen, die gezahlte Kurtaxe, eine Vorauszahlung für die Miete der Suite. Christian stieß einen leisen Pfiff aus, als er die Summe sah. Davon könnte er sein Pensionszimmer für fast ein halbes Jahr bezahlen. Eine Rechnung steckte noch in ihrem Umschlag, so als sei sie nur eilig in die Schublade gelegt worden, um sie später zu begleichen. Christian nahm sie heraus, überflog sie. Ausgestellt war sie von einem Reisedetektiv – Waldemar Zadek. Schlagartig fiel Christian ein, wo er den Namen schon einmal gesehen hatte. Zadek hatte in der *Badezeitung* inseriert, als Reisedetektiv für diskrete Ermittlungen. Womit hatte der Rittmeister ihn beauftragt? Darüber gab die Rechnung leider keine Auskunft, nur, dass der Aufwand erheblich gewesen sein musste, denn es war eine stolze Summe zusammengekommen.

Christian faltete das Blatt zusammen, steckte es in den Umschlag, den er wieder unter die anderen Rechnungen legte. Nachher könnte er von der Gendarmerie aus diesen Herrn Zadek anrufen, dann würde er mehr wissen.

Er schaute durch die restlichen Schubladen. Doch die waren leer. Christian schloss den Deckel des Sekretärs wieder und ging zurück zum Humidor, um den Schlüssel zwischen den Havannas zu platzieren. Einen Moment zögerte Christian, doch dann nahm er eine Zigarre und steckte sie in seine Brusttasche. Christians Freund Willy war Raucher, er würde sich über eine edle Zigarre bestimmt freuen. Noch dazu, wenn sie gestohlen wäre. Willy war Schlosser und hatte sein Handwerk vorrangig dazu gebraucht, um fremde Türen zu öffnen. Es war nie ein Geheimnis zwischen den beiden gewesen, im Gegenteil, am Anfang hatte Christian seinen Freund für seine Tollkühnheit sogar ein wenig bewundert. Bis die Sache in Altona passierte und der Polizist zu Tode stürzte. In der ersten Zeit danach waren Willy und Christian sich aus dem Weg gegangen. Doch in den letzten Monaten hatten sie sich wieder getroffen. Genau genommen, seitdem Viktoria Christian den Laufpass gegeben hatte. Mit Willy konnte er stundenlang reden, es wurde nie langweilig. Sie sprachen über Autos, Tanzen und natürlich über Mädchen, denen Willy nachzujagen nicht müde wurde. Für jemanden wie Herrn von Treptow wäre Willy einer dieser verkommenen jungen Männer der Großstadt, die sich ohne Skrupel nahmen, was sie brauchten, und denen man das Handwerk legen musste.

Christian schloss den Humidor und wollte sich gerade abwenden, als ihn etwas stutzig machte. Der Boden im

Innenraum war höher, als es von außen aussah. Christian öffnete den Deckel wieder, nahm sämtliche Zigarren aus dem Humidor, besah den Holzkasten genauer, fühlte an den Kanten entlang, bis er einen kleinen Widerstand spürte. Er drückte dagegen – ein Geheimfach sprang auf.

31

Leichte Muse

Viktoria schloss die Tür ihres Hotelzimmers und blieb einen Moment auf dem Flur stehen, um ihren Hut zurechtzurücken. Sie hatte Glück mit dem Wetter, auch an ihrem fünften Tag auf Norderney war es prächtig – blauer Himmel, keine Wolken weit und breit. Viktoria hatte beschlossen, die Zeit bis zum Mittagessen für einen Spaziergang zu nutzen.

Als sie die Treppe hinunter zum Empfangssaal ging, musste sie an ihren gestrigen Ausflug denken. Sie hatte den Tag mit Christian genossen. Auch wenn sie es sich nicht so recht eingestehen mochte, sie hatte sich einsam gefühlt in den letzten Monaten. Ihre Freundinnen hatten sich längst verlobt, einige waren gar verheiratet. Sie trafen sich zu Kaffeekränzchen und redeten über belanglose Dinge. Viktoria hatte immer mehr das Gefühl, nicht mehr dazuzugehören. Und an der Schule fühlte sie sich ebenfalls wie ein Fremdkörper. Die anderen Lehrerinnen hatten den Beruf vor allem ergriffen, weil sie sich ein sicheres Auskommen erhofften und um die Zeit bis zur Hochzeit zu überbrücken. Gestern Nachmittag hatte Viktoria sich das erste Mal seit Langem wieder unbeschwert gefühlt.

In der Empfangshalle blieb Viktoria erneut stehen. Aus dem Salon war Gesang zu hören. War das etwa die Kammersängerin? Neugierig geworden, ging Viktoria in den foyerartigen Flur, von dem aus man in den Salon gelangte. Vorsichtig öffnete sie die Tür. Am hinteren Ende des großen Raums stand die Tochter des Rittmeisters auf der Bühne und probte ein Lied. Ihre Stimme gefiel Viktoria – ein glockenheller Sopran, kraftvoll und doch sehr natürlich. Eine solch ausdrucksvolle Stimme hätte Viktoria dieser unauffälligen Person niemals zugetraut.

Viktoria schloss die Tür und bemerkte Frederik Conradi, den Impresario der Kammersängerin, der auf einem Sofa in der Nähe saß. Sie trat zu ihm. »Fräulein von Papitz singt sehr gut. Was sagen Sie als Kenner dazu?«

Der Impresario blickte überrascht auf. »Oh, Fräulein ...«

»Berg«, half Viktoria nach. Erst jetzt sah sie, dass Conradi einen Brief in den Händen hielt. *Ich liebe dich, nur dich ...* konnte sie entziffern.

Der Impresario faltete hastig das Papier zusammen, erhob sich und bot Viktoria mit einer galanten Geste einen Stuhl an. »Ja«, sagte er schließlich, als sie sich beide gesetzt hatten, »ich war sehr erstaunt, als ich sie das erste Mal hörte.«

»Sie hatten schon früher Gelegenheit, Fräulein Emma singen zu hören?«, fragte sie.

Der Impresario nickte. »Sie probt oft hier im Salon. Ich habe ihr geraten, eine berufliche Karriere anzustreben. Mit der Stimme sollte sie keine Schwierigkeiten haben, ein

Engagement zu finden.« Er sah zur Empfangshalle, wo in diesem Moment Fanny Oppen, die Kammersängerin, die Treppe heruntergekommen war und sich umsah. Als sie ihren Impresario entdeckte, ging sie auf ihn zu.

»Frederik, hier stecken Sie. In Begleitung von Fräulein Berg, wer hätte das gedacht?« Sie zwinkerte Viktoria freundlich zu, die sich zusammen mit Conradi erhoben hatte. Ihr Blick fiel auf den Brief, den Conradi noch immer in Händen hielt. »Frederik, wie sieht es mit dem Vertrag für die Met aus – ist der fertig? Sie wollten ihn doch heute Morgen aufsetzen.« Die Kammersängerin runzelte die Stirn. »Wir sollten Toscanini nicht warten lassen.«

»Ich kümmere mich umgehend darum.«

»Gut, dann werde ich in der Zwischenzeit draußen im Garten einen Tee trinken.« Sie strich eine Fluse von ihrem zitronengelben Kleid und reckte lauschend den Kopf, als Emma von Papitz sich mit einer Koloraturübung vernehmen ließ. »Eine beachtliche Stimme, zweifelsohne. Intonationssicher und wendig. Sie gäbe eine passable Operetten-Soubrette ab. Ich persönlich halte zwar nichts von der leichten Muse, aber wie sage ich immer – jedem das Seine! Nun denn, Frederik, ich verlasse mich auf Sie. Und lassen Sie sich nicht den ganzen Tag von den jungen Damen ablenken. Erst die Arbeit, dann das Vergnügen. Und da ich meine Arbeit bereits erledigt habe, widme ich mich dem Vergnügen.« Sie lachte, nickte ihnen zu und wandte sich ab. Beim Hoteleingang angekommen, spannte sie ihren grün leuchtenden Schirm auf und trat hinaus.

»Sie scheint ihre Sommerfrische zu genießen«, sagte

Viktoria, als sie wieder Platz genommen hatten. »Ich bin überrascht, dass sie auf der hiesigen Jubiläumsfeier singt. Ich dachte, ich müsste zur Mailänder Scala fahren, um in den Genuss ihrer Stimme zu kommen.«

»Das wäre auch normalerweise so. Wir bekommen oft Anfragen von kleineren Häusern, und Frau Oppen lehnt sie in der Regel ab. Ich hätte einen Auftritt bei den Feierlichkeiten in Berlin arrangieren können, wo der Kaiser zugegen ist. Aber sie hat auf dieser Reise nach Norderney bestanden. Tatsächlich musste ich einige bereits zugesagte Auftritte dafür absagen.«

»Vielleicht brauchte sie einfach einmal etwas Ruhe.«

Der Impresario lachte auf. »Sie unterschätzen Frau Oppen. Sie lebt für die Bühne. Ich arbeite seit fast zehn Jahren für sie, und in dieser Zeit hat sie nicht ein einziges Mal einen Auftritt abgesagt.«

Viktoria betrachtete den Mann genauer. Er war höchstens Anfang dreißig. Wenn er seit zehn Jahren die Kammersängerin vertrat, musste er sehr jung seinen Beruf ergriffen haben. »Wie haben Sie Frau Oppen kennengelernt?«

Conradi strich sich die gewellten dunklen Haare zurück, rückte die Blume im Knopfloch gerade. »Mein Vater hatte bereits eine erfolgreiche Künstlervertretung. Er hörte damals, dass die Kammersängerin auf der Suche nach einem neuen Impresario war. Sie hatte eine schöpferische Pause eingelegt, und da kam ich gerade recht. Ich war jung und begierig darauf, eine so bekannte Künstlerin unter Vertrag zu nehmen. Es war ein gutes Geschäft, für beide

Seiten.« Sein Fuß tippte gedankenverloren im Takt des Liedes, das Emma jetzt sang. Viktoria kannte die Melodie nicht, aber sie war sehr eingängig. Es ging um eine heimliche Liebe, zarte Berührungen, gestohlene Küsse in der Dunkelheit.

Doch etwas an der Erzählung Conradis hatte Viktoria aufhorchen lassen. »Was war das für eine Pause, die Frau Oppen eingelegt hat?«

»Ihre Schwester ist vor zehn Jahren schwer erkrankt. Die beiden sind meist gemeinsam aufgetreten. Als ihre Schwester erkrankte, begleitete Frau Oppen sie zur Behandlung in die Schweiz. Sie haben sich für mehrere Monate von der Bühne verabschiedet. Danach hat Frau Oppen auf Soloprogramme umgestellt, und das war ein Glück für mich.«

Emma von Papitz hatte die Arie beendet. Man hörte, wie der Deckel des Klaviers geschlossen wurde. Kurz darauf trat Emma in den Flur.

»Herr Conradi«, sagte sie und kam auf sie zu, »dieses Lied berührt mich immer wieder. Es ist wunderschön. Und Sie wollten es niemandem zeigen.«

Viktoria sah den Impresario überrascht an. »Sie haben es geschrieben?«

Conradi winkte ab. »Nur eine kleine Melodie.«

Aber Emma schüttelte den Kopf. »Sie sind zu bescheiden. Was für ein Glück, dass ich die Noten gefunden habe.«

»Sie haben es aber auch herrlich intoniert, Fräulein von Papitz«, sagte Viktoria.

»Dem kann ich nur zustimmen«, bemerkte der Impresario. »Ich habe Ihnen ja schon gesagt, Sie sollten Ihr Talent nutzen. Sie sind für die Operette geboren.«

»Ich strebe nicht nach einer Karriere. Warum sollte ich ein Leben wie das von Frau Oppen führen wollen? Tag für Tag von einem Auftritt zum nächsten reisen. Man ist doch nie richtig zu Hause. Es muss ein einsames Leben sein. Ich möchte Kinder haben und einen Mann, den ich umsorgen kann.«

»Ließe sich nicht beides verbinden?«, fragte Viktoria und fühlte einen leisen Stich.

»Die wahre Aufgabe einer Frau liegt in der Fürsorge für die eigene Familie«, sagte Emma bestimmt.

In diesem Moment trat Oberstleutnant Rudolph von Papitz aus dem Herrenzimmer. Emma von Papitz' Augen folgten ihrem Bruder.

»So wie die wahre Aufgabe des Mannes sein sollte, eine gute Frau zu finden und eine Familie zu gründen.«

Sie hatte lauter gesprochen, als es nötig gewesen wäre, und Viktoria war sich ziemlich sicher, dass die Worte für ihren Bruder gedacht waren. Der warf ihr einen kalten Blick zu und ging ohne ein Wort vorbei.

Die Uhr schlug elf, und Emma von Papitz machte Anstalten zu gehen.

»Ich muss mich nun leider verabschieden. Meine Mutter erwartet mich im Conversationshaus, wo sie eine Besprechung mit dem Badekommissar hatte. Wir wollen einen Spaziergang machen. Ich hoffe, dass sie dabei ein wenig Ablenkung findet. Es ist sehr schwer für sie, dass wir die Insel nicht verlassen dürfen. Sie würde am liebsten noch heute abreisen.«

»Es tut mir sehr leid, was mit Ihrem Vater geschehen ist«, sagte Viktoria.

Emma von Papitz seufzte. »Es ist furchtbar. Aber wir müssen nach vorne sehen und uns auf die guten Dinge im Leben konzentrieren.« Sie blickte den Impresario an. Es war unübersehbar, dass sie für ihn schwärmte. Warum auch nicht? Er war jung, gut aussehend und stammte aus einer angesehenen Familie. Allerdings war Conradi offenbar nicht besonders geübt im Umgang mit schwärmerischen Damen. Viktoria hatte das Gefühl, dass er dem Blick der jungen Frau beständig auswich. Die verabschiedete sich schließlich und ging hinaus.

»Ich muss nun leider auch gehen«, sagte Conradi an Viktoria gewandt. »Der Vertrag für die Met – Sie verstehen.«

»Selbstverständlich, ich will Sie nicht aufhalten.« Sie zögerte. »Sagen Sie, lieber Herr Conradi. Wie hat es Frau Oppen eigentlich auf Borkum gefallen?«

Der Impresario blickte zur Treppe. Unverkennbar war er in Gedanken bereits woanders. »Sie fand es etwas provinziell. Es ist eben nicht Norderney. Wenn Sie mich nun entschuldigen.« Er nickte ihr freundlich zu und eilte davon.

Viktoria sah ihm nachdenklich hinterher. Die Kammersängerin war also auf Borkum gewesen. Und sie hatte vor zehn Jahren für mehrere Monate pausiert.

32

Heckenrosen

Christian lief eilig den Flur entlang. Im Humidor hatte er einen Liebesbrief gefunden, den er hastig überflogen hatte. Ein Blick auf seine Taschenuhr verriet ihm, dass es bereits nach elf war. Er hätte längst im Conversationshaus sein müssen, der Badekommissar erwartete ihn. Christian rannte die Treppe hinunter, lief weiter zum Ausgang, wo er auf Viktoria stieß, die offenbar gerade zu einem Spaziergang aufbrechen wollte.

»Christian, ich muss mit dir sprechen«, sagte sie, ohne ein Wort der Begrüßung. »Ich glaube, ich habe eine Spur.«

Christian sah sie vorwurfsvoll an. »Du hast schon wieder spioniert?«

Sofort verdunkelte sich ihre Miene. »Nein, ich habe mich nur unterhalten und dabei etwas Wichtiges erfahren. Aber wenn es dich nicht interessiert, dann eben nicht.«

Sie wandte sich der Tür zu, doch Christian hielt Viktoria auf. Auf die paar Minuten kam es auch nicht mehr an, er war ohnehin zu spät für das Treffen mit dem Badekommissar. »Also schön, was hast du erfahren?«

Sie sah sich nach allen Seiten um. »Lass uns hinausgehen.«

Das Hotel grenzte direkt an den Kurgarten. Sie setzten

sich auf eine geschwungene Metallbank vor blühenden Heckenrosen. Viktorias Augen leuchteten abenteuerlustig. Christian wurde schlagartig bewusst, was ihn an Viktoria so faszinierte: ihre unbedingte Neugier.

»Kennst du Fanny Oppen?«, fragte sie.

Christian blieb für einen Moment die Luft weg. Doch er versuchte, es sich nicht anmerken zu lassen. »Warum?«

Viktoria sah ihn prüfend an. »Du weißt etwas über sie.«

»Oper ist nicht gerade mein Steckenpferd.« Kaum hatte er es gesagt, wurde ihm klar, dass er einen Fehler gemacht hatte.

Viktorias Blick wurde durchdringend. »Trotzdem ist dir bekannt, dass sie Oper singt. Christian Hinrichs, du bist ein erbärmlicher Lügner. Du hast etwas über diese Frau herausgefunden.«

»Sag zuerst, was du über sie herausgefunden hast.«

Sie zögerte, doch dann nickte sie. »Also gut. Mir ist Fanny Oppen das erste Mal beim Tatort am Strand aufgefallen. Sie stand dort mit ihrem Impresario. Sie trug ein auffälliges geblümtes Kleid und einen grünen Seidensonnenschirm.«

»Und?« Er kam sich vor wie in der Schule, wenn er eine Aufgabe nicht lösen konnte.

»Erinnerst du dich nicht? Georg Bakker sagte, die unbekannte Frau, die auf den Rittmeister gewartet hatte, sei ein wenig überkandidelt gewesen und habe einen farbigen Sonnenschirm bei sich gehabt. Und tatsächlich war Frau Oppen auf Borkum.« Sie sah ihn neugierig an. »Wie bist du auf Frau Oppen gestoßen?«

»Ich habe mir eben die Suite der von Papitz' angesehen. In einem Humidor habe ich in einem Geheimfach einen Liebesbrief gefunden. Der Brief stammte von 1903, und unterzeichnet war er mit ›F. O.‹.«

Viktoria sah ihn mit großen Augen an. »Fanny Oppen! Ihr Impresario hat mir erzählt, dass Fanny vor zehn Jahren mehrere Monate zurückgezogen in der Schweiz gelebt hat. Angeblich, um ihre kranke Schwester zu begleiten. Was, wenn das gar nicht stimmt und sie stattdessen dort ein Kind bekommen hat?«

»Ach, hier treibt sich der Herr Hilfsbeamte also herum.«

Christian schreckte auf. Vor ihnen stand Gendarm Müller und grinste breit. Es war mehr als offensichtlich, wie sehr er sich über seine Entdeckung freute. »Sie haben einen Termin mit Herrn von Treptow, wenn mich nicht alles täuscht. Der Herr Badekommissar mag es gar nicht, wenn man unpünktlich ist. Ich schätze, Ihre Tage als Hilfspolizist sind gezählt, Hinrichs.«

Christian erhob sich, und Viktoria sah den Gendarmen verächtlich an.

»Haben Sie sich schon einmal überlegt«, bemerkte sie spitz, »dass der Badekommissar Herrn Hinrichs als Hilfsbeamten eingestellt hat, weil Sie ihm keine große Hilfe sind?«

Müllers Augen wurden schmal. »*Sie!*«, stieß er aus, hob drohend den Zeigefinger und trat einen Schritt auf Viktoria zu.

Doch Christian ging dazwischen. »Schluss jetzt, Müller«, sagte er kalt. »Sie gehen zu Herrn von Treptow und machen ihm Meldung. Es gibt eine neue Spur, der ich zunächst nachgehen muss. Danach werde ich ihn sofort aufsuchen.«

Der Gendarm sah Christian verwundert an. Dann grinste er. »Ganz wie Sie wünschen. Sie werden schon sehen, was Sie davon haben.« Er tippte sich an die Mütze, drehte sich um und ging davon.

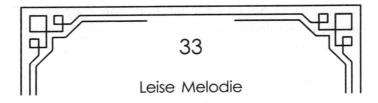

33

Leise Melodie

Fanny Oppen saß im Schatten einer Linde an einem weißen Metalltisch und lauschte den Klängen eines Streichensembles, das im Kurgarten aufspielte. Ihre Finger tippten im Takt der Musik, ab und an summte sie leise mit. Offenbar gefiel ihr, was sie hörte.

»Frau Oppen?« Christian und Viktoria waren an ihren Tisch getreten. Doch erst als Christian sie ansprach, schien sie sie zu bemerken.

Die Kammersängerin sah sie überrascht an. »Sie wünschen?«

Christian deutete eine Verbeugung an. »Mein Name ist Hinrichs, und ich ermittele im Fall des Todes von Rittmeister von Papitz. Ich würde Sie gern kurz sprechen.«

Fanny Oppen wandte sich wieder den Streichern zu. »Das muss warten bis nach dem Konzert.«

So leicht ließ Christian sich nicht abweisen. »Ich würde gerne mit Ihnen über Ihre Beziehung zu Rittmeister von Papitz sprechen.«

Die Kammersängerin Fanny Oppen sah Christian eindringlich an. »Ich muss Sie enttäuschen. Herr von Papitz ist nicht die Art Mann, die ich anziehend finde. Er ist mir entschieden zu konservativ. Außerdem bevorzuge ich jüngere Männer.« Sie musterte ihn kurz. »*Sie* könnten mir gefallen.« Sie deutete mit dem Kopf zu den Streichern. »Wenn ich Sie nun bitten darf, ruhig zu sein. Es ist eine Unsitte, sich zu unterhalten, wenn musiziert wird.«

Tatsächlich drehten sich bereits einige Zuhörer zu ihnen um. Frau Oppen wandte sich ab, als sei das Gespräch damit beendet.

Viktoria trat vor. »Frau Oppen, vor zehn Jahren haben Sie für längere Zeit pausiert, wie es hieß, um Ihre Schwester in die Schweiz zu begleiten. Waren Sie damals in anderen Umständen?«

Der Kopf der Kammersängerin fuhr herum. »Eine solche Unterstellung verbitte ich mir!«, zischte sie. »Meine Schwester ist damals gestorben. Es war ein schwerer Schlag für mich, als Friederike so plötzlich starb, und ich bin lange nicht über den Verlust hinweggekommen. Und jetzt kommen Sie mir mit solchen Unterstellungen.« Ihre Hand umklammerte den silbernen Knauf ihres Sonnenschirms.

Friederike! Mit einem Mal war Viktoria klar, was damals vorgefallen war. »Verzeihen Sie, Frau Oppen«, sagte Viktoria. Sie hatte die Stimme gesenkt. »Wir haben uns in der Tat geirrt. Nicht Sie hatten eine Liebesbeziehung mit dem Rittmeister.«

Die Kammersängerin nickte. Ihre Miene hatte sich verfinstert.

»Es war Ihre Schwester«, fuhr Viktoria leise fort. »Sie war es, die in die Schweiz fuhr, damit niemand von den unerwünschten Folgen dieser Liebschaft erfuhr. Sie hat ein Kind geboren. Und Sie haben es Friederike genannt, im Angedenken an Ihre Schwester. Und dieses Kind ist hier auf Norderney.«

Die Kammersängerin biss sich auf die Lippe, starrte für eine Minute regungslos vor sich hin. Dann erhob sie sich. »Gehen wir ins Hotel«, sagte sie. »Da können wir in Ruhe reden.«

34

Sandburg

Im Hotel hinterließ Christian eine Nachricht für den Badekommissar, wo sie zu finden waren. Die Kammersängerin hatte vorgeschlagen, sich in ein Separee zurückzuziehen, wo sie sich auf ein Kanapee setzte. Christian und Viktoria nahmen auf gepolsterten Stühlen Platz.

»Ich wäre Ihnen dankbar, wenn wir die Sache schnell und ohne großes Aufsehen klären würden«, begann die Kammersängerin. »Sie hat nichts mit Herrn von Papitz' Tod zu tun.«

»Wie können Sie da sicher sein?«, fragte Christian.

»Ich bin es einfach. Es stimmt, meine Schwester hatte eine Liebesbeziehung mit dem Rittmeister. Die beiden haben sich hier auf Norderney kennengelernt. Wenn ich damals geahnt hätte, wie alles kommen würde, ich wäre nie mit ihr auf die Insel gefahren. Natürlich hatte ich bemerkt, wie sehr Friederike für Heinrich von Papitz schwärmte. Aber ich dachte, das geht vorbei, eine Sommerliebe eben. Bis sie Monate später zu mir kam und sagte, sie sei schwanger. Für mich stand fest, dass sie das Kind nicht würde bekommen wollen. Aber Friederike sah das anders. Sie träumte davon, dass Heinrich seine Frau verlassen und sie heiraten würde. Tatsächlich sprach er von

Scheidung. Aber seine Frau weigerte sich, setzte Himmel und Hölle in Bewegung, um das zu verhindern. Friederike dachte, es wäre nur eine Frage der Zeit. Ich fuhr mit ihr daher in die Schweiz, wo sie unbemerkt von der Öffentlichkeit das Kind zur Welt bringen wollte. Aber es kam anders.«

»Ihre Schwester starb«, sagte Viktoria.

Die Sängerin umklammerte den Knauf ihres Schirms so fest, dass die Fingerknöchel weiß hervortraten. »Es war eine schwere Geburt. Doch irgendwann war das Kind da, und ich dachte, jetzt sei alles überstanden. Aber ich hatte mich geirrt. Friederike war völlig geschwächt und bekam hohes Fieber. Die Ärzte machten mir keine Hoffnung. Ich gab dem Rittmeister Bescheid, aber als er eintraf, war sie bereits tot. Da standen wir nun mit dem Kind. Ich habe ihn davon überzeugt, dass es das Beste für uns alle ist, wenn das Mädchen in einer Pflegefamilie groß wird. Ich wollte nicht, dass meine Schwester in Verruf geriet.« Sie bemerkte Viktorias fragenden Blick. »Sie halten mich für einen schlechten Menschen, nicht wahr? Aber so einfach ist das nicht. Welche Wahl hatte ich denn? Ohne Beruf hätte ich mich und das Kind nicht versorgen können, und mit Beruf konnte ich mich nicht um das Kind kümmern. Und Heinrich? Gesellschaftlich hätte er mit einem unehelichen Kind als Hasardeur gegolten, was der Karriere eines Mannes nicht unbedingt einen Abbruch tut. Aber was sollte er als Mann allein mit einem Kind? Das Mädchen in Pflege zu geben war die einzige Lösung. Zumindest habe ich das lange geglaubt.«

»Wie haben Sie die Pflegefamilie gefunden?«

»Heinrich hat sich darum gekümmert. Er hat ein Inserat aufgesetzt, sehr diskret. Ein Ehepaar meldete sich. Das Finanzielle war schnell geregelt. Sie erhielten monatliche Zahlungen, damit es dem Mädchen an nichts fehlte. Alles ging recht schnell, und ich muss zugeben, dass ich vorrangig mit meiner Trauer beschäftigt war. Immer wenn ich an die Schweiz dachte, dann sah ich Friederike und dass ich sie verloren hatte. Ich habe das Mädchen aus meinen Gedanken verscheucht. Für mich war es, als hätte es das Kind nie gegeben.«

Es waren harte Worte. Und doch hörte Viktoria den Selbstvorwurf, der in ihnen mitschwang. Die Kammersängerin machte es sich nicht leicht. Sie wusste, dass das Mädchen auch durch ihre Nachlässigkeit gelitten hatte.

»Wie haben Sie davon erfahren, dass das Kind auf Norderney ist? Denn Sie sind doch nicht zufällig hier auf der Insel. Normalerweise fahren Sie immer nach Binz in die Sommerfrische«, sagte Viktoria, die sich an ihre erste Unterredung mit der Kammersängerin erinnerte.

»Herr von Papitz schrieb mir, das Kind sei in der Pflegefamilie misshandelt worden und er habe es zur Erholung nach Norderney bringen lassen. Ich wusste nicht, wie ich reagieren sollte. Natürlich war ich entsetzt. Aber ich hatte auch Angst, dass nun bekannt wird, dass meine Schwester damals bei der Geburt eines unehelichen Kindes gestorben war. Ich bin hierhergekommen, um Heinrich zur Vernunft zu bringen und die Sache zu regeln.« Sie erhob sich, ging nervös ein paar Schritte auf und ab. »Auf mein Drängen hin hat Heinrich sich nach einer neuen Pflegefamilie umgesehen. Die Oberschwester des Seehospizes hat etwas für ihn arrangiert, Heinrich hat eine großzügige Spende veranlasst. Sie kannte eine Familie auf Borkum, wohl Verwandte, die bereit sind, das Kind zu sich zu nehmen, und sich zur Verschwiegenheit verpflichtet haben.«

»Warum sind Sie ihm dorthin gefolgt?«, fragte Christian.

»Was glauben Sie? Ich wollte mich diesmal selbst davon überzeugen, dass das Kind meiner Schwester zu guten Leuten kommt. Das Mädchen hat all die Jahre Schreckliches erlitten, und ich habe nicht mal einen Gedanken an sie verschwendet. Immerhin ist sie die Tochter meiner Schwester. Ich möchte, dass es ihr gut geht. Deshalb bin ich mitgegangen. Die Leute sind nicht reich, aber rechtschaffen, davon bin ich überzeugt.« Sie setzte sich wieder.

Christian nickte, dann sagte er: »Herr von Papitz hat sich auf Borkum nicht nur mit Riekes Pflegefamilie getroffen, sondern auch mit einem Gast des Köhler'schen Strandhotels, einem Herrn Zadek. Wissen Sie etwas darüber?«

Fanny Oppen schüttelte den Kopf. »Tut mir leid, davon weiß ich nichts. Nachdem er mit der neuen Pflegefamilie gesprochen hatte, sind wir getrennte Wege gegangen. Ich war beruhigt, dass er endlich Vernunft angenommen hatte und die Sache geregelt war. In den Tagen davor hatte er ernsthaft davon gesprochen, das Mädchen zu sich zu nehmen. Aber seine Frau konnte dem natürlich nicht zustimmen. Welche Frau will schon ständig den lebenden Beweis vor Augen haben, dass der Mann sie betrügt?«

»Moment«, hakte Christian nach. »Frau von Papitz weiß von dem Mädchen?«

»Natürlich, sie ist ja nicht dumm. Sie hat gemerkt, dass er anders war als sonst. Sie ist ihm gefolgt und hat ihn anschließend zur Rede gestellt. Heinrich hat ihr alles gestanden. Er hatte tatsächlich die Hoffnung, dass er das Kind in die Familie aufnehmen könnte.« Sie schüttelte den Kopf. »Er war naiv, hat nie verstanden, wie seine Frau sich gefühlt haben muss. Sie hat ihm untersagt, sich weiter mit dem Kind zu treffen. Als er sich nicht daran hielt, hat sie ihr Hotelzimmer nicht mehr verlassen. Sie sagte, sie würde nicht eher wieder herauskommen, bis das Kind von der Insel geschafft sei. Daran hat sie sich gehalten – bis zu seinem Tod.« Sie schwieg einen Moment, sah sinnend vor sich hin. Schließlich sagte sie: »Da ist noch etwas. Bisher habe ich es niemandem erzählt, denn ich wollte nicht mit Heinrichs Familie in Verbindung gebracht werden. Ich habe befürchtet, wenn ich meine Beobachtung mitteile, dann wird Auguste von Papitz erzählen, was damals passiert ist. Sie ist rachsüchtig, und dass Heinrich damals die Scheidung wollte, hat sie ihm nie verziehen. Trotzdem liegt es mir fern, sie zu beschuldigen.«

»Aber Sie wissen etwas über sie?«, fragte Viktoria.

»Ich stehe jeden Morgen sehr früh auf, um meine Gesangsübungen zu machen. Dazu gehe ich an den Südweststrand. Da habe ich meine Ruhe, und das ferne Meeresrauschen ist ein wunderbarer Begleiter. Gegen sechs Uhr begebe ich mich normalerweise auf den Rückweg durch das kleine Wäldchen am Südweststrand. Am Samstagmorgen, also einen Tag nachdem Heinrich gefunden wurde, war sie ebenfalls dort. Es kam mir merkwürdig vor. Sie stand am Rand der Seufzerallee, die durch das Wäldchen führt, und schien etwas zu suchen. Erst wollte ich mich schnell davonmachen. Aber dann siegte meine Neugier. Sie ging in den Wald hinein und hatte eine kleine Strandschaufel bei sich. Ich konnte vom Weg aus sehen, was sie macht. Sie hat nichts gesucht, sie hat etwas vergraben.«

»Haben Sie gesehen, was es war?«

Sie schüttelte den Kopf. »Aber ich kann Ihnen die Stelle zeigen.«

In diesem Moment öffnete sich die Tür. Es war der Badekommissar, der die Brauen wütend zusammengezogen hatte. »Hinrichs! Mitkommen! Sofort!«

Da war es also, das Gewitter, das Christian befürchtet hatte.

35

Im kühlen Wald

Der Badekommissar ging schnurstracks in ein angrenzendes Separee. Kaum war Christian eingetreten, schloss er die Tür und baute sich drohend vor ihm auf.

»Was fällt Ihnen ein?«, donnerte er los. »Erst erscheinen Sie nicht pünktlich zum Rapport, und dann schicken Sie Müller mit Ihrer unverschämten Nachricht. Was glauben Sie eigentlich, wer Sie sind?«

So wütend hatte Christian den Badekommissar noch nicht gesehen. »Es tut mir sehr leid. Es ging nicht anders. Es hat sich eine neue Spur ergeben.«

»Gerade *wenn* es eine neue Spur gibt, bin ich der Erste, der davon in Kenntnis zu setzen ist. Ist das klar?«

Christian hob beschwichtigend die Hände. »Ich wollte Sie nicht verärgern. Aber Eile war geboten. Im Humidor des Rittmeisters lag ein Liebesbrief. Offenbar hatte er vor zehn Jahren eine Beziehung mit der inzwischen verstorbenen Schwester von Fanny Oppen, der Kammersängerin.«

Der Badekommissar sah Christian entgeistert an. »Sie waren heimlich in der Suite der Familie von Papitz?« Er stieß seinen silbernen Gehstock hart auf den Marmorboden, sodass es in Christians Ohren schmerzhaft gellte.

»Ich ... ich wusste mir nicht anders zu helfen. Ich fürchte, dass Gefahr im Verzug ist. Wenn wir nicht bald das Kind finden …«

»Kind? Von welchem Kind reden Sie?«, fiel ihm der Badekommissar gereizt ins Wort.

Christian seufzte. »Darauf will ich ja die ganze Zeit hinaus. Die Schwester von Frau Oppen hat ein uneheliches Kind mit dem Rittmeister. Und dieses Kind war im Seehospiz hier auf der Insel und ist jetzt verschwunden.«

Der Badekommissar sah ihn verdutzt an, fasste sich aber schnell wieder. »Sie sagen mir jetzt augenblicklich, was Sie herausgefunden haben, und zwar haarklein. Und Hinrichs – glauben Sie nicht, dass ich Ihnen Ihr Verhalten durchgehen lasse!« Der Badekommissar schüttelte den Kopf. »Immer mit dem Kopf durch die Wand. So werden Sie es nie zu einem guten Ermittler bringen.«

»Ich bin Reporter und kein Polizist.«

»Papperlapapp, Sie vergeuden Ihre Talente bei der *Frau von Welt*. Ich habe den Artikel gelesen, den Sie zum Tod des Zimmermädchens letztes Jahr geschrieben haben. Das ist es, was Sie können. Den Dingen auf den Grund gehen. Nicht dieses seichte Geschreibsel über Mode und feine Gesellschaft. Sie sind der geborene Ermittler. Sie brauchen nur den nötigen Schliff.« Er sah Christian noch immer wütend an, doch dann glätteten sich seine Gesichtszüge, und er nickte Christian zu. »Jetzt erzählen Sie, was Sie herausgefunden haben.«

Christian schilderte seinen gestrigen Ausflug nach Borkum, und auch Viktorias Beitrag zu seinen Ermittlungen ließ er nicht unerwähnt.

Der Badekommissar strich sich über das Kinn. »Dieses Fräulein Berg scheint für eine Frau einen recht scharfen Verstand zu haben. Dennoch – ich wünsche nicht, dass sie weiter in den Fall involviert wird.«

Christian seufzte und erklärte dem Badekommissar, dass er genau dies dem Fräulein Berg bereits gesagt habe, aber ohne Erfolg.

»Dann werde ich es ihr eben persönlich mitteilen«, sagte der Badekommissar, öffnete die Tür und ging mit schnellen Schritten hinaus.

Christian sah ihm skeptisch nach. Als er kurz darauf in das Separee der Kammersängerin trat, hatte Viktoria sich bereits vor dem Badekommissar aufgebaut. Sie hatte die Arme in die Seiten gestemmt und sagte mit Bestimmtheit: »Ich werde *nicht* gehen.«

Eduard von Treptow machte große Augen. »Das ist eine polizeiliche Ermittlung. Ein Frauenzimmer hat hier nichts zu suchen«, sagte der Badekommissar. Es war ihm anzumerken, dass er nicht mit Widerworten gerechnet hatte.

Aber er kannte Viktoria Berg schlecht. Sie verschränkte die Arme. »Ich bleibe.«

Bevor der Badekommissar dazu etwas sagen konnte, bemerkte die Kammersängerin: »Soll ich Ihnen nun zeigen, wo Frau von Papitz etwas vergraben hat, oder nicht? Ich habe nicht den ganzen Tag Zeit. Ich werde auf der Jubiläumsfeier singen, und dazu muss ich mich vorbereiten. Ich lege im Übrigen Wert darauf, dass Fräulein Berg dabei ist. Weibliche Unterstützung tut mir gut.«

Sie gingen am neuen Badehaus vorbei Richtung Südweststrand und bogen dann in das kleine Wäldchen ab, in dem es überraschend kühl war. Fanny Oppen deutete zu einer Baumgruppe. »Es war ungefähr bei dem Baum da vorn.« Die Kammersängerin hatte sich bei Viktoria eingehakt.

»Hinrichs, Sie suchen auf der linken Seite, ich auf der rechten«, ordnete der Badekommissar an. Er schob mit seinem Gehstock das Laub beiseite. Christian hatte sich einen Spaten bei dem verdutzten Gärtner des Bellevue ausgeliehen. Der Boden war sandig. Doch das Wurzelwerk der Bäume war weitverzweigt, und es war sicher nicht einfach gewesen, hier etwas zu vergraben. Vom nahen Strand konnte er die Wellen auf den Sand schlagen hören, die Möwen, die kreischend ihre Runden zogen. Viktoria nahm sich einen Stock und suchte ebenfalls. Christian musste lächeln.

»Hinrichs, suchen Sie noch?«, fragte der Badekommissar, und Christian zuckte zusammen. Er spürte, wie ihm die Röte in die Wangen stieg, und machte sich wieder an die Arbeit.

Ein umgeknickter Baumstamm fiel Christian auf. Es sah aus, als wäre in seinem Schatten etwas Moos weggerissen worden. Christian schaute sich den Boden genauer an. Tatsächlich. Hier war gegraben worden. Er nahm die Schaufel, stieß sie in den Boden und hob Erde aus. Bis er auf etwas Festes stieß. Ein Stück Stoff.

»Hier ist etwas!«, rief er.

Viktoria ließ ihren Stock fallen. Gemeinsam mit der Kammersängerin und dem Badekommissar trat sie näher.

Christian hatte sich hingekniet. Bei dem Stoff handelte es sich um ein rotes Leinentuch, in das etwas eingewickelt war. Christian schlug das Tuch auseinander. Zum Vorschein kam ein Hirschfänger. Der Griff war aus Horn. Eine fein geschmiedete Parierstange war zu Adlerköpfen ausgeformt, die schmale lange Klinge mit Jagdmotiven verziert. An der Klinge klebte getrocknetes Blut.

Christian wechselte einen Blick mit dem Badekommissar, der sich zufrieden über das Kinn strich. Christian wickelte das Messer wieder ein. »Vielleicht können wir Fingerabdrücke darauf sicherstellen.« Vor einigen Jahren hatte er im *Hamburger Fremdenblatt* ausführlich über die Möglichkeiten der Daktyloskopie berichtet.

Herr von Treptow sah ihn zweifelnd an. »Ich habe in meinem Büro Schwarzfolie und Argentorat. Die Handhabung ist jedoch schwierig. Ich denke nicht, dass Sie ohne Übung damit zurechtkommen. Aber versuchen Sie Ihr Glück. Zuerst werden wir jedoch mit Frau von Papitz sprechen.« Er wandte sich zu Viktoria und Fanny Oppen um. »Ohne die Damen!«

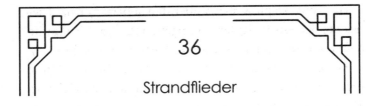

36

Strandflieder

Emma von Papitz öffnete ihnen die Tür.

»Wir müssten bitte mit Ihrer Frau Mutter sprechen«, sagte der Badekommissar.

Emma von Papitz nickte und ließ sie herein. »Herr von Treptow, bitte sehr.«

Sie öffnete die Tür ganz und führte sie in den Salon. Frau von Papitz erwartete sie schon. Sie stand am Fenster, das geschlossen war. Es war drückend heiß im Raum. Dennoch hatte Frau von Papitz eine Wollstola umgelegt. »Nun, Herr von Treptow, gibt es Neuigkeiten?« Sie bemühte sich um ein freundliches Lächeln.

»So ist es, gnädige Frau. Wir haben heute Morgen die Tatwaffe gefunden.«

Das Lächeln in Auguste von Papitz' Gesicht erstarb. Christian legte das rote Tuch mit dem Messer auf den glänzenden Nussbaumtisch, der bei der Chaiselongue stand, und schlug es auf.

Abrupt wandte Frau von Papitz sich ab, ging zum Fenster und sah hinaus in die gleißende Sonne. »Warum zeigen Sie mir das?« Sie schauderte, als sei ihr plötzlich sehr kalt.

»Ist das wirklich nötig?«, fragte Emma. Sie war näher getreten und betrachtete scheu die Waffe.

Herr von Treptow strich über den silbernen Knauf seines Stocks. »Es ist leider unumgänglich. Eine Zeugin behauptet, Ihre Mutter habe dieses Messer vergraben.«

Emma schlug erschrocken die Hand vor den Mund. Frau von Papitz wandte sich betont langsam um. »Ich habe Sie eben mit Frau Oppen kommen sehen, ist sie diese Zeugin? Sie sollten dieser Frau keinen Glauben schenken. Sie mag berühmt sein und eine große Sängerin, aber sie würde alles tun, um mir zu schaden.« Ihre Stimme war ruhig, aber ihre Hand zitterte, als sie die Wollstola fester um ihren Körper zog.

»Wie kommen Sie darauf?«, fragte Christian.

Frau von Papitz schwieg eine Sekunde, in der sie ihre Lippen fest aufeinanderpresste. Dann sah sie zu ihrer Tochter. »Emma, sieh doch bitte nach, wo Rudolph bleibt, er sollte längst zurück sein.«

»Er wird gleich wiederkommen. Ich kann dich doch jetzt nicht allein lassen.«

»Frau von Papitz, was sagen Sie zu der Aussage der Zeugin?«, fragte der Badekommissar.

Auguste von Papitz betrachtete gedankenverloren das üppige Blumenbouquet in der breiten Silbervase, die auf einer Blumensäule beim Fenster stand. »Es ist eine Verleumdung. Ich weiß nicht, was in diese Frau gefahren ist. Vielleicht will sie sich selbst schützen, weil sie Heinrich etwas angetan hat. Sie sollten Frau Oppen verhören, nicht mich. Denn das ist es doch – ein Verhör. Oder irre ich mich?«

»Nein, Sie irren sich nicht«, sagte der Badekommissar.

»Wir wissen von dem Kind von Friederike von Oppen. Ihr Mann ist der Vater des Kindes«, warf Christian ein.

Emma starrte ihre Mutter an. Die zupfte eine Rose zurecht. »Emma, nun sieh einmal, was das Mädchen da zusammengesteckt hat. Diese Hotelbediensteten haben einfach kein Händchen für Sträuße. Rosen mit Dahlien *und* Astern, das ist einfach zu viel. Strandflieder hätte gut zu den Rosen gepasst. Dazu dezente Silberdisteln und kleine Chrysanthemen.«

»Frau von Papitz, Sie haben seit Tagen das Zimmer nicht mehr verlassen, weil das uneheliche Kind Ihres Mannes auf Norderney ist. Sie hatten Streit mit Ihrem Mann wegen des Kindes«, sagte Christian.

Doch Auguste reagierte nicht, sie nahm eine Dahlie aus der Vase und legte sie aufs Fensterbrett. Emma sah ratlos zum Badekommissar. In diesem Moment ging die Wohnungstür auf, und Rudolph von Papitz trat in den Raum. Er trug Zivil, einen schwarzen Cutaway mit weißer Weste und Hemdbrust.

Auguste von Papitz schien aus einem Tagtraum zu erwachen. »Rudolph, du bist zurück. Ich habe mir schon Sorgen gemacht.« Sie eilte zu ihm.

Er begrüßte den Badekommissar mit einem festen Händedruck, nickte Christian zu und zog seinen Anzug gerade. »Sie haben Neuigkeiten?«

»Der Herr Badekommissar hat die Tatwaffe gefunden«, sagte Emma. Als ihr Bruder eingetreten war, hatte sie sich merklich versteift und deutete nun auf den Tisch, wo das Messer lag.

»Vaters Hirschfänger!« Der Oberstleutnant wandte sich zum Badekommissar um. »Herr von Treptow, Sie wissen, ich schätze Sie. Aber ich hätte mehr Takt erwartet. Mussten Sie wirklich meine Mutter und Schwester mit diesem Anblick belasten?«

»Ich fürchte, ja, Herr Oberstleutnant. Denn Ihre Mutter wurde beobachtet, wie sie das Messer in dem kleinen Wäldchen am Südwesthörn vergrub.«

Für einen Moment entglitten dem Oberstleutnant die Gesichtszüge, fassungslos sah er zum Badekommissar. Doch dann schüttelte er den Kopf. »Das ist völlig ausgeschlossen. Ich bin sicher, es gibt eine Erklärung dafür. Wie kommen Sie überhaupt darauf, dass dies die Tatwaffe ist? Das Blut kann von einem Tier stammen, es ist schließlich eine Jagdwaffe.«

Ein guter Einwand, das musste Christian ihm lassen. Der Badekommissar behielt selbst in dieser Situation einen klaren Kopf. »Mit Sicherheit können wir es natürlich noch nicht sagen«, wandte er sich an Rudolph von Papitz. »Aber nach allem, was wir bislang wissen, passt die Klinge zur Stichwunde. Medizinalrat Martens wird feststellen können, ob es sich um menschliches Blut handelt, und wenn, ob es die Blutgruppe Ihres Vaters hat.«

»Das muss nichts heißen. Wie viele Menschen haben die gleiche Blutgruppe? Mutter, ich denke, es ist das Beste, wenn du dich zu dieser Sache nicht mehr äußerst. Ich werde Blohm und Hallier telegrafieren. Sie werden sich der Sache annehmen. Alles wird sich aufklären. Der Hirschfänger allein beweist nichts.«

Christian ließ nicht locker. »Vielleicht finden wir Fingerabdrücke darauf«, sagte er.

»Fingerabdrücke?« Auguste von Papitz sah ihn fragend an. Sie war zu ihrem Sohn getreten und klammerte sich an seinen Arm.

»Ein neues Verfahren. Die Rillen an unseren Fingerkuppen sind bei jedem Menschen unterschiedlich, und sobald wir etwas berühren, hinterlassen wir einen Abdruck dieser Rillen. Wir können diese sichtbar machen und vergleichen. Ein Fingerabdruck ist eindeutig. Er wird uns zum Täter führen.«

Frau von Papitz sah flehentlich zu Rudolph hoch. Für einen Moment hatte Christian den Eindruck, sie würde zusammenbrechen.

Der Oberstleutnant schüttelte verärgert den Kopf. »Mutter, sie wollen dich einschüchtern. Merkst du das nicht?«, sagte er.

Doch Auguste von Papitz hörte nicht auf ihn. Sie löste sich von ihrem Sohn und stellte sich aufrecht hin. »Ich gestehe die Tat«, sagte sie mit erstaunlich fester Stimme. Sie sah von Christian zum Badekommissar. »Ich habe meinen Mann getötet und danach das Messer im Wald vergraben. Sie können mich festnehmen.«

Christian wusste nicht, was er sagen sollte. Er hatte mit allem gerechnet – Leugnen, Schweigen, Ausflüchte –, aber nicht mit einem Geständnis.

Der Oberstleutnant sah entsetzt seine Mutter an. »Bist du von Sinnen? Was redest du da?«

»Das ist meine Angelegenheit, Rudolph. Halt du dich da

raus.« Sie ging zur Chaiselongue und ließ sich gegen die Lehne sinken.

Emma war entsetzt einige Schritte zurückgetreten und betrachtete aus der Distanz die Szene.

Christian trat näher an die Chaiselongue. »Wie haben Sie es gemacht?«, fragte er.

Auguste blickte ihn fragend an. »Was meinen Sie?«

»Wie haben Sie Ihren Mann getötet?«

»Ich muss doch sehr bitten!« Der Oberstleutnant trat zu Auguste von Papitz. Sein Blick hatte sich verfinstert. »Sie sehen doch, in welcher Verfassung meine Mutter ist. Ihre Nerven sind überreizt. Sie hätten ihr dieses Messer nicht zeigen sollen, eine Frau sollte so etwas nicht sehen. Sie weiß nicht, was sie sagt.«

»Ich denke, dass sie das sehr genau weiß«, wandte Herr von Treptow mit ruhiger Stimme ein. »Bitte, Frau von Papitz, beantworten Sie die Frage von Herrn Hinrichs.«

»Es gibt nicht viel zu erzählen. Ich hatte Streit mit meinem Mann, habe das Messer genommen und ihn damit erstochen.«

»Mutter, sei still. Wir klären das mit Blohm und Hallier.« Der Oberstleutnant sah sie beschwörend an.

»Rudolph, es ist ganz allein meine Angelegenheit. Ich hatte Streit mit Heinrich. Dabei ist es passiert.«

»Warum waren Sie in den Dünen? Man sollte meinen, eine Aussprache findet in den eigenen vier Wänden statt«, wandte Christian ein.

Sie zog die Augenbrauen hoch. »Wo das Personal mithört? Sie haben ja keine Vorstellungen. Es wird ohnehin schon getratscht. Wir sind zu einem Spaziergang aufgebrochen.«

»Und dann haben Sie ihn hinterrücks erstochen?«

»Genau so war es.«

»Frau von Papitz, Ihr Mann wurde nicht von hinten erstochen.«

Frau von Papitz hatte den Kopf abgewendet und sah aus dem Fenster, als ginge sie das alles nichts an. »Ich kann mich nicht mehr erinnern. Warum sollte es wichtig sein? Ich wusste nicht, was ich tat, und plötzlich lag er vor mir.«

Christian sah sie zweifelnd an. »Wenn Sie in einer plötzlichen Gemütsaufwallung gehandelt haben, wieso hatten Sie dann das Messer bei sich?«

Auguste von Papitz warf Christian einen müden Blick zu. »Ich gestehe, dass ich meinen Mann getötet habe. Das muss reichen. Über alles andere möchte ich nicht mehr reden«, sagte sie. »Ich begleite Sie zur Wache, wenn Sie es für nötig befinden. Wir brauchen kein Aufsehen zu erregen.«

»Wann genau ist mein Vater gestorben?«

Christian wandte sich um. Emma von Papitz hatte mit leiser Stimme gesprochen, das bleiche Gesicht starr zu Boden gerichtet. Ihr Bruder warf ihr einen fragenden Blick zu.

»Am Mittwoch zwischen acht Uhr abends und Mitternacht.«

Emma schüttelte den Kopf. »Mutter kann es nicht gewesen sein. Sie klagte beim Abendessen über Kopfschmerzen. Sie hat eine Schlaftablette genommen und ist zu Bett gegangen. Das war um etwa halb acht. Ich bin kurz darauf hinunter in den Salon gegangen, zum Konzert. Als es um zehn Uhr zu Ende war, bin ich in ihr Zimmer gegangen, um nachzusehen, wie es ihr ging. Sie schlief. Mein Vater ist in dieser Zeit nicht zurückgekommen. Meine Mutter hat keinen Spaziergang mit ihm gemacht. Ich hätte die beiden gesehen.«

Der Badekommissar wandte sich an Rudolph von Papitz. »Können Sie die Aussage Ihrer Schwester bestätigen, Herr Oberstleutnant?«

Der nickte. »Meine Mutter hat beim Abendessen über Kopfschmerzen geklagt und ist zu Bett gegangen, das ist richtig. Ich bin um etwa halb acht zur Jagd aufgebrochen. Was danach passiert ist, kann ich nicht sagen. Aber mit Sicherheit hat meine Mutter meinen Vater nicht getötet.«

Der Badekommissar schwieg eine Sekunde. »Damit wollen wir es erst einmal belassen. Frau von Papitz, ich muss Sie bitten, das Zimmer vorerst nicht zu verlassen. Außerdem erwarte ich, dass nichts von alledem nach außen dringt.«

Der Oberstleutnant sah ihn dankbar an. »Die Sache wird sich aufklären. Gönnen Sie meiner Mutter etwas Ruhe. Es sind die Nerven, eine neurasthenische Störung.«

Eduard von Treptow nickte Christian zu, und die beiden gingen hinaus.

Auf dem Flur blieb von Treptow stehen. »Was halten Sie von der Sache?«

»Ich denke, sie will jemanden schützen.«

Der Badekommissar nickte. »Ich stimme Ihnen zu. Zu ihrem Sohn hat sie eine sehr enge Beziehung. Wenn er der Täter sein sollte, werden wir handfeste Beweise benötigen. Ich kann mir kaum vorstellen, dass wir in einem Verhör den nötigen Druck auf ihn ausüben können.«

»Vielleicht ist es aber auch Emma, die sie schützen will. Man weiß nie. Auch schwache Menschen entwickeln manchmal ungeahnte Kräfte«, gab Christian zu bedenken.

»Wie auch immer. Wir benötigen mehr Zeit, um uns Klarheit zu verschaffen.« Er betrachtete Christian von oben. »Haben Sie eigentlich nur diesen Straßenanzug oder auch einen ordentlichen Frack?«

Christian holte tief Luft. Er ahnte, worauf der Badekommissar hinauswollte.

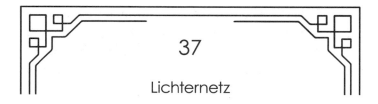

37

Lichternetz

Es herrschte schönstes Kaiserwetter, als Viktoria am nächsten Morgen Richtung Seehospiz ging. Überall war zum fünfundzwanzigjährigen Thronjubiläum geschmückt worden. Das war genau genommen schon gestern gewesen, aber aus Rücksicht auf den Todestag seines Vaters hatte der Kaiser alle Feierlichkeiten um einen Tag verschieben lassen. So fanden sie erst heute statt.

In der Zeitung hatte Viktoria gelesen, dass die Werftarbeiter heute freihatten, ohne dass ihnen Lohn abgezogen wurde. So etwas hatte es noch nie zuvor gegeben. Auch hier auf der Insel war nichts wie sonst. Alle Menschen schienen auf den Beinen zu sein. Er herrschte Trubel wie auf einem Jahrmarkt. Hinter der Schule, am neuen Kirchhof vorbei, wurde es etwas ruhiger. Viktoria sah hier und da Sommergäste, die wie sie dem Kinderkrankenhaus zustrebten, wo ebenfalls eine kleine Feierlichkeit abgehalten wurde – eine von vielen, wie Viktoria wusste, bevor am Abend die Hauptveranstaltung beim Conversationshaus stattfand. Schon von Weitem sah sie an allen Blitzableitern des Seehospizes die schwarz-weiß-roten Wimpel wehen, und am Haupthaus war die Reichsflagge aufgezogen worden.

Als Viktoria den Hof betrat, stellten sich die Kinder gerade in Zweierreihen auf. Die Mädchen hatten ihre Haare geflochten, und die weißen Schürzen waren frisch gestärkt. Die Jungen trugen weiße Hemden und dunkle kurze Hosen. Schwester Zita stand bei den Kindern und dirigierte sie in Richtung Pavillon. Dort standen bereits mehrere Betten mit Kindern, die zu krank waren, um aufzustehen. Auch Elli lag in ihrem Bett, ganz nah bei der Bühne. Als sie Viktoria erblickte, winkte sie aufgeregt. »Fräulein Berg, hier ist noch ein Platz für Sie, ich habe ihn extra frei gehalten.« Ihre Stimme ging im Trubel der Jungen und Mädchen unter, die sich einen Platz suchten.

»Vielen Dank.«

Ellis Wangen glühten, und dies offensichtlich nicht nur, weil sie Fieber hatte. »Ich habe gestern mit Freddie den ganzen Tag das Gedicht geübt, das er heute aufsagt. Er hat immer den Anfang der zweiten Strophe vergessen. Hoffentlich kann er ihn jetzt.«

Die Oberschwester trat auf die Bühne, die auf dem Hof errichtet worden war. Ihre weiße Haube, die mit einer großen Schleife unter dem Kinn befestigt war, leuchtete in der Sonne. Schwester Josepha setzte ihren Kneifer auf, sah auf ihre Uhr, die sie am Kleid trug, und räusperte sich. Das aufgeregte Murmeln der Gäste erstarb, es wurde ruhig.

»Liebe Kinder, liebe Gäste, wir wollen heute an unseren Kaiser denken, der vor fünfundzwanzig Jahren den Thron bestieg. Ihm zu Ehren wollen wir gemeinsam feiern. Nicht immer war der Kaiser erwachsen. Es gab eine Zeit, als auch er jung war und ein Prinz. Damals regierte sein Vater als gütiger Kaiser unser Land. Doch denkt euch, eines Tages wollte sich Prinz Wilhelm nicht mehr waschen. Könnt ihr euch das vorstellen? Sein Vater war natürlich erzürnt. Ein ungewaschener Prinz – wo gibt es denn so was?«

Die Kinder kicherten, einige lachten laut.

»Aber der alte Kaiser wusste Rat«, fuhr die Oberschwester fort. »Er wies die Wachen an, dem Prinzen keine der üblichen Ehrerbietungen zu zollen. Niemand stand mehr stramm, als er aus der Tür trat, und kein Soldat salutierte vor ihm. Als sich der junge Prinz beschwerte, sagte der Vater, einen ungewaschenen Prinzen brauche niemand zu grüßen.«

Wieder lachten die Kinder, und Elli fiel mit ein, bis sie husten musste.

»Als der junge Prinz sah, dass niemand ihm mehr die nötige Ehre erwies, begann er, sich wieder zu waschen. Heute, nachdem unser Kaiser fünfundzwanzig Jahre auf dem Thron sitzt, denkt er sicherlich noch gerne an diese Begebenheit zurück und dankt seinem Vater für die Strenge. Denn das solltet ihr euch merken: Egal ob Prinz oder Bettler. Waschen muss sich jedermann.«

Wieder ertönte Lachen, und die Oberschwester freute sich sichtlich, dass ihre Geschichte gut angekommen war. Allerdings glaubte Viktoria nicht, dass der Kaiser an diese Episode seines Lebens freudig zurückdachte. Sie hatte gelesen, dass er mit großer Strenge erzogen worden war, und Viktoria bezweifelte, ob das für das junge Kind so förderlich gewesen war.

Ein Kinderchor betrat die Bühne und sang das Lied »Kennt ihr das Land so wunderschön?«. Beim Refrain fielen die Kinder und erwachsenen Gäste im Hof mit ein: »*Das schöne Land ist uns bekannt, es ist das deutsche Vaterland.*« Selbst Elli sang mit leiser Stimme mit. Viktoria machte sich Sorgen um sie. Obwohl sie heute munterer als sonst zu sein schien, wirkte sie doch sehr geschwächt, und Viktoria fragte sich nicht zum ersten Mal, ob sie Rieke noch rechtzeitig finden würde.

»Jetzt kommt Freddie!«, sagte Elli aufgeregt, kaum dass das Lied geendet hatte.

Der kleine Junge, den Viktoria vor ein paar Tagen vor dem Seehospiz getroffen hatte, trat auf die Bühne. Er war kreidebleich, und seine Augen suchten die Menge ab, blieben dann an Elli hängen. Die hatte sich aufgerichtet, nickte ihm aufmunternd zu.

Mit zitternder Stimme begann Freddie, sein Gedicht aufzusagen. Es war eine Variante von »Wenn ich ein Vöglein wär'«, in der das Vöglein nun zum Kaiser nach Berlin flog. Mit jeder Zeile wurde Freddie sicherer. Doch am Beginn der zweiten Strophe stockte er, schaute Hilfe suchend zu Elli, die die ersten Worte mit ihrem Mund formte. Freddie hing förmlich an ihren Lippen. Dann fiel ihm der Anfang der Zeile wieder ein, und er ratterte den Rest des Gedichtes herunter. Unter dem wohlwollenden Applaus des Publikums verbeugte er sich. Elli lehnte sich müde zurück. »Das hat er gut gemacht. Wir haben das Lied extra umgedichtet. Hat es Ihnen gefallen?«

Viktoria nahm ihre Hand. »Es war famos«, sagte sie und

strich Elli das feuchte Haar aus dem Gesicht. Den Rest der Aufführungen bekam Elli kaum noch mit, immer wieder schlief sie ein. Erst als zum Abschluss das Flaggenlied auf einem Grammofon gespielt wurde und zwei Mädchen Rosenblätter auf den Weg streuten, auf dem die Kinder des Hospizes hinausgingen, wurde sie wieder wach.

»Das war schön«, flüsterte Elli.

Viktoria brachte sie in ihrem Bett zurück in den Krankenpavillon. In zwei Tagen würden Ellis Eltern kommen. Der Medizinalrat des Seehospizes hatte seine Erlaubnis erteilt, dass sie das Mädchen wieder mitnehmen konnten. Im Krankenhaus konnte nichts mehr für sie getan werden.

Viktorias Herz war schwer, als sie den Weg zurück zum Hotel ging. Wie auch die letzten Tage verbrachte sie den Nachmittag damit, nach Rieke zu suchen. Sie ging durch die Straßen des Ortes, befragte Ladenbesitzer und Gäste, aber ohne Erfolg. Das Kind schien wie vom Erdboden verschluckt.

Die Sonne neigte sich bereits dem Horizont zu, als Viktoria zurück in ihr Hotelzimmer eilte, um sich für die Jubiläumsfeier umzukleiden. Sie wählte das türkisfarbene Kleid mit den goldenen Stickereien, das sie letztes Jahr in Hamburg hatte anfertigen lassen. Dazu den breiten Hut mit den Pfauenfedern. Den hellen Sommermantel legte sie über den Arm, noch war es zu warm dafür. Aber später am Abend würde sie ihn sicher brauchen. Sie zupfte die Handschuhe gerade und ging los.

Felix Jovin wartete wie verabredet in der Empfangshalle des Hotels auf sie. Er trug einen eleganten dunklen Frack, dazu einen weißen dünnen Schal, einen sogenannten Apachenschal, den er locker um den Hals gelegt hatte. Es kam ihr vor, als seien Wochen vergangen, seit sie ihm beim Ausritt versprochen hatte, dass er sie zum Krönungsjubiläum begleiten durfte. Er strich sich die dunklen Haare zurück und küsste galant ihre Hand. »Sie sehen bezaubernd aus, Viktoria.« Er bot ihr den Arm. »Wollen wir?«

Bis zum festlich geschmückten Conversationshaus war es nicht weit. Während des Weges erzählte sie ihm von ihren Versuchen, Rieke zu finden.

»Ich habe gehört, Sie hätten stattdessen etwas anderes gefunden. Es heißt, die Tatwaffe ist aufgetaucht.«

»Wo haben Sie das denn gehört?«, fragte Viktoria überrascht.

»Der Stallmeister war gestern Abend mit dem Gendarmen einen heben. Poppinga weiß, was der Gendarm weiß, und ich weiß, was der Stallmeister weiß.«

»Was genau haben Sie gehört?«

»Dass ein Messer in einem Waldstück am Südweststrand gefunden wurde. Der Gendarm sagt, Sie seien dabei gewesen, als es entdeckt wurde.« Er sah sie mit seinen warmen braunen Augen an, nahm ihre Hand, strich über ihre Finger. »Sie sind eine besondere Frau, Viktoria. Sie haben Verstand und Esprit, und Sie lassen sich nichts vorschreiben. Das gefällt mir.« In seinen dunklen Augen schimmerte es.

Er hat die gleiche Dreistigkeit wie Christian, dachte sie. Vielleicht war es dieser Gedanke, der das unsichtbare Band zwischen ihnen löste. Viktoria sah zur Seite und deutete zum Conversationshaus. »Wir sollten hineingehen. Sonst sind die besten Plätze belegt.«

Jovin nickte, ließ ihre Hand noch nicht los. »Sie sollten Ihr Herz nicht an jemanden hängen, der Ihre Aufmerksamkeit nicht verdient, der nicht bereit ist, Ihnen das zu geben, was Ihnen zusteht.«

»Und das wäre? Reichtum interessiert mich nicht.«

»Menschen, die Geld haben, schätzen Reichtum meist gering«, antworte er lapidar. »Sie, Viktoria, suchen etwas anderes. Sie möchten Anerkennung.«

Viktoria war getroffen, ohne es zeigen zu wollen. Jovin war ein guter Menschenkenner. Mit einem Blick hatte er verstanden, was sie nicht wahrhaben wollte. Tatsächlich hatte sie das Gefühl, dass Christian ihre Arbeit und das, was sie ihr bedeutete, nie wirklich ernst genommen hatte. Er wollte nicht sehen, wie viel ihr die Arbeit bedeutete. Zu unterrichten war kein Zeitvertreib, etwas, das sie machte, weil sie sich langweilte. Vielleicht stimmte es, sie bewirkte an ihrer Schule nicht viel. Aber Veränderung begann im Kleinen, und dazu wollte sie beitragen. Das würde sie nicht aufs Spiel setzen, indem sie sich weiter heimlich mit Christian traf. Doch ihre Enttäuschung über Christians Reaktion wollte sie sicher nicht mit Jovin teilen. »Sie scheinen mich ja bestens zu kennen«, sagte sie.

Er zuckte mit den Schultern. »Eine außergewöhnliche Frau verdient Außergewöhnliches. Glauben Sie, ich hätte sonst den Tag damit verbracht, bis in die hintersten Winkel der Insel zu reiten, um nach dem Kind zu suchen? Ich war sogar in der Schutzhütte am Nordstrand, die eigentlich nicht betreten werden darf.« Er lächelte lausbübisch.

Seine gute Laune wirkte ansteckend. »Eine Heldentat«, sagte Viktoria und lächelte ebenfalls.

»Ich bin froh, dass Sie das so sehen.« Er deutete zur Tür des Conversationshauses. »Wollen wir? Sie müssen auch noch Ihren Hut an der Garderobe abgeben. Mit diesem Ungetüm wird man Sie jedenfalls nicht in den Saal lassen.«

Es wurde ein schöner Abend. Zu Beginn erhoben sich alle Gäste und sangen gemeinsam das Kirchenlied »Lobe den Herren«. Jovin hatte eine überraschend schöne Stimme und sang kräftig mit. Anschließend spielte die Königliche Kurkapelle unter der Leitung von Professor Frischen die »Jubel-Ouvertüre«. Viktoria hatte einmal gelesen, dass Carl Maria von Weber das Stück einst in der Sommerfrische in Klein-Hosterwitz komponiert hatte. Die Sommerfrische schien den Geist anzuregen, dachte sie lächelnd. Kaum waren die letzten Töne verklungen, erhob sich der Bürgermeister zu einer Begrüßungsrede. Er hielt sich aber zum Glück kurz. Anschließend stimmte die Kurkapelle »Heil dir im Siegerkranz« an.

Jovin beugte sich zu ihr herüber und flüsterte: »Wissen Sie, dass ich im Kopf immer einen anderen Text höre?« Leise begann er, in ihr Ohr zu singen: »*Heil dir, du Knusperhans. Hölzern in Pracht und Glanz!*«

Viktoria prustete los, und ein Herr vor ihr drehte sich empört um. Sie besaß Heinrich Hoffmanns Bilderbuch *König Nußknacker und der arme Reinhold*, aus dem das Zitat stammte. Es lag zu Hause in ihrer Schreibtischschublade. »Das sollten Sie aber nicht ausgerechnet auf einer solchen Feier singen«, flüsterte sie zurück.

Er grinste. »Hier macht es aber am meisten Spaß.«

Kurz darauf wurde das Licht abgedunkelt. Viktoria reckte den Kopf, um besser sehen zu können. Die Damen des Turnvereins Norderney betraten – eine nach der anderen – die Bühne. Sie trugen elektrische Lampions, die in der Dunkelheit zu schweben schienen. Viktoria stockte der Atem. So etwas hatte sie noch nie gesehen. Sie wechselte einen Blick mit Jovin, und auch der war sichtlich angetan. Die elektrischen Lampen warfen einen seltsamen Schein auf die Gesichter der Turnerinnen. Als alle Frauen auf der Bühne standen, legten sie die Lampions auf den Boden und nahmen nun bunt beleuchtete Keulen in die Hand, die sie auf- und abschwingen und kreisen ließen. Dabei machten sie Übungen, vollführten Sprünge, sodass zwischen den Gestalten lichtschimmernde Netze erschienen.

Viktoria sah erneut zu Jovin, der nicht weniger fasziniert zu sein schien als sie.

Als die Damen ihre Vorführung beendeten, brauste ein minutenlanger Applaus durch den Saal. Die Frauen fassten sich an den Händen und verbeugten sich. Der Applaus wollte gar nicht enden, bis schließlich die Fanfaren des »Hohenfrieder Marsches« angestimmt wurden. Nach einem Dankgebet ging es dann zum zweiten Teil der Feier in den Kurgarten.

Dort waren lange Tischreihen aufgebaut worden, an denen die Sommergäste Getränke erstehen konnten.

»Wie hat es Ihnen gefallen, die Damen vom Turnverein – bravourös, nicht wahr?« Jovin führte Viktoria zu einem der Tische.

»Ich hätte nicht gedacht, dass man mit elektrischem Licht derartige Dinge anstellen kann«, sagte Viktoria.

Um sie herum wurde lebhaft geplaudert. Alle waren noch ganz erregt von der Vorführung.

»Möchten Sie etwas trinken?«

Viktoria nickte. Im Saal war es warm gewesen. Viktoria hatte einen trockenen Hals bekommen.

Jovin ging zu dem Verkaufsstand und bestellte zwei Gläser Weißwein. Er reichte Viktoria eins, prostete ihr zu, und sie trank durstig. Es war ein süßer Moselwein, der ihr sofort zu Kopf stieg. Sie hätte lieber Wasser oder Limonade bestellen sollen. Dennoch genoss sie das Gefühl von Unbeschwertheit, das mit dem leichten Rausch einherging. Während die Gäste sich um den Musikpavillon versammelten, hatten sie rasch das erste Glas geleert. Jovin nahm ihr das Glas ab und ließ sie kurz allein, um ihnen neue Gläser zu besorgen.

Inzwischen war es sehr voll geworden. Offensichtlich waren viele Menschen ausschließlich gekommen, um dem Auftritt der Kammersängerin beizuwohnen, und es waren nicht nur Sommergäste, sondern auch Einheimische. Der Eintritt war schließlich frei, damit jedermann an der Feier zu Ehren des Kaisers teilnehmen konnte. Ganz in der Nähe sah Viktoria eine Gruppe von Männern in Norderneyer Tracht. Sie war ganz schlicht – blaue Hosen, schwarze Westen und ein Seidentuch um den Hals. Dazu niedrige, runde Hüte mit breiter Krempe. Die Männer bemerkten Viktorias Blick und machten untereinander Bemerkungen. Viktoria schaute schnell weg, es war ihr unangenehm, die Männer so angestarrt zu haben.

In diesem Moment ging im Musikpavillon das Licht an. Die Kammersängerin betrat in einem leuchtend roten Kleid die Bühne. Sofort wurde es still. Die Kapelle stimmte die ersten Takte von »O Gnade Gottes, wunderbar« an, ein trauriges Kirchenlied. Fanny Oppen stand allein auf der Bühne, und schon mit den ersten Tönen jagte sie Viktoria einen wohligen Schauer über den Rücken, so viel Gefühl lag in ihrer Stimme. Dachte sie beim Singen an ihre verstorbene Schwester?

Dem Kirchenlied folgte eine Arie aus *Don Giovanni*, die Viktoria aber nicht so berührte wie das schlichte Lied zuvor.

Jovin kam zurück und reichte ihr ein Glas Wein. Dann deutete er auf einen Baum am Rande des Kurgartens. »Wollen wir uns dort hinstellen?«

Sie nickte. Tatsächlich war sie froh, dem Gedränge zu entkommen. Das Kirchenlied hatte sie wehmütig gestimmt. Jovin schien es zu bemerken. »Genießen Sie das Leben, Viktoria.« Er erhob sein Glas und stieß mit ihr an. »Soll ich Sie mit einem weiteren Schwank aus meinem ruhmreichen Leben aufheitern?«

Er erreichte sein Ziel, sie musste lachen. »Sie meinen mit einer weiteren Lügengeschichte? Ich habe selten einen Mann getroffen, der so schamlos gelogen hat.«

»Sie fordern mich dazu heraus. Ich möchte Sie unterhalten. Seitdem meine Frau gestorben ist, habe ich mich nie mehr einem Menschen so nahe gefühlt. Ich bewundere Sie, Viktoria. Sie haben ein festes Ziel und sind bereit, dafür zu kämpfen.« Er nahm ihre Hand, streichelte über ihre Finger. Dann beugte er sich vor, und sie spürte seine Lippen auf den ihren.

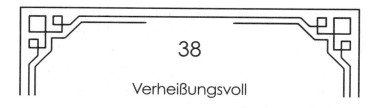

38

Verheißungsvoll

Christian saß in einer der hinteren Reihen vor dem Musikpavillon, hörte der Kammersängerin zu und wünschte sich, er wäre woanders. Der steife Frack fühlte sich wie ein Fremdkörper auf seiner Haut an. Er war eben nicht maßgeschneidert, im Gegensatz zu der Garderobe der Leute, die um ihn herumsaßen. Dabei hatte ihn das Kleidungsstück einen kompletten Monatslohn gekostet. Christian hatte ihn vor einigen Monaten bei Tietz am Jungfernstieg erstanden. Damals war er sogar ein wenig stolz darauf gewesen, denn natürlich war der Frack um einiges besser als das alte, ausgebesserte Ding, das er bis dahin zu den Veranstaltungen getragen hatte, die er für die *Frau von Welt* besuchte. Aber als Christian ihn das erste Mal zu einer Abendveranstaltung getragen hatte, war ihm klar geworden, dass er niemals mit der edlen Garderobe der vornehmen Gesellschaft mithalten konnte.

Die Kammersängerin trieb ihre Stimme in schwindelerregende Höhen. Das Kirchenlied hatte ihm gefallen, aber diesen Opernarien konnte er nichts abgewinnen. Je höher ihre Stimme stieg, desto tiefer sank seine Laune. Neben Christian saß eine Dame, die penetrant nach Lavendel roch. Sie warf ihm einen ärgerlichen Blick zu, als er sich schließlich erhob und an ihr und ihrem Mann vorbeidrängte.

Er ging zu einem der Verkaufsstände und bestellte ein Bier. Für einen Moment überkam ihn ein schlechtes Gewissen. Der Badekommissar würde das sicher nicht gutheißen. Aber erstens war das Bier heute Abend zu Ehren des Kaisers besonders günstig, und zweitens saß der Badekommissar weit weg in der ersten Reihe und lauschte der Kammersängerin.

Christian fand, er hatte sich nach dem heutigen Tag eine Belohnung verdient. Mehrfach hatte er am Nachmittag versucht, den Reisedetektiv an seiner Berliner Büroadresse per Telefon zu erreichen, die er der Annonce in der Badezeitung entnommen hatte. Aber es hatte niemand abgehoben. Danach hatte er sich darangemacht, mögliche Fingerabdrücke auf der Tatwaffe sichtbar zu machen. Es war ein Desaster gewesen. Zuerst hatte er zu viel Pulver genommen, dann zu wenig, die Folie verrutschte, das Messer entglitt. Zu allem Übel kommentierte Gendarm Müller jeden von Christians Versuchen mit einer höhnischen Bemerkung. Letztlich war es Christian zwar gelungen, einen halben Fingerabdruck sicherzustellen, aber er bezweifelte, dass damit etwas anzufangen war. Das würde er der Familie von Papitz aber sicher nicht auf die Nase binden. Sollten die ruhig glauben, dass die Polizei die Tatwaffe eindeutig zuordnen konnte.

Christian trank das Glas in einem Zug leer. Darauf hatte er sich gefreut, seitdem er auf das Fest gekommen war. Genau genommen, seitdem er in den Saal des Conversationshauses getreten war und Viktoria neben diesem Schnösel Jovin hatte sitzen sehen. Sie schien sich prächtig zu amüsieren.

Er stellte das Glas ab und bestellte sich ein neues.

»Bekomme ich auch was?«, fragte in diesem Moment eine weibliche Stimme neben ihm.

Es war Beke, das Zimmermädchen aus dem Bellevue.

Warum nicht? Wenn andere sich amüsierten, dann konnte er das auch. »Aber natürlich, schöne Frau.«

Er bestellte ihr eine Brause, und sie prosteten sich zu. »Auf einen interessanten Abend«, sagte Beke, und in ihrer Stimme lag eine gewisse Verheißung.

Christian bemerkte das Ehepaar Briesen. Die beiden standen ein wenig abseits, wirkten wie isoliert. »Als Zimmermädchen erfährt man doch eine Menge über die Gäste, oder?«, fragte er und sah Beke auffordernd an.

Die wirkte ein wenig enttäuscht. »Schon.«

»Wie sind die Briesens so?« Er nikte in deren Richtung.

»Ach, da bin ich nicht häufig. Dritter Stock. Kleines Trinkgeld. Wenn ich oben bin, dann malt er, und sie liest ihm vor.« Sie drehte ihr Brauseglas, ließ den Blick durch den Kurpark schweifen. »Aber ich habe Besseres zu tun, als denen zuzuhören. Ich stelle meistens gleich auf Durchzug.«

»Aber hin und wieder kann man ja nicht anders. Und ein intelligentes Mädchen wie Sie wird doch mal was aufschnappen.«

Das Lob tat seine Wirkung. »Na ja, hin und wieder natürlich schon, aber bei den Briesens bin ich zu selten. Die

Frau von Papitz war gestern jedenfalls völlig aufgelöst, nachdem Sie da gewesen sind. Stimmt es, was man sich erzählt? Dass sie es war, die ihren Mann ...« Sie fuhr mit der Handkante am Hals entlang. »Wundern würde es mich ja nicht. Sie ist eine garstige Ziege. Liegt den ganzen Tag in dem aufgeheizten Zimmer auf der Chaiselongue und meckert vor sich hin, und die Tochter muss es sich anhören. Sie spielt ihrer Mutter auf dem Klavier vor, singt, aber sie kann der Gnädigen nichts recht machen. Sie glauben gar nicht, wie oft die Gnädige zu dem Fräulein sagt, dass sie nie unter die Haube komme.« Sie legte ihre Hand auf Christians Arm. »Ach, da fällt mir ein – Sie haben doch letztens gefragt, ob das Fräulein beim Konzert war. Sie hat in der Pause das Hotel verlassen. Ich hab gedacht, sie trifft sich bestimmt mit einem Verehrer, so heimlich, wie sie sich davongeschlichen hat. Husch – und weg war sie.«

»Und wann ist sie wiedergekommen?«

»Das weiß ich nicht, ich schau ja nicht ständig zur Tür.«

Am Musikpavillon schraubte die Kammersängerin ihre Stimme noch einmal in die Höhe, um dann zu verstummen. Endlich. Während das Publikum applaudierte, atmete Christian auf.

Beke schien seine Erleichterung zu teilen. »Tanzmusik wäre mir lieber gewesen. Kennen Sie schon ›Die Männer sind alle Verbrecher‹?«

Sie sang die erste Strophe. Ein schwungvoller Gassenhauer. Christian mochte das Lied auf Anhieb. Überhaupt war es nett, sich mit Beke zu unterhalten. Mit ihr war alles ganz unkompliziert, es gab keine Stolperfallen, in die er tappen konnte, und sicher würde sie ihm nicht wegen ihrer Arbeit den Laufpass geben. »Sie könnten es mir ja mal ganz vorsingen«, sagte Christian und nippte an seinem Bier.

»Vielleicht.« Sie lächelte ihn an. »Es kommt darauf an, ob Sie mich weiter aushorchen möchten. Dazu habe ich nämlich keine Lust. Die Herrschaften mögen ja ein wenig seltsam sein, und dass die Gnädige vielleicht was mit dem Tod ihres Mannes zu tun hat, finde ich furchtbar. Aber es reicht mir, wenn ich die jeden Tag bei der Arbeit ertragen muss. Heute habe ich frei, und da will ich lieber was anderes machen.«

Christian sah die junge Frau genauer an. Sie war durchaus hübsch – große Augen, volle, verführerische Lippen. »Was denn zum Beispiel?«

»Erst mal könnten Sie mir noch eine Brause spendieren. Und dann könnten wir zum Bespiel unter die Bäume da gehen. Dort ist es etwas ruhiger.« Sie wies zu einer Reihe von Bäumen, die dort den Kurgarten begrenzten. Ein Ort, wie gemacht für heimliche Küsse. Beke war sehr zielstrebig, das musste man ihr lassen.

Und doch zögerte Christian. »Ich muss arbeiten«, sagte er schließlich. »Der Badekommissar will, dass ich die Augen offen halte.«

»Hat ja auch keiner gesagt, dass Sie die Augen schließen müssen«, sagte Beke.

»Ich hole uns erst mal was zu trinken«, sagte Christian und drehte sich abrupt um.

Was war nur los? Beke war hübsch, und was war gegen

ein paar Küsse zu sagen? Eigentlich sollte er geschmeichelt sein, trotzdem fühlte er sich unwohl. Viel zu schnell schob ihm der Mann hinter dem Tisch das Getränk zu. Christian zahlte und brachte Beke das Glas. Sie sah ihn erwartungsvoll an. »Nun, Herr Kommissar, wie sieht es aus?«

»Der *Herr Kommissar* wird nirgendwo hingehen, er muss arbeiten. Und zwar ein bisschen plötzlich!«

Christian fuhr herum. Herr von Treptow stand vor ihm.

Beke erfasste die Situation sofort. »Da fällt mir ein, dass ich mich noch mit Gertie vom Europäischen Hof treffen wollte. Ich bin schon viel zu spät.« Keine Sekunde später war sie in der Menschenmenge verschwunden.

Christian sah ihr verwirrt nach. Er erwartete, eine Standpauke zu erhalten, doch Herr von Treptow ging nicht weiter auf sein Verhalten ein.

»Rudolph von Papitz ist eben gekommen.«

Der Badekommissar deutete Richtung Bazar-Gebäude. Dort stand der Sohn des Rittmeisters und plauderte mit einem Herrn mittleren Alters im Zylinder. »Ich möchte, dass Sie ihn nicht aus den Augen lassen. Und hören Sie auf zu trinken. Ich brauche Sie nüchtern.« Der Badekommissar hatte leise, aber sehr eindringlich gesprochen.

Christian nickte. »Ich kümmere mich darum.«

Rudolph von Papitz und der Herr im Zylinder unterhielten sich angeregt. Christian schlenderte näher, um zu hören, worüber sie sprachen. Die politische Lage auf dem Balkan. Er blieb stehen und lauschte, aber schnell schweiften seine Gedanken ab. Wäre er mit Beke mitgegangen, wenn der

Badekommissar nicht gekommen wäre? Sein Blick ging zu den Bäumen am Rande des Parks. Beke war hübsch, keine Frage. Vermutlich glaubte sie, dass Christian ein festes Beamtengehalt bezog und eine gute Partie abgab. Einem Zimmermädchen hätte er tatsächlich etwas zu bieten. Aber war es das, was er wollte?

Das Gespräch der beiden Herren wandte sich nun der glorreichen Flotte zu. Man war sich offensichtlich einig, dass die Zukunft des Landes auf dem Wasser lag.

Im Schatten der Bäume nahm Christian eine Bewegung wahr. Wartete Beke etwa auf ihn? Doch es war nicht Beke, die jetzt aus dem Dunkel hervortrat – sondern Viktoria. Sie wirkte aufgelöst und ging eiligen Schrittes davon. Kurz nach ihr tauchte Jovin auf. Christians Herz begann heftig zu schlagen. Was hatten die beiden dort gemacht?

Kurz entschlossen lief Christian hinter Viktoria her. Die zuckte zusammen, als er sie ansprach.

»Warum warst du mit Jovin hinter dem Baum?«

Sie sah ihn mit großen Augen an. »Spionierst du mir nach?«

Natürlich, Christian hätte sich denken können, dass sie so reagierte. Immer, wenn sie sich in die Ecke gedrängt fühlte, ging Viktoria zum Angriff über. Aber so leicht ließ er sich diesmal nicht beirren. »Was habt ihr gemacht?«

»Belästigt der Mann Sie, Viktoria?« Jovin war dazugetreten. Er legte seine Hand auf Viktorias Schulter. In Christians Ohren rauschte es.

Viktoria schüttelte den Kopf. »Es ist alles in Ordnung, Felix. Wenn die Herren mich jetzt bitte entschuldigen wollen. Ich fühle mich nicht wohl und werde zurück ins Hotel gehen.«

Felix? Sie nannte ihn Felix? Christian sah ungläubig von Viktoria zu Jovin.

»Ich begleite Sie.« Jovin bot ihr seinen Arm.

Doch Viktoria schüttelte den Kopf. »Das ist nicht nötig. Ich finde den Weg allein.« Sie nickte Jovin und Christian zu. »Auf Wiedersehen.« Damit ging sie davon.

Jovin warf Christian einen abschätzigen Blick zu, den dieser nur zu gerne erwiderte. Ihm lag einiges auf der Zunge, was er diesem Fatzke gerne ins Gesicht gesagt hätte. »Einen schönen Abend gehabt?«, stieß er hervor.

»Das kann man wohl sagen.«

»Dafür hat sich Fräulein Berg aber sehr schnell verabschiedet.«

»Ich wüsste nicht, was Sie das angeht, Herr Hinrichs. Fräulein Berg ist keine Frau für Sie.«

»Aber für Sie?«

Jovin lächelte. »Wer weiß?« Er deutete eine Verbeugung an. »Einen guten Abend.« Er drehte sich um und mischte sich unter die Sommergäste.

Christian starrte ihm wütend hinterher. Es dauerte eine Weile, bis ihm sein Auftrag wieder einfiel. Er blickte zurück zum Bazar. Rudolph von Papitz war nirgendwo zu sehen.

39

Ein Pläuschchen

Viktoria eilte davon. Ihr schwirrte der Kopf. Felix Jovin hatte sie geküsst! Und das Schlimmste war, für einen kurzen Moment hatte sie es genossen. Aber sie hatte nicht an Jovin gedacht – sondern an Christian. In dem Moment, als es ihr bewusst geworden war, hatte sie sich von Jovin gelöst. Wie ein kleines Mädchen war sie davongelaufen. Und Christian musste sie dabei auch noch erwischen. Warum war nur immer alles so kompliziert?

Im Conversationshaus blieb sie stehen, atmete tief durch. Was hatte sie nur getan? Es war nicht richtig gewesen. Nicht gegenüber Felix Jovin und nicht gegenüber Christian. Sie hatte sich hinreißen lassen. Es war ein einziger großer Fehler gewesen.

Die Garderobendamen unterbrachen ihren Plausch nur ungern, als Viktoria zu ihnen kam. Eine ältere Dame nahm die Marke entgegen, und sie erhielt ihren Hut und den Sommermantel zurück. Während Viktoria sich den Hut feststeckte, setzten die beiden Damen ihr Gespräch fort. Die Grauhaarige beugte sich vor. »Also, was war jetzt mit der Meentje?«

Viktoria trat beiseite, kämpfte mit der Nadel. Vielleicht wäre es das Beste, noch an Ort und Stelle mit Jovin zu reden, die Sache sofort klarzustellen. Aber sie verwarf den Gedanken. Dazu brauchte es mehr Ruhe.

»Der Meentje ist ein Kleid von der Wäscheleine verschwunden. Einfach so. Sie hatte gerade die Zuber geschrubbt und wollte die Laken wenden, da ist es ihr aufgefallen«, sagte die Jüngere.

»Ach, das ist bestimmt weggeweht.«

»Nein, sie hat es ordentlich mit Klammern an der Leine festgemacht. Da konnte nichts wegfliegen.«

Die Ältere lachte. »Na, wenn es wenigstens *vor* der Wäsche verschwunden wäre. Dann hätte sie sich die Plackerei mit dem Waschen gespart.«

Aber die Junge ging darauf nicht ein. »Ich hab ihr geraten, es Gendarm Kuddel zu melden. Es wird immer schlimmer. Ich sage dir, es geht mit dem Deutschen Reich zu Ende. Überall nur noch Fremde.« Ihr Blick ging vorwurfsvoll zu Viktoria, so als ob sie das Kleid gestohlen hätte.

Viktoria befestigte die letzten Haarnadeln und wandte sich ab. Gleich morgen früh würde sie mit Jovin reden und ihm sagen, dass sie nichts für ihn empfand. Es war besser, es direkt auszusprechen. Alles andere würde nur zu unnötigen Verwicklungen führen.

Die Junge sprach nun leiser weiter. »Weißt du, was Ehme heute Morgen erzählt hat? In der Meierei hat schon wieder Milch gefehlt. Das ist jetzt das vierte Mal. Selbst im Restaurant ist was verschwunden.«

Es dauerte eine Weile, bis Viktoria schaltete. Sie drehte sich abrupt um und sah die Frau an. »Verschwunden? Was genau für Dinge?«

Die junge Frau schien pikiert. Trotzdem antwortete sie, wahrscheinlich genoss sie den kleinen Ruhm, den ihr die Geschichte brachte, selbst wenn es bedeutete, dass sie belauscht worden war. »Na ja, erst fehlte die Decke vom Kutschpferd, dann ist Käse und Brot aus dem Restaurant der Meierei verschwunden. Und jetzt vermisst der Kollege von meinem Mann seine Jacke. Es gehen Diebe um. Ich sage es ja – mit den Fremden kommt das Verbrechen. Und diese Frau von Sowieso, die soll sogar ihren Mann erstochen haben. Ich hab gehört, sie ist vernommen worden. Nichts als Gewalt.« Ihr Blick ging kurz zur Eingangstür des Conversationshauses, die sich geöffnet hatte, doch dort war niemand zu sehen.

Die ältere Frau zuckte mit den Schultern. »Wenn die Frau ihren Mann umbringt, dann wird sie wohl ihre Gründe gehabt haben«, sagte sie ungerührt.

Doch Viktoria war mit ihren Gedanken längst woanders. Die Meierei! Der Betrieb lag etwas außerhalb des Ortes, weit hinter dem Schlachthof und dem Fischerhafen. Es war dort nicht viel los. Rieke könnte sich gut verstecken, und dennoch hatte sie die Möglichkeit, sich etwas zu essen zu besorgen.

Viktoria ging schnellen Schrittes hinaus. Hinter sich hörte sie die jüngere Frau sagen, dass diese vornehmen Damen auch kein Benehmen mehr hätten.

Draußen blieb sie stehen, sah in den Kurpark. Sie musste mit Christian sprechen. Aber die Chancen, ihn in diesem Menschengewühl zu finden, waren gering. Sie ging zu der Baumreihe, wo er sie vorhin angesprochen hatte. Aber dort war er nicht. Vielleicht an dem Verkaufsstand. Sie kämpfte sich zu den Tischen durch, aber auch dort war er nicht. Stattdessen traf sie dort auf Felix Jovin. Es schien, als habe er sie abgepasst. »Viktoria, ich muss mit Ihnen reden.«

»Jetzt nicht, das muss bis morgen warten.« Ohne eine Antwort abzuwarten, ging sie davon. Sie wusste, dass sie sich wieder gedrückt hatte. Anstatt die Gelegenheit beim Schopf zu ergreifen und die Sache ein für alle Mal aus der Welt zu schaffen, war sie wieder davongelaufen. Aber jetzt gab es wichtigere Dinge zu erledigen.

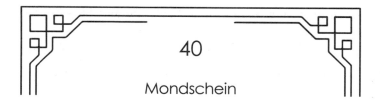

40

Mondschein

Christian stand neben dem Musikpavillon im Dunkeln und beobachtete die Menge. Das Orchester hatte den Pavillon geräumt, Bedienstete des Conversationshauses räumten die Stühle zusammen. Das Fest neigte sich dem Ende zu, aber die Gäste dachten noch lange nicht daran, nach Hause zu gehen. Er beobachtete Emma von Papitz. Sie saß zusammen mit einem jungen Herrn abseits der Menge auf einer Bank. In der Hand hielt sie ein Glas Wein. Ihre Augen hingen an ihrem Begleiter, der jetzt zum wiederholten Mal die Blume in seinem Knopfloch richtete. Es war seltsam, dass Emma von Papitz auf dem Fest war. Und noch seltsamer war, dass ihr Bruder die beiden ebenfalls beobachtete.

Rudolph von Papitz stand in einer Runde von Herren, die Zigarre rauchten und über Politik redeten. Christian hatte ihn vorhin wiedergefunden und beobachtete ihn seitdem. Rudolph hatte mit verschiedenen Personen gesprochen, meist über Politik. Dann war ihm Emma aufgefallen, die auf der Bank mit dem Herrn zusammensaß. Seitdem stand der Oberstleutnant bei einer Gruppe älterer Herren direkt hinter der Bank. Er tat, als folgte er ihrem Gespräch, doch sein Blick ging immer wieder zu seiner Schwester. Beschützte oder überwachte er sie? Mehr als einmal hatte Christian den Eindruck, als wäre Rudolph kurz davor, die Unterhaltung zwischen Emma und ihrem Begleiter zu beenden. Dabei war die mehr als harmlos. Sie drehte sich um Musik. Christian hatte ihnen eine Weile zugehört. Aber er hatte kaum ein Wort verstanden. Was nicht an der allgemeinen Lautstärke lag, sondern an dem, was sie sagten. Es ging um »Rezitative«, »Koloraturen«, »Registerwechsel«. Böhmische Dörfer für Christian.

Doch jetzt kehrte seine Aufmerksamkeit schlagartig zu dem Paar zurück.

»Ich muss es meiner Familie sagen, Frederik, ich kann nicht länger schweigen«, sagte Emma gerade. »Ich fühle mich, als stünde ich vor einem Abgrund. Wenn Sie wüssten, Frederik, wie viel Halt Sie mir geben.«

»Wir dürfen nichts überstürzen. Nicht in dieser Situation.«

»Gerade in dieser Situation. Mein Vater steht uns nicht mehr im Weg. Rudolph wird sich auch damit abfinden. Andere Menschen sehen in ihm den hochdekorierten Gardeleutnant, den Fliegerhelden. Aber für mich ist er nur mein kleiner Bruder. Ich kenne seine Schwächen. Er wird sein Einverständnis geben.« In ihrem Gesicht zeigte sich Entschlossenheit. »Im Leben kann man nicht immer nur abwarten. Manchmal muss man sich einfach nehmen, was man will. Nein, ich werde nicht länger stillsitzen und warten. Ich will das Glück. Ich will Sie, Frederik.« Sie sah ihm tief in die Augen, drückte seine Hand.

Im gleichen Moment löste sich Rudolph von Papitz von der Gruppe der Männer, warf seine Zigarre zu Boden. »Emma, Mutter wartet auf dich. Ich begleite dich zurück zum Hotel.«

Emma erhob sich. Ihre Augen funkelten. »Nein, Rudolph, ich lasse mich von dir nicht mehr herumkommandieren. Ab jetzt werde ich meine eigenen Entscheidungen treffen.«

Christian trat einen Schritt näher, um besser hören zu können. Die Geschwister von Papitz waren so sehr miteinander beschäftigt, dass er nicht fürchten musste, von ihnen entdeckt zu werden. Nicht einmal Conradi schien noch wichtig zu sein. Der hatte sich ebenfalls erhoben, stand hilflos hinter Emma, die kühn das Kinn reckte.

»Immer war ich nur das Anhängsel. Alles drehte sich um dich, nur um dich«, fuhr Emma von Papitz ihren Bruder an. »Mutter hat mich nie beachtet, egal wie sehr ich mich angestrengt habe. Deine Fehler hat sie nie wahrhaben wollen. Aber die Welt hat sich verändert. Nun ist meine Zeit gekommen.«

Der Oberstleutnant sah seine Schwester mit schmalen Augen an, und mit einem Mal wirkte er nicht mehr wie der hochgeehrte Oberstleutnant, sondern wie eine Hyäne auf der Lauer. »Und warum glaubst du, sollte sich etwas ändern?«

Ein schmales Lächeln lag auf ihren Lippen. »Weil ich weiß, was ich weiß. Und ich bin nicht mehr bereit zu schweigen. Du hast unsere Familie zerstört, Rudolph. Du allein. Oder glaubst du, ich weiß nicht, was geschehen ist?«

Rudolph starrte sie an. Wut spiegelte sich in seinen Augen. Doch zu Christians Verwunderung war da auch etwas anderes in seinem Blick. Konnte es sein, dass er tatsächlich Angst vor seiner Schwester hatte?

Jemand berührte Christian am Arm. »Da bist du ja endlich!« Viktoria stand neben ihm. Ihre Wangen waren gerötet. »Ich muss mit dir sprechen.«

Christian sah wieder zu Emma und Rudolph von Papitz. Rudolph hatte ihn entdeckt, und auch Emma schaute mit einem erstaunten Blick zu ihm.

Er wandte sich zu Viktoria um. »Nicht jetzt«, murmelte er. Viktoria trug einen großen Hut, und die ausladend breite Krempe warf im Licht der elektrischen Lampen einen Schatten über ihr Gesicht. Dennoch sah er, wie sie ihn empört anfunkelte. Doch dieses Mal würde er nicht springen, wenn sie rief. Sollte sie doch den Lackaffen mit dem weißen Apachenschal fragen.

Viktoria beugte sich vor und flüsterte: »Ich habe herausgefunden, wo Rieke sein könnte – in der Meierei.«

Christian zögerte. Wenn Viktoria mit ihrer Vermutung recht hatte, mussten sie sofort handeln. Gleichzeitig musste er die Geschwister von Papitz im Auge behalten. Er wandte sich zu ihnen um. Sie waren verschwunden, und auch von ihrem Begleiter war nichts mehr zu sehen. Christian stieß einen leisen Fluch aus. Das war ja klar. Sie hatten ihn bemerkt und es vorgezogen, ihre Unterhaltung ungestört weiterzuführen.

Christian sah zu Viktoria. Wenn er nicht mitging, würde sie allein losziehen, das stand außer Frage. Er nickte. »Also gut. Wir werden Licht brauchen. Da draußen auf den Wiesen ist es stockdunkel. Ich frage im Conversationshaus, ob sie eine Lampe für uns haben.«

Die Damen an der Garderobe sahen ihn überrascht an, als er seine Bitte vortrug. »Sie sind dieser Hilfspolizist, nicht wahr?«, sagte die Grauhaarige.

Na, herrlich. Mit wem hatte Müller eigentlich nicht über ihn geredet?

Die Alte lächelte versonnen. »Ich habe Sie mir gar nicht so schmuck vorgestellt.« Sie erhob sich ächzend. »Ich schau mal hinten. Ich glaub, da müsste noch eine herumstehen.« Kurz darauf kam sie mit einer Nachtwächterlampe zurück. »Wo wollen Sie denn hin?«

»Ich muss etwas überprüfen«, sagte er ausweichend.

»Und wann bekomme ich die Lampe wieder?«

»Ich bringe sie Ihnen morgen zurück«, sagte Christian.

»Sie können sie mir auch nachher nach Hause bringen«, sagte die alte Frau und sah Christian schelmisch an.

»Es könnte spät werden«, sagte Christian.

»Je später der Abend, desto schöner die Gäste.«

Christian grinste. Die Alte gefiel ihm. Während die junge Frau sauertöpfisch schaute, beugte er sich zu ihr vor: »Tut mir leid, schöne Frau, aber das wird heute Abend nichts mit uns.« Damit tippte er sich an die Stirn und wandte sich ab.

An der Tür hörte er sie rufen. »Junger Mann!«

Er drehte sich um.

»Da draußen steht das Rad von unserem Gendarmen.

Das können Sie nehmen. Wenn Kuddel duun ist, geht er sowieso zu Fuß nach Hause. Und dann kommen Sie vielleicht doch noch auf eine Stippvisite bei mir vorbei.« Ihr mädchenhaftes Kichern begleitete ihn nach draußen.

Viktoria wartete bei der Bank. Sie hatte ihren Mantel angezogen, denn es war frisch geworden. Er hielt neben ihr und deutete auf die Fahrradstange. »Darf ich bitten?«

Sie sah ihn erstaunt an, und zum ersten Mal, seit er sie kannte, wirkte sie unsicher. Doch das währte nur kurz. Im nächsten Moment saß sie auf der Stange, hielt sich am Lenker fest, während er sich vom Boden abstieß und in die Pedale trat. Es war gar nicht so einfach, mit ihr auf der Stange das Gleichgewicht zu halten. Vor allem, da der Weg uneben war und er hin und wieder durch weichen Sand fahren musste. Aber irgendwie ging es.

Es war hier draußen nicht so dunkel, wie Christian befürchtet hatte, denn der Mond schien hell am Himmel, sodass er einigermaßen erahnen konnte, wohin er das Rad lenkte. Die Lampe hatte er an den Lenker gehängt. Sie warf einen schwachen Schein um das Rad. Vom Meer her wehte eine steife Brise. Doch trotz des Windes roch er den dezenten Rosenduft, der Viktoria immer umgab.

Als sie etwa eine Viertelstunde gefahren waren, tauchten vor ihnen die schwarzen Umrisse der Meierei auf. Ein hohes Backsteingebäude mit weiß verputzter Fassade. Hier wurde jeden Morgen die Milch der Bauern abgeliefert und weiterverarbeitet. Tagsüber gab es in einem niedrigen Glasvorbau einen kleinen Restaurantbetrieb. Doch zu dieser Stunde lagen Haus und Hof verlassen da. Christian hielt an, Viktoria sprang ab, und er legte das Rad auf den Boden.

Schweigend sahen sie sich um. Inzwischen hatten sich Wolken vor den Mond geschoben, sodass kaum noch etwas zu sehen war. Christian hob die Petroleumlampe an. Auch der Wind hatte sich gelegt. Es herrschte eine gespenstische Stille.

Christian trat an das Tor, hinter dem sich die Produktionshalle befinden musste. Natürlich war es verschlossen, wie Christian sich schnell überzeugte. Er nickte Viktoria zu, um ihr zu bedeuten, dass sie um das Haus herumgehen sollten.

Hohe Glasfenster erhoben sich vor ihnen, als sie vorsichtig um die Ecke bogen. Viktoria legte die Hände auf das Glas und schaute hinein. Christian hielt die Lampe hoch, aber der Schein gelangte nicht in das Innere. Er drückte gegen eines der Fenster, es war verriegelt. Auch beim nächsten war es nicht besser. So gingen sie einmal um das Gebäude herum.

Sie wollten schon wieder zur Frontseite gehen, als ein metallisches Klirren sie erstarren ließ.

Christian fuhr herum. Viktoria, die ein paar Schritte hinter ihm stand, deutete nach unten, auf eines der Kellerfenster. »Hier!«, zischte sie Christian zu. Der trat näher. Das schmale Fenster stand offen.

Christian sah Viktoria an. Er reichte ihr wortlos die Lampe, dann zog er seinen Frack aus und ließ sich mit den Beinen voran durch die Öffnung gleiten. Einen Moment hing er in der Luft, die Hände krallten sich an den Fensterrahmen. Er hatte keine Ahnung, wie tief der Raum unter ihm war. Schließlich ließ er los und landete unsanft einen Meter tiefer auf dem gepflasterten Boden. Wie er jemals wieder herauskommen wollte, war ihm schleierhaft.

Als er aufsah, reichte ihm Viktoria bereits die Petroleumlampe herab. Er nahm sie in Empfang und stellte sie auf einen schmalen Tisch, der sich an der Wand befand. Er wollte ihr gerade sagen, dass sie draußen auf ihn warten solle, während er sich umsehen würde, da erschien auch schon ihr Rock in der Fensteröffnung. Als sie sich herabließ, hörte man ein lautes Reißen. »Das nächste Mal ziehe ich Hosen an«, fluchte sie leise, dann ließ sie sich fallen.

Christian fing sie auf. Er taumelte und wäre fast gestürzt. Er stieß gegen das Tischchen und brachte die Lampe zum Wanken. Mit lautem Klirren zerschellte sie auf dem Boden. Augenblicklich war es dunkel im Raum.

Christian entzündete ein Streichholz und besah sich den Schaden an der Lampe. »Die ist hinüber.«

Er blickte sich um. Der Raum war klein und bis auf drei Holzbottiche und mehrere Zinkeimer leer. Die einzige Tür stand offen. Christian ging auf sie zu, das brennende Streichholz hochhaltend.

Durch die Tür gelangten sie auf einen Gang, der rechts bald endete. Linker Hand befanden sich weitere Türen. Die Tür zum nächsten Raum schien geschlossen zu sein, doch bei näherem Hinsehen bemerkte Christian, dass sie nur angelehnt war. Er sah Viktoria an, dann drückte er die Tür vorsichtig auf. Ein Luftzug wehte auf den Flur, und das

Streichholz ging aus. Christian fluchte und zog ein weiteres Holz aus der Schachtel. Er strich es am Abrieb, es flammte kurz auf, ging aber sofort wieder aus.

Doch Viktoria hatte etwas bemerkt. »Da liegt eine Decke!« Sie trat in den Raum, und Christian folgte ihr. Im nächsten Moment wurde ihm klar, dass sie nicht allein waren. Es war jemand hier. Und es war kein Kind.

41

Im Versteck

Viktoria blieb wie angewurzelt stehen. Die Gestalt vor ihr hatte ihr den Rücken zugedreht, doch jetzt fuhr sie herum. Im nächsten Moment spürte sie einen heftigen Schlag gegen die Schulter, der sie gegen die Wand schleuderte. Christian versuchte offenbar, die Gestalt aufzuhalten, doch auch er wurde niedergeschlagen. Der Angreifer lief hinaus, scheppernd schlug die Tür ins Schloss.

»Bist du verletzt?«, fragte Viktoria. Ihre Beine zitterten. Ihr war schwindelig. Sie wäre gewiss gestürzt, wenn Christian sie nicht aufgefangen hätte.

Sie musste das Bewusstsein verloren haben. Denn als sie die Augen wieder öffnete, blendete sie der flackernde Schein einer Kerze. Sie lag in Christians Armen auf dem Boden des Kellerraumes. Er strich ihr die Haare aus der Stirn, tupfte die Wunde an ihrer Schläfe mit einem Taschentuch ab. Im nächsten Moment fiel ihr wieder ein, was geschehen war. Sie richtete sich abrupt auf, bereute es aber sofort. Alles drehte sich um sie.

»Langsam«, sagte Christian sanft.

Viktoria ließ sich wieder in Christians Schoß zurücksinken. In der Ecke des Raums sah Viktoria ein großes Stück Pappe und eine Decke. Daneben die Kerze und eine Flasche Milch. »Riekes Versteck. Sie lebt also«, sagte Viktoria. »Das arme Kind. Sie hat sich hier versteckt, nachts, wenn die Arbeiter fort waren.«

»Sie scheint ein cleveres Mädchen zu sein«, sagte Christian mit fester Stimme, um ihr Mut zu machen. »Sie hat sich Kerzen besorgt und sogar Kekse. Wenn mich nicht alles täuscht, stammen die von der Inselbäckerei. Bezahlt hat sie die sicherlich nicht.« Christian griff neben sich und zeigte ihr die Papiertüte.

»Die hat sie am Bazar gestohlen. Ich habe sie an dem Tag fast erwischt.« Viktoria sah zur Tür. Erneut richtete sie sich auf, diesmal vorsichtiger. »Das war er. Der Mörder. Er sucht sie. Wir müssen ihm nach.«

»Die Tür ist verschlossen, es gibt keinen Griff. Wir müssen warten, bis uns einer aufschließt. Morgen früh, wenn die Arbeiter kommen.«

»Und Rieke? Er wird sie suchen!«

Christian schwieg. Sie waren zur Untätigkeit verdammt. Viktoria schnürte der Gedanke die Kehle zu.

Eine Weile saßen sie schweigend nebeneinander. Schließlich lehnte sie sich an ihn. Es tat gut, seine Nähe zu spüren, seinen Atem neben sich zu hören. Sie wusste, dass sie ihm noch eine Erklärung schuldete. Und dass jetzt der richtige Augenblick dafür war.

»Du hast mich gefragt, was mit Jovin gewesen ist.« Sie wartete auf eine Reaktion, aber da war nichts als sein regelmäßiger Atem. Sie wagte nicht, ihn anzusehen. Dann würden ihr die Worte noch schwerer fallen. »Er hat mich geküsst.«

Sie spürte, wie Christian sich anspannte. Schnell redete sie weiter. »Es war ... Weißt du noch, unser letzter Abend vor unserem Streit? Als wir tanzen waren und danach unter der Weide gestanden haben?« Aus den Augenwinkeln sah sie, dass er nickte. »Daran habe ich gedacht. An dich.« Sie wandte sich zu ihm. »Ich habe dich vermisst. Mehr, als ich es mir eingestehen wollte.«

Er sah sie stumm an, seine blauen Augen schimmerten im Kerzenlicht. Endlich fand er die Sprache wieder. »Als du mir gesagt hast, dass wir uns nicht mehr treffen können ... Ich habe nicht verstanden, warum dir deine Schülerinnen wichtiger sind als ich. Fremde Mädchen, die kommen und irgendwann wieder gehen. Du ziehst sie mir vor. Dabei hätte ich wissen sollen, dass es um etwas anderes geht. Dass die Schule und deine Arbeit dein Lebensziel sind. Aber ich war zu verletzt, um das zu sehen.«

Sie sah ihn an. Wie oft hatte sie ihm insgeheim vorgeworfen, dass er ihr Fesseln anlegen wollte, dass er ihr die Freiheit nicht gönnte. Aber darum war es ihm nie gegangen. Sie hatte nicht begriffen, wie sehr er sich zurückgestoßen gefühlt hatte. Sie sah seine Lippen, seine Augen, denen sie vom ersten Moment an erlegen war. Und bevor sie recht wusste, was sie tat, beugte sie sich vor, küsste ihn sanft. Sie spürte sein Zögern. Und sein Verlangen.

Sie ließ ihre Hand über seinen Körper gleiten, schob sie unter sein Hemd, spürte seine warme Haut. Und dann ließ sie sich einfach treiben. Dachte an nichts mehr, fühlte nur noch.

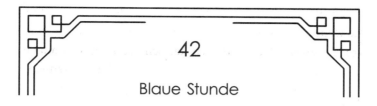

42

Blaue Stunde

Christian wünschte sich, die Zeit würde einfach stehen bleiben und er könnte für immer mit Viktoria hier verbringen, mit ihr in seinen Armen. Er zog die Decke über ihre Schultern. Er hätte es nicht zulassen dürfen, hätte sich zurückhalten müssen. Und doch ... Sie so nah zu spüren, Teil von ihr zu sein. Für nichts auf der Welt würde er dieses Gefühl eintauschen wollen. Er fühlte ihre Haut unter seiner Hand, so zart, so warm. Vorhin hatte sie ihre Kleider wieder angezogen, fast verschämt. Wie würden sie miteinander umgehen, wenn die Tür sich öffnete und sie zurück in die Welt dort draußen mussten? Noch war es nicht so weit. Diese Zeit gehörte ausschließlich ihnen beiden. Gestohlene Zeit.

Es war, als hätte sie seine Gedanken gelesen. Sie öffnete die Augen, sah ihn an. Er strich mit dem Finger über ihren Hals, die Schulter. Zog sie ihn an sich und küsste sie sanft. So wie vorhin. Doch ein lautes Quietschen ließ ihn innehalten.

Viktoria setzte sich auf. »Das klang nach dem Eingangstor«, sagte sie.

Er nickte. Nun war sie also vorüber, die gestohlene Zeit. Sie sahen sich noch einmal an, im flackernden Licht der

Kerze. Viktoria fuhr über seine Wange, über die Bartstoppeln und lächelte. »Es war schön. Ich bereue nichts. Nur, dass wir so lange getrennt waren.«

Er küsste sie erneut, dann stand er auf und half ihr hoch. Sie steckte ihre dunklen Locken hoch, strich das Kleid glatt. Sah auch ihn noch einmal prüfend an und lachte dann.

»Ich mach dich mal besser sauber.«

Sie putzte über Hemd und Hose. Christian lächelte und ging dann zu der Tür. Er trommelte dagegen. »Hallo! Wir sind hier eingesperrt!«

Er musste ziemlich lange trommeln, bis endlich ein Mann mit einer Lampe in der Hand die Tür öffnete. Der schaute sie im spärlichen Licht verdutzt an. »Was machen Sie hier?« Sein Blick fiel auf die Decke am Boden, und er zog seine eigenen Schlüsse. »Das ist hier aber kein Platz für ein Schäferstündchen.«

»Wir wurden eingesperrt«, beeilte sich Christian zu sagen.

»Soso.« Der Mann runzelte zweifelnd die Stirn.

»Wir waren auf der Suche nach einem verschwundenen Kind. Es muss sich hier versteckt haben«, erklärte Christian.

»Ein Kind?« Der Mann glaubte natürlich kein Wort.

Viktoria trat vor. »Ein Mädchen. Es ist aus dem Seehospiz davongelaufen. Wir waren gestern auf der Suche nach ihr und sind dabei eingesperrt worden. Ist Ihnen nichts aufgefallen? Sie muss mehrere Nächte hier gewesen sein.«

Der Mann sah Viktoria mit großen Augen an. »Das Aas hat uns also immer die Milch gestohlen! Na, wenn ich die erwische«, brummte er.

»Bitte, wenn Sie das Mädchen hier noch einmal sehen, geben Sie mir Bescheid. Mein Name ist Viktoria Berg, ich wohne im Hotel Bellevue.«

Christian war froh, als sie endlich auf den Hof traten. Die Sonne war bereits aufgegangen, stand aber noch tief im Osten. Die Kollegen des Mannes hatten zuerst überrascht geschaut und sich dann gegenseitig angestoßen und angefangen zu lachen. Keine Frage: Sie glaubten an ein heimliches Schäferstündchen. Christian konnte es ihnen nicht verdenken. Er sah zu Viktoria. Deren Wangen waren gerötet, trotzdem hatte sie den Kopf hoch erhoben. Christians Frack lag noch immer beim Fenster. Er zog ihn an, richtete dann das Fahrrad auf, um es neben Viktoria herzuschieben. Schweigend gingen sie durch die Dünen zurück Richtung Ort.

Sie waren noch nicht weit gekommen, als sie rechter Hand zwischen den Dünen eine Männerstimme hörten.

»Nun sei doch nicht so ängstlich. Da ist niemand.«

Christian erkannte die Stimme sofort. Oberstleutnant Rudolph von Papitz. Christian machte Viktoria ein Zeichen, stehen zu bleiben. Sie lauschten.

Jetzt ließ sich die Stimme des Oberstleutnants wieder vernehmen. »Natürlich liebe ich dich. Ich dachte, das weißt du. Du bist das Wunderbarste, was mir je begegnet ist. Wie kannst du daran zweifeln?«

Eine Weile herrschte Stille. Nur das ferne Meeresrauschen war zu hören. Dann hörte man wieder den Oberstleutnant. »Na schön, Liebling. Dann lass uns gehen. Aber ich sage dir, du machst dich unnötig verrückt.«

Christian zog Viktoria mit sich. Er wollte nicht noch einmal von Rudolph von Papitz beim Lauschen erwischt werden. So schnell es mit dem Fahrrad ging, lief er auf die Düne linker Hand, legte das Fahrrad auf den Boden und ließ sich in einer Mulde nieder. Viktoria hockte sich neben ihn. Kurz darauf erschien das Paar auf dem Weg, kam näher. Sie blieben stehen, küssten sich.

Christian zog die Luft ein. Das war tatsächlich Rudolph von Papitz. Doch es war keine junge Frau, die er im Arm hielt. Sondern Frederik Conradi, der Impresario der Kammersängerin.

Christian erhob sich und trat den beiden in den Weg. »Ich denke, wir haben etwas zu besprechen, Herr von Papitz.«

Der Oberstleutnant und Conradi fuhren auseinander. Christian sah die beiden verwundert an. Er wusste selbstverständlich, dass es Männer gab, die sich mit Männern vergnügten. Aber Christian hatte immer gedacht, es sei dabei nur bloße Lustbefriedigung im Spiel. Doch die Art, wie der Impresario den Oberstleutnant angesehen hatte – er war zweifelsohne verliebt.

Rudolph von Papitz hatte als Erster die Fassung wiedergefunden. »Ich wüsste nicht, was wir zu besprechen hätten.«

»Wusste Ihr Vater von Ihrem Verhältnis zu Conradi?«,

fragte Christian, ohne auf die Bemerkung des Oberstleutnants einzugehen.

Rudolph schüttelte den Kopf. »Hören Sie. Ich weiß nicht, was Sie meinen. Es scheint, als hätten Sie die Situation missverstanden. Das ist verständlich. Es ist früh am Morgen, Sie sind mit einer Dame unterwegs und offensichtlich mit den Gedanken woanders.« Sein Blick ging vielsagend zu Viktoria, die dazugetreten war.

»Ich habe nichts missverstanden. Hatten Sie deswegen Streit mit Ihrem Vater? Kam es zu einer gewalttätigen Auseinandersetzung?«

Der Oberstleutnant schüttelte den Kopf, lächelte. »Sie scheinen sich da in etwas zu verrennen, verehrter Herr Hinrichs. Sie sollten diese Sache hier nicht überbewerten. Es wird auch nicht im Interesse Ihrer Begleiterin sein, dass bekannt wird, dass sie nachts mit Ihnen in den Dünen war. Wir sollten jetzt alle nach Hause gehen und diesen Vorfall vergessen.«

Christian war für einen Moment sprachlos. Rudolph von Papitz drohte ihm? Das war wirklich die Höhe. Das Herz schlug ihm bis zum Hals. »Sie beide begleiten mich jetzt zur Wache. Und dann sprechen wir noch einmal in aller Ausführlichkeit darüber, was genau ich missverstanden habe.«

43

Frisches Moos

Rieke konnte das Zittern nicht unterdrücken. Ihr war so kalt. Sie spürte den taufeuchten Boden unter sich. Doch es war nicht allein die Kälte, die sie zittern ließ. Der Gedanke an gestern Nacht ließ sie nicht los. Das Ungeheuer hatte sie gefunden. Noch immer packte sie das Entsetzen, wenn sie daran dachte. Gerade als sie zur Meierei gehen wollte. Wäre sie einen Moment früher gekommen, hätte das Ungeheuer sie erwischt.

Zuerst war sie wie erstarrt gewesen. Doch dann war sie zurück in die Dünen gelaufen und so lange gerannt, bis sie bei den Bäumen war. Erst da fühlte sie sich sicher.

Jetzt lag sie in einer kleinen Erdmulde und hörte auf die Geräusche um sich herum. Blätter raschelten im Wind, Vögel sangen, in der Ferne hörte man das Meer. Als plötzlich ein Ast knackte, erschrak sie. Rieke drückte sich tiefer auf den Boden. Leise Schritte im Unterholz. Rieke wagte kaum zu atmen. Vorsichtig lugte sie über die kleine Erhebung. Es war ein Reh, das an der Rinde eines jungen Baumes knabberte. Die Sonne war bereits aufgegangen, und hier am Rand des Waldes warf sie helle Strahlen in den feinen Nebelschleier, der auf dem Boden lag. Das Reh blickte aufmerksam auf. Nur die Ohren bewegten sich hin und her. Dann nahm es erneut einen Bissen von der Rinde. Es war genauso auf der Hut wie Rieke. Nur dass es seinen Hunger stillen konnte.

Bei dem Gedanken spürte sie das Stechen in ihrem Magen. Sie konnte nicht hierbleiben. Ihr Blick ging zum Krankenhaus, das nur durch den schmalen Fußweg vom Wald getrennt war. Dort hinten war der Krankenpavillon, dort lag Elli.

Das morgendliche Tamtam ertönte. Das Reh erstarrte, dann sprang es davon. Rieke wusste, dass jetzt alle Kinder aufstanden. Die Mädchen würden sich anziehen und in den Waschraum gehen. Rieke glaubte, ihr fröhliches Geplapper bis in dem kleinen Wäldchen, in dem sie lag, zu hören.

Bald versammelten sich die ersten Kinder vor den Pavillons, reihten sich paarweise auf. Das Tamtam rief zum Frühstück in den Speisesaal. Rieke sah, wie die Kinder losmarschierten.

Vorsichtig stand Rieke auf, sah sich nach allen Seiten um. Dann lief sie zum Krankenhaus. Jetzt war sie unter dem Fenster des Speisesaals. Sie hörte Stühlerücken, Lachen, Plaudern. Im Geiste sah sie sich selbst dort sitzen, vor sich ein Glas Milch. Auf dem Tisch standen Platten mit köstlichen Käsebroten. Gleich würden die Gesangsbücher verteilt werden. Und tatsächlich – jetzt begann Schwester Zita, auf dem Harmonium zu spielen. Sie stimmte das Morgenlied an. *»Führe mich, o Herr, und leite meinen Gang.«* Rieke sang leise mit. *»Nur in deinem Schutz allein kann ich recht bewahret sein.«*

Nach einem lauten *Amen* fingen sie an zu essen. Rieke hörte das Klappern des Bestecks. Sie wischte sich über die triefende Nase. Und über die Augen. Da vorne war der Krankenpavillon. Wie es Elli wohl ging? Es waren nur ein paar Schritte, und sie wäre bei der Freundin. Könnte ihr erzählen, was geschehen war.

Rieke schlich über den Hof, schlüpfte durch die Tür. Dann lief sie über den Gang bis zur Tür des Schlafsaals. Rieke wollte die Klinke schon hinunterdrücken, aber dann zögerte sie. Was, wenn das Ungeheuer auf sie wartete? Wenn es hinter der Tür lauerte? Es war schon einmal hier gewesen. War durch die Reihen gegangen, hatte nach ihr gesucht. Die Haare in ihrem Nacken richteten sich auf. Das Ungeheuer würde wiederkommen. Ganz sicher. Was, wenn es dann auch Elli etwas antat? Oder einem der anderen Kinder?

Rieke ließ die Klinke los. Sie wandte sich um. Sie war leichtsinnig gewesen. Was hatte der Vater gesagt? *Wenn dich jemand erwischt, kehre nicht nach Hause zurück.* Das Ungeheuer wusste, dass das hier ihr Zuhause war. Es würde immer wieder hier nach ihr suchen. Rieke ging leise zurück über den Flur, dann an der roten Backsteinmauer des Pavillons entlang. Schnell weg! Schnell zurück in den Wald!

Als Rieke wieder in der Erdmulde lag, überlegte sie, was sie jetzt tun sollte. Zurück zur Meierei konnte sie nicht. Vaters strenge Worte hallten in ihrem Kopf. Jeden Morgen hatte sie sie aufsagen müssen. Dazu hatte er im Takt mit der Gerte auf den Tisch geschlagen. *Verstecke dich da, wo niemand dich erwartet.*

Es gab einen Ort, den sie bisher vermieden hatte. An den sie eigentlich nicht denken wollte. Dort würde sie das Ungeheuer niemals erwarten. Dort musste sie hin.

44

Nach den Sternen greifen

»Was haben Sie zu dem Vorwurf zu sagen?«, fragte Eduard von Treptow.

Sie saßen auf der Wache, wohin Christian den Oberstleutnant und den Impresario gebracht hatte. Gendarm Müller war ebenfalls schon da gewesen, und zu Christians Überraschung hatte er nicht einmal protestiert, als der ihm auftrug, umgehend den Badekommissar zu verständigen, der denn auch sofort erschienen war. Die Wache war spartanisch eingerichtet. Es gab zwei kleine Eichenschreibtische, die einander gegenüber aufgestellt waren. Auf dem einen stand eine Schreibmaschine, die aussah, als sei sie noch nie benutzt worden. An der Wand hing ein Gemälde des Kaisers, das mit einem grünen Zweig geschmückt war. Ein Holztresen grenzte einen schmalen Gang ab, hinter dem Viktoria und Christian standen. Herr von Treptow hatte sich auf einem einfachen Stuhl am Schreibtisch niedergelassen. Oberstleutnant von Papitz saß seitlich neben dem Tisch und sah dem Badekommissar ruhig in die Augen.

»Ein Missverständnis«, sagte er jetzt, »wie ich Herrn Hinrichs bereits mehrfach erklärt habe. Ich habe Herrn Conradi von einer Begegnung mit einer Dame erzählt und … nun, ich habe mich über die betreffende Dame lustig gemacht und die Situation nachgespielt. Es war gegenüber der Dame sicherlich unhöflich, wofür ich mich entschuldigen möchte. Aber weiter ist nichts geschehen.«

»Sie bestreiten also den Vorwurf, ein widernatürliches Verhältnis zu diesem Herrn zu unterhalten?« Herr von Treptow wies auf Conradi, der zusammengesunken in der Ecke saß. Er hatte die ganze Zeit noch kein Wort gesagt. Geredet hatte nur der Oberstleutnant, und so wie er es darstellte, klang die Geschichte völlig harmlos.

»Natürlich bestreite ich den Vorwurf, und zwar aufs Schärfste. Die Sonne war gerade erst aufgegangen. Die blaue Stunde! Das Licht muss Herr Hinrichs und Fräulein Berg einen Streich gespielt haben. Außerdem schienen die beiden doch sehr mit sich selbst beschäftigt.«

Für einen Moment war Viktoria unsicher. Hatte das Zwielicht sie womöglich getäuscht? Hatten die beiden sich nur einen Scherz erlaubt, wie der Oberstleutnant behauptete? Aber dann besann sie sich. Sie wusste, was sie gesehen hatte. Diese Art, wie die beiden sich berührt hatten – nein, das war kein Missverständnis gewesen. Sie hatte nichts dagegen, dass Rudolph von Papitz einen Mann liebte. Warum auch nicht. Liebe war Liebe. Aber unter Männern war sie nach Paragraf 175 unter Strafe gestellt. Den beiden drohten Zuchthaus und Ehrverlust.

Die Tür der Wache ging auf, und Gendarm Müller führte Auguste und Emma von Papitz herein. Er bat sie, auf dem Gang Platz zu nehmen. Dann klappte er den Holztresen nach oben, trat vor den Badekommissar und salutierte. »Wir sind zurück, Herr von Papitz.« Er stellte sich neben Frederik Conradi, als müsse er aufpassen, dass der nicht davonlief.

Auguste von Papitz hatte sich nicht gesetzt, sondern war vor dem Tresen stehen geblieben. »Herr von Treptow, was hat das zu bedeuten?«, fragte sie und sah angespannt zu ihrem Sohn.

Emma von Papitz hatte dagegen nur Augen für Conradi.

Der Badekommissar stand auf und wies mit einer einladenden Geste auf einen Stuhl neben seinem Schreibtisch. »Setzen Sie sich bitte hierher, gnädige Frau. Es gibt da einige Dinge, die wir klären müssen.« Er strich sich über die grauen Haare. Er schien zu überlegen, wie er beginnen sollte, und wartete, bis Frau von Papitz Platz genommen hatte. »Haben Sie eine Vermutung, warum ich Sie habe rufen lassen?«

»Ich nehme an, Sie möchten, dass ich meine Aussage wiederhole. Ich bin gerne dazu bereit.« Auguste von Papitz hatte ein Taschentuch aus ihrem Ärmel gezogen, nur um es nervös in den Händen zu kneten.

»Nein, um Ihre Aussage geht es nicht«, sagte der Badekommissar. »Gnädige Frau, Herr Hinrichs hat Ihren Sohn heute Morgen dabei beobachtet, wie er mit Herrn Conradi unzüchtige Handlungen verübte.«

Emma von Papitz schrie spitz auf, blickte entgeistert den Impresario an. Frederik Conradi starrte vor sich hin und schien nur noch im Erdboden versinken zu wollen.

Der Oberstleutnant hingegen blieb die Ruhe selbst. »Ich

habe es dem Badekommissar bereits gesagt. Es war alles nur ein Irrtum. Kein Grund zur Aufregung.«

Auguste von Papitz deutete mit einem mageren Zeigefinger auf Conradi. »Dieser Mann ist schuld. Ein Künstler! Man weiß doch, wie diese Leute sind. Er hat sich an meinen Sohn herangemacht. Er verfügt offenbar über einen liederlichen Charakter. Das können Sie meinem Sohn nicht anlasten.«

Emma von Papitz trat nun auch in den Raum und stellte sich zu Conradi, woraufhin der Gendarm vortrat, um sie zurückzuweisen. Der Badekommissar gab ihm jedoch mit einem Wink zu verstehen, sich zurückzuziehen.

Tränen füllten Emmas Augen. »Frederik hat keinen liederlichen Charakter. Und er hat mit Sicherheit auch niemanden verführt. Er ist ehrlich, humorvoll und zuvorkommend. Mutter, ich wollte dich in den vergangenen Tagen nicht damit behelligen. Aber nun bleibt mir keine andere Wahl, als es dir zu sagen. Frederik hat mir die Ehe angetragen, und ich habe eingewilligt.«

Auguste sah sie einen Moment sprachlos an. Dann lachte sie auf. Es klang hässlich. »Bist du wirklich so einfältig, Kind? Dieser Mann will dich als Feigenblatt benutzen, um seine widernatürlichen Neigungen zu verbergen.«

Emma versteifte sich. »Frederik hält mich im Gegensatz zu dir nicht für einfältig. Er sagt, meine Stimme sei eine Begabung, und hat sogar ein Lied für mich geschrieben. Aber das wirst du niemals verstehen. Du hast in deinem Leben nichts anderes gekannt als Abscheu. Glaubst du, ich habe nicht gesehen, wie du Vater bei Tisch angesehen hast?

Angewidert warst du von ihm. Der einzige Mensch, aus dem du dir jemals etwas gemacht hast, ist Rudolph. Wenn jemand naiv ist, dann du. Du willst nicht wahrhaben, wie er wirklich ist. Du verschließt lieber die Augen. Aber ich bin es leid.« Sie stand mit hochrotem Kopf vor ihrer Mutter. »Die Wahrheit ist, dein Fliegerheld treibt sich schon seit Jahren mit Männern herum. Weißt du, warum er die Ehrengarde verlassen hat? Wegen seines Kameraden Richard – dem Richard, der bei uns ein und aus ging und der oft über Nacht blieb. Du wolltest es nicht sehen, aber Vater wusste, was vor sich ging. Warum hat er Rudolph denn gedrängt zu heiraten? Er wollte, dass das Gerede aufhörte. Bis es dann doch herauskam. Aber Rudolph hat sich herausgewunden, so wie er es immer tut. Nach Döberitz ist er gegangen, und alle haben ihn für seine Tollkühnheit bewundert.«

Der Oberstleutnant war aufgesprungen. »Emma, es reicht! Ich weiß, dass du eifersüchtig auf mich bist und schon immer warst. Aber diese verleumderischen Lügen gehen entschieden zu weit.«

Der Oberstleutnant war einen drohenden Schritt auf Emma zugegangen, aber die ließ sich nicht einschüchtern. Sie schüttelte den Kopf. »Du hast dich aus Rache an Frederik herangemacht. Um es mir heimzuzahlen, weil ich damals die Sache mit Richard verraten habe. Du wolltest mir zeigen, dass du selbst einen so aufrichtigen Mann wie Frederik verführen kannst. Denn du hasst die Welt genauso wie Mutter. Du fühlst keine Liebe, sondern bist getrieben von der Sucht, andere zu beherrschen. Genau wie sie.«

Zischend fuhr Frau von Papitz sie an: »Emma, schweig still.«

Emma lachte traurig. »Es ist wahr. Rudi wird von seinen widernatürlichen Gelüsten getrieben und kann es nicht ertragen, wenn jemand anders glücklich wird. Darum hat er auch versucht, Frederik zu verführen.«

Rudolph von Papitz wandte sich mit resignierter Miene an den Badekommissar. »Nichts von alldem stimmt. Es ist das törichte Gerede einer Schwester, die ihrem Bruder den Erfolg nicht gönnt.« Er zeigte nicht eine Spur von Verunsicherung. »Ich kenne Herrn Conradi kaum, und sicherlich habe ich kein *Verhältnis* mit ihm. Wir haben uns lediglich unterhalten. Das ist alles.«

Frederik Conradi hatte die ganze Zeit wie ein Häuflein Elend dagesessen und auf den Boden gestarrt. Jetzt sah er zum ersten Mal auf. Tränen schimmerten in seinen Augen. »Lass es, Rudi, es ist vorbei. Steh doch wenigstens jetzt zu deinen Gefühlen. Erklär ihnen, wie es ist. Dass wir uns lieben.«

Emma erbleichte. Sie ging neben ihm aufs Knie, ergriff seine Hand. »Frederik, sag so etwas nicht. Rudolph hat dich manipuliert, das macht er mit allen Menschen. Es bleibt dabei – wir heiraten, gründen eine Familie, und dann hat dieser Spuk ein Ende.«

Doch Conradi sah sie traurig an. Dann löste er sich von ihr, stand auf. »Nein, denn ich habe nicht vor, mich länger zu verstecken. Ich liebe Rudolph. Alle sehen in ihm nur den kühlen Verstandesmenschen. Aber ich kenne seine Seele. Seine zärtliche, liebevolle Art, aber auch seine

Ängste und Zweifel. Niemandem kann er sich zeigen, wie er wirklich ist, stets muss er fürchten, entdeckt zu werden.« Conradi nahm Emmas Hand, zog sie zu sich empor. Doch dann ließ er ihre Hand los. »Es tut mir leid, Emma. Ich hätte dich da niemals mit hineinziehen dürfen. Es war unrecht. Ich kenne Rudolph seit fast zwei Jahren, wir treffen uns regelmäßig in Berlin. Ich habe mich gefreut, als sich die Gelegenheit ergab, ihm hierher nach Norderney zu folgen. Es war ein Risiko, das war uns beiden bewusst. Und trotzdem haben wir fast jede Nacht gemeinsam verbracht.«

»Herr Conradi, was Sie da reden, ist ungeheuerlich! Sie müssen von Sinnen sein!« Auguste von Papitz war kreidebleich.

Conradi sah noch immer Emma an. »Ich kann nicht länger schweigen. Warum muss ich meine Liebe verstecken? Weißt du, warum ich deine Nähe gesucht habe? Ich hatte Angst, dass es irgendwann auffällt, dass ich mich mit Rudolph treffe. Wenn ich mit ihm verwandt wäre, würde niemand Anstoß nehmen. Ich habe gedacht, so könnte ich immer in seiner Nähe sein. Rudi wusste nichts davon, er war eifersüchtig, als er merkte, dass ich mich mit dir treffe.«

Emma stand mit hängenden Armen da, Tränen liefen über ihr Gesicht.

Conradi schüttelte den Kopf. »Es tut mir leid, Emma. Ich wollte dich nicht verletzen.«

»Was ist mit dem Lied? Du hast gesagt, es wäre für mich. War das auch nur eine Lüge?«, flüsterte Emma.

Der Blick des Impresarios genügte als Antwort. Sie schüttelte den Kopf, wandte sich ab.

Conradi ging ihr einen Schritt hinterher, blieb dann jedoch stehen. »Was sollte ich denn sagen, als du es in meinen Unterlagen entdeckt hast? Dass es für deinen Bruder ist? Und so habe ich gelogen. Zu der einen Lüge kam die nächste, so lange, bis ich selbst nicht mehr wusste, was ich wollte. Ich wäre so gern ein anderer gewesen. Einer, der ein normales Leben lebt. Der heiratet und Kinder bekommt. Aber ich kann nicht gegen meine Gefühle an. Es war stärker als ich. Es tut mir so leid. Das hast du nicht verdient.«

Sie wandte sich ruckartig zu ihm um. »Die dumme kleine Emma! Die es kaum glauben kann, dass sich ein Mann für sie interessiert. Die nur zu gierig nach den Sternen greift. Ich hätte es wissen müssen. Träume sind nicht für mich geschaffen.« Der harte Zug um ihren Mund hatte sich verstärkt. In diesem Moment sah sie ihrer Mutter ähnlicher als jemals zuvor.

»Du hast deine Stimme, Emma. Wenn du singst, bist du ein anderer Mensch. Frei und leidenschaftlich«, sagte der Impresario.

Doch sie schüttelte den Kopf. »Ich will nicht im Rampenlicht stehen. Ich wollte immer nur eins – eine eigene Familie, eine, in der man offen und ehrlich miteinander umgeht. Ich hatte gehofft, ein solches Leben mit dir führen zu können. Aber nun muss ich meine Hoffnung begraben. Wohl für immer.« Damit sank sie auf einen Stuhl, starrte vor sich hin.

Conradi ging zum Oberstleutnant, wollte seine Hand nehmen. »Ich liebe dich.«

Rudolph trat einen Schritt zurück. In seinem Gesicht spiegelte sich für einen Moment unendliche Traurigkeit. Dann wandte er sich ab.

Der Stock des Badekommissars stieß laut auf den Boden auf. »Es ist genug!«, rief er aus. »Setzen Sie sich, Conradi! Oberstleutnant – ich muss sagen, ich bin entsetzt, dass es Subjekte wie Sie in unserem Heer gibt. Wusste Ihr Vater von Ihrem liederlichen Verhältnis?«

Rudolphs rechtes Augenlid zuckte leicht, ansonsten blieb seine Miene ungerührt. »Mein Vater wusste nichts, weil es nichts zu wissen gab.«

Viktoria betrachtete den Oberstleutnant. Ihr war klar, dass er nicht einlenken würde. Niemals würde er zugeben, dass er mit Conradi ein Verhältnis hatte. Vielleicht konnte er es auch vor sich selbst nicht zugeben. Er musste sich schon so lange hinter dieser Maske verstecken, dass er wohl selbst nicht mehr wusste, wer er war.

Sie sah, dass Christian sich den Unterlagen zugewandt hatte, die auf dem Tisch lagen. Er zog ein Blatt hervor und hielt es dem Oberstleutnant hin. »Wussten Sie, dass Ihr Vater einen Detektiv beauftragt hatte?«

Rudolph von Papitz konnte seine Überraschung nicht verbergen. »Einen Detektiv?«

Er wollte das Blatt an sich nehmen, doch der Badekommissar kam ihm zuvor. Er überflog das Schriftstück, lächelte zufrieden. »Vermutlich hatte Ihr Herr Vater einen Verdacht, was Ihr Verhältnis zu diesem Herrn angeht, und der Detektiv hat es ihm bestätigt. Diese Rechnung ist auf Mittwoch, den 11. Juni 1913, datiert. Er stellt Sie am nächsten Tag zur Rede. Dann töten Sie ihn mit seinem eigenen Hirschfänger.«

Das Zucken am Auge des Oberstleutnants verstärkte sich. Die Hand legte er auf eine Stuhllehne, als suche er Halt.

Christian wandte sich an Frau von Papitz. »Wo haben Sie das Messer gefunden, im Zimmer Ihres Sohnes?«

Auguste von Papitz war bleich. Sie sah zu Rudolph, dann auf die Rechnung. Ihr Blick wurde leer. Als sie schließlich sprach, war ihre Stimme nur ein Flüstern. »Ich ahnte, dass er wieder in Schwierigkeiten ist. Ständig war er unterwegs. Er hat gesagt, er ginge zur Jagd, aber er hat nie etwas erlegt. Ich konnte kaum noch schlafen. Freitagnacht bin ich wach geworden, weil mich ein Geräusch geweckt hatte. Ich dachte, ich hätte die Tür ins Schloss fallen hören. Ich dachte, er sei zurück.«

»Wie spät war es da?«

»Vielleicht halb zwölf. Ich bin aufgestanden und in sein Zimmer gegangen. Aber er war nicht da. Ich weiß, es war nicht recht. Doch ich wollte einfach nachsehen, ob ich etwas finde. Eine Fotografie, einen Brief. Damit wollte ich Rudolph zur Rede stellen. Dann habe ich unter seiner Matratze den Hirschfänger gefunden. Ich habe erst nicht verstanden, was das zu bedeuten hatte. Als Sie dann am Morgen gekommen sind, ist es mir klar geworden. Am nächsten Tag bin ich in aller Frühe losgegangen, um das Messer zu vergraben.« Sie fing an zu weinen. »Ich wollte meinen Sohn doch nur schützen.«

Conradi sprang auf. »So kann es nicht gewesen sein! Rudolph war in der Nacht, als sein Vater ermordet wurde, mit mir in den Dünen. Wir waren weit draußen, damit uns niemand sieht.«

Doch der Badekommissar hörte nicht auf ihn. »Rudolph von Papitz, ich nehme Sie hiermit fest wegen des Mordes an Ihrem Vater.«

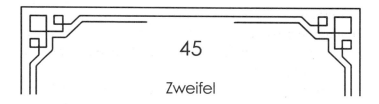

45

Zweifel

Christian begleitete Rudolph von Papitz und Frederik Conradi mit Gendarm Müller zu den Zellen. Der Gendarm stieß Conradi in die erste Zelle und schloss ab. Die Genugtuung war ihm deutlich anzusehen. Von Papitz ging allein hinein, bei ihm wagte der Gendarm keine groben Mätzchen. Doch kaum war die Zellentür geschlossen, wandte er sich an Christian.

»Von mir aus sollen die beiden darin verrotten«, stieß er verächtlich aus.

Christian sagte nichts dazu. Er fragte sich, ob der Oberstleutnant wirklich seinen Vater erstochen hatte. Rudolph bestritt dies. Aber er hatte alles bestritten, auch sein Verhältnis mit Conradi. Was sollte man ihm also noch glauben?

Gemeinsam gingen sie zurück in die Wachstube. Viktoria hatte sich bereit erklärt, die Damen von Papitz zurück ins Hotel zu begleiten, und auch der Badekommissar verabschiedete sich. Er musste beim heutigen Pferderennen, das den Abschluss der Feierlichkeiten zum Thronjubiläum bilden würde, repräsentative Aufgaben übernehmen. Er nahm sich ohnehin schon mehr Zeit für den Fall, als er eigentlich hatte.

Als sie allein waren, setzte Müller sich an seinen Schreibtisch. »Liederliches Volk, diese Urninge«, sagte er und schüttelte angewidert den Kopf. »Ich bin jedenfalls froh, dass die beiden verhaftet wurden. Die werden schon sehen, wie ihnen das Gefängnis schmeckt. Für den feinen Herrn Oberstleutnant ist es jedenfalls vorbei mit der Fliegerei. Der fliegt höchstens noch zum Schafott.« Er kicherte über seinen eigenen Scherz.

Christian stand am Fenster und sah hinaus auf die Knyphausenstraße. »Hm«, brummte er und hoffte, Müller würde endlich Ruhe geben.

Doch der fuhr fort: »Wenn der Richter hört, was der Oberstleutnant und dieser Conradi getrieben haben, fackelt der nicht lange. Dann macht der kurzen Prozess mit dem.«

Genau das war es, was Christian störte. Rudolph von Papitz würde kaum ein ausgewogenes Verfahren bekommen. Christian strich sich über das stoppelige Kinn. »Warum sollte der Oberstleutnant das Messer mit in sein Zimmer nehmen, um es unter der Matratze zu verstecken? Das ist doch unsinnig. Er hätte es überall loswerden können. Er hätte es einfach ins Meer werfen können.«

»Wird schon seinen Grund gehabt haben. Hat vielleicht den Kopf verloren.«

»Bislang war er immer sehr beherrscht. Nein, das passt nicht zusammen. Außerdem wusste er, dass das Strandrennen am nächsten Tag stattfinden würde. Warum sollte er die Leiche ausgerechnet dort ablegen? Er musste doch damit rechnen, dass sie sofort gefunden wird.«

»Sie machen sich zu viele Gedanken, Herr Journalist. Der Oberstleutnant war es, zusammen mit Conradi. Der Rittmeister hat die beiden beim Stelldichein in den Dünen überrascht. Die beiden gerieten in Panik, der Oberstleutnant ersticht seinen Vater, und sie legen ihn in den Dünen ab. Ende, aus. Schafott.« Er lehnte sich zufrieden auf seinem Stuhl zurück.

Nein, genau das sollten sie denken. Deswegen war der Rittmeister so achtlos beiseitegeschafft worden. Er sollte entdeckt werden, damit der Verdacht auf Rudolph von Papitz fiel. Deswegen war er auch in die Dünen gebracht worden.

Christian ging zum Schreibtisch. Er nahm die Rechnung des Privatdetektivs zur Hand. Dann ging er zum Telefonapparat, der an der Wand hing, nahm den Hörer von der Gabel und ließ sich vom Fräulein vom Amt mit der Nummer verbinden. Er hörte das Tuten, dann knackte es in der Leitung, und eine Frauenstimme meldete sich.

»Hallo?«

Christian runzelte verwundert die Stirn. Die Frau hatte fast geschrien. Vermutlich war sie sehr alt oder schwerhörig oder beides. Er versuchte, sich zu sammeln. »Mein Name ist Hinrichs. Ich möchte bitte Herrn Zadek sprechen.«

»Der ist nicht da«, rief die Frau weiterhin viel zu laut.

Christian sprach betont ruhig weiter. »Ich müsste Herrn Zadek dringend erreichen. Können Sie ihm eine Nachricht hinterlassen, dass er mich zurückruft?«

Schwerhörig war die Frau offenbar nicht, denn die Antwort kam prompt. »Herr Zadek ist auf Reisen. Er kommt in vierzehn Tagen zurück.«

Christian hielt den Hörer etwas von seinem Ohr entfernt. »Wissen Sie, wo ich ihn erreichen kann?«

»Zurzeit ermittelt er für eine Dame auf Juist. Aber ich kann mich leider nicht an den Namen des Hotels erinnern. Nur, dass es erst vor ein paar Jahren gebaut wurde. Und die Küche soll ganz hervorragend sein.«

Der Name wäre ihm lieber gewesen, aber immerhin – es war besser als nichts. »Vielen Dank! Sie haben mir sehr geholfen.«

»Wirklich? Das war mein erstes Telefonat«, rief die Frau stolz. »Ich wollte erst gar nicht an den Apparat gehen. Ich bin die Zimmerwirtin. Aber dann dachte ich, es könnte ja vielleicht wichtig sein.«

»Das haben Sie sehr gut gemacht«, sagte Christian. Er verabschiedete sich von der erleichterten Frau und legte auf.

Der Gendarm sah neugierig zu ihm hoch. »Was rausgefunden?«

»Welches Hotel auf Juist ist erst vor ein paar Jahren gebaut worden?«

»Da gibt es einige. Baut ja jeder heutzutage.«

»Die Küche soll einen guten Ruf haben.«

»Haus Worch ist vor vier Jahren fertiggestellt worden, und der Franz ist wirklich ein ausgezeichneter Koch. Wenn Sie mal da sind, sollten Sie unbedingt vorbeikucken.« Er holte ein Fernsprechbuch aus seiner Schreibtischschublade, blätterte, bis er die richtige Nummer fand. »Die Durchwahl ist 18.«

Christian griff dann erneut zum Hörer und ließ sich vom Fräulein vom Amt verbinden.

Diesmal brauchte es nicht lange, bis sich eine Dame meldete. »Haus Worch. Wie kann ich Ihnen helfen?«

Christian erklärte sein Anliegen.

»Herr Zadek ist zurzeit nicht im Hause. Wir erwarten ihn zum Abendessen zurück. Möchten Sie eine Nachricht hinterlassen?«

Der Gendarm hatte offensichtlich mitgehört. »Lassen Sie mich mal. Ich kenne sie ganz gut.« Er trat zu Christian. Der gab ihm den Hörer. »Olga, hier ist Kuddel, Kuddel Müller, Norderney. Hör mal, das ist eine polizeiliche Angelegenheit. Ist wohl besser, du lässt diesen Herrn schnellstmöglich ans Telefon rufen.« Er lauschte, dann legte er auf. »Sie schickt jemanden, um den Mann zu suchen. Sie können auf den Rückruf warten.«

Er grinste stolz, und Christian dachte, dass der Mann ja doch zu was nütze war.

46

Der Duft des Meeres

Das kalte Wasser schwappte an Viktorias Füße, ließ sie scharf einatmen. Doch sie ging beständig weiter. Hielt noch einmal die Luft an, als eine Welle ihre Taille erreichte und ihr Badekleid durchnässte. Das hatte sie gerade erst im Kaufhaus Peters erstanden. Es war aus blauem Baumwollstoff mit einem breiten weißen Gürtel im Marinestil. Sie hatte mit dem Gedanken gespielt, einen leichten Badeanzug aus dem neuen Trikotstoff zu kaufen, aber der war bei Peters nicht zu bekommen. Was auch besser war, denn Viktoria wollte nicht wegen Erregung öffentlichen Ärgernisses verhaftet werden. So ein Trikotstoff war einfach zu gewagt. Sie zupfte ihre Badehaube zurecht, damit ihre Haare bedeckt waren, dann ließ sie sich ins Wasser gleiten, und für einen Moment war nichts als Kälte auf ihrer Haut. Doch schon kurz darauf begann sich ihr Körper daran zu gewöhnen.

Sie spürte die Wellen, die sie sanft emporhoben und dann hinabzogen. Viktoria schwamm in regelmäßigen Zügen. Sie hörte die Möwen über sich, das Rauschen des Meeres, Kinder, die am Strand spielten, einen Hund, der bellte. Gerade noch hatte sie an nichts anderes denken können als an Frederik Conradi, Rudolph von Papitz und seine Schwester – doch jetzt im Wasser trat all das in den Hintergrund. Viktoria spürte ihren Atem, das Salzwasser auf der Haut. Sie dachte an letzte Nacht. Wie sie Christian so nah bei sich gespürt hatte, seine Haut, seinen Körper. Unbekannt und doch so vertraut. Sie wusste schon jetzt, wie schwer es ihr fallen würde, erneut Abschied von Christian zu nehmen. Aber allein diese eine Nacht war es wert gewesen, nach Norderney zu kommen.

Eine halbe Stunde später zog sie sich in einem der Badekarren am Strand um und kehrte ins Hotel zurück, wo sie sich vor der Waschkommode stehend das Salzwasser von der Haut wusch. Doch der Duft des Meeres blieb in ihren Haaren und erinnerte sie daran, wie es gewesen war, dort draußen ganz allein zu schwimmen und ihren Gedanken freien Lauf zu lassen.

Sie trocknete sich ab. Dann zog sie das türkisfarbene Seidenkleid mit der Brokatspitze an. Sie rollte die langen Handschuhe auf, steckte den Hut fest, nahm ihre Handtasche und verließ das Zimmer.

Draußen lenkte sie ihre Schritte Richtung Rennplatz. Schon von Weitem sah sie die Menschen, die sich von allen Seiten dem erst vor wenigen Jahren neu angelegten Platz zwischen der Marienstraße und der Hafenstraße näherten. Während es vorhin am Strand noch recht kühl gewesen war, schien die Luft nun zu stehen, und es war drückend heiß.

Vor dem Eingangstor hatte sich eine Schlange gebildet, in die sich Viktoria einreihte. Hin und wieder fing sie einen abschätzigen Blick auf. Eine Frau, die allein unterwegs war – das war selbst in der Sommerfrische ein höchst ungewöhnlicher Anblick.

Eine Männerstimme riss Viktoria aus ihren Gedanken. »Eine Dame wie Sie sollte nicht anstehen.«

Sie drehte sich um und sah in die warmen Augen von Felix Jovin. Sofort meldeten sich Schuldgefühle in ihr. Das, was gestern Abend zwischen ihnen vorgefallen war, hätte nie geschehen dürfen. Und je eher sie ihm dies sagte, umso besser.

Jovin lächelte sie an. »Kommen Sie, ich nehme Sie mit hinein. Als Rennpferdbesitzer genieße ich gewisse Privilegien.« Bevor sie etwas sagen konnte, hakte er sich bei ihr ein und führte sie an der Schlange vorbei. Der Kassierer am Eingang schob seine Mütze in den Nacken. Er nickte Jovin nur zu, und schon waren sie drinnen.

Viktoria war überrascht über die Menschenmassen. Das Pferderennen sollte der Abschluss der Krönungsfeierlichkeiten darstellen, und es war keine Frage, dass viele Gäste es gleichzeitig als Pflichtveranstaltung und als Vergnügen empfanden.

In der Ehrenloge hatte die Prinzessin von Preußen, die Schwester des Kaisers, mit ihrem Mann Platz genommen. Jovin steuerte auf die Tribüne zu. »Kommen Sie, ich habe Plätze reserviert.«

Viktoria blieb stehen. Sie holte tief Luft und sagte: »Ich muss mit Ihnen reden, Felix. Wegen gestern Abend.«

Er hielt ihre Hand fest umschlossen und betrachtete sie. »Ich hätte Sie nicht überrumpeln dürfen. Aber ich wusste selbst nicht, wie mir geschah. Sie sind eine faszinierende

Frau, Viktoria. Glauben Sie mir, ich hätte nicht gedacht, dass ich je wieder so empfinden würde nach dem Tod meiner Frau.«

Viktoria wurde unruhig. Das war nicht die Richtung, in die sie das Gespräch hatte lenken wollen. Sie musste die Sache klarstellen, bevor alles nur noch schwieriger wurde. »Ich möchte nicht, dass Sie sich falsche Hoffnungen machen, Felix. Ich kann keine Beziehung zu Ihnen eingehen.« Es war raus.

»Ist der Grund etwa der griesgrämige Kommissar?«

»Er ist kein Kommissar und auch nicht griesgrämig.«

»Ihnen gegenüber vielleicht nicht.« Er betrachtete sie, schüttelte leise den Kopf. »Ich werde nicht so leicht aufgeben, Viktoria. Mein Credo ist, dass der Bessere gewinnt, und ich gebe mich nicht geschlagen.« Er deutete mit dem Kopf zur Tribüne. »Begleiten Sie mich. Ganz unverfänglich. Von dort haben Sie jedenfalls einen guten Blick über die Menge – falls Sie immer noch nach diesem Mädchen Ausschau halten.«

Jovin war auf eine charmante Art hartnäckig. Doch sie fürchtete, ein Zugeständnis würde die falschen Signale senden. »Ich danke Ihnen sehr, aber ich muss leider ablehnen.« Sie entzog ihm die Hand.

Ein junger Stallbursche kam auf sie zugerannt. »Herr Jovin, das Rennen geht gleich los. Klabautermann wird schon zur Bahn gebracht.«

»Ist gut, Ubbe. Ich komme gleich.« Er reichte ihm eine Münze.

Der Junge strahlte. »Oh, einen ganzen Groschen! Vielen

Dank, Herr Jovin. Den setze ich auf Klabautermann.« Er zog seine Mütze und machte einen ordentlichen Diener.

Als der Junge keine Anstalten machte zu gehen, sah Jovin ihn fragend an. »Willst du noch etwas von mir, Ubbe?«

Der schüttelte den Kopf. »Nein, Herr Jovin. Von dem Fräulein.«

»Nanu?«, fragte Viktoria überrascht. »Kennen wir uns denn?«

»Der Stallmeister sagte, ich soll nach Ihnen Ausschau halten. Er sagte, er wäre sich nicht sicher, aber er glaubt, dass er das Mädchen heute gesehen hat. Sie hat sich in der Nähe vom Stall versteckt, ist aber weggelaufen, als er nach ihr gerufen hat.«

»Er sollte sie doch in Ruhe lassen, wenn er sie sieht!«, entfuhr es Viktoria. Gleichzeitig spürte sie ein Glücksgefühl. Rieke lebte, und sie war beim Stall gewesen!

Ubbe sah zur Rennbahn hinüber. »Da ist Klabautermann! Jetzt geht es gleich los, Herr Jovin.« Hastig verabschiedete er sich und rannte zur Bahn.

»Ich muss mich nun leider auch verabschieden.« Jovin sah Viktoria an. »Sie werden doch wohl nicht allein nachsehen, ob das Mädchen noch da ist?«

»Natürlich nicht«, sagte Viktoria, obwohl sie genau das vorhatte.

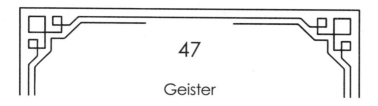

47

Geister

Endlich klingelte das Telefon. Christian nahm den Hörer ab und meldete sich. Der Gendarm stand neben ihm, hörte mit gespannter Miene zu.

»Waldemar Zadek ist mein Name. Frau Worch sagte, dass Sie um einen Rückruf gebeten hatten. Worum geht es?« Seine Stimme hatte einen unangenehmen schnarrenden Ton. Christian stellte sich einen hageren Mann vor, der ein Monokel ins Auge geklemmt hatte.

»Meine Name ist Hinrichs, Hilfsbeamter des Badekommissars hier auf Norderney. Ich ermittle im Fall des Todes von Rittmeister von Papitz, von dem Sie sicher erfahren haben. Wir wissen, dass Sie für den Verstorbenen tätig waren. Womit hat er Sie beauftragt?«

»Dieser Auftrag war vertraulich. Ich bin mir sicher, dass der Herr Rittmeister nicht damit einverstanden gewesen wäre, wenn ich irgendeinem Hilfsbeamten davon erzähle.«

Christian verdrehte die Augen. Er holte tief Luft. »Herr von Papitz wurde ermordet. Um den Fall aufzuklären, müssen wir in Erfahrung bringen, was genau er in den Tagen unmittelbar vor seinem Tod gemacht hat. Wir können Sie natürlich auf die Wache vorladen, aber das würde uns ebenso wie Ihnen nur unnütze Zeit kosten.«

»Eine Reise nach Norderney ist für mich ausgeschlossen. Ich arbeite an einem Fall auf Juist, der meine dauerhafte Anwesenheit auf der Insel erforderlich macht. Nun, vielleicht haben Sie recht. Ich möchte den Ermittlungen nicht im Wege stehen. In diesem Fall bin ich selbstverständlich gern bereit zu helfen. Herr von Papitz hat mich vor einigen Wochen beauftragt, die Umstände eines Brandes zu überprüfen.«

Christian wechselte einen Blick mit dem Gendarmen, der ebenfalls verwundert schien. »Eines Brandes? Ich verstehe nicht«, sagte Christian.

»Herr von Papitz hatte vor einigen Jahren einen vielversprechenden jungen Hengst auf einem abgelegenen Hof im Ostpreußischen entdeckt. Der Eigner wollte ihm das Tier damals zu einem Bruchteil dessen verkaufen, was der Rittmeister eigentlich dafür veranschlagt hatte. Doch bevor der Kauf vollzogen werden konnte, brannte der Stall ab, das Tier verendete. Herr von Papitz hat mich beauftragt herauszufinden, was genau passiert ist.«

»Und?«

»Ich muss sagen, es war ein schwieriger Fall. Herr von Papitz konnte sich nicht genau erinnern, wo der Hof lag. Er hatte ein gutes Gedächtnis für Tiere, aber ein sehr schlechtes für alles andere. Damals war er unterwegs zu den verschiedenen Vorwerken des Gestüts Trakehnen. Also bin ich zunächst dorthin gereist und habe versucht, die damalige Route des Herrn Rittmeisters nachzuvollziehen. Ich muss sagen, dass mir diese Recherche einiges abverlangt hat und ich schon glaubte, sie abbrechen zu müssen. Aber schließlich habe ich in Georgenburg einen Mann gefunden, der mir weiterhelfen konnte. Dort in der Nähe lag ein kleiner Ort, in dem vor einigen Jahren ein Gutshof abgebrannt ist. Nach dem Brand war das Gestüt nicht mehr zu retten. Da es ohnehin keine Erben gab, wurde es nicht wiederaufgebaut und verfiel vollständig. Ich habe es mir angesehen. Sie können mir glauben, auch ohne Brand wäre das Gestüt zugrunde gegangen. Das war nicht nur ein Werk des Feuers.«

»Moment, Erben?«, hakte Christian ein. »Ist jemand bei dem Brand ums Leben gekommen?«

»Der Gutsbesitzer. Er war bei den Dorfbewohnern nicht gerade hoch angesehen. Es heißt, er sei dem Glücksspiel verfallen gewesen.«

»Was genau ist damals passiert?«, fragte Christian.

»Ich habe mit einem Mann gesprochen, der damals als Knecht auf dem Hof arbeitete. Er sagte, der Gutsbesitzer sei wie so oft beim Kartenspiel gewesen und nachts betrunken zurückgekehrt. Dann muss er im Stall eine Laterne umgestoßen haben. Das umliegende Stroh entzündete sich. Das Feuer muss sich rasend schnell verbreitet haben. Als die Bediensteten von den Rufen alarmiert wurden, stand der Stall schon in hellen Flammen. Ein junger Stallmeister hat wohl noch einige Tiere hinausgetrieben, ist dabei dann aber selbst von den Flammen eingeschlossen worden und ums Leben gekommen. Wie übrigens auch der Jährling, den der Herr Rittmeister damals erwerben wollte. Das Feuer hat anschließend auf das Wohnhaus übergegriffen. Die Ruine steht noch heute da, ein schauriger Ort.«

Christian fühlte sich ernüchtert. Diese alte Geschichte schien nichts zu tun zu haben mit der Ermordung des Rittmeisters hier auf Norderney. »Und wie hat Rittmeister von Papitz auf Ihre Nachforschungen reagiert?«, fragte er nur der Vollständigkeit halber.

Zadek räusperte sich. »Nun ja, ein wenig seltsam, wenn ich mir die Bemerkung erlauben darf. Er sprach davon, dass er ein Geisterpferd gesehen habe.«

Als Christian aufgelegt hatte, setzte sich der Gendarm wieder an den Schreibtisch. »Geisterpferd.« Er schüttelte den Kopf.

Christian jedoch blickte nachdenklich auf den Bericht des Medizinalrats, der auf dem Tisch lag. Auch dem Arzt waren die schwarzen Fingernägel aufgefallen. Der Rittmeister war bekannt dafür gewesen, dass er ein Tier niemals vergaß. Fast jeder, der von ihm erzählte, hatte das gesagt. An einen Menschen konnte er sich kaum erinnern, aber ein Pferd, das behielt er im Gedächtnis. Was, wenn er den Jährling von damals wiedererkannt hatte? Die schwarze Farbe konnte verwendet worden sein, um das Tier zu färben. Vielleicht nur die Fesseln. Aber der Rittmeister hatte das Pferd dennoch erkannt. Was war damals wirklich geschehen? Hatte der verschuldete Gutsbesitzer den Brand absichtlich gelegt und seinen Tod nur vorgetäuscht?

Christian dachte an Friedhelm Briesen. Ihm wäre eine solche Betrügerei zuzutrauen. Aber er würde wohl kaum ein Pferd so lange vor den Augen des Rittmeisters verbergen können. Also wer war der Unbekannte?

Christian trat ans Fenster, sah hinaus. Versuchte, sich noch einmal alle Fakten vor Augen zu führen. Es hatte etwas mit diesem Feuer zu tun. Er dachte nach. Irgendwo hatte er vor Kurzem eine Brandnarbe gesehen. Aber wo? Christian versuchte, den Gedanken festzuhalten. Doch je mehr er es versuchte, desto weniger konnte er sich erinnern. Ein Mann mit Strohhut eilte die Knyphausenstraße entlang. Vermutlich war er auf dem Weg zum Pferderennen, das gerade begonnen haben musste. Und mit einem Schlag wusste Christian, wo er die Narbe gesehen hatte.

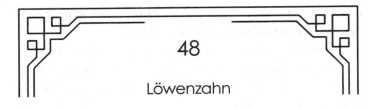

48
Löwenzahn

In der Ferne konnte Rieke die vielen Menschen hören. Sie waren alle zur Rennbahn gekommen. Dort lief gerade das erste Rennen. Wenn der Vater hier wäre, hätte er sie dorthin geschickt. Die Menschen waren abgelenkt, niemand würde auf sie achten. Aber der Vater war nicht hier, und so ging Rieke vorbei. Sie lief den heißen Weg weiter. Links und rechts blühten Blumen. Weiße mit gelbem Punkt, kleine rosafarbene und blaue. Zu gerne hätte sie sich einfach hingesetzt und einen Blumenkranz aus den dicken gelben Blumen geflochten. Löwenzahn hießen sie, das hatte ihr einmal die Nachbarin gesagt, denn die gab es auch bei ihr zu Hause in der Stadt. Ein schöner Name für eine kräftige Pflanze. Sie wäre auch gerne stark wie ein Löwe. Dann würde sie nie mehr vor jemandem Angst haben.

Sie beugte sich hinunter und pflückte die Blume. Weiße Milch lief an ihrem Finger herab wie Blut. So war es auch aus dem Kaiser herausgelaufen. Sie hätte gar nicht mehr da sein dürfen. Der Kaiser hatte sie schon längst nach Hause geschickt. An dem Tag, als es passierte.

Der Kaiser hat sich das Pferd angesehen. Er kommt zu ihr. *Jetzt ist Schluss, du gehst heim, du müsstest schon längst unterwegs sein.* Seine Finger sind schwarz. Er nimmt ihr das Holzpferd weg, aber er ist nicht böse. Sie kann es an seinen Augen sehen, sie sind freundlich.

Das Stalltor geht auf. Der Kaiser drängt sie zurück in die Pferdebox. *Bleib hier und sei ruhig.* Er dreht sich um, steckt das Holzpferd in die Jacke. Jemand kommt in den Stall. Lächelt. Da weiß Rieke noch nicht, dass ein Ungeheuer lächeln kann. Sonst hätte sie den Kaiser gewarnt. Aber der geht ganz arglos zu ihm und zeigt ihm seine schwarzen Hände. *Ich weiß, wer Sie sind.* Das Gesicht des Ungeheuers verändert sich nicht, es ist nicht überrascht. Auf einmal hat es ein Messer in der Hand, sticht zu. Nur einmal, es weiß, wo es treffen muss. Der Kaiser blickt erstaunt. Er dreht sich um zur Box, zu Rieke. Das Ungeheuer folgt seinem Blick, aber da duckt Rieke sich schon weg. Sie hört, wie der Kaiser auf den Boden sackt. Ein schleifendes Geräusch, als das Ungeheuer den Kaiser wegzieht. Dorthin, wo die Kutschen sind. Sie zittert, tritt aus der Box. Das Ungeheuer ist bei den Kutschen. Sie wendet den Kopf nicht. Will nicht sehen, was es macht. Sie rennt. Das Ungeheuer folgt ihr nicht.

Sie versteckt sich, läuft erst später weiter, ist erleichtert, als sie die roten Backsteinmauern vom Seehospiz sieht. Das hat sie unvorsichtig gemacht. Direkt in die Oberschwester hinein ist sie gelaufen. Die ist wütend. Wieder einmal ist Rieke zu spät. Der Kaiser hat sie bestimmt früh genug losgeschickt, getrödelt hat Rieke. Drei Schläge mit der Rute auf die Finger gibt es, damit Rieke es sich merkt. Die Rute macht ein zischendes Geräusch, so wie die vom Vater. Rieke muss weinen. Auch wegen der Rute …

Das weiße Blut der Blume war braun geworden. Rieke ließ sie fallen und lief weiter den Weg entlang. Sie wollte nicht mehr an den Kaiser denken. Nicht mehr an den Ausdruck in seinen Augen, als er sich zu ihr umwandte. Jede Nacht erschien dieses Bild vor ihren Augen. Sie wünschte, sie könnte es vergessen.

Der Stall lag in der Sonne. Über dem Kopfsteinpflaster flackerte die heiße Luft. Vorhin war sie schon einmal hier gewesen, doch da hatte der Stallmeister sie entdeckt, und sie war davongelaufen. Rieke drückte sich im Schatten einer Eiche gegen eine Wand. Niemand war zu sehen. *Meide ruhige Plätze.* Das hatte der Vater gesagt. Aber Riekes Magen knurrte, und sie war müde. Da drin im Heu würde es weich sein. Und hinten in der Futterbox gab es Möhren. Vielleicht hatte der Stallmeister seine Brotdose in die Bank gestellt, wo er immer seine Essensvorräte hatte. Sie brauchte keine Angst zu haben. Das Ungeheuer war nicht hier. Das war beim Pferderennen. Ganz sicher.

Trotzdem ging Rieke nur sehr vorsichtig weiter. Die Luft flirrte vor Hitze. Als sie in den Schatten des Hauses trat, wurde es besser. Drinnen stand nur ein Kutschpferd und wandte ihr den Kopf entgegen. Ein Kaltblüter. So hatte der Kaiser diese Tiere genannt. Das Pferd war riesig und konnte große Lasten ziehen. An den Beinen war das Fell lang. Das hieß *Behang.* Er hatte Rieke viele Wörter beigebracht. *Kruppe. Widerrist. Vorderhand.* Am Abend, als er starb, hatte sie ein neues gehört. *Pedigree.* Sie war nicht mehr dazu gekommen zu fragen, was es bedeutete.

Sie streichelte über die breite weiße Blesse des Pferdes, das dichte Fell auf der Stirn. Neugierige Augen. Ob es auch Hunger hatte? Rieke ging in den kleinen Nebenraum, wo die Kiste mit dem hellen Sand stand. Dort wurden die Möhren gelagert. Sie nahm zwei heraus. Eine für sich und eine für das Pferd. Das Pferd nahm die Möhre vorsichtig zwischen die Lippen, knackte sie dann mit den Zähnen. Früher hätte das Geräusch Rieke Angst gemacht. Aber jetzt nicht mehr. Ganz weich war das Maul des Tieres.

Sie schaute in die Bank, wo der Stallmeister seine Brote lagerte. Aber sie war leer. Sie war enttäuscht, sie hatte sich vorgestellt, wie sie in ein weiches Brot mit Käse biss. Also wieder nur Möhren. Sie setzte sich auf die Kiste. Immer wieder sah sie zur Tür, lauschte auf Geräusche. *Du musst immer aufmerksam sein*, hatte der Vater gesagt. Rieke war aufmerksam. Trotzdem stand da jetzt plötzlich eine Frau in der Tür des kleinen Raums. Rieke sprang von der Bank. Überlegte, ob sie versuchen sollte, sich an der Frau vorbeizudrängen. Doch dann sprach die Frau sie ganz ruhig an.

»Ich soll dich von Elli grüßen, Rieke. Sie vermisst dich. Sie möchte wissen, wie es dir geht.«

Die Frau war in der Tür stehen geblieben. Sie lächelte.

»Elli hat mich gebeten, dass ich dich suchen soll. Sie wird sich freuen, wenn ich ihr von dir erzähle.«

Die Frau hatte dunkle Locken, die sie hochgesteckt hatte. Eine vornehme Dame. Und trotzdem sah sie nett aus. Vielleicht lag das an den Sommersprossen. Durften vornehme Damen Sommersprossen haben?

Rieke sah an der Frau vorbei zum Tor. Draußen schien die Sonne grell, das Kopfsteinpflaster leuchtete.

»Elli geht es nicht gut. Ich fürchte, sie wird nicht mehr lange bei uns sein. Sie möchte dich noch einmal sehen.« Die Frau hatte eine warme Stimme. Sie nahm etwas aus ihrer Handtasche. »Ich habe dein Pferd mitgebracht.«

Sie machte einen Schritt in den Raum, stellte das Pferd auf den Boden und ging wieder zurück. Sie lächelte. »Ich bin Viktoria Berg. Vielleicht hat Elli von mir erzählt. Ich bin ihre Lehrerin.«

Fräulein Berg. Ja, Elli hatte von ihr erzählt. Dass sie dafür gesorgt hatte, dass Elli ins Seehospiz kam, um ihre Krankheit zu kurieren.

Durch ein Seitenfenster schien die Sonne herein, der feine Staub glitzerte im Sonnenlicht. Der rote Sattel leuchtete. Rieke ging vorsichtig zu dem Pferd. Die Frau blieb stehen, wo sie war. Rieke griff nach dem Pferd, machte schnell wieder ein paar Schritte rückwärts. Die Frau hatte sich nicht bewegt.

»Vermisst du Elli?«, fragte sie.

Rieke hatte plötzlich einen Kloß im Hals. Rieke hatte noch nie eine Freundin gehabt. Elli hatte ihr zugehört, wenn sie ihre Geschichten erzählte. Hatte nach weiteren Geschichten gefragt. Rieke hatte sich neue ausgedacht. Die anderen Kinder lachten deswegen. Aber Elli nicht.

Rieke nickte. Die Frau lächelte wieder, aber es sah ein wenig traurig aus. »Elli ist sehr krank. Das weißt du, oder?«

Wieder nickte Rieke. Sie wusste es. Zu Hause hatte sie es oft gesehen. Heinrich von nebenan hatte auch so gehustet. Und plötzlich war Heinrich nicht mehr da gewesen.

»Wird Elli wieder gesund?«, fragte Rieke ängstlich.

Die Frau sah jetzt noch trauriger aus. Sie schüttelte den Kopf. »Nein, das wird sie nicht.«

Rieke wollte Elli gerne besuchen. Aber sie konnte nicht. Das Ungeheuer war dort gewesen. Es hatte nach ihr gesucht. Was, wenn das Ungeheuer Elli fand?

»Ich passe auf dich auf«, sagte die Frau. »Du musst keine Angst haben.«

Rieke schauderte. Sie schüttelte den Kopf. »Das Ungeheuer ist stark. Viel stärker als du.«

Die Frau zögerte. Dann sagte sie: »Wir sind zu zweit. Und wenn du mir sagst, wer das Ungeheuer ist, wird es eingesperrt. Es kann dir dann nichts mehr tun.«

Rieke dachte darüber nach. »Von der Polizei?« Der Vater hatte gesagt, vor der Polizei müsse sie sich in Acht nehmen. Sie kannte die Gendarmen zu Hause. Denen war sie aus dem Weg gegangen, denn die waren gefährlich. Selbst der Vater ging ihnen aus dem Weg.

Die Frau nickte. Sie holte etwas aus ihrer Tasche. Ein Stück Kuchen. So etwas gab es im Seehospiz sonntags auch.

»Hast du Hunger?«

Die Frau sah sie lächelnd an. Sie breitete ein sauberes Taschentuch vor sich auf dem Boden aus und legte den Kuchen darauf. Rieke kam näher. Nahm ihn. Biss hinein. Er war ganz süß. Bevor Rieke sichs versah, hatte sie ihn aufgegessen.

»Wenn du magst, kaufe ich dir auf dem Weg zu Elli noch ein Stück. Hast du schon mal Mokkatorte gegessen? Die mag ich am liebsten.«

Mokka. Das Wort gefiel Rieke. Der Anfang ganz weich wie die Nüstern des Pferdes und die Mitte hart wie die kräftigen Zähne.

Die Frau kam jetzt langsam näher. Rieke ging ein Stück zurück, aber die Frau war wieder stehen geblieben. »Ich bin froh, dass ich dich gefunden habe. Auch Elli wird sich freuen. Kommst du mit mir?«

Rieke nickte. Die Frau lächelte. »Möchtest du meine Hand nehmen?« Sie streckte ihr die Finger entgegen.

Rieke zögerte, dann griff sie zu.

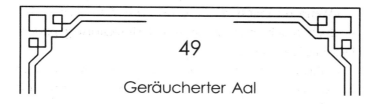

49

Geräucherter Aal

Viktoria fiel ein Stein vom Herzen, als sie Riekes Hand in der ihren spürte. Sie musste sich beherrschen, um sie nicht an sich zu ziehen und fest in ihre Arme zu schließen. Das Kind stand verschüchtert neben ihr, schien noch immer auf der Hut zu sein. Viktoria überlegte, noch ein wenig im Stall zu bleiben. Wenn Rieke Angst bekam und davonlief, war niemandem geholfen.

»Magst du Pferde?«, fragte sie und ging langsam mit Rieke an der Hand zu dem großen Kutschpferd, das in der Box stand und sie neugierig beobachtet hatte.

Rieke nickte und streichelte den Wallach. »Es möchte noch eine Möhre.«

Es kostete Viktoria Überwindung, aber sie ließ Rieke los. »Dann hol doch noch eine. Wir geben sie ihm gemeinsam.«

Rieke lächelte. Sie wirkte schon nicht mehr so verängstigt wie noch eben. Flink huschte sie in den kleinen Raum zurück, holte aus der Kiste zwei Möhren. »Darf ich auch noch eine?«, fragte sie.

Viktoria lachte. »Natürlich.«

Rieke gab dem Pferd die eine Möhre, die andere aß sie selbst. Viktoria zerriss es fast das Herz. Das Kind war schrecklich mager, seine Kleider schmutzig.

Das Mädchen streichelte noch einmal über den Kopf des Wallachs. »Was ist Mokkatorte?«, fragte sie.

»Das findest du am besten selbst heraus. Komm, wir gehen in den Ort und schauen, was es dort zu essen gibt. So verhungert kannst du jedenfalls nicht ins Seehospiz zurück. Was isst du am liebsten?«

Die Antwort kam prompt. »Geräucherten Aal.«

Viktoria lachte. »Na, den wird es wohl im Ort geben.« Sie reichte Rieke erneut die Hand, und die griff dieses Mal ohne Zögern zu.

Sie wollten gerade losgehen, als hinter ihnen mit einem lauten Krachen das Tor zufiel. Viktoria fuhr erschrocken herum. Im Halbdunkel stand Felix Jovin und sah sie lächelnd an.

»Sie haben das Mädchen gefunden, Viktoria.«

Von ihm war kaum mehr als ein Schatten zu erkennen. Viktoria spürte, dass Rieke anfing zu zittern.

»Machen Sie das Tor sofort wieder auf!«, sagte Viktoria und versuchte gar nicht erst, ihre Ungeduld zu verbergen. Sah er denn nicht, dass er das Kind verängstigte? Was wollte er überhaupt hier? Er sollte doch beim Rennen sein.

Jovin bewegte sich nicht. »Dieses kleine Ding. Ein Hase ist einfacher zu fangen. Ich wette, sie hat sich in ihrem Leben schon oft versteckt. Das hast du doch, Rieke, nicht wahr?« Jovin kam näher.

Viktoria stellte sich schützend vor Rieke. »Felix, was wollen Sie? Gehen Sie weg. Sehen Sie nicht, dass Sie das Kind erschrecken?«

»Ich wusste, wenn jemand das Kind findet, dann Sie. Sie haben so etwas Vertraueneinflößendes. Eine starke Persönlichkeit, der sich ein verängstigtes Kind anvertrauen kann.«

»Herr Jovin, machen Sie sofort das Tor wieder auf!« Viktoria überlegte fieberhaft, was all das zu bedeuten hatte.

»Irgendwann hätte ich die Kleine auch allein gefunden«, fuhr Jovin jetzt fort. »Am Ende siegt immer der Stärkere. Das ist das Gesetz der Evolution.«

Viktoria lief ein Schauer über den Rücken. Sie konnte es nicht glauben. Felix Jovin. Er war der Mörder. Und sie hatte ihn direkt zu Rieke geführt.

Jetzt hob Jovin seine Hand, hielt sie vor sich. In dem spärlichen Licht, das in den Stall drang, blitzte ein Messer auf.

Er bemerkte ihren überraschten Gesichtsausdruck und zuckte mit den Schultern. »Was haben Sie erwartet? Dass ich unvorbereitet bin?«

Viktoria ging vorsichtig mit Rieke einen Schritt weiter zurück. »Sie kriegen das Kind nicht«, sagte sie mit fester Stimme.

»Seien Sie nicht naiv. Natürlich bekomme ich sie. Wir sind allein, alle anderen sind beim Rennen. Nur Sie, ich und das Mädchen. Und ich habe ein Messer. Was wollen Sie machen?«

»Haben Sie es von Anfang an geplant? Dass ich Sie zu Rieke führe?« Sie sah sich panisch um. Das große Tor war geschlossen. Es gab offensichtlich keine weitere Tür. Die Fenster in den Boxen waren viel zu klein, um hindurchzuschlüpfen. Außerdem würde sie sie niemals lebend erreichen. Ihr blieb nur eines. Der Kampf. Viktoria hatte eine Forke bemerkt, die zu ihrer Linken an einer der Boxen lehnte. Vorsichtig wich sie zurück, näher an die Box heran.

Jovin stand noch immer am Tor, mit dem drohend erhobenen Messer. In aller Ruhe fuhr er fort: »Als ich bemerkt habe, dass Sie dieses Kind genauso suchen wie ich, habe ich mir gedacht, wir sollten unsere Kräfte bündeln. Sie verstehen im Gegensatz zu mir etwas von Kindern, und es war klar, dass Sie sie über kurz oder lang finden würden. Gestern Nacht in der Meierei wäre es auch fast so weit gewesen.«

Viktoria war noch einen Schritt zurückgewichen. Als sie nahe genug an der Box war, machte sie einen Ausfallschritt und schnappte sich die Forke. Mit einer schwungvollen Drehbewegung stieß sie damit nach Jovin.

Doch der wich geschickt aus. Er schüttelte den Kopf. »Viktoria, machen Sie mich nicht wütend. Sie können nicht gewinnen.«

Viktoria holte noch einmal aus, stach zu, doch wieder verfehlte sie ihn. Gemächlich schlendernd setzte Jovin sich in Bewegung. Offenbar wollte er sich Rieke nähern, die sich jetzt wieder dicht an Viktorias Rücken schmiegte. Die hielt die Forke vor sich ausgestreckt, drehte sich auf der Stelle mit jedem Schritt, den Jovin tat. Als sie auf diese Weise einen Halbkreis beschrieben hatten, lag das Tor direkt hinter ihnen.

»Lauf hinaus, Rieke!«, schrie Viktoria und stieß im selben Moment mit der Forke nach Jovin. Doch der wich erneut aus, ergriff im selben Augenblick den Forkenstiel und entriss ihn ihr mit brutaler Gewalt. Dann schleuderte er die Forke fort und war mit wenigen Schritten bei Rieke. Er packte sie am Arm, presste ihr das Messer an den Hals.

»Noch eine Dummheit, und ich erledige das Mädchen an Ort und Stelle.«

Viktoria sah Riekes schreckgeweitete Augen. Sie hatten verloren.

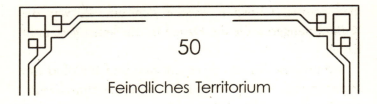

50
Feindliches Territorium

Christian trat in die Pedale, fuhr, so schnell er konnte, auf der unbefestigten Straße, vorbei an Wiesen und Feldern. Der Schweiß rann ihm über das Gesicht. Das Fahrrad klapperte bedrohlich. Am Eingang zum Rennplatz sprang er ab, ließ das Fahrrad einfach fallen.

Ein Kontrolleur hob die Hand. »Ohne Eintrittskarte kommen Sie hier aber nicht rein, junger Mann.«

Christian versuchte erst gar nicht zu erklären, was er wollte. Damit ginge nur wertvolle Zeit verloren. Stattdessen öffnete er hastig seine Ledertasche und zog das Schreiben des Badekommissars hervor. »Ich arbeite für Herrn von Treptow. Ich muss ihn dringend sprechen.«

Der Kontrolleur warf nur einen Blick auf das Schreiben, winkte dann Christian durch. Der hastete weiter.

Die Tribüne war bis auf den letzten Platz besetzt. Christian blieb stehen, fühlte den Schweiß, der ihm in den Nacken lief. Er sah zur Ehrenloge. Irgendwo dort musste der Badekommissar sitzen. Sein Blick schweifte über die weiß gekleideten Sommergäste, die angeregt miteinander sprachen. Aber Herrn von Treptow konnte er nirgendwo entdecken. Dammich!

In diesem Moment tippte ihm jemand von hinten auf

die Schulter. Christian wandte sich um. Es war die Kammersängerin, die die Hände in die Seiten gestemmt hatte.

»Stimmt es, dass Frederik Conradi und Rudolph von Papitz verhaftet wurden?«, sagte sie ohne Umschweife. Ihre Wangen waren gerötet. »Ich möchte sagen, dass ich von dieser Sache seit Langem weiß. Ich toleriere sie, und ich werde Herrn Conradi gegenüber immer loyal sein. Es ist falsch, Menschen zu verurteilen, weil sie lieben. Liebe ist kein Verbrechen! Nur hätte Frederik dem Fräulein von Papitz keine falsche Hoffnung machen dürfen, das habe ich ihm auch von Anfang an deutlich gesagt ...«

»Verzeihen Sie, gnädige Frau«, fiel Christian ihr ins Wort. »Ich muss dringend Herrn von Treptow sprechen. Haben Sie ihn gesehen?«

Einen Moment sah die Kammersängerin Christian pikiert an. Dann sagte sie: »Er begleitet den Fürsten zu Schaumburg-Lippe und die Prinzessin von Preußen. Ich denke nicht, dass er Zeit für Sie haben wird.«

»Die wird er sich nehmen müssen. Wissen Sie, wo er ist?«

»Vorhin waren sie auf der Tribüne. Vielleicht haben sie sich in das Ehrenzelt zu einem Imbiss zurückgezogen, bevor das zweite Rennen beginnt.«

»Wo ist das?«

Sie deutete auf die andere Seite der Rennbahn, wo bei einem weißen Zelt mehrere Pferde standen und gesattelt wurden. Christian ließ die Kammersängerin wortlos stehen und rannte los.

Es war allerdings ein mühsamer Slalomlauf. Die Besucher standen eng zusammen und plauderten angeregt. Mehr als einmal stieß Christian gegen einen der ausladenden Hüte und musste sich empörtes Schimpfen der Damen anhören. Endlich sah er das kleine weiße Zelt vor sich. Doch in diesem Moment begann die Kurkapelle zu spielen, und die Besucher traten zusammen, um gemeinsam die Kaiserhymne anzustimmen. Christian kam kaum noch von der Stelle. Mit Mühe kämpfte er sich aus dem Pulk der mit patriotischer Ergriffenheit Singenden heraus.

Als er schließlich das Zelt erreichte, trat ihm ein Aufseher mit gewaltigem Backenbart entgegen. »Sie können hier nicht rein.«

Zum Glück hatte Christian das offizielle Schreiben des Badekommissars noch nicht wieder zurück in die Tasche gesteckt. Er hielt es dem Aufseher hin.

»Ich muss mit Herrn von Treptow sprechen. Es ist dringend!«

Der Aufseher überflog das Schreiben, schüttelte dann den Kopf. »Herr von Treptow ist unabkömmlich. Er speist mit dem Fürsten zu Schaumburg-Lippe und seiner Gemahlin, der Prinzessin von Preußen. Ich habe klare Order, niemanden vorzulassen.«

»Ich muss trotzdem mit ihm sprechen. Jetzt.«

Er schob die Augenbrauen zusammen. »Du kommst hier nich rein, Junge. Und wenn du der Kaiser von China wärst.«

»Dann sagen Sie ihm wenigstens, dass ich hier bin. Christian Hinrichs ist mein Name.«

»Sobald die Herrschaften ihre Mahlzeit beendet haben.«

Christian fluchte. Er wandte sich ab. Wenn er den Badekommissar nicht sprechen konnte, musste er seine Fragen eben woanders loswerden. Er hatte Herrn Briesen und dessen Frau entdeckt. Ein Kellner reichte ihnen auf einem silbernen Tablett Sektgläser. Briesen nahm ein Glas und grüßte einen anderen Mann, der ein Stück entfernt in einer Gruppe von Männern stand und sich unterhielt. Der wandte sich ab, ohne den Gruß zu erwidern. Er sprach ein paar Worte zu den Männern in seiner Gesellschaft, und die blickten sich neugierig zu Briesen um.

Herr Briesen trank seinen Sekt in einem Zug leer.

Als Christian ihn ansprach, sah Briesen missmutig auf. »Ach Sie. Was wollen Sie? Haben Sie uns noch nicht genug in Verruf gebracht?«

»In Verruf haben Sie sich ganz allein gebracht«, sagte Christian. »Aber deswegen bin ich nicht hier. Was wissen Sie über Felix Jovin?«

»Jovin?« Briesen verzog das Gesicht, als wollte er ausspucken. »Warum fragen Sie ihn nicht selbst? Ich nehme an, er feiert bereits den Sieg seines Pferdes beim Rennen.«

Seine Frau legte ihm eine Hand auf den Arm. »Gräm dich nicht. Es kommen auch wieder andere Zeiten. Ich habe vorhin mit dem Tierarzt gesprochen. Friesengotts Verletzung ist schwer, aber nicht hoffnungslos. Wenn wir ihn schonen, kann er wieder gesund werden. Er wird keine Rennen mehr laufen, aber als Zuchthengst taugt er allemal.«

Briesen erwiderte ihren Blick und lächelte. »Du hast recht, ich sollte mich nicht aufregen. Wir sollten lieber zurück zur Tribüne gehen. Was meinst du?«

Sie sahen sich in die Augen und schienen Christian vollkommen vergessen zu haben. »Also, was wissen Sie über Jovin«, brachte der sich wieder in Erinnerung.

»Nicht viel«, antwortete Briesen. »Er spricht kaum über seine Herkunft. Es heißt, er habe sich mit seinem Vater zerstritten. Er hat auf ein kleines Landgut eingeheiratet. Bevor er mit Klabautermann auf dem Hamburger Derby war, kannte ihn niemand und das Pferd noch weniger. Und jetzt gewinnt sein Hengst ein Rennen nach dem anderen.«

»Er ist verheiratet?«, fragte Christian überrascht. Das war ihm neu.

»Seine Frau ist letztes Jahr gestorben«, erklärte Frau Briesen. »Sehr unerwartet, an irgendeiner Krankheit.« Sie sah Christian fragend an. »Worauf wollen Sie mit Ihren Fragen hinaus?«

Christian ging nicht darauf ein. »Sie sagten, kaum jemand kannte das Pferd vor dem Derby. Wäre es möglich, mit einem gestohlenen Hengst an einem solchen Rennen teilzunehmen?«

Briesen lächelte. »Sie kennen sich ganz offensichtlich im Pferdesport nicht aus. Die Abstammung eines jeden Rennpferdes muss im Herdbuch belegt werden. Das wird vom Züchterverband erstellt. Da kann sich niemand irgendetwas erfinden. Und wenn Jovin mit ihm züchten will, muss er den Hengst kören lassen.«

»Was bedeutet das?«

»Eine Art Qualitätsfeststellung. Schließlich sollen nur gesunde Tiere zur Zucht eingesetzt werden. Der Körperbau des Hengstes und seine Leistungsfähigkeit werden vom Zuchtverband beurteilt. Jovin hat Klabautermann recht spät zur Körung vorgestellt. Aber das Tier hat es mit Bravour bestanden.« Briesen schüttelte den Kopf. »Ich weiß nicht, welche Spur Sie verfolgen, aber schlagen Sie sich das aus dem Kopf. Ich hege zwar nicht gerade Sympathien für Jovin, aber die Herkunft seines Hengstes ist unzweifelhaft belegt. Andernfalls könnte er hier gar nicht teilnehmen.«

Christian wusste nicht mehr, was er denken sollte. Er geriet von einer Sackgasse in die nächste. Dabei war er so sicher gewesen, dass Jovin etwas mit diesem Brand in Georgenburg zu tun hatte. Die Narbe auf seiner Hand – das konnte kein Zufall sein. Klabautermann könnte dieser Jährling sein, den der Rittmeister sich in Georgenburg angesehen hatte. Das Tier, das angeblich beim Brand auf dem Landgut verendete. Und das von Papitz hier plötzlich wiederentdeckte – quicklebendig.

Constanze Briesen tippte nachdenklich an ihr Sektglas. »Andererseits – seine Frau hatte eine eigene Pferdezucht. Er könnte einen gestohlenen Hengst für eines seiner Tiere ausgeben.«

»Wie soll das gehen?«, fragte ihr Mann.

»Er verwendet einfach die Papiere eines der Pferde von dem Gestüt seiner Frau. Ein Tier, das seinem eigenen ähnlich sieht.«

»Das hätte doch sein Stallmeister bemerkt.«

»Einen Stallmeister kann man bestechen oder auswechseln. Das würde jedenfalls erklären, warum niemand auf Klabautermann aufmerksam wurde, bis Jovin das Gestüt übernommen hat.«

Briesen nickte ernst. »Das Gedächtnis des Rittmeisters für Pferde ist legendär. Wenn er Zweifel gehabt haben sollte, wird er dem nachgegangen sein.«

»Wo finde ich Herrn Jovin?«

»Vermutlich bei den Sattelplätzen. Dort wird in Kürze die Siegerehrung des Galopprennens vorgenommen. Sie glauben tatsächlich, Klabautermann ist nicht das Pferd, für das alle es halten?«

Christian antwortete nicht. Er bedankte sich hastig und ging eilig davon.

Tatsächlich stellten sich bei den Sattelplätzen schon die Sieger zur Ehrung auf. Der Offizier, der Klabautermann geritten hatte, hielt das Pferd locker am Zügel. Christian entdeckte Ubbe, der in der Nähe stand.

»Ubbe, hast du Herrn Jovin irgendwo gesehen?«

Der Junge strahlte übers ganze Gesicht. »Ich habe gewonnen! Stellen Sie sich nur vor. Ich habe mein Geld auf Klabautermann gesetzt.«

Doch Christian hatte keine Zeit zum Plaudern. »Wo ist Herr Jovin?«

»Er musste noch mal weg. Ich glaube, er wollte mit der Dame allein sein.«

»Mit welcher Dame?«

»Mit der hübschen Dame mit den Locken und den Sommersprossen. Er ist ihr zum Stall nachgegangen.«

Christian fühlte sich, als hätte er einen Schlag in die Magengrube bekommen. »Ubbe, lauf zu Badekommissar Treptow und lass ihm ausrichten, er müsse zu den Ställen kommen. Lass dich nicht abweisen, hörst du? Sag ihm, ich wüsste, wer den Rittmeister getötet hat. Solltest du auf den Gendarm Müller treffen, sag ihm, er soll auch sofort zum Stall kommen.«

Christian wollte sich abwenden, doch ihm fiel noch etwas ein. »Und löse deinen Wettgewinn danach ein. Sonst bekommst du ihn vielleicht nicht mehr. Aber erst kümmerst du dich um das, was ich dir aufgetragen habe. Verstanden?«

Ubbe nickte und salutierte wie ein Soldat. »Wird gemacht!« Dann rannte er davon.

Christian lief in die entgegengesetzte Richtung, zurück zum Eingang, wo noch immer sein Fahrrad lag. Zu den Ställen war es nicht weit, aber während er in die Pedale trat, kam es ihm vor, als bräuchte er eine Ewigkeit.

Als der Hof vor ihm auftauchte, hielt er an. Er lehnte das Fahrrad an die Mauer und lugte vorsichtig um die Ecke zum Hof. Nichts zu sehen, aber das musste nichts heißen. Das hier war Jovins Territorium, er würde sich nicht so einfach überrumpeln lassen.

Während Christian noch überlegte, wie er vorgehen sollte, erklang plötzlich ein schriller Schrei. Er kam aus dem Stall, in dem er den Stallmeister vernommen hatte. Augenblicklich war alle Vorsicht vergessen. »Viktoria!«, schrie Christian und rannte los.

Das Tor stand ein Stück offen. Ohne zu zögern, trat er

ein. Nach dem grellen Sonnenlicht empfing ihn schwärzeste Dunkelheit. Mit hämmerndem Herzen blieb Christian stehen, versuchte, sich zu orientieren. Er sah das Pferd in der Box, das seinen Kopf über die Boxentür reckte. Dann sah er eine Frau daneben auftauchen.

»Christian, Vorsicht! Jovin, er ...«

Noch bevor Viktoria zu Ende geredet hatte, spürte Christian eine Bewegung hinter sich. Instinktiv ging er zur Seite. Doch ein Hieb traf ihn am Kopf. Noch während er zusammensackte, wusste er, dass er einen tödlichen Fehler begangen hatte.

51

Zündholz

Viktoria sah entsetzt, wie Christian zu Boden ging. Sie versuchte, den Strick zu lösen, mit dem Jovin ihre Hände vor dem Bauch gefesselt hatte. Das Hanfseil schnitt in ihre Haut. Trotzdem rüttelte sie an der Tür der Box. Aber es war sinnlos, Jovin hatte den Riegel davorgeschoben, und mit den gefesselten Händen kam sie nicht daran.

Das schwere Kutschpferd neben Viktoria wurde unruhig, begann zu schnauben. Sie sah, dass Jovin Christian grob umdrehte, um ihm die Hände auf den Rücken zu fesseln. Er ging ruhig und effizient vor. Er wusste genau, was er tat.

Viktoria versuchte, einen klaren Gedanken zu fassen. Es musste einen Ausweg geben. Wenn nicht für sie, dann wenigstens für Rieke. Die saß in der Ecke der Box und wiegte ihren Oberkörper vor und zurück.

Viktoria setzte sich dicht neben sie. Ihre Hände suchten die von Rieke. Sie waren eiskalt. »Rieke, du musst von hier fliehen«, flüsterte sie.

Viktoria versuchte, Riekes Fessel zu lösen. Doch der Knoten war zu fest. Aber vielleicht konnte sie die Fessel wenigstens so weit lösen, dass Rieke ihre schmalen Hände herausziehen konnte.

Mit aller Macht zerrte sie an Riekes Fessel und hoffte, dass das Mädchen mithelfen würde, als ein Geräusch sie innehalten ließ. Der Riegel der Boxentür wurde zurückgeschoben. Viktoria wandte sich erschrocken um. Jovin stand in der Tür. In seinen Armen hing Christian, offensichtlich bewusstlos, mit einer blutenden Wunde am Kopf. Jovin trat in die Box, und der Wallach wich unruhig zur Seite. Im nächsten Moment landete Christian unsanft auf dem Boden. Er stöhnte, öffnete aber nicht die Augen.

Viktoria sah panisch zu Jovin. Der zog ein weiteres Hanfseil aus der Tasche, schlang es durch Viktorias Fessel und zog es dann durch einen Ring an der Wand. Schwer atmend blieb er breitbeinig stehen, wischte sich über den Mund, strich die dunklen Haare nach hinten. Er kontrollierte noch einmal Viktorias und Christians Fesseln und warf einen Blick zu Rieke, die sich in die Ecke drängte. Er nickte sich selbst zu, dann ging er hinaus.

»Rieke! Hast du die Hände freibekommen?«, flüsterte Viktoria. Rieke sah sie eine Weile wie benommen an, dann nickte sie.

Viktoria jubelte innerlich. »Du musst fliehen«, flüsterte sie. »Kannst du da durchklettern?« Sie deutete mit dem Kopf zu dem kleinen Fenster über ihr. Rieke stand vorsichtig auf, versuchte, das Fenster aufzustoßen, doch es bewegte sich nicht.

Draußen waren Schritte zu hören. Jovin kam zurück. Rieke huschte zur Boxentür, drückte sich an die Wand daneben. Viktoria verstand und nickte ihr zu.

Als Jovin die Stalltür öffnete, riss und zerrte Viktoria

an ihren Fesseln, versuchte aufzustehen und tat alles, um Jovins Aufmerksamkeit auf sich zu lenken. Ihr Plan ging auf. Jovin warf die Gegenstände, die er in Händen hielt, fluchend ins Stroh und kam in schnellen Schritten zu Viktoria. Er versetzte ihr einen Schlag mit der flachen Hand ins Gesicht. Sie trat mit den Füßen nach ihm. Aus den Augenwinkeln sah sie, wie Rieke aus der Boxentür hinausschlüpfte.

»Sie werden auf dem Schafott landen, Jovin!«, rief Viktoria.

Doch Jovin hatte die Bewegung hinter sich ebenfalls bemerkt. Er stieß Viktoria weg, sprang auf und lief hinaus. Sekunden später hörte Viktoria ein panisches Kreischen.

Rieke. Jovin hatte sie.

»Du bist eine verdammte Plage!«, stieß er hervor. Rieke schrie in einem fort, als Jovin sie offenbar erneut fesselte. Dann kam er mit ihr zurück in die Box, wo er sie ebenfalls an einen Eisenring band. Er hockte sich neben sie, kontrollierte die Fessel. »Noch mal entkommst du mir nicht, du kleines Biest.« Er nahm ihr Gesicht in seine Hand, drückte seine Finger fest in ihre Wangen. Tränen traten in Riekes Augen.

»Lassen Sie sie los!«, schrie Viktoria.

Jovin drehte sich lächelnd zu ihr um. »Dass keiner von euch überleben wird, sollte euch klar sein. Hört also mit eurem albernen Widerstand auf. Am besten, wir bringen die Sache schnell hinter uns.«

Er erhob sich, nahm die Dinge auf, die er vorhin in das Stroh hatte fallen lassen – eine Decke und eine Petroleumlampe. Er breitete die Decke auf dem Stroh aus. Dann bückte er sich zu Christian und zerrte ihn auf die Decke.

Der schlug die Augen auf und starrte benommen vor sich hin. »Was ist passiert?«, murmelte er.

Jovin nahm die Lampe, zertrümmerte das Glas an der Wand und kippte das Petroleum ins Stroh. Das Pferd begann, unruhig zu schnauben.

Jovin ging zu ihm hin, klopfte ihm beruhigend an den Hals. »Tut mir leid. Aber es muss sein.« Er sagte es fast zärtlich. Dann zog er eine Streichholzschachtel hervor.

»Unser Liebespaar. Viktoria Berg, Tochter aus gutem Hause, mit dem Hilfspolizisten Hinrichs im Stroh. Sie stoßen eine Lampe um, sterben in den Flammen. Tragisch. Aber so etwas passiert.«

»Haben Sie das damals auch so gemacht? Als Sie den Stall angezündet haben?«, fragte Christian mit belegter Stimme und richtete sich mit schmerzverzerrtem Gesicht auf.

Viktoria sah ihn verwundert an. Wovon sprach er?

Jovins Augenbrauen zogen sich zusammen. »Das haben Sie herausgefunden? Sie sind besser, als ich gedacht hatte. Was wissen Sie?«

»Dass Sie Stallmeister waren. Sie haben ein Gutshaus angezündet, Ihren eigenen Tod vorgetäuscht und den Jährling gestohlen.«

Jovin nickte anerkennend. »Sie haben recht. Ich habe für einen Mann gearbeitet, der nicht das Geringste von Pferden verstand. Der sich lieber an den Spieltischen herumtrieb und sein Geld vertrank. Dieser Mann hätte den

Jährling für eine geradezu lächerliche Summe an den Rittmeister verkauft. Er hat nicht im Mindesten erkannt, welche Anlagen das Tier hatte.«

Christian hatte sich gegen die Wand gelehnt. »Sie haben Ihren Gutsherrn getötet, habe ich recht?«

»Er war nicht mein *Herr*«, sagte Jovin. »Ein Herr sollte führen, Stärke beweisen. Aber er war zu dumm und schwach, um zu bemerken, was für einen Schatz er in seinem Besitz hatte. Er hat sich nicht einmal gewehrt, als ich zugestochen habe.«

»Dann haben Sie den Stall und das Haupthaus angezündet. Aber warum sind Sie zurück in den Stall gegangen? Sie hätten doch einfach fliehen können.«

Jovin sah ihn verächtlich an. »Dann hätte jeder gewusst, dass etwas nicht stimmt. Ich hatte etwas anderes vor. Der Gutsherr hatte in seinem Wohnhaus Geld für Notfälle versteckt. Das habe ich mir geholt. Als ich zurückkam, hatten die Knechte das Feuer bemerkt. Alles lief genau so, wie ich es geplant hatte. Ich bin in den Stall gelaufen und habe die Tiere hinausgetrieben. Die Pferde waren so ungestüm, sie haben die Menge fast umgerannt. Währenddessen bin ich mit dem Jährling hinten zum Gatter raus. In der Hektik hat mich niemand bemerkt. Alle glaubten, ich sei in den Flammen umgekommen.«

Viktoria verstand nur einen Teil dessen, was Jovin erzählte. Aber sie ahnte, dass Christian mit seinen Fragen Zeit gewinnen wollte. »Was ist mit Ihrer Frau, haben Sie die auch getötet?«, fragte sie.

»Sie war eine Fügung Gottes. Die Erbin eines Gestüts,

das nur darauf wartete, aus dem Dornröschenschlaf geweckt zu werden. Ich bin meiner Frau dankbar für alles, was sie für mich getan hat. Leider war ihr Bruder krank – ein Bluter. Das ist keine Basis für eine gesunde Familie. Ich musste mich ihrer entledigen.«

Viktoria sah ihn voller Abscheu an. Wie hatte er sie so täuschen können?

Jovin bemerkte ihren Gesichtsausdruck. Er lächelte und sah so charmant aus wie an dem Tag, als er mit ihr in den Dünen war. »Sie glauben, ich habe Ihnen etwas vorgespielt? Sie täuschen sich. Sie hätten eine hervorragende Mutter für meine Kinder abgegeben. Sie sind klug und durchsetzungsstark. Eigenschaften, die ich gerne in meiner Linie gesehen hätte. Aber es wird andere geben, die diese Aufgabe erfüllen werden.« Er löste Riekes Seil von dem Eisenring. »Ich denke, wir haben genug geplaudert. Das Kind und ich werden einen Spaziergang in die Dünen machen.«

»Was haben Sie mit ihr vor?« Viktorias Stimme zitterte.

Rieke sah zu ihr. Sie verzog das Gesicht, als wollte sie Viktoria stumm etwas mitteilen. Dann sah sie vor sich auf den Boden und scharrte etwas Stroh zusammen ... Was wollte sie ihr sagen? Viktoria wurde nicht schlau daraus.

»Machen Sie sich keine Sorgen. Ich bin kein Freund von unnötiger Gewalt. Es wird schnell gehen. Aber ich muss dafür sorgen, dass es wie ein Unfall aussieht. Das Mädchen hat sich in den Dünen eine Höhle gegraben, der Sand ist brüchig, sie erstickt. Tragisch.«

Er strich ein Zündholz an.

»Leben Sie wohl, Viktoria.«

Er ließ das Streichholz fallen, betrachtete es eine Weile andächtig, bis das ölgetränkte Stroh Feuer fing. Dann zog er Rieke mit sich fort.

52

Segelnde Möwe

Rieke versuchte, nicht zu weinen. *Beiß die Zähne zusammen!* Das hatte der Vater gesagt. Aber sie schaffte es nicht. Weiße Flecken tanzten vor ihren Augen, und in ihren Ohren dröhnte es. Das Ungeheuer zog sie mit sich fort. Er hielt ihren Arm fest umklammert. Hart kniffen seine Finger in ihre Haut. Sie gingen Richtung Strand.

Ein Ehepaar kam ihnen entgegen. Eine Frau in einem bestickten Kleid, der Herr mit dunklem Anzug und silberner Uhrkette. Die Frau sah zu ihnen, runzelte die Stirn.

»Sie hat mich bestohlen, das kleine Biest«, sagte das Ungeheuer.

»Bitte helfen Sie mir.« Es war nur ein leises Krächzen.

Die Frau wandte sich ab.

Bitte! Hilfe!, wollte sie rufen, doch das Ungeheuer hatte seine Hand auf ihren Mund gedrückt. Keiner konnte ihre Worte hören.

Sie gingen weiter, bis der gepflasterte Weg endete. Von da an liefen sie durch den weichen Sand Richtung Dünen. Jetzt kam ihnen ein Mann entgegen. Er trug Gummistiefel und eine Öljacke. Das Ungeheuer drückte ihren Arm so stark, dass sie laut wimmerte. Die Tränen liefen ihr übers Gesicht. Der Mann grüßte nur kurz. Er sah sie gar nicht an.

Das Ungeheuer beugte sich zu Rieke. »Keiner wird dir helfen.« Es hatte recht. Niemand interessierte sich für ein Straßenkind.

Jetzt waren sie bei den Dünen. Die waren nicht so hoch wie die im Norden der Insel. Eine Möwe flog über sie hinweg. Als das Ungeheuer über einen großen Stein stolperte, lockerte sich für einen Moment sein Griff. *Nutze die Gelegenheit.* Das hatte der Vater gesagt. *Nutze die Gelegenheit.* Sie konnte nicht. Sie war wie gelähmt.

Das Ungeheuer blieb stehen, sah sich um. Der Griff um ihren Arm wurde wieder fester. Er würde es jetzt tun. Die Flecken vor ihren Augen wurden größer. Ihr Herz pochte. Sie sah zur Sonne, sah die Möwe, die unbewegt in der Luft schwebte.

Das Ungeheuer ließ ihren Arm los. Legte seine Hände um ihren Hals. Sah ihr ins Gesicht. Das Ungeheuer drückte zu.

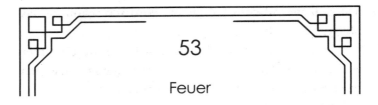

53

Feuer

Viktoria und Christian pressten sich an die Wand der Box, schoben mit den Füßen das Stroh von sich fort, das bereits fast vollständig Feuer gefangen hatte. Das Pferd wieherte, riss am Führstrick. Der Qualm wurde immer stärker. Das Pferd stieg hoch, wieherte und versuchte verzweifelt, sich vom Strick zu befreien.

Als es in Panik auf der Stelle trat, sah Viktoria es – auf dem Boden, dort, wo vorhin Rieke gestanden hatte. Jovins Messer! Rieke musste es ihm heimlich gestohlen haben. Tränen stiegen in Viktorias Augen. Statt so schnell wie möglich zu fliehen, hatte sie versucht, Christian und Viktoria zu befreien.

Viktoria rutschte zur Boxentür, so weit es der Strick erlaubte, dann streckte sie ihre Beine aus. Inzwischen konnte sie vor lauter Qualm kaum noch etwas sehen. Die Flammen prasselten, die gegenüberliegende Boxenwand hatte bereits Feuer gefangen, das Pferd zerrte an dem Seil, es bäumte sich wieder auf, und für einen entsetzlichen Augenblick glaubte Viktoria, das Tier werde sie mit seinen Hufen zermalmen. Doch es setzte seine Vorderfüße dicht neben ihr auf, ohne sie zu verletzen. Viktoria unternahm eine letzte Anstrengung, um sich lang zu machen. Schließlich kam sie mit dem Fuß heran. Hektisch schob sie das Messer zu sich her.

Viktoria setzte sich auf, drehte sich um, fühlte hinter sich, fand das Messer und begann, mit kleinen, sägenden Bewegungen die Fessel zu durchtrennen.

Es dauerte nicht lange, das Hanfseil war nicht dick. Als sie ihre Hände frei hatte, hockte sie sich hinter Christian und durchtrennte auch seine Fessel. »Kannst du aufstehen?«, fragte sie mit gequälter Stimme. Sie bekam kaum noch Luft.

Er nickte. Sie half ihm hoch.

Christian stolperte zur Boxentür, schob den Riegel beiseite, stieß die Tür auf. Viktoria löste mit dem Messer das Seil, mit dem das Pferd festgebunden war. Es zwängte sich an Christian vorbei, und Christian und Viktoria folgten, wankend, mit den Armen vor dem Gesicht, denn der Qualm hatte sich jetzt im ganzen Stall ausgebreitet. Als Christian das Tor aufstieß, traf sie gleißendes Sonnenlicht. Das Pferd sprengte davon, hinaus ins Freie.

Viktoria und Christian stolperten hinaus, wankten bis zur Mauer, die den Hof umgab. Viktoria lehnte sich mit dem Rücken dagegen, Christian ließ sich auf die Knie sinken, hustete und versuchte, zu Atem zu kommen. Inzwischen musste der Dachstuhl des Stalls Feuer gefangen haben. Der Qualm drang jetzt aus allen Ritzen und Fugen. Viktoria wunderte sich, dass noch niemand den Brand bemerkt hatte. Aber darum konnten sie sich jetzt nicht kümmern. »Wir müssen zu Rieke!«

Christian erhob sich mühsam, nickte erschöpft. »Er hat gesagt, er will zu den Dünen. Der Südstrand ist der nächste.« Die Wunde an seiner Schläfe hatte wieder angefangen zu bluten. »Wir können das Rad nehmen.«

»Damit kommen wir in den Dünen nicht weit.« Sie hatte eine andere Idee. Das Pferd, das zunächst wild davongaloppiert war, hatte sich jetzt wenige Meter vom Stall entfernt unter einen Baum gestellt. Es stand zitternd da und blickte zu ihnen.

Christian warf Viktoria einen fragenden Blick zu.

Viktoria zuckte mit den Schultern. »Wenn wir Jovin erreichen wollen, bevor er Rieke etwas antut, bleibt uns keine Wahl.« Sie sah sich um. Sie brauchten eine Trense, ohne würden sie nicht weit kommen. In den brennenden Stall konnte sie nicht zurück, aber in einem der umliegenden Gebäude würde sie gewiss fündig werden. Sie lief zu dem nächstgelegenen Stall, trat in den verwaisten Raum, sah sich um. Mehrere Trensen hingen an einem der tiefliegenden Dachbalken. Sie nahm eine, kehrte um und lief damit zu dem Pferd. Der Kaltblüter machte einige Schritte rückwärts, aber er lief nicht weg. Viktoria streichelte ihn sanft am Kopf, zog ihm dann vorsichtig die Trense über. Das Tier ließ es geschehen. Viktoria machte den Riemen fest und führte den Wallach zu einem Gatter. Sie raffte ihre Röcke, kletterte auf das Gatter und stieg von dort aufs Pferd. Sie sah Christian an. »Kommst du?«

Christian warf einen sehnsüchtigen Blick zu seinem Rad. Dann seufzte er, stieg ebenfalls auf das Gatter und setzte sich vorsichtig hinter sie.

»Festhalten!«, rief Viktoria. Dann presste sie ihre Hacken in die Flanken des Tieres.

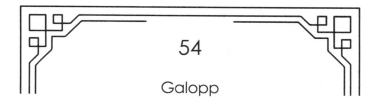

54

Galopp

Der Ritt auf dem Kutschpferd hatte nichts gemein mit den Ausritten, die Viktoria bisher unternommen hatte. Es fehlte der Sattel, der ihr festen Halt gab. Christian hatte die Arme um ihre Hüfte geschlungen und hielt sich krampfhaft fest.

Sie hatten die Kopfsteinpflasterstraße verlassen und waren auf den unbefestigten Weg gelangt, der sie zu den Dünen führte. Ein Ehepaar kam ihnen entgegen. Viktoria zügelte das Tier. »Haben Sie einen Mann mit einem Kind gesehen?«

Die beiden sahen verwundert zu ihnen hoch. »Dort drüben, auf dem Weg zu den Dünen.«

»Holen Sie die Polizei!«, rief Christian ihnen zu. »Das Kind ist in Gefahr. Und benachrichtigen Sie die Feuerwehr, bei den Stallungen brennt es!«

Sie warteten keine Antwort ab, Viktoria trieb das Tier wieder an. Schwer schlugen die Hufe auf den Sandboden auf.

Plötzlich deutete Christian auf eine Düne. »Da, weiter links! Jovin!«

Viktoria sah in die Richtung, riss unwillkürlich am Zügel, womit sie das Pferd erschreckte. Es stieg laut wiehernd hoch. Viktoria konnte sich gerade noch halten, doch Christian stürzte hinunter.

Viktoria bekam das Tier wieder unter Kontrolle, ließ es sich drehen.

Christian war schon aufgestanden. »Reite weiter! Allein bist du schneller. Ich komme zu Fuß nach.«

Sie nickte, wendete das Pferd und galoppierte davon. Jovin hatte sich eine geschützte Stelle zwischen den Dünen gesucht. Seine Hände lagen um Riekes Hals. Viktoria sprengte im vollen Galopp auf ihn zu. Als Jovin sie bemerkte, ließ er von Rieke ab. Er richtete sich auf, stand wie versteinert da und sah entgeistert der Reiterin entgegen, die direkt auf ihn zuhielt.

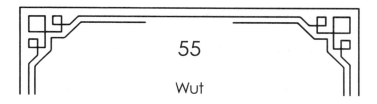

55

Wut

Christian rannte durch den Sand. Es konnte nicht mehr weit sein, doch ein hoher Dünenkamm versperrte ihm die Sicht. Als er ihn überwunden hatte, sah er das Pferd. Es stand in der Senke, schnaubend und zitternd. Von Viktoria keine Spur.

Christian lief weiter. Die nächste Düne hoch. Er sah sich um, konnte aber nur eine weitere Düne sehen, weiter hinten das Meer. Doch dann erblickte er in einer Senke zwischen zwei Dünen etwas Dunkles. Das musste Jovin sein, der auf dem Boden hockte. Christian rannte darauf zu. Er hatte das Gefühl, in dem lockeren Sand auf der Stelle zu treten. Doch schließlich hatte er die Senke erreicht.

Jovin drückte Viktoria zu Boden, die sich heftig wehrte.

»Viktoria!«, schrie Christian und stürmte voran.

Jovin schlug Viktoria mit der Faust ins Gesicht, einmal und noch einmal, dann stand er auf und wartete mit einem bösartigen Grinsen auf Christian.

Der stürzte sich auf Jovin. Im nächsten Moment umklammerte er ihn mit einem Ringergriff und riss ihn um. Er bekam Jovins rechten Arm zu fassen und presste ihn auf den Boden. Doch Jovin versetzte ihm mit der linken Hand heftige Faustschläge gegen den Kopf, trat mit den Knien.

Lange würde er Jovin so nicht halten können. Doch jetzt hatte sich Viktoria aufgerappelt. Sie kam zu ihnen, ergriff Jovins Linke und warf sich darauf. Jovin wand sich und trat mit den Knien, doch gegen das Gewicht von zwei Leibern kam er nicht an. Er schrie auf. Es war der Wutlaut eines gefangenen Raubtiers.

Aus den Augenwinkeln sah Christian einen Reiter, der sich näherte. Der Badekommissar. Ihm folgte der Gendarm zu Fuß mit hochrotem Kopf.

»Sie kommen«, stieß Christian aus, um Viktoria zum Durchhalten zu bewegen.

Dann waren sie endlich da – der Badekommissar, hinter ihm Gendarm Müller. Der packte Jovin mit geübtem Griff am Arm, zog ihn hoch und machte ihn mit einem Schlag in die Magengrube kampfunfähig. Dann nahm er eine Kette aus seiner Jackentasche und fesselte Jovin.

Christian erhob sich, reichte Viktoria die Hand, um ihr aufzuhelfen. Sein Kopf dröhnte, die Wunde an der Schläfe blutete stärker denn je.

»Rieke!« Viktoria sah sich suchend um, dann sah sie das Kind. Sie lief zu ihm hin. Schwankend folgte Christian.

Rieke lag im Sand. Sie war blass, an ihrem Hals hatten sich dunkle Male gebildet, doch ihre Augen waren geöffnet. »Wird das Ungeheuer jetzt eingesperrt?«, fragte sie heiser.

Viktoria sank neben ihr in den Sand, nahm sie in die Arme. »Ja, das Ungeheuer wird jetzt eingesperrt«, sagte sie mit tränenerstickter Stimme. »Du brauchst keine Angst mehr zu haben.«

Sie blickte hoch zu Christian. Sand klebte an ihrer Stirn, ihre Haare waren zerzaust, der Wangenknochen gerötet, dort, wo Jovin sie geschlagen hatte. Doch in ihrem Blick lag Triumph. Sie hatte es geschafft. Sie hatte Rieke gefunden.

56
Bestenauslese

Sie gaben eine seltsame Karawane ab, wie sie langsam durch die Dünen zurückgingen. Viktoria ritt mit Rieke auf dem Pferd des Badekommissars voran. Sie hielt das Kind fest vor sich. Hinter ihnen gingen Christian und der Gendarm. Sie hatten Jovin in ihre Mitte genommen. Der Badekommissar ging mit einer geladenen Pistole hinter Jovin. Als Viktoria sich umsah, traf sie Jovins Blick. Hass lag in seinen dunklen Augen. Sie wandte sich wieder um.

In der Ferne konnte sie Rauch aufsteigen sehen. Sie hoffte, dass die Wehr inzwischen bei den Stallungen war und ein Ausbreiten des Feuers verhindert hatte.

Als sie die Straße erreichten, die sie in den Ort führte, blieben die Menschen stehen und sahen ihnen verwundert nach. Viktoria fragte sich, was die Leute wohl von ihnen denken mochten, aber sie war viel zu erschöpft, um sich wegen ihrer derangierten Kleider zu schämen.

An der Wache ließ sich Viktoria vom Pferd gleiten und fing Rieke auf. Sie band das Tier an einem nahe gelegenen Baum fest.

Der Gendarm hatte unterwegs jemanden gebeten, das Kutschpferd einzufangen und zu versorgen. Er öffnete die

Wache und holte eine Decke, die er dem Kind umlegte. So viel Umsicht hatte sie diesem Mann gar nicht zugetraut.

Der Badekommissar hatte sich an den Schreibtisch gesetzt und sah mit einem fragenden Blick zu Christian, der bei Jovin stehen geblieben war. Der Gendarm stellte sich dazu. Viktoria hatte vor dem Tresen mit Rieke auf einer Bank Platz genommen.

»Also, Hinrichs«, sagte von Treptow, »erklären Sie mir jetzt bitte, was das alles zu bedeuten hat.«

Christian umriss in kurzen Zügen, was er herausgefunden hatte. Dass Jovin Stallmeister gewesen war, dass er den Gutsherrn, für den er gearbeitet hatte, getötet, dessen Geld und ein Pferd gestohlen hatte, um sich eine neue Existenz aufzubauen, und dass der Rittmeister dies herausgefunden hatte.

Jovin strich sich die Haare aus dem Gesicht. »Das ist alles Unsinn.«

»Schweigen Sie still!«, sagte der Badekommissar. »Gnade werden Sie von keinem Gericht der Welt erwarten können. Zumal wir eine Zeugin der Tat haben.«

Eduard von Treptow erhob sich und ging auf die andere Seite des Tresens. Er wandte sich an Rieke, die sich eng an Viktoria schmiegte. »Mein Kind, antworte mir offen und ehrlich. Ist das der Mann, der Rittmeister von Papitz erstochen hat?«

Rieke nickte und deutete auf ihr Herz. »Hierhin hat er ihn gestochen. Einmal. Ganz schnell.«

Der Badekommissar wandte sich zu Jovin um. »Hatten Sie die Tat geplant?«

Viktoria konnte sehen, dass Jovin abwog, wie viel er zugeben sollte. Aber auch ihm war bewusst, dass er verloren hatte.

Auf Jovins Gesicht erschien ein verächtlicher Zug. »Als er anfing, Fragen zu stellen, war mir klar, dass er sich erinnerte. Nicht an mich! Ich war ja nur der Stallmeister gewesen, ein Bediensteter, den man keines Blickes würdigt. Nein, an das Pferd! Also habe ich mich mit ihm um neun Uhr im Stall verabredet. Um diese Zeit ist es dort menschenleer. Dass die kleine Kröte in einer der Boxen saß, habe ich nicht bemerkt. Erst als sie weggerannt ist, habe ich verstanden, dass es eine Zeugin gab. Aber das war ein Problem, um das ich mich später kümmern musste. Erst einmal galt es, den Rittmeister loszuwerden. Ich habe ihn in eine Decke gewickelt und in einen Landauer gelegt. Dann bin ich ins Hotel, um das Messer im Zimmer von Rudolph von Papitz zu verstecken. Zugegeben, dieser Teil meines Plans war etwas heikel. Aber wer nichts wagt, der nichts gewinnt. Als ich am Hotel ankam, war Emma von Papitz draußen im Rosengarten, ihr Bruder war unterwegs, wie jeden Abend. Ich bin in sein Zimmer gegangen und habe das Messer unter seine Matratze gelegt. Ich habe darauf vertraut, dass das Zimmermädchen es früher oder später finden wird. Leider hat Frau von Papitz meinen Plan durchkreuzt. Aber letztlich hat er funktioniert.«

»Warum wollten Sie den Verdacht auf Rudolph von Papitz lenken?«, fragte der Badekommissar.

Jovin sah den Badekommissar überrascht an. »Liegt das nicht auf der Hand? Unser Fliegerheld ist ein 175er, der sich mit Männern vergnügt. Ich habe es vor Kurzem entdeckt, als ich frühmorgens zur Robbenjagd in den Dünen unterwegs war. Das ist sie also, die Elite unseres Landes! Nichts als degenerierte Schwächlinge. Haben Sie sich jemals mit Darwins Evolutionstheorie beschäftigt? In der Natur überlebt der Stärkere. Aber schauen Sie sich unsere Führungsschicht an. Die Ämter und Würden fallen diesen feinen Herren durch ihre Abstammung einfach in den Schoß. Sie sind verweichlicht und verdienen nicht, über andere zu herrschen.«

»Im Gegensatz zu Ihnen?«, fragte Christian mit unverhohlenem Spott.

Jovin ließ sich nicht aus der Ruhe bringen. »So ist es von der Natur gewollt. Ich habe das notwendige Potenzial, oben zu stehen. Aber weil mein Vater nur ein einfacher Handwerker ist, soll ich mein Leben lang katzbuckeln. Nein, es ist Zeit, dass sich das ändert. Wir brauchen eine Bestenauslese. Männer, die sich hochgekämpft haben und wissen, was es bedeutet, sich durchzubeißen.«

»Mir würde vor einer solchen Führungsschicht grauen«, sagte Viktoria.

»Schauen Sie sich doch an, wer unser Land führt. Der Kaiser ist ein verkrüppelter Mann, der sich mit zweifelhaften Personen umgibt und sich ihnen ausliefert.«

Der Badekommissar schlug mit der Hand auf den Tresen. »Das ist Majestätsbeleidigung! So etwas werde ich nicht dulden!«

Jovin lachte spöttisch. »Reden Sie nur. Die Zeiten werden sich ändern. Eines Tages wird jemand kommen, der keine Skrupel hat zu tun, was notwendig ist. Der mit harter Hand regiert und ein neues Deutschland entwirft. Ein Deutschland, wo die Starken den Platz einnehmen, der ihnen zusteht.«

Viktoria sah ihn fest an. »Sie sollten eins nicht vergessen, Herr Jovin. Rieke hat sich tagelang allein durchgeschlagen, sie hat verzweifelt um ihr Überleben gekämpft. Und sie hat gewonnen. *Sie*, Herr Jovin, wurden von einem kleinen, aber sehr tapferen Mädchen geschlagen.«

Sie sah zu Rieke, die sie dankbar anlächelte.

57

Das Blau des Meeres

Christian warf einen letzten Blick aus dem geöffneten Fenster seines Pensionzimmers. Es war noch früh am Morgen, und nur wenige Sommergäste waren unterwegs. Dafür eilten schlicht gekleidete Frauen und Männer umher, wahrscheinlich Einheimische, die Erledigungen zu tätigen hatten.

Christian schloss das Fenster. Sein gepackter Lederkoffer stand schon bereit. Christian würde ihn für ein paar Stunden bei seiner Wirtin unterstellen, bevor er den letzten Dampfer nahm, der heute die Insel verließ.

Zum Conversationshaus war es nicht weit. Der Badekommissar saß in seinem hochherrschaftlichen Amtszimmer hinter dem wuchtigen Schreibtisch und blickte auf, als Christian eintrat.

»Hinrichs, Sie kommen, um sich zu verabschieden?«

»So ist es, Herr von Treptow.«

Christian hatte seine Elbsegler-Mütze abgenommen und stand etwas betreten da.

Der Badekommissar erhob sich und trat zu Christian. »Heute Morgen waren zwei Kriminalbeamte hier und haben Felix Jovin übernommen. Er wird so schnell wie möglich dem Richter vorgeführt. Ich denke, der Prozess gegen ihn wird nicht lange dauern. Zweifelsohne wartet das Schafott auf ihn.«

Die verdiente Strafe für einen hinterhältigen Mörder. Jovin tat Christian nicht leid.

»Was sagt die Familie von Papitz?«, fragte Christian.

»Auguste von Papitz war erleichtert. Sie hat gemeinsam mit ihrem Sohn und ihrer Tochter das erste Schiff genommen.«

»Rudolph von Papitz ist frei?«, fragte Christian überrascht.

»Er bestreitet, ein widernatürliches Verhältnis mit Conradi unterhalten zu haben. Vermutlich wird man ihm nicht beikommen, auch wenn Conradi gestanden hat. Sie wissen, wie es mit der Eulenburg-Affäre gegangen ist. Jahrelange Gerichtsverfahren und gegenseitige Verleumdungsklagen. Sicherlich wird der Ruf des Oberstleutnants leiden. Aber er ist erfolgreicher Teilnehmer des Prinz-Heinrich-Fluges, war Mitglied der Ehrengarde. Vielleicht wird er in den nächsten Jahren heiraten, dann wird man die Geschichte vergessen.«

»Und Conradi?«

»Als geständiger Täter wird er ins Gefängnis gesteckt. Frau Oppen war bereits bei mir und hat lautstark seine Freilassung verlangt. Aber das steht nicht in meiner Macht, und ich befürworte eine Freilassung auch nicht. Allerdings nehme ich an, dass die Kammersängerin Himmel und Hölle in Bewegung setzen wird, um seine vorzeitige Entlassung zu erreichen.« Die Miene des Badekommissars verriet deutlich, was er davon hielt. »Ich habe dem Beamten Ihren Bericht mitgegeben«, fuhr von Treptow fort. »Der Kriminalinspektor war sehr angetan von den Ermittlungen. Er sagte, Sie hätten gute Arbeit geleistet.«

»Danke«, sagte Christian überrascht. Mit einem Lob hatte er nicht gerechnet.

Der Badekommissar sah ihn ernst an. »Sie sind ein seltsamer Mensch, Hinrichs. Von Obrigkeit und Befehlen halten Sie nichts. Das macht es schwierig, mit Ihnen zu arbeiten. Aber Sie verfügen über einen kriminalistischen Spürsinn. Haben Sie schon einmal überlegt, eine Karriere als Kriminalbeamter anzustreben?«

Christian wusste nicht, was er sagen sollte. Seine Arbeit als Journalist aufgeben? Er mochte das Schreiben, das Recherchieren von Hintergründen und das Feilen an Texten. Und doch – er verabscheute seine Tätigkeit bei der *Frau von Welt*. Er hatte so lange gekämpft, um zu schreiben. Und jetzt berichtete er darüber, dass die »Empirelinie« mit der »hochgesetzten Taille« besonders vorteilhaft wirke und dass glitzernde Haarbänder in diesem Jahr von jeder Dame zu tragen seien. All das interessierte ihn nicht. Die Kriminalistik dagegen schon. Aber Beamter werden?

Der Badekommissar schien sein Schweigen als Zustimmung zu nehmen. »Denken Sie darüber nach. Die Ausbildung dauert nur wenige Wochen. Ich werde für Sie ein Empfehlungsschreiben aufsetzen lassen.«

Dann bat er Christian, das Schreiben, das ihn als Hilfsbeamter auswies, abzugeben, und schüttelte ihm zum Abschied würdevoll die Hand. Christian war froh, das Conversationshaus endlich wieder verlassen zu können. Viel

Zeit blieb nicht mehr bis zur Abfahrt, und er wollte so wenig davon wie möglich in Amtsstuben vertrödeln.

Viktoria wartete mit einem Bollerwagen an dem Weg zwischen Strand und Seehospiz auf ihn. Auf ihrem Wangenknochen prangte ein großer Bluterguss von Jovins Faustschlag, doch sie begrüßte ihn mit einem strahlenden Lachen. Den gestrigen Tag hatte Christian fast nur auf der Wache verbracht und am Bericht geschrieben, später seine Sachen gepackt. Aber den Abend hatte er mit Viktoria verbracht. Sie waren am Strand entlanggegangen, hatten geredet. Er verstand, warum ihr die Arbeit so wichtig war. Eigentlich hatte er es immer gewusst. Und doch fiel es ihm schwer zu verstehen, warum sie nicht beides miteinander verbinden konnte.

»Nun, Herr Hilfspolizist?« Sie lächelte. »Bereit für unser Abenteuer?«

»Die Zeit als Hilfspolizist ist vorbei. Du wirst mit einem einfachen Reporter vorliebnehmen müssen.«

»Das ist mir auch recht.« Sie nahm seinen Arm, und gemeinsam gingen sie zum Seehospiz. Mauersegler zogen zwitschernd über dem Gebäude dahin. Aus dem Krankenhaus war Geschirrgeklapper zu hören, offenbar wurden die Frühstückstische abgeräumt. Kurz darauf erklang das Tamtam, das die Kinder zum Turnen in den Hof rief, wie Viktoria wusste.

Rieke kam um die Ecke geflitzt. Atemlos blieb sie vor Viktoria stehen. »Wir sind so weit.« Sie strahlte. Die dunklen Male an ihrem Hals und der große Fleck an der Schläfe verrieten deutlich, was dem Mädchen widerfahren war, doch das aufgeregte Funkeln in ihren Augen zeugte auch von dem ungebrochenen Lebenswillen des Kindes.

Zwei Personen kamen um die Ecke. Rieke trat zur Seite, ein Anflug von Stolz zeigte sich auf ihrem Gesicht. Meta und Georg Bakker waren heute in aller Früh aus Borkum angereist, um ihr Pflegekind abzuholen. Noch war Rieke etwas scheu, doch Christian war sich sicher, dass sich das legen würde. Bei den Bakkers würde das Kind es gut haben.

Meta begrüßte Viktoria und schüttelte ihr die Hand. »Fräulein Berg, ich freue mich, Sie wiederzusehen. Ich möchte mich für alles bedanken, was Sie für unser Pflegekind getan haben. Ihnen natürlich auch, Herr Hinrichs. Wir sind so froh, dass Sie Rieke gefunden haben.«

Georg nahm die Hand seiner Frau. »Wir sind sehr glücklich, dass sie nun mit zu uns nach Hause kommt. Sie hat uns erzählt, was Sie vorhaben. Eine gute Idee. Auch wenn ich mir nicht sicher bin, was Josepha davon halten wird.«

»Besser, wir gehen der Oberschwester aus dem Weg«, sagte Viktoria. »Ich habe schon Vorkehrungen dafür getroffen.« Sie zwinkerte Rieke zu, die anfing zu kichern.

Sie ließen den Bollerwagen vor dem Krankentrakt stehen und betraten dann leise den Flur mit dem Terrazzoboden. Durch die großen Fenster konnten sie sehen, wie sich draußen die Kinder zur Morgengymnastik aufstellten. Die Oberschwester stand mit dem Rücken zu ihnen. Schnell liefen Viktoria, Christian und die Bakkers über den Flur, doch Rieke hielt sie auf.

»Wir müssen langsam gehen. Sonst ist es zu auffällig«, flüsterte sie ernst.

Georg Bakker brummte, doch sie hielten sich an Riekes Ratschlag. Ungesehen kamen sie an die Tür zum Schlafsaal. Dort wartete schon Schwester Zita.

»Ellis Eltern wissen Bescheid, wir können gleich reingehen.« Auch sie warf einen besorgten Blick durch die Fenster nach draußen.

Frau Cordes saß bei ihrer Tochter und hielt ihr die Hand. Elli sah etwas besser aus als in den vergangenen Tagen. Ihre Augen waren klarer, und sie war nicht so blass wie sonst. Mit großen Augen sah sie dem Ansturm an Besuchern entgegen. »Was ist?«

Ihre Mutter stand auf. »Es ist eine Überraschung. Und es ist besser, dass die Oberschwester nichts davon erfährt, deswegen sollten wir uns beeilen.«

Sie schlug die Decke zurück. Viktoria klaubte das Bettzeug samt Kissen zusammen, und Christian nahm vorsichtig das kranke Kind auf den Arm. Dann schlichen sie, wie sie gekommen waren, zusammen mit den Eltern wieder hinaus. Draußen betteten sie Elli in den Bollerwagen, in dem das Kind bequem aufrecht sitzen konnte.

Viktoria sah Elli an. »Bereit?«

»Aber was machen wir?«, fragte Elli.

»Wie gesagt – eine Überraschung«, sagte Viktoria.

Rieke hüpfte aufgeregt neben dem Bollerwagen, und Christian konnte ihr ansehen, dass sie am liebsten verraten hätte, wohin es ging.

Als Viktoria sich umwandte, sah sie die Kinder auf dem

Hof turnen. Oberschwester Josepha stand bei ihnen. Zum Glück waren ihre Argusaugen nur auf die Kinder gerichtet, und so bekam sie nicht mit, was in ihrem Rücken geschah. In der vordersten Reihe stand ein kleiner Junge und balancierte auf einem Bein. Er bemerkte die Truppe und winkte ihnen unauffällig zu.

»Das ist Freddie«, erklärte Rieke, die Viktorias Blick verfolgt hatte. »Er weiß Bescheid.«

Sie nahmen den Weg am Kiefernwald vorbei Richtung Georgshöhe. Christian zog den Bollerwagen. Rieke sprang hierhin und dorthin, so aufgeregt war sie. Christian musste schmunzeln, als er sie sah, und auch der Rest der Gruppe war bester Laune. Er warf einen Blick zurück zu Viktoria, die neben Meta Bakker ging und in ein Gespräch mit ihr vertieft war. Sie bemerkte es und lächelte ihm zu.

Zum Familienbad war es nicht weit. Sie mussten nur eine kleine Kiefernschonung durchqueren. Elli machte große Augen, als der Strand in Sicht kam. »Das Meer!«

»Gefällt es dir?«, fragte Rieke. Sie war neben den Bollerwagen getreten.

Elli strahlte. »Es glitzert wunderschön. Genau wie du gesagt hast!«

Die Holzreifen des Bollerwagens blieben im lockeren Sand stecken. Ellis Vater eilte zu Hilfe, und gemeinsam zogen und schoben sie den Wagen zum Wasser. Dort halfen Georg Bakker und Ellis Vater dem Kind beim Aussteigen. Als eine auslaufende Welle an ihre Füße schwappte, lachte Elli auf. Freudestrahlend sah sie hinaus auf das Meer.

Viktoria und Christian waren beim Wagen zurückgeblieben. »Ich bin froh, dass wir ihr das noch ermöglichen konnten«, sagte sie.

»Es war eine gute Idee.« Er freute sich für Elli, aber im Moment waren es andere Dinge, die ihn beschäftigten. In weniger als zwei Stunden würde sein Dampfer gehen. Alles hier würde er vermissen. Das Blau des Meeres, den warmen Sand unter den Füßen, die frische Brise im Gesicht. Und sie.

Viktoria schob eine Haarsträhne hinters Ohr. Ihre Augen leuchteten. Wie gerne wäre er jetzt mit ihr allein, um ihr sagen zu können, was er fühlte. Um ihre Haut zu spüren. Ihren Körper.

Als habe sie seine Gedanken gelesen, wandte sie sich zu ihm um, nahm seine Hand. Sanft schmiegten sich ihre Finger an seine. »Schreibst du mir?«

»Würdest du denn antworten?«

Sie nickte. »Ich kann es kaum glauben, dass du gleich fortmusst. Ich werde dich vermissen.«

Elli lachte laut auf, als eine große Welle sie an den Beinen traf. Rieke stützte ihre Freundin und hielt sie fest, so als wollte sie sie nie mehr gehen lassen.

Christian strich sanft über Viktorias Fingerkuppen. Wenn er ehrlich war, hatte er sich etwas mehr erhofft – heimliche Treffen in schummrigen Kneipen, wo sie niemand kannte. Und jetzt wollte sie nur einen Brief von ihm? Sie stellte seine Geduld wirklich auf eine harte Probe.

Sie sah ihn an. »Das nächste Mal in der Sommerfrische?«

Ein Jahr! Wie sollte er das schaffen? Aber wenn es sein musste, würde er warten. Hauptsache, er würde sie wiedersehen. Das war alles, was zählte. Christian nickte. »Das nächste Mal in der Sommerfrische.«

Nachwort

»Knabe, 4 Wochen alt, bester Abstammung (Vater Offizier), wird mit einmaliger Abfindungssumme vergeben.« Anzeigen wie diese aus einer Berliner Morgenzeitung waren in allen großen Zeitungen des Kaiserreichs zu finden. Kinderhandel war lange Zeit tabuisiert und doch Alltag. Zunehmend prangerten Fürsorgevereine diese Praxis an. So auch Henriette Arendt, die 1903 als erste Frau im Polizeidienst im Deutschen Reich eingestellt wurde. Nach ihrem Ausscheiden aus dem Polizeidienst nur wenige Jahre später engagierte sie sich gegen den Kinderhandel, arbeitete detektivisch und deckte grausame Fälle auf. Über ihre Schriften wurde ich erstmals auf das Thema aufmerksam, und plötzlich war sie da, die Idee von Rieke, dem Mädchen, das sich in einem malerischen Seebad vor einem Mörder versteckt.

Norderney war Anfang des 20. Jahrhunderts ein illustrer Badeort. Ich habe mich bemüht, die Verhältnisse dort so realitätsnah wie möglich darzustellen. Dennoch ist es ein Roman, und alle auftretenden Personen sind fiktiv. Das Seehospiz für Kinder existierte, und ich habe mich bemüht, den Tagesablauf dort nachzuzeichnen. Die genannten Schwestern haben allerdings nichts mit den realen Frauen zu tun, die damals die kranken Kinder betreuten.

Einen Königlichen Badekommissar gab es damals tatsächlich auf Norderney und auch in anderen Seebädern. Er hatte für den reibungslosen Ablauf des Badebetriebs zu sorgen. Graf von Oeynhausen, der das Amt von 1893 bis 1912 innehatte, setzte erstmals Badepolizisten ein, die auf Sauberkeit und Sicherheit achteten. In die Arbeit der Kriminalpolizei hätte sich der Badekommissar sicherlich nicht eingemischt. Aber der fiktive Eduard von Treptow hat als ehemaliger Justizbeamter nun einmal seine eigenen Vorstellungen von Recht und Ordnung auf der Insel.

Bei der Beschreibung der Feierlichkeiten zum fünfundzwanzigjährigen Krönungsjubiläum im Seehospiz und im Conversationshaus habe ich mich an den realen Feiern im Jahr 1913 orientiert. Wie gern wäre ich dabei gewesen, als die Damen vom Norderneyer Turnverein ihre bunt erleuchteten Keulen im Conversationshaus schwangen! Das von einem kleinen Jungen vorgetragene patriotische Gedicht vom Vöglein, das zum Kaiser nach Berlin flog, sorgte tatsächlich für Heiterkeit unter den Gästen des Seehospizes. Und auch die Geschichte des Prinzen, der sich nicht waschen wollte, wurde vorgetragen. Drei Jungen erzählten sie zusammen mit anderen Anekdoten aus dem Leben des Kaisers. Ich habe sie der Oberschwester in den Mund gelegt, ich hoffe, die drei mögen mir verzeihen.

Ich habe mich bemüht, so gründlich wie möglich zu recherchieren. Doch natürlich bleiben viele Fragen zur damaligen Zeit Spekulation. Wenn mir Informationen fehlten, habe ich sie mit meiner Fantasie ergänzt, und im

Zweifelsfall habe ich immer der Romanhandlung vor der Realität den Vorzug gegeben.

Damit ein Roman erscheint, bedarf es der Hilfe von vielen Personen. Ich möchte mich bei allen bedanken, die mich unterstützt haben: Bei meiner wundervollen Lektorin Kerstin Schaub von Goldmann, die immer wieder tolle Ideen beisteuert. Bei der literarischen Agentur Kossack, die mich betreut und mir mit Rat und Tat zur Seite steht. Bei Heiko Arntz, der als Außenlektor mit sicherem Gespür den Finger in die Wunden legt und sie mit klugen Vorschlägen heilt.

Bei Matthias Pausch vom Stadtarchiv Norderney, der jede noch so abwegige Frage beantwortet. Bei Anette Strohmeyer und Sarah Nisi für ihre Hilfe bei Plotfragen und Erstlesen. Bei Kurt und Renate, die mir Kessi abgenommen haben, wann immer es nötig war.

Bei meiner Familie, die mein Schreiben nun schon über so viele Jahre begleitet und immer zu mir steht.

Und bei meinem Mann Volker, der mir im vergangenen Jahr so oft den Rücken frei gehalten hat, damit ich Zeit hatte, mich auf dieses Buch zu konzentrieren. Ohne dich hätte ich es nicht geschafft!

Unsere Leseempfehlung

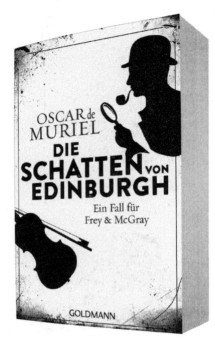

480 Seiten
Auch als E-Book
erhältlich

Edinburgh, 1888. Der Ermittler Ian Frey wird von London nach Schottland zwangsversetzt. Für den kultivierten Engländer eine wahre Strafe. Als er seinen neuen Vorgesetzten, Inspector McGray, kennenlernt, findet er all seine Vorurteile bestätigt: Ungehobelt, abergläubisch und bärbeißig, hat der Schotte seinen ganz eigenen Ehrenkodex. Doch dann bringt ein schier unlösbarer Fall die beiden Männer zusammen: Ein Violinist wird grausam in seinem Heim ermordet. Sein Dienstmädchen schwört, dass es in der Nacht drei Geiger im Musikzimmer gehört hat. Doch in dem von innen verschlossenen, fensterlosen Raum liegt nur die Leiche des Hausherren …

www.goldmann-verlag.de
www.facebook.com/goldmannverlag

Unsere Leseempfehlung

576 Seiten
Auch als E-Book
erhältlich

London 1889. Nach der Aufführung von „Macbeth" wird eine mit Blut geschriebene Botschaft aufgefunden: In Edinburgh, der nächsten Station der berühmten Theatertruppe, soll jemand grausam zu Tode kommen. Der Fall ruft die Inspectors Ian Frey und Adolphus McGray auf den Plan. Während der vernünftige Engländer Frey die düstere Ankündigung für reine Publicity hält, ist McGray von einem übernatürlichen Phänomen überzeugt, da Besucher eine „Todesfee" vor dem Theater gesehen haben wollen. Ein Wettlauf mit der Zeit beginnt...

www.goldmann-verlag.de
www.facebook.com/goldmannverlag

Um die ganze Welt des
 GOLDMANN Verlages
kennenzulernen, besuchen Sie uns doch
im **Internet** unter:

www.goldmann-verlag.de

Dort können Sie
nach weiteren interessanten Büchern ***stöbern***,
Näheres über unsere ***Autoren*** erfahren,
in ***Leseproben*** blättern, alle ***Termine*** zu Lesungen und
Events finden und den ***Newsletter*** mit interessanten
Neuigkeiten, Gewinnspielen etc. abonnieren.

Ein ***Gesamtverzeichnis*** aller Goldmann Bücher finden
Sie dort ebenfalls.

Sehen Sie sich auch unsere ***Videos*** auf YouTube an und
werden Sie ein ***Facebook***-Fan des Goldmann Verlags!

www.goldmann-verlag.de
www.facebook.com/goldmannverlag